花月痕

【清】魏秀仁 著

中国古典文学名著

齊魯書社

图书在版编目(CIP)数据

花月痕/【清】魏秀仁著.—济南:齐鲁书社,1998.10(2008.4 重印)

ISBN 978-7-5333-0661-8

Ⅰ.花… Ⅱ.魏… Ⅲ.章回小说—中国—清代 Ⅳ.I242.4

中国版本图书馆 CIP 数据核字(2008)第 030567 号

花月痕

【清】魏秀仁 著

出版发行	齊魯書社
地　　址	济南经九路胜利大街 39 号
邮　　编	250001
网　　址	www.qlss.com.cn
电子邮箱	qlss@sdpress.com.cn
印　　刷	北京山华苑印刷有限责任公司
开　　本	787×1092 毫米　16 开
印　　张	20
字　　数	275 千
版　　次	2008 年 4 月第 2 版
印　　次	2008 年 4 月第 2 次印刷
标准书号	ISBN 978-7-5333-0661-8
定　　价	29.00 元

前　　序

夫天下之事，是与非二者而已；天下之势，离与合二者而已。其事而是焉者，委曲以求其是，可也。其势而合焉者，辗转以求其合，可也。若夫事介在是非之间，势介在离合之际，孰有如韩、杜、韦、刘之四人者乎！何言之？当时之荷生，故俨然诸侯之上客也，参机密而握权要，气象胸次涵盖一切，以为古有梁夫人，庶几或一遇之，则似乎其是也。然谓荷生当此有为之世，遇知己之人，不思攀龙附凤以成功名，而徒低首下心恋恋若此，则似乎其非也。痴珠亦然。观其著述等身，名场坎坷，而文采风流倾倒一时，意亦谓天下必有朝云、桃叶其人者，李香、方芷乌得以微贱而少之，则似乎其是也。然谓痴珠际此时事艰虞不自慎重，而亦低首下心恋恋若此，则似乎其非也。

若夫韩、杜之合，韦、刘之离，则又事之晓然共见者也。寖假化痴珠为荷生，而有经略之赠金、中朝之保荐，气势赫奕，则秋痕未尝不可合；寖假化荷生为痴珠，而无柳巷之金屋、雁门关之驰骋，则采秋未尝不可离。是故，为采秋、秋痕易，而为荷生、痴珠难。作者有见及此，于是放大光明，普照世界，而后提如椽之笔，一一而写之。其合也，则诚浃洽无间也；其离也，则诚万万乎其不得已也。

夫固谓天下古今之大，必有如韩、杜之合者，而现韩、杜身，而为说法也；天下古今之大，又必有如韦、刘之离者，而现韦、刘身，而为说法也。他日者，春镜楼空，秋心院古，蒹葭碧水难招石上精魂，杨柳青山徒想画中眉妩。抑或钟情寄恨略同此日之遭逢，定知白骨黄尘更动后人之凭吊。是是非非，离离合合，言之者无罪，闻之者足戒已。

时咸丰戊午暮春之望眠鹤主人序

后　序

嗟乎，《花月痕》胡为而命名也？作者曰：余固为痕而言之也，非为花月而言之也。夫春发其华，秋结其实，非花也乎？三五而盈，三五而缺，非月也乎？大千世界，人人得而见之、得而言之者也，余何必写之也。至若是花非花、是月非月、色香俱足、光艳照人者，则是余意中之花月也。然而，谓之花月可也，谓之痕不可也。即或谓如花照镜，镜空花失，如月映水，水动月散，是亦痕之说也。其说尚浅也。

夫所谓痕者，花有之花不得而有之、月有之月不得而有之者也。何谓不得而有之也？开而必落者，花之质固然也，自人有不欲落之之心，而花之痕遂长在矣。圆而必缺者，月之体亦固然也，自人有不欲缺之之心，而月之痕遂长在矣。故无情者虽花妍月满不殊寂寞之场，有情者即月缺花残仍是团圆之界。此就理而言之也。若就是书之事而言，则韩、杜何必非离，而其痕则固俨然合也；韦、刘何必非合，而其痕则固俨然离也。

虽然，人海之因缘未了，浮生之踪迹无凭，异日者剑合延津，珠还合浦，返魂香爇重泉有再见之期，却老丹成天未回长征之驾。同营金屋，何必在香海之洋；再启琼筵，何必演梦中之剧。泪之痕耶？血之痕耶？酒之痕耶？花月之痕耶？余方将尽付之太空，而愿与此意中之花月相终古也。

时咸丰戊午重九前一日眠鹤道人撰

目　录

第一回　蚍蜉撼树学究高谈　花月留痕稗官献技

情之所钟，端在我辈。君臣、父子、兄弟、夫妇、朋友，性也，情字不足以尽之。然自古忠孝节义，有漠然寡情之人乎？自习俗浇薄，用情不能专一，君臣、父子、兄弟、夫妇、朋友之间，且相率而为伪，何况其他！乾坤清气间留一二情种，上既不能策名于朝，下又不获食力于家，徒抱一往情深之致，奔走天涯。所闻之事，皆非其心所愿闻，而又不能不闻；所见之人，皆非其心所愿见，而又不能不见，恶乎用其情！请问看官：渠是情种，砉然坠地时便带有此一点情根，如今要向何处发泄呢？吟风啸月，好景难常，玩水游山，劳人易倦，万不得已而寄其情于名花，万不得已而寄其情于时鸟。窗明几净，得一适情之物而情注之；酒阑灯灺，见一多情之人而情更注之。

这段话从那里说起？因为敝乡有一学究先生，姓虞，号耕心，听小子这般说，便咈然道："人生有情，当用于正。陶靖节《闲情》一赋，尚贻物议，若舞衫歌扇，转瞬皆非，红粉青楼，当场即幻，还讲什么情呢！我们原不必做理学，但生今之世，做今之人，读书是为着科名，谋生是为着妻子。你看那一班潦倒名士，有些子聪明，偏做出怪怪奇奇的事，动人耳根，又做出落落拓拓的样，搭他架子。更有那放荡不羁，傲睨一切，偏低首下心，作儿女子态，留恋勾栏中人。你想，他们有几个梁夫人能识蕲王？有几个关盼盼能殉尚书？大约此等行乐去处，只好逢场作戏，如浮云在空，今日到这里，明日到那里，说说笑笑，都无妨碍，只不要拖泥带水纠缠不清才好呢。你说什么情种，又是什么情根，我便情田也要踏破，何从留点根，留点种呢！"小子笑道："先生自知甚明，教人也还踏实，只是将'情'字径行抹煞！试想：枯木逢春，萌芽便发；生公说法，顽石点头。无论是何等样人，比木石自然不同，如何把人当个登场傀儡？古人力辨'情'、'淫'二字，如泾渭分明，先生将情田踏破，情种情根一齐除个干净，先生要行什么乐呢？小子不敢说，求先生指教罢！”学究勃然怒道：“你讲什么话！先王‘人情以为田’，这‘情’字你竟认作男女私情看么？”小子“嗤”的一笑，道：“先生，你怎的不记得上文有‘饮食男女，人之大欲存焉’一句呢！大抵人之良心，其发见最真者，莫如男女分上。故《大学》言诚意，必例之于‘好好色’；《孟子》言舜之孝，必验之于‘慕少艾’。小子南边人，南边有个乐部，生用真男，旦用真女，燃椽烛，铺红氍毹，演唱《醒妓》、《偷诗》等剧，神情意态，比寻常空中摹拟，强有十倍。今人一生，将真面目藏过，拿一付面具套上，外则当场酬酢，内则尔室周旋，即使分若君臣，恩若父子，亲若兄弟，爱若夫妇，谊若朋友，亦只是此一付面具，再无第二付更换。人心如此，世道如此，可惧可忧！读书人做秀才时，三分中却有一分真面目，自登甲科，入仕版，蛇神牛鬼，麋至沓来。”

看官听着：小子说过“今人只是一付面具”，如何又说出许多面目来？须知喜怒威福，十万付面具只是一付铜面具也。然则生今之世，做今之人，真面目如何行得去呢！你看真面目者，其身历坎坷，不一而足。即如先生所说那一班放荡不羁之士，渠起先何曾不自检束？读书想为传人，做官想为名宦。奈心方不圆，肠直不曲，眼高不低，坐此文章不中有司绳尺，言语直触当事逆鳞。又耕无百亩之田，隐无一椽之宅，俯仰求人，浮沉终老，横遭白眼，坐困青毡。不想寻常歌伎中，转有窥其风格倾慕之者，怜其沦落系恋之者，一夕之盟，终身不改。幸而为比翼之鹣，诏于朝，荣于室，盘根错节，脍炙人口；不幸而为分飞之燕，受谗谤，遭挫折，生离死别，咫尺天涯，赍恨千秋，黄泉相见。三生冤债，虽授首于藁街；一段痴情，早销魂于蓬颗。金焦山下，空传瘗鹤之铭；鹦鹉洲边，谁访玉箫之墓！见者酸鼻，闻者拊心，愚俗无知，转成笑柄。先生，你道小子此一派鬼话，是凭空杜撰的么！

小子寻亲不遇，流落临汾县姑射山中，以樵苏种菜为业。五年前，春冻初融，小子锄地，忽地陷一穴，穴中有一铁匣，内藏书数本。其书名《花月痕》，不著作者姓氏，亦不详年代。小子披览一过，将俟此中人传之。其年夏五，旱魃为虐，赤地千里，小子奉母避灾太原，苦无生计，忽悟天授此书，接济小子衣食。因手抄一遍，日携往茶坊，敲起鼓板，赚钱百文，负米以归，供老母一饱。书中之是非真假，小子亦不知道。但每日间听小子说书的人，也有笑的，也有哭的，也有叹息的，都说道："书中韦痴珠、刘秋痕，有真性情；韩荷生、杜采秋、李谖如、李夫人，有真意气。即劣如秃僮，傻如跛婢，戆如屠户，懒如酒徒，淫如碧桃，狠如肇受，亦各有真面目，跃跃纸上。"可见人心不死，臧获亦剥果之可珍；直道在民，屠酤本英雄之小隐。至如老魅焚身，鸡栖同烬；幺魔荡影，兔脱遭擒；鼯鼠善缘，终有技穷之日；猢狲作剧，徒增形秽之羞。又可见天道循环，无往不复。冤有头，债有主，愿大众莫结恶缘；生之日，死之年，即顾影亦惭清夜。

小子尝题其卷首云：

有是必有非，是真还是假。

谁知一片心，质之开卷者！

今日天气晴明，诸君闲暇无事，何不往柳巷口一味凉茶肆，听小子讲《花月痕》去也。其缘起如何，且听下回分解。

第二回 花神庙孤坟同洒泪 芦沟桥分道各扬镳

京师繁华靡丽，甲于天下。独城之东南有一锦秋墩，上有亭，名陶然亭，百年前水部郎江藻所建。四围远眺，数十里城池村落尽在目前，别有潇洒出尘之致。亭左近花神庙，编竹为墙，亦有小亭。亭外孤坟三尺，春时葬花于此，或传某校书埋玉之所。那年春闱榜后，朝议举行鸿词科，因此各道公车迟留观望，不尽出都。

此书上回所表韦痴珠，系东越人，自十九岁领乡荐后，游历大江南北，西登太华，东上泰山。祖士稚气概激昂，桓子野性情凄恻，痴珠兼而有之。文章憎命，对策既摈于主司，上书复伤乎执政。此番召试词科，因偕窗友万庶常，同寓圆通观中，托词病暑，礼俗士概屏不见。左图右史，朝夕自娱。

光阴易度，忽忽秋深，乡思羁愁，百无聊赖。忽想起陶然亭地高境旷，可以排拓胸襟，也不招庶常同往，只带随身小童，名唤秃头，雇车出城，一径往锦秋墩来。遥望残柳垂丝，寒芦飘絮，一路倒也爽然。不一会，到了墩前，见有五六辆高鞍车，歇在庙门左右。秃头已经下车，取过脚踏，痴珠便慢慢下车来，步行上墩。

刚到花神庙门口，迎面走出一群人，当头一个美少年，服饰甚都，面若冠玉，唇若涂朱，目光眉彩，奕奕动人。看他年纪，不过二十余岁。随后两人，都有三十许，也自举止娴雅。前后四个相公跟着，说说笑笑。又有一个小僮，捧着拜匣。痴珠偕秃头闪过一边，举目瞧那少年，那位少年也将痴珠望了一望，向前去了。

痴珠直等那一群人都出了门，然后缓步进得门来。白云锁径，黄叶堆阶，便由曲栏走上。见殿壁左厢，墨沈淋漓，一笔苏字草书，写了一首七律。便念道：

“云阴瑟瑟傍高城，闲叩禅扉信步行。

水近万芦吹絮乱，天空一雁比人轻。

疏钟响似惊霜早，晚市尘多匝地生。

寂寞独怜荒冢在，埋香埋玉总多情！”

痴珠看了一遍，讶道：“这首诗高华清爽，必是起先出门那位少年题的。”再看落款，是“富川荷生”，也不知其姓名。

正自呆想，只见一个沙弥从殿后走出来。痴珠因向前相见，随问他：“可认得题诗这人？”沙弥道：“这位老爷姓韩，时常来咱们这里逛，陶然亭上也有他题的诗，却不知道官名住宅。”痴珠道：“这首诗好得狠，是个才子之笔。你对汝师父讲，千万护惜着，别涂抹了。”沙弥答应了，便随痴珠逦迤上陶然亭来。满壁琳琅，痴珠因欲读荷生的诗，且先看款。忽见左壁七律一首，款书“春日招芝香、绮云、竹仙、稚霞诸郎，修禊于此。”后面书“荷生醉笔”四字，不禁大笑，便朗吟道：

“旧时烟草旧时楼，又向江亭快禊游。

尘海琴樽销块垒，春城莺燕许勾留。

桃花如雪牵归马，湘水连天泛白鸥。

独上锦秋墩上望，萧萧暮雨不胜愁！”

痴珠想道：“此人清狂拔俗，潇洒不羁，亦可概见。惜相逢不相识，负此一段文字缘了！”沉吟良久，向沙弥要了笔砚，填《台城路》词一阕云：

萧萧落叶西风起，几片断云残柳。草没横塘，苔封古刹，才记旧游携手。不堪回首。想倚马催诗，听莺载酒。转眼凄凉，虚堂独步迟徊久！

何人高吟祠畔，吊新碑如玉，孤坟如斗？三尺桐棺，一杯麦饭，料得芳心不朽。离怀各有。尽泪堕春前，魂销秋后。感慨悲歌，问花神知否？

自吟一遍，复书款云：“东越痴珠，秋日游锦秋墩，读富川荷生陶然亭花神庙诗，枨触闲情，倚声和之。”写完，便掷笔笑向沙弥道：“韩老爷再来，汝当以我此词质之，休要忘了。”沙弥亦含笑答应，递上茶来。

痴珠兀自踱来踱去，瞧东瞧西。秃头道：“老爷，你看天要下雨，我们回去，路远着哩。”痴珠仰首一看，东北上黑云布满，遂无心久留，急忙下墩，上车而去。这且按下。

却说荷生，这日自锦秋墩进城，已有三下多钟。一路萧萧疏疏，落起细雨来。同行一为谢小林侍御，一为郑仲池太史，侍御因招荷生携四旦小饮，顾曲山房。正上灯赌酒，只见青萍回道："老苍头来接老爷回去，说：'明经略军营搢弁，送来经略书信，并聘金三百两，现在寓处，候老爷呈缴，且有话面回。'"荷生迟疑道："明节相去岁挂印时，原欲邀我入幕，我彼时因春闱在迩，婉辞谢去。今有书来，想必还为这事，但教我怎样处呢？"侍御道："现在词科既阻于时艰，归路又梗于烽火，何不乘此机会出都，未为不可。"一面催跟班上菜。荷生立起身道："菜已有了。二君偕诸郎多饮数杯，小弟且告辞回去一看。"侍御也不强留，吩咐提灯，送出大门，看过上车，方才进去。

看官听着：这明经略名禄，本是国家勋戚，累世簪缨，年方四十五岁，弓马娴熟，韬略精通，而且下士礼贤，毫无骄奢气习。五年前与韩荷生的老师、三边总制汪鸿猷先生一同出使西域。汪总制屡屡言及，生平得意门生惟有荷生一人，文章词赋，虽不过人，而气宇宏深，才识高远，曾在秦王幕府佐治军书，意欲招之幕中，又恐其不受羁束。彼时明经略已存在心中。后来倭寇勾结西域回部作乱，四方刀兵蠢动，民不聊生，汪公奉命防海，明公奉命经略西陲。临别时，经略向汪公求荐人才，汪公又把荷生说起，经略立时欲聘同行。荷生因要应鸿词科，不肯同往，经略心颇怅怅。不料回部日更猖獗，经略驻兵太原，一面防边，一面调度河南军务，接济两湖、两江、两广各道粮饷，控制西南，出入钱谷，日以亿万计。羽书旁午，所有随带文武及留营差使各官，虽各有所长，却无主持全局器量，因想起荷生是汪公赏鉴的，必定不差。近知词科停止，因致书劝驾。

荷生自旧腊入都，迄今已九阅月，润笔之绢，谀墓之金，到手随尽，正苦囊空，得此机缘，亦自愿意，遂定于九月十二日出都。荷生此行，是明经略敦请去的，自然有许多大老官及同年故旧送赆敬、张祖席，自彰义门至芦沟桥，车马络绎。那荷生仍是疏疏落落的，带了老苍头贾忠，小童薛青萍，并新收长随索安、翁慎，一路酬应，到得芦沟桥，已是未末申初时候。刚至旅店，适值门口拥挤不开，将车停住。只见对面店中一小僮伏侍一人上车，衣服虽不十分华美，而英爽之气见于眉宇，且面熟得狠，一时却想不起那里见过。正在凝思，谢侍御及一班同乡京官，还有春庆部、联喜部相公们，一齐迎出，便急忙跳下车来。是晚即在行馆畅饮通宵。

次日起身，午后长新店打尖。到得房中，见新涂粉壁上有诗一首，款书“九月十二日，韦痴珠出都，计自丙申，宿此十度矣。感怀得句，不计工拙也。”想道：“这韦痴珠不就是十年前上那《平倭十策》这人么?”因朗诵道：

“残秋倏欲尽，客子苦行役。

行行岂得已，万感在心曲!

浮云终日闲，倦鸟不得宿。

蓟门烟树多，芦沟水流浊。

回首望西山，苍苍耐寒绿。”

看毕，叹一口气，想道：“此诗飘飘欲仙，然抑郁之意，见于言表。才人不遇，千古如斯!”因触起昨日所见的人，“不知是否此君？看他意绪虽甚无聊，气概却还奡兀。我这回出都，好像比他强多，其实沦落天涯，依人作计，正复同病相怜也!”兀坐半晌，只见索安回道：“护送营弁请老爷今日尖后换轿。”荷生想了一回，说道：“坐轿甚好，昨天误了半站，今日着他们多备两班夫，赶上正站，汝们迟到都不妨呢。”

看官，你道荷生要赶正站，是何意思？他记起芦沟桥上车那人，是在花神庙门口注意瞧他的，此刻因人想诗，因诗想人，恨不一下问明。岂知痴珠在都日久，资斧告罄，生平乂介介不肯丐人，此番出都，因陕西是旧游之地，且与两川田节度公子有同游草堂之约，决计由晋入秦，由秦入蜀。把箱簏书籍概托万庶常收管，自与秃头带一付铺盖，一领皮袍，自京到陕二十六站，与车夫约定，兼程前进。你道荷生大队人马，那里赶得上他？正是：

大海飘萍，离合无定。

万里比邻，两心相印。

到底荷生、痴珠踪迹若何，且听下回分解。

第三回 忆旧人倦访长安花 开饯筵招游荔香院

话说痴珠单车趱行，不日已抵潼关。习凿齿再到襄阳，蓟子训重来灞水，一路流连风景，追溯年华，忽然而喜，忽然而悲，虽终日兀坐车中，不发一语，其实连篇累牍，也写不了他胸中情绪，便口占一绝道：

“苍茫仙掌秋，摇落灞桥柳。

锦瑟惜华年，欲语碑在口。”

吟毕，喟然长叹。

秃头正在车头打盹，忽然回头道：“此去长安，只有十里多路，老爷进城，何处卸车呢？”痴珠想道：“西安尽有故旧，但无故扰人，又何苦呢？”便说道：“咱们进城找店罢。”转瞬车到东门，刚进瓮城，忽见从城内来了一车，车内坐着一人。定睛一看，原来是一故人，姓王，字漱玉，系长安王太傅长孙，与痴珠同年，这日要往城外探亲，适与痴珠相值。两边急忙跳下车来，欢然道故。漱玉因问道：“前月接万世兄信，知吾兄有蜀道之游，不想今日便到，如何走得这般快？但如今那里卸车呢？”痴珠未答，秃头在傍道：“老爷要找店哩。”漱玉道：“岂有此理。难道西安许多相好，都不足邀吾兄下榻么？”痴珠笑道：“不是这般说，小弟急欲入川，拟于此时竟不奉访，俟回陕时再与故人作十日之欢。”漱玉笑着吩咐跟人道：“你们赶紧飞马回家伺候。”一面说，一面携着痴珠的手道：“我们同坐一车，好说话些。你的车叫管家坐着，慢慢的跟来罢。”

原来漱玉家中有一座园亭，是太傅予告后颐养之地，极其曲折，名曰邃园。太傅开府南边时，痴珠尚幼，最为太傅所器重。后来与漱玉作了同年，值逆倭发难，因上书言事，触犯忌讳，祸几不测，赖太傅力为维持，得以无罪。未几太傅予告，携入关中，所以园中文酒之会，痴珠无不在座，所有联额题咏，痴珠手笔极多。因此一家内外男女，无一人不认得痴珠。先是家丁回家，说：“韦老爷来了。”这漱玉太太便分派婢仆，将邃园中碧梧山房七手八脚铺设起来。

是夜，两人相叙契阔，对饮谈心。伤风泽之寖微，痛劫灰之难问。痴珠忽惨然吟道：“人生有通塞，公等系安危，我近来绝口不谈时事矣！”停了一会，漱玉因问痴珠道：“你记得七年前进京，娟娘送咱们到灞桥行馆么？那一夜你两人依依情绪，至今如在目前。你的诗是七绝两首。”便吟道：

“灞陵驿畔客停车，惜别人来徐月华。

浊酒且谋今夕醉，明朝门外即天涯。

玳梁指日誓双栖，此去营巢且觅泥。

絮絮几多心上语，一声无赖汝南鸡。

是不是呢？”痴珠道：“你好记性。这两首诗，我竟一字都忘了！”漱玉道：“自然忘了！”痴珠惨然高吟道：“十年一觉扬州梦，赢得青楼薄幸名！”便问漱玉道：“你如今可知娟娘是何情状呢？”漱玉道：“我前年见过一面，才晓得他嬷死了。以后闻人说，他哭母致疾，闭门谢客。近来我不大出门，便两年多没见人提起他踪迹。如今长安名花多着哩，迟日招一个人领你去逛逛罢。”痴珠道：“我也听得人说，这几年秦王开藩此地，幕中宾客都是些名士，北里风光自然比向时强多了。”二人于是浅斟细酌，尘惊渴涤，烛跋三现尚未散筵。只见小丫鬟携着明角灯回道：“太太说夜深了，韦老爷初到，车马劳顿，请老爷少饮，给韦老爷早一点安歇罢。”漱玉笑道：“我倒忘了！只顾与故人畅谈。”遂尽一壶而散。晚夕无话。

次日饭后，漱玉果招一个人来，姓苏字华农，系府学茂才。漱玉自去城外探亲。西安本系痴珠旧游之地，是日同华农走访各处歌楼舞榭，往往抚今追昔，物是人非，不免怅然而返。第三日，漱玉回家，也跟着同游。一连数日，总访不出娟娘信息，痴珠就也懒得走了。彼时便有亲故陆续俱来，痴珠也不免出去应酬一番，更把访娟娘一事搁起。再且痴珠急于入川，只得将此事托漱玉、华农，慢慢探问。

一日，三人正在山房小饮，门上送进单帖，系痴珠世兄弟吕龙文，专为痴珠饯行，请漱玉、华农作陪。末注一行云：“席设宝髻坊荔香仙院，务望便衣早临，是荷！”痴珠将单递给华农道：“这荔香院你认得么？怎的咱们没有到过？”

漱玉笑道："这地方华农是进不去呢。如今龙文请你，你题上'知'字，我们都陪你走一遭罢。"

闲文休叙。到了那日三下多钟，龙文亲自来邀，恰好华农在座，便四人四辆车，向宝髻坊赶来。此时已是十月将终，朔风渐烈。痴珠初进巷口，便遥闻一阵笙歌之声。又走了半箭多路，到了一家前面，车便站住了。四人一齐下车。只见门前一树残柳，跟班先去打门。痴珠细看，两扇油漆黑溜溜的大门，门上朱红帖子，是"终南雪霁，渭北春来"八个大字。早有人开了门，在门边伺候。

痴珠四人相让了一回，跨进来，便是一条砖砌甬道。院中卸着一辆雕轮绣幰的轿车。甬道尽处，便是一个小小的二门。进去，门左右三间厢房，厢房内人已出来，开着穿堂中间碧油屏门。痴珠留心看那屏门上匾额，隶书"荔香仙院"四个大字，门中洒蓝草书板联一对，是"呼龙耕烟种瑶草，踏天磨刀割紫云"集句。痴珠赞声"好"！跨进屏门，便是三面游廊，中间摆着大理石屏风，面面碧油亚字栏干，地下俱是花砖砌成，鸟笼花架，布满廊庑上下。四人缓步上厅，便有丫鬟掀起大红夹毡软帘，早有一股花香扑鼻。方才要坐下，早闻屏后一阵环佩之声，走出一丽人，髻云高拥，鬟凤低垂，袅袅婷婷，含笑迎将出来，把眼瞧着痴珠道："这位想是韦老爷么？"龙文笑道："你怎么认得？"便携着丽人的手，向痴珠道："此长安花史中第一人物，小字红卿，吾兄细细赏鉴一番，可称绝艳否？"痴珠深深一揖道："天仙化人，我痴珠瞻仰一面，已是三生有幸，'赏鉴'两字，你可不唐突么？"红卿笑道："韦老爷如此谬赏，令我折受不起。"便让四人依次而坐。

屋系三间大厅，两边俱有套间在内。一会，丫鬟捧上茶来，红卿亲手递送已毕，又坐了片刻，漱玉便向红卿道："我辈虽非雅客，竟欲到你小院一坐，不知可否？"红卿笑道："岂敢。小室卑陋，恐韦老爷笑话。"说着便往里请，丫鬟前面领著，转过屏后，又一小小院落。由东边一道粉墙进了一个垂花门，南面墙下有几十竿修竹，枝叶扶疏，面南便是三间小屋，窗上满嵌可窗玻璃。进了屋门，只觉暖香拂面。原来三间小屋，将东首一间隔作卧室，外面两间遍裱着文绫，西南墙上挂着一个横额，上写道"玉笑珠香之馆"，款书"富川居士"。痴珠细审笔意，极似韩荷生，便向红卿问道："这富川居士，可是韩荷生么?”红卿点头道:“是。”漱玉道:“红卿室中,有一字不是荷生写的么!”红卿因问痴珠道:“你在京会过他没有?”痴珠道:“人是会过,诗也读过,只是不曾说过话。”红卿道:“你如今可晓得他的踪迹么?”痴珠道:“他很阔,我出京时,闻他为明经略聘往军营去了。”

红卿、痴珠说话时,漱玉立起身来,步到东屋门边,掀开房帘,招呼痴珠下炕,道:“你看那壁上许多诗笺,不是荷生小楷么?”痴珠踱入卧室,见茵藉几榻,亦繁华,亦雅净,想道:“风尘中人,有此韵致,不减娟娘也。”便从那柳条诗绢上《七绝四首》瞧起,看到第三首,吟道:

“神山一别便迢遥,近隔蓬瀛水一条。

双桨风横人不渡,玉楼残梦可怜宵!”

便道:“哦!这就是定情诗么?”再瞧那乌丝冷金笺上《金缕曲》一阕云:

转眼风流歇。乍回头、银河迢递,玉箫呜咽。毕竟东风无气力,一任落花飘泊。才记得相逢时节,雾鬓烟鬟人似玉,步虚声,喜赋《瑶台月》。谁曾料,轻轻别!　　旗亭莫唱《阳关叠》。最惊心、渭城衰柳,灞桥风雪。翠袖余香犹似昨,咫尺河山远隔。恐两地梦魂难接。自问飘蓬成底事?旧青衫,泪点都成血。无限事,向谁说!

漱玉便向痴珠道:“这便是荷生去年留别之作,沉痛至此!”又望着红卿道:“你们相别,转眼便是一年,光阴实在飞快!”

红卿一面答应,一面眼圈早已红了。漱玉便不往下说。痴珠又瞧那泥金集句楹联云:“秋月春风等闲度,淡妆浓抹总相宜。”点头道:“必如红卿,方不负此等好笔墨!”红卿即让四人在房中坐下,道:“你的诗名,早有人向我说过。自古文人相轻,实亦相爱。你这般倾倒荷生,怎的见面不扳谈呢?”痴珠便将花神庙匆匆相遇及先后题诗一节,详叙出来。红卿道:“你看过他的诗,你心中自然有了他,他以后读你的诗,又不知怎样想你呢。你爱他的诗,他今年都中还有诗寄来赠我,我如今统给你瞧罢。”说毕,便唤丫头取钥匙,向枕函检出浣花笺数纸,递给痴珠。

大家都走拢来,痴珠展诵道:

“冰绡雾縠五铢轻,记访云英到玉京。

苔径晓烟窗外湿,桂堂初月夜来明。

菱花绰约窥新黛，仙果清芬配小名。
最是凝眸无限意，似曾相识在前生。
银壶漏尽不成眠，乍叙欢情已黯然。
萍梗生涯悲碧玉，桃花年命写红笺。
团香和泪常无语，理鬓熏衣总可怜。
莫话飘零摇落恨，故乡千里皖江边。”

便道：“原来红卿是安徽人，流转至此，可怜，可怜！”说毕，又往下念道：

“玲珑宝髻重盘云，百合衣香隔坐闻。
秋剪瞳人波欲活，春添眉妩月初分。
紫钗话旧浑如梦，红粉怜才幸有君。
杜牧年来狂胜昔，只应低首缕金裙。
黄昏蜃气忽成楼，怪雨盲风引客舟。
水际含沙工伺影，花前立马几回头。

哎呀，怎么起了风浪，不能见面了？”红卿道：“一言难尽。请往下看罢，这还好呢！”痴珠又念道：

“同心小柬传青鸟，偕隐名山誓白鸥。
独看双栖梁上月，为侬私拨钿箜篌。

名花落溷已含冤，欲驾天风叫九阍。
一死竟拚销粉黛，重泉何幸返精魂。”

痴珠读至此，正要与红卿说话，谁知红卿早已背着脸，在那窗前拭泪。龙文便道：“不用念了！”痴珠如何肯依，仍接着念道：

“风烟变灭愁侵骨，云雨荒唐梦感恩。
只恐乘槎消息断，海山十笏阻昆仑。

鸭炉香暖报新寒，再见人如隔世难。
握手相期惟有泪，惊心欲别不成欢。
黄衫旧事殷勤嘱，红豆新词反覆看。
凄绝灞陵分手处，长途珍重祝平安。

金钱夜夜卜残更，秦树燕山纪客程。

薄命怜卿甘作妾，伤心恨我未成名。

看花忆梦惊春过，借酒浇愁带泪倾。

恨海易填天竟补，肯教容易负初盟？

珍珠密字寄乌丝，不怨蹉跎怨别离。

芳草天涯人去后，芦花秋水雁来时。

双行细写鸳鸯券，十幅新填豆蔻词。

驻景神方亲检取，银河咫尺数归期。”

吟毕，大家赞道：“好诗！缠绵宛转，一往情深！”痴珠倒也不发一言，慢慢将诗放在桌上，目视红卿，默默不语。

红卿停了一会，道：“韦老爷，汝与娟娘情分也自不薄。”痴珠听说娟娘，便急问道：“红卿，你知他下落么？”大家见红卿突说娟娘，也觉诧异，便一齐静听起来。红卿沉吟一会道：“你既念他，你为何分手以后，不特无诗，且无只字？娟娘每向我诵‘为郎憔悴却羞郎’之句，辄泫然泪下。”痴珠红着眼眶道：“这‘薄幸’两字，我也百口难分了！只是事既无成，万里片言，徒劳人意，到底娟娘如今是怎样呢？”红卿道：“说起娟娘，我也摸不出他的意思。我家向日避贼入陕，投奔于他，深感他恩义。后来我撑起门户，他嬷便死了。娟娘素来孝顺，将衣饰尽行变换，以供丧葬。自此不涂脂粉，长斋奉佛。前年三月初三夜，忽来与我作别，说要去南海朝观音。我方劝他，心即是佛，不必跋涉数千里路，况目下南边多事，如何去得？次日即有人传说，娟娘留一纸字给他姊妹，领一婢不知去向。你道奇不奇呢？”大家听说，呆了半晌。痴珠尤难为情。

一会，巨烛高烧，酒截杂陈，丝竹迭奏。无奈痴珠、红卿各有心事，虽强颜欢笑，总无聊赖。正是：

儿女千秋恨，人前不敢言。

夜来空有泪，春去渺无痕。

不到二更，痴珠便托词头痛散席，偕漱玉先回去。龙文二人也就散了。不知后事如何，且听下回分解。

第四回 短衣匹马岁暮从军 火树银花元宵奏凯

话说太原本古冀州之地，东连燕、豫，西界大河，北有宁武、偏头、雁门诸关，坐制称雄，屹然为神京右卫。逆倭连年由海道蹂躏各省，北天津、登、莱，南则由宁波滋扰浙江，由瓜州滋扰三江。复援金人册立伪齐故事，封了粤西巨寇员寿泉，窃踞金陵。于是淮海之间，大河南北以及两湖，土匪蜂起，逆倭遂得以横行无忌。朝廷赋额日亏，军储日绌，全靠西陲完善之区转输支应。山右尤畿疆屏蔽，西北膏腴。是年春间，豫州节度武公部下官军迭获胜仗，逆倭势蹙，勾引河东土匪，窜入平阳，计欲结连关外回番各部，由草地潜入燕、云。幸明经略北来，士卒用命，渐次扑灭。是以驻节并州城中，相机剿灭。韩荷生就聘到军，磨盾草檄，持筹高唱，此其余事。始而冀州肃清，继而协同豫州武节度官军克期剿贼，得以专筹各道军饷。此皆韩荷生一力赞成，经略所以十分器重。

忽忽之间，早是十二月了。一日，探马报称："口外回民聚众数十万，釃酒歃血，将由关外直扑宣化、锦州等处。"经略急请荷生计议，荷生笑道："此谣言也。自古出塞必在春夏，目下穷冬，漫山积雪，毋论回民不是铜筋铁肋，试想草枯水涸，人马如何走得去呢？但边境近稍宁静，有此谣言，亦不可不早为防备。以愚见料之，大约回民将诓我张皇北顾，乘虚渡河掳掠，故造此谣言，教我顾彼失此。为今之计，当先委干员前往潼关，探侦动静，更传檄雍州节度，早为捕治。蒲关一带，亦不可不暗暗戒严。老经略高见以为何如？"经略喜遭："先生此论，洞彻匪徒肺腑。"话犹未毕，只见门上传鼓，递进蒲关总兵烧角文书一角，经略忙偕荷生一同披览，道：

镇守蒲关总兵游长龄，谨禀节帅大人阁下。敬禀者：十二月十七日午刻，据黄河渡口巡检原士规禀称："探得十六日夜三更，潼关城中失火，关门大开，回民万余人，鼓噪而人。一城文武，俱被杀害。声言聚众三十万人，将行北渡。”卑镇即刻出往河干察看，见贼兵帐房布满西岸。现蒲关守兵自裁撤后，只有八百余名。深恐兵力单薄，不足防御。幸各乡俱有团勇，力扼河岸。惟虑蜂拥而至，众寡不敌。专此飞禀。

看毕，便向荷生道：“果不出先生所料。但事已至此，如何是好？”荷生慨然道：“此等乌合之众，大人当以先声夺之，便令解散，万不可片刻迟延。今日已四下多钟了，大人起马，万不及事。乞发令箭，调颜参将、林游击各带左右翼兵一千名，连夜出城驻扎，五更兼程趱行，限五日到蒲。大人于明日未刻，统领大兵，出城十里驻扎，二十二日长行。某愿随鞭镫，供大人指挥。”经略迟疑道：“救兵如救火，固当以速为妙。但今日即行调兵，恐势有不及，奈何？”荷生道：“左右翼兵即在本营，军装原无不备，着今夜驻扎城外，正为兵丁一切糇粮器械计耳。贼一路必有耳目，若知大兵即到，自然心生畏沮。据报‘聚众三十万人’，此自狡贼虚张声势，然数万人是必有的。此数万人未必皆无父母兄弟妻子田产，大半为贼逼胁出来。某请为密行晓示．令其自相离异。且平日官军就道，筹饷办装，日延一日，救兵几有迟至半个月尚未出城者。大人朝闻警，暮出兵，鼠辈闻风，定当胆落。看某仗剑为大人杀贼哩。”经略道：“先生计画周到，即请先生同行，所有机宜，悉凭先生调度。”说毕，便传中军捧过令箭，教随荷生到帐前施令。

果然事权在手，威信及人，二十日一早，颜、林二将早已带兵向蒲州趱行去了。第二日，经略亦偕荷生出城，将一切筹饷事宜，统交节度曹公。荷生又将平日先催那一处，先解那一处，某处用某人，某人熟某事，开明节略，送给曹公。曹公接办，自不费手，也着实钦服荷生材干。这且按下。

且说颜、林二将，晓夜趱行，到得中途，忽奉令箭一枝，锦囊一个，内固封密札。二人忙拆开同看，道：

顷探得河南土匪阿大郎等，因潼关失守，势复蜂起，攻陷陕州。两将军所带左右翼兵，由小路星驰，抄至陕州，一鼓歼除，无留一人。再于硖石关左右树林中，留兵二百名，不时巡哨，多设旌旗，以为疑兵。定于正月十五日二更后至潼关，看城中火起接应，不得有违！

看毕，急照密札催兵前进去了。

看官，你道颜、林二将是何等样人？颜参将名超，系武进士出身；林游击名勇，系营伍出身。颜善使单刀，林善使画戟，俱有万夫不当之勇。且两人各有一样绝技：颜参将能于百步之外树林中数过第几枝第几叶，射之无有不中；林游击能发连珠箭，一开弓射倒三人，再无闪得过的。只是心气粗暴，言词大戆，动辄得罪长官，以致十年还是一个守备、一个千总。自经略到晋，克复平阳，会剿陈、汝，他二人便超群绝伦，为经略赏识了。不半年间，以军功擢至参、游，眼见得去总兵不远哩。看官！汝道人生可不要逢个知己么？

闲话休讲。说他两人到了河南，果然土匪纵横，焚村劫舍。颜、林两将所带皆百战之兵，分路剿除，不日即将陕州收复。并按着柬帖，在硖石关一带设下疑兵，专等十五日到潼关接应。暂且不表。

且说那贼匪据了潼关，十余日不能渡河。城中不过数里地方，能够搜得出几多粮草？将向华阴进发，又被西安重兵拦住去路。将往河南掳掠，忽闻经略遣将，将陕州土匪斩杀无遗。并探得一路均有伏兵，几次出城，俱被官军击退。且乌合之众，本无纪律，回人与番人，只知奸淫掳掠，有勇无谋，弄得个个魂惊胆战，已有散心。忽一日，潼关城中贴了几十处大营告示，众人瞧道：

> 钦差大臣经略西南世袭一等威勇侯明示：为恺切晓谕事。尔陕甘回民，自李唐以来，转徙内地，食毛践土，千有余岁。我朝天覆地载，汉民回民，从无歧视。乃者逆倭犯顺，天地不容，神人共愤。鼯是已穷之技，豕无可突之围。釜底游魂，苟延旦夕。尔等乃受其指挥，并勾番部，兼胁良民。岂知天上军来，若风扫叶；汉家兵到，如日沃霜。本爵钦承威命，统领元戎，招募悉拳勇之材，团练集爪牙之利。燕犀排出，争淬芙蓉；代马驱来，久肥苜蓿。四围炮火，中天掣列缺之鞭；一片刀光，半夜射望诸之魄。猥锋立折，螳斧徒劳。惟思二百年列圣垂谟，但有如伤之念；十余万生灵就溺，谁无欲拯之心。为此，特宣明谕：尔等俱有官骸，亦念骈诛之惨；谁无妻子，盍思孥戮之冤。兵弄潢池，原属无知赤子；戈投牧野，即为归顺黔黎。本爵既往不咎，咸与维新。予以免死之牌，示之投生之路。倘执迷不悟，甘心从逆，则城破之日，必尽杀乃止。其毋悔！某年正月某日给。

于是回民每夜辄有百余人缒城私诣大营，求给免死牌。旬日之间，来者愈众，将十万免死牌给发殆尽。

经略一切事务俱与荷生计议。且屡奉严旨，急命克复潼关，便觉十分愁虑。那荷生每日仍是轻裘缓带，饮酒赋诗，并传知蒲关城内居民，照旧安业，开放花灯。到了十五日早辰，荷生在经略帐中，传出令箭二枝，密札二个，一个与蒲关游总兵，一个与本营李副将。二人看了密札，各自分头行事，众人皆不知是何缘故。到了黄昏时候，城中银花火树，一色通明。荷生乘马，带了五十名兵，在灯市游了一回，自行出城去了。经略营门，毫不见些动静。

再说颜、林二将，到了十五日午后，行至潼关二十里外，饱餐战饭，预备接应。先差探马探听，回报："大营、贼营，隔河相对，未曾打仗。"二人心中疑惑。不一会，日色西沉，月光东上，二人骑马当先，逶迤望潼关进发。到了关前，已将近二更时候。只见月明如昼，隔河大营内鼓角无声，又无船只渡河，只好将兵在汊岸扎住。又过了一个更次，仍无消息，四只眼只往城中看着。兵士们也有坐的，也有立的，都磨拳擦掌，等候打仗。猛然一回头，见隔河大营中赤的的一枝号火腾起，直上云霄。二将便知有了消息，便命众兵一齐上马。随后又见起了两枝号火。话言未了，关内信炮连声，月明之下，倒看不出火光，只见滚滚黑烟，冲天四起，人声鼎沸。二将便令军士顺风向贼营放起火来。麾兵上前，正要冲杀，隔河大营也就大开营门，万炬齐出，都在东岸上列成队伍，却不渡河。那时城外贼营，正在睡梦之中惊醒，仓卒接战。怎当二将的兵骁将勇，霎时已经死了一半，一半抛戈弃甲，沿河逃生。正在追杀之际，城内关门大开，先拥出三五百人，皆是黄布包头，大声招呼官兵："进城杀贼!"四望城上垛口，人俱站满，敌楼上悬出一盏大红灯，上写着斗大的一个"顺"字。二人看了大喜，且不去追赶余贼，带领众兵杀进城来。

是夜，贼众因探得蒲关内大放花灯，所以毫无防备。半夜忽然听得四处火起，人声大呼道："我等皆明大人官军，投降者免死!"所有贼首沙龙巴戟，带着一千心腹，一时措手不及，四散跑出，自相践踏，死者不计其数。正要出城，迎头遇着颜、林二将，一阵好杀。只见尸横遍巷，血流成渠。便折转头来，想出东门逃命。二将随后正赶，忽见贼匪纷纷倒地，四路炮响枪鸣，迎面在刀光中闪出一将，手舞大刀，正在那里杀贼，犹如砍瓜切菜。原来是蒲关游总兵。见了二人，十分大喜，便道："明爷有令传与二位，见头包黄布者免死!"于是合兵一处，搜杀城中番、回各部，救灭烟火，安抚良民。

此时已是四更，城内城外这一阵杀死的贼，约有万人，投降者亦有万众。只有贼首数人，尚带着一伙悍贼，拚命杀出城外。又合城外的余贼番人、回人，一共尚有数千，便想渡河往西抢掠。忽见隔河岸上一片火光，绵亘不绝，遂教番兵引路，打草地内顺着河往西行走。却喜回头一看，并无追兵，遂放心大胆而进。意欲待天明之后，寻着村庄，掳些饮食。又走了一个更次，已是五更过了。约莫也走了二三十里，月色渐渐西沉，拂拂晓风，吹得那河岸上败苇丛芦沙沙乱响。远远望见河旁，似有几辆大车停住。往前再走，荒草愈多。正在寻觅路径，忽听一声炮响，三面火光骤发，前后俱被大车满载柴草，灌上了油，把路都塞断。一阵风过，遍地的枯草烘烘烧着，草内先埋下无数的铁炮，引着药线，直裂横飞。只烧得这一伙数千贼匪，上天无路，入地无门，只往河中乱跳，溺死的也不计其数。其余均焦头烂额，血染黄沙了！看官，你道这场火是那里来的？就是荷生早辰派的李副将在此埋伏，算定贼军必由此路，故此烧他一个尽绝。

荷生带了数十名心腹健卒，正在高阜瞭望，见大功已成，十分欢喜。时东方已白，随即与李副将会在一处，向潼关来。方到关下，早望见经略大纛，正在渡河，颜、林、游、李四将，皆列队相迎。经略一到西岸，见了荷生并四将，便笑吟吟的向荷生拱手道："深劳先生妙算，并诸将勤劳，一战功成，可喜可贺！"遂与荷生并马入城，出榜安民。将生擒贼首，一齐枭斩示众。委员讯问未出城回民：有眷属者，悉令回籍；其单身者，交地方官安插。时雍州节度驻扎同州，约期相见，高宴三日。硖石关伏兵二百名，亦已调回，大兵便凯歌渡河，回太原去了。凡秦晋官民，无不仰慕荷生丰采，每出，至道途拥挤不开。看官，汝道热闹不热闹呢！正是：

荷有用我，帷幄运筹。

轻裘缓带，名士风流。

自是逆倭闻风，再不敢窥伺山右了。欲知后事如何，且听下回分解。

第五回　华严庵老衲解神签　草凉驿归程惊客梦

上回书说的是荷生东平回部。那时正痴珠西入蜀川，天寒岁暮，游子乡关之感，风人屺岵之思，麇至沓来，顿觉茅店鸡声，草桥月色，触目惊心，无复曩时兴致。行次宝鸡，遇一故人，询及行踪，因言节度田公于十月杪奉命移广，已见邸抄，且有“不必来京请训”之语。痴珠意绪，愈觉无聊，想道：“人生遇合，自有定数。倒是蜀中风景甲于寰区，自古诗人流寓其地，阅历一番，也不负负。”痴珠自此入益门，度大散关，寓意山水，日纪一诗，转也摆脱一切。

这日到了广汉，广汉守郭公，系痴珠郎舅至戚，迎至署中。十年分手，万里聚头，这一夕情话，比西安王漱玉家又是一样款洽。痴珠借此度过残年，饮薛涛之酒，斗花蕊之诗，客边亦不寂寞。韶光荏苒，转瞬是二月初旬了。始而传闻逆贼窜入建昌，逼近东越，继而传闻上游失守，会城危在旦夕。痴珠与郭公俱有老亲，闻此信息，何等张皇。到三月杪，郭家安信到了，痴珠不得家中一字，如何放心？便差人查探由湖入广之路。差人回报：“黄州道梗，田公现在留滞长沙。”痴珠急得没法，因想往华严庵求签，指示去路。

原来广汉有一华严庵，系太史金公兆剑之妻冯燕娘所立。燕娘聪颖绝伦，年十九，归太史，蜀人比之赵松雪夫妇。逾年，太史卒，燕娘不茹荤，奉姑以居。逾年，姑又卒，燕娘遂祝发奉佛，高坐禅床，足不出户者三十年。由静生定，由定生慧，一切过去未来之事，洞照无遗。因此把所居舍为华严庵，就菩萨前神签，指示善男信女迷途，法号蕴空。痴珠前此曾往瞻仰，值蕴空朝峨眉去了，只撰一联镌板，送入方丈悬挂。其联云：

也曾续史，也曾续经，瞻落落名山，博议书成，竹素双栖留只影；

未敢言仙，未敢言佛，叹茫茫孽海，大家身在，柏舟一叶引迷津。

蕴空由峨眉回来，见了此联，也还点头称好。这回痴珠因要求签，先期斋戒，于四月初一日清早，洗心涤虑，向华严庵来。

到了山门，便有斋婆迎接上殿拈香。痴珠磕了头，跪持签筒，默祷一番，将签简摇了几摇，落下第十三签来。重复磕头起来，问过信筄，便有斋婆送过签谱。痴珠看头一句是："如此江湖不可行"，想道："这样湖南走不得了！"又看下句是："且将来路作归程。"想道："还要由山、陕走哩。"再看底下两句是："孤芳自赏陶家菊，一院秋心梦不成。"想道："这是怎说？"沉吟一会，重整衣冠，又跪下磕了三个头，默祝一番，重求一签。检出签谱，看头一句是："故园归去已无家"，便不知不觉流下泪来。又看下句是："倾盖程生且驻车。"自语道："这是遇着什么人留我哩？"再往下看去，是："秋月何如春月好，青衫自古恨天涯！"痴珠想道："这也不是好消息。"

正在凝虑，只见殿后一个老尼，年纪七十以外，扶着侍者，慢慢踱过来。斋婆侍立一边，老尼便向痴珠合掌道："居士何来？"痴珠急忙回礼道："比邱即蕴空法师么？"便一一通了姓名。老尼笑道："前蒙居士过访，老衲朝山去了，有失迎候。转承惠赐长联，檃括老衲一生行实，令人心感。"痴珠说道："久钦清节，且仰禅宗，正想向方丈顶礼慈云，将签意指示，不意比邱转出来了。"说毕，便将签谱帖子递过，蕴空接着，瞧了一瞧道："头一签，上二句居士自然明白了，下二句后来自有明验，大约居士与'陶家菊'另有一番因果。第二签，首一句且不必疑虑，大抵秋菊春兰，各极其胜。究竟秋菊牢骚，不及春兰华贵。老衲有三十二字偈，居士听着。"便说道：

"莺飞草长，风去台空。
黄花欲落，一夕西风。
亭亭净植，毓秀秋江。
人生艳福，春镜无双。"

痴珠迟疑不解，呆呆的立着。老尼道："居士请了！数虽前定，人定却也胜天，这看居士本领罢。"说着，便扶着侍者，由殿东入方丈去了。

痴珠也不敢纠缠，到客厅吃了茶，疑疑惑惑的回署。过了一夜，想道："幸是山陕此刻回部宁静，倘像去冬那样光景，就这条路也走不得哩。"因此决计由原路且先入都，再作回省打算。郭公也留不住，只得厚贶数百金，派两名得力家丁护送至陕。是时初夏时候，途中不寒不热，山青水绿，比残冬光景迥然不同。到了梓橦，重经云栈、翠云廊、滴水岩、青桥驿、紫柏山、红心峡诸胜，尤令人心旷神怡。奈痴珠系念老母在危急中，恨不能插翅南飞，那有心情流连风景。每日重赏轿夫，兼程前进。四月初三日起身，至十六夜二更，已到了草凉驿地方。此地上去凤县七十里，下去宝鸡九十里，本非住宿之所，痴珠因夜深了，只得随便住下。

是夕月明如昼，跟随人等赶路疲乏，都睡了。痴珠独步小院中，对月凄恻。秃头因痴珠未睡，不敢上床，坐在堂屋打盹，见痴珠在院子里踱来踱去，遂站起说道："天不早了，老爷睡罢。"痴珠看表，已有两下多钟，便进房去，叫秃头服侍睡下。翻来覆去，捱了一会，总睡不着。

忽然，似闻窗外有人频频呼唤，又似有人隐隐哭泣之声。将帐子揭开一看，见斜月上窗，残灯半穗，黯然四壁，寂无人声，便又睡下。想起昨日凤岭小憩，见那连理重生亭的碑记，文字高古，非时下手笔，便又恍恍惚惚，如身在亭中，援笔题道：

岭下客孤征，岭上木连理。连理之木死复生。孤征之客生如死！

题毕，瞥见一丽人，画黛含愁，弯蛾锁恨，娇怯怯的立在山坳，将痴珠凝眸一盼，便不见了。痴珠移步下亭，想道："怎的这空山中有此丽人，难道青天白日，山魈木魅敢公然出现么？"正在想着，那脚步却向山坳走来，不见人迹。刚转过山坳，又见那丽人手拈一枝杏花，身穿浅月色对襟衫儿，腰系粉红宫裙，神情惨淡，立在那里。痴珠转过脚步，丽人却又不见了。并那地方，亦系一片平原，并非凤岭。痴珠想道："我如何又走到这个地方呢？"再一望去，见有一庙，隔一箭多地，便缓步向前。只见庙门洞开，油漆颜色黯淡得狠，是个古庙。庙门直匾大书"双鸳祠"三字。门堂三间，歪歪斜斜，门上也画有门神，一扇倒在地下。中间碧油屏门，不成颜色。屏门后甬道，砌砖尚自完好，两傍一柏一松，苍翠欲滴。痴珠一步步走上台阶，见廊上东西木栅，中间殿门悬挂板联一付，是：

秋月春风，可怜如此；

青天碧海，徒唤奈何！

十六个字。用手推那殿门，却是闭得紧紧的，无缝可窥，不知中间是何神像。由东廊转至殿后，只见西边有一小门，踱进门来，却是朝东的三间屋子，空洞洞的无一样家伙。对面有一亭，亭中竖碑一座，痴珠忙把碑文读过，是一篇四六。正要背诵一遍，陡见碑石摇动，向身上倒将下来，吓得痴珠大叫一声，早把对房跟人惊醒了。

秃头从睡梦中一骨碌爬起，问是怎么。大家道："老爷梦魇了！"痴珠一身冷汗，将眼一睁，瞧着月光灯影，惨然道："你们不要大惊小怪，没有什么事，睡罢。"便自坐起，揭开帐子，将灯剔亮，去记那碑文。觉得首尾二段，是全记得，中间两段，什忘四五。就踱下床来，披上衣服，检过纸笔，将首段先行誊出。其词曰：

> 麹尘走马，丝柳情长；药店飞龙，香桃骨损。骥方展足，伤心赋鹏之词；风不高翔，掣泪离鸾之曲。春风眉黛，花管新描；夜雨啼痕，竹斑忽染。瑟弹湘女，落遗响于三秋；环认韦郎，结相思于再世。大抵青天碧海，不少蛾眉见嫉之伤；谁知白袷蓝衫，亦多鼠思难言之痛。此双鸳祠所为立也。

誊毕，想道："这段情文，已极哀艳了！近来四六家，那有此付笔墨？"因将次段慢慢的记忆，援笔先誊那首二句云："则有家传汉相，派衍苏州。"想道："怪呀！竟是我家的故事了。其下还有八字，再记不出。"便提笔圜了八圜，誊那底下的，是："青箱付托，鲤庭负剑之年；黄奶编摩，乌几吹藜之夜。"想道："这联以下，还有'名题蕊榜，秋风高掇桂香'一联呢，如何对语再记不出？"就将十字誊过，又圜了十圜，往下誊去，是："轻裘快马，霜严榆枣关前；寒角清笳，月冷胭脂山下。吊故宫于刘石，禾黍高低；聆冷调于伊凉，筝琶激楚。"

誊到此处，要往下写去，只记不出。想道："以上数联，后来篡去作我的墓志，也还可用。以后数联，系叙此人抑郁无聊，得一巾帼知己，笔墨极其淋漓，如何一字也没了？"沉吟半响，自语道："咳！恍惚得狠，这数联中，不是有那'叔宝多愁'对那'长卿善病'么？怎的记不起，比做更难？"掷下笔，凝思一会，听得鸡声已唱过两遍了，便提起笔，另行将那段末数联誊出，是：

> 彩云三素，忽散鱼鳞；宝月一奁，旋亏蟾魄。盖积劳所以致疾，而久郁所以伤生。历险阻之驰驱，风如牛马；慨身宫之偃蹇，岁在龙蛇，病到膏肓，竟符噩梦；医虽卢扁，难觅灵方。天实为之，谓之何哉！

想道："如今是第三段了。"段首四句是："尔乃亭亭净植，莲出污泥；烈烈奇香，兰生幽谷。"

誊毕，想道："以下数联又忘了。"便又另外写道：

杯蛇幻影，鬼蜮含沙。萦愁绪以回肠，蔓牵瓜落；拭泪珠而洗面，藕断丝长。生不逢辰，久罹荼苦；死而后已，又降鞠凶。填海水以将枯，冤无从雪；涸井波而不起，心早成灰。含笑同归，树合韩凭之冢；偷生何益，梦随倩女之魂。七千里记鼓邮程，家山何处？一百六禁烟时节，野祭堪怜。魂兮归来，躬自悼矣！

便自语道："写得沉痛如此，真好文章也！末段我便一字不忘了。"遂接写道：

于是故人阁部，念攻玉之情，敦分金之谊。黄芦匝地，悲风吹蒿里之音；丹艧孔涂，落日下桂旗之影。衬旙幢之綷縩，翠柏苍松；升俎豆之馨香，只鸡斗酒。嗟乎！滚滚劳尘，不外至性至情之地；茫茫人海，最难一生一死之交。白马素车，犹是范张同气；珠幡宝盖，终殊娟润双栖。咽汾水之波声，凄凉夜月；拜昙花之幻影，惆怅春风。逝者如斯，竟成千古；人如可作，重订三生。川岳有灵，永护同心之石；乾坤不改，终圆割臂之盟。

誊毕，窗纸上早已晓日曈曈了。痴珠复朗吟一遍。秃头暨众人早已收拾行李伺候。痴珠才拭脸漱口，便上车向宝鸡进发去了。正是：

人生能有几，贸贸马蹄间；

天与闲身好，如何不肯闲？

欲知痴珠一签一梦后来若何应验，且看下回分解。

第六回 胜地名流禊修上巳 金樽檀板曲奏长生

话说明经略奏凯班师，一路偕荷生察看形势，增减防兵，直到二月杪始抵太原。阖城官员，以次排设庆贺筵宴。三军凫藻，万姓欢虞，也不用铺张扬厉。还有那本地绅士，因荷生破贼有功，便邀了荷生同年梅小岑太史、欧剑秋侍讲，定于上巳日，专席特请荷生洗尘。传齐本年花选上十妓潘碧桃、颜丹翚、张曼云、薛瑶华、冷掌珠、傅秋香、贾宝书、楚玉寿、王福奴、刘梧仙，都到柳溪彤云阁伺候。

柳溪在阳曲县署西一里，汾堤之东，宋天禧中，陈尧佐知并州，因汾水屡涨，筑堤周五里，引汾水注之，旁植柳万株。中有秋华堂，堂外有芙蓉洲。每岁上巳，太守泛舟修禊，郡人游观于此。数百年来，久圮于水。十年前，太原太守率官吏士民，立汾神台骀祠，因复旧迹。彤云阁是上下两层、溪北最高之处，四面明窗，俯瞰柳阴中渔庄稻舍，酒肆茶寮，宛如天然图画。溪南一带，桂树遮列如屏，便是秋华堂。东边一带垂杨，汾流环绕。西边池水一泓，纵横数亩，源通外河，便是芙蓉洲。

到了这一日，彤云阁下层早排设得锦大绣地一般。巳初一刻，教坊十妓齐集。不一会，缙绅和梅小岑、欧剑秋陆续也到了。一面催请荷生。小岑、剑秋和那十妓说说笑笑，都说道："就现在教坊脚色论起来，今年花选，秋痕压在煞尾，也算抱屈了。"秋痕系梧仙小字。秋痕冷笑道："这也没有凭据，若说第一，那个不想取上呢？我们本是凭人摆弄的，爱之加膝，不爱之便要坠渊，又有什么凭据可说得出来？"丹翚也说道："这个是平心的话。"

正说着，外面报说："韩师爷来了！"缙绅大家也就走下台阶拱候。十妓都迎接出去，在阁门外一字儿花摇柳颤，排着等候。停了一回，只见一匹顶马从柳阴中转出，便见四人抬、两人扶一座蓝呢大轿，中间坐着彩云皓月一般的韩荷生。后头一群人，约有十余个跟着。将到大门，教坊早已奏动鼓乐，十妓都请过安，荷生轿里也点一点头。轿子停下，荷生出轿，将他们打量一回，便移步跨进门来。见大家都在阶下，便躬身上前，与大家相见，问了好，即携着小岑的手，同上台阶。大家跟着进了彤云阁，重新见礼。大家让小岑陪荷生上炕坐了。家人献上茶来，荷生道："诸公如此盛设，小弟何以克当！"那缙绅中有一个姓苟名才，字子慎，抢着站起来，陪笑说道："聊备杯酌，以伸景仰之意，还求荷翁勿以简亵为罪哩。"剑秋笑道："我们都是软红尘里弟兄，不说套话罢。"

此刻吹打停了，湘帘高卷，十枝花袅袅婷婷，都在两廊，也有说笑的，也有理鬓的，也有更衣的。掌班们尽催着他们上去伺候，秋痕道："我是不上去的。你看一屋子堆着许多人，这般早，上去做什么。"说着，便携着掌珠，从西廊小门向堤边逛去了。这里碧桃、丹翚、曼云三人，只得移步上来，对荷生请了安。荷生知道这些都是花案上及第的，便也世故起来，搀住碧桃的手道："都非凡艳！"随将姓名年纪一一问过，便说道："我下轿时瞧见一位穿藕紫衫、葱绿裙的，怎么不见呢？"小岑道："那是梧仙。"子慎赶着立起身来，走到帘边，传唤梧仙。狗头急忙答应，却四处找寻不见。玉寿道："他刚才和掌珠从这角门出去。"狗头便从角门去追寻二人，掌珠班长也跟着。一会，才把两人领来。这里却将秋香、宝书、瑶华、玉寿、福奴，都唤上去了。狗头便将秋痕送到帘边。

看官，你道这狗头是什么人呢？却是秋心院一个掌班，因他生得怪头怪脑，以此都唤他做个"狗头"。而且他又有个怪相，是两眼下有二黑斑，也像两眼，以此人又唤做"四眼狗"。后来闹得几多事出来，这且按下。

当下秋痕和掌珠到了帘边，看见一群儿都围在炕前，便推着掌珠先走，自己落后。座上人脸都向上，听着荷生说话，也不瞧见他两个。倒是小岑从人缝中看见掌珠，便问道："秋痕呢？"于是群花闪开，掌珠携着秋痕，向荷生同请了一安。荷生见秋痕别是一种洒落的神情，因向小岑道："我却不想并州尽有许多佳丽，就这榜末秋痕，已自出人头地了！"小岑道："一经品题，声价十倍，吾兄赏识，自是不凡。"再看秋痕，早是秋波盈盈，默然不语。荷生便向群花说道："站了好一会，今日太难为着二十瓣金莲了，请散开坐坐罢。"子慎便跟着说道："两旁空椅，你们随意坐着。韩师爷是个怜香惜玉的人，再不拘你们的。"秋痕早轻移莲步，从东走向窗下花架傍一把小方椅那里去了。大家也有跟着走去的，也有向西窗下去的。

荷生便向众缙绅谈了一回潼关破贼的事，复又笑道：“人生踪迹，不能预料。两月以前，戎马倥偬，岂知今日群花围绕，玉软香温？但今年花选，小弟不揣冒昧，却要重订一过，诸公以为何如？”剑秋笑道：“吾兄又要翻案了。”众乡绅同接着口道：“这又何妨呢，千金请不到这样名公评定哩！”荷生笑道：“岂敢岂敢！只是这游戏笔墨，各存一说，谅亦无碍。”子慎便说道：“今年花选，本来公论是不依呢。”正说着，家人回说：“酒筵已备。”荷生便立起身来，和小岑、剑秋招着秋痕、丹翚、曼云，阁门外散步。这里七手八脚，将席抬上。正面摆着一席，两边排着四席。每席先是三个座。两廊教坊吹打三次，家人捧上酒来，大家送酒安席。正面是荷生，小岑、剑秋陪坐。缙绅们分坐四席，每席两枝花伺候。小岑、剑秋晓得荷生意思，便唤跟班排两个座在下横头，令丹翚、秋痕坐了。于是四席也照样起来，然后大家都换了便衣。

酒行三巡，曼云等出位，走到正面席前，以次呈上歌扇。秋痕、丹翚也站起来。荷生就随意将各人都点了，只把秋痕的扇子握在手中，且令归坐。慢慢的让酒吃菜，听那曼云等或二簧，或小调，抑扬亢坠，百转娇喉，合着琵琶、洋琴、三弦诸般乐器的繁音促节，已是眉飞色舞，豪情勃发了。

好一会，曼云等以次唱完。小岑笑道：“如今该是秋痕昆腔一开生面了！”荷生便向秋痕笑道：“你这扇上大半是《燕子笺》、《桃花扇》、《西楼记》、《长生殿》，可见是个名家了。只是你有会得全出的没有？”秋痕站着答应道：“只有《长生殿·补恨》旦曲是全会的。”荷生喜道：“好极！我就请教这一出。”剑秋笑道：“我虽不懂这些，只全出旦曲，就是难为人的事。”秋痕道：“不妨。”于是大家静悄悄的。荷生要过鼓板，亲自打着，教坊子弟吹着笛，弹着三弦，听秋痕敛容静气的唱道：

> “叹生前，冤和孽，才提起，声先咽。单则为一点情根，种出那欢苗爱叶。他怜我慕，两下无分别。誓世世生生休抛撇。不堤防惨凄凄月坠花折，悄冥冥云收雨歇！恨茫茫，只落得死断生绝！”〔普天乐〕

荷生见秋痕一开口已经眼眶红了，到末了“只落得死断生绝”这一句，竟有忍不住泪的光景，便将青萍才泡上莲心茶亲手捧给秋痕道：“你吃了这钟茶，下一支我唱罢。”便一面打鼓板，一面唱道：

> “听说旧情那些，似荷丝劈开未绝，生前死后无休歇。万重深，万重

结。你共他两边既恁疼热，况盟言曾共设！怎生他陡地心如铁，马嵬坡便忍将伊负也？”〔雁声过〕

小岑、剑秋俱拍案道：“好！”荷生笑道：“我们少唱，板眼生疏得狠，不及他们的娴熟。”秋痕道：“韩师爷板眼自然是讲究的，我们班里总不免有含糊处。”便接着唱道：

“伤嗟，岂是他薄劣。想那日遭魔劫，兵刃纵横，社稷阽危，蒙难君王怎护臣妾？妾甘就死，死而无怨，与君何涉！怎忘得定情钗盒那根节。”〔倾杯序〕

荷生喝声“好”，便说道：“未免有情，谁能遣此？”剑秋道：“词本好的，秋痕又能体会出作者的意思，抑扬顿挫，更令人魂销。”荷生道：“我要浮一大白了！”于是丹翚执壶，秋痕斟酒，剑秋、小岑、荷生俱干了一大杯。秋痕归坐。

小岑道：“如今我献丑罢。”便讨一钟茶，漱了口，唱道：

“你初心誓不赊，旧物怀难撇。是千秋惨痛，此恨独绝。谁道你不将殒骨留微憾，只思断头香再爇。蓬莱宫阙，化愁城万叠。怕无端又令从此堕尘劫。”〔玉芙蓉〕

大家都拍手道：“好呀！”子慎道：“我从来不晓得小岑会昆曲，今日才请教呢。”小岑向秋痕笑道：“贻笑大方！”秋痕便也向着小岑一笑，接着唱道：

“位纵在神仙列，梦不离唐宫阙。千回万转情难灭。双飞若注鸳鸯牒，三生旧好缘重结。又何惜人间再受罚折！”〔小桃红〕

秋痕唱了这支，眼眶又红了。小岑瞧着，便说道：“等我再效劳罢。”接着唱道：

“那壁厢人间痛绝，这壁厢仙家念热。两下里痴情恁奢，痴情恁奢。我把彼此精诚，上请天阙。补恨填愁，万古无缺。”

秋痕背过脸，接着唱道：

“还只怕孽障周遮，缘尚蹇，会犹赊！”〔大催拍〕

荷生笑向秋痕道：“以下便是尾声了。”就唱道：

“团圆等候仲秋节，管教你情偿意惬。”

当下秋痕向着荷生一笑，也背过脸接着唱道：

“只我这万种伤心，见他怎地说！”

秋痕唱完，荷生十分欢喜，教丹翚斟上大杯酒，和小岑、剑秋每人喝了三大杯，四席上缙绅也随意饮了几杯。丹翚陪了三大杯，秋痕量小，只得将小杯陪饮。荷生道："先前散步，瞧着堤边预备有船，我们携些酒，到船上去坐一回，也算不负修禊良辰。"大家俱欣然愿意。剑秋道："船上那里容得这多人呢？"子慎道："早预备过，船有五六支，分开坐罢。"于是五支船，仍是五席。小岑、剑秋陪着荷生下船。一会，荡入水心。遥望着旷远芊绵，水烟凝碧，那秋华堂、汾神庙，楼阁参差，倒影波中，澄澈空明，真令人胸襟漱涤，不着一尘。那教坊子弟打起《十番》，十妓便齐声唱起《采莲歌》来。前后娇声婉转，响遏行云。当下水陆并进，珍错罗列。到了黄昏，方才将船仍荡到彤云阁。荷生早已醺然，叫索安将一百两银锞分赏十妓，另将自己身上带的一块翡翠九龙佩，送给秋痕。转身谢了众人，先坐轿去了。各缙绅车随到，也随散了。

只有小岑、剑秋、子慎三人车久不到，便和十妓说些闲话。丹翚等见荷生今日如此看重秋痕，也有妒忌的，也有替他欢喜的，那秋痕终是冷冷的，子慎便说道："秋痕，你也该懂些巴结。譬如今日，韩师爷这样另眼看待你，你就没有一点格外招呼，你们到底是为着什么来呢？"秋痕今日因是走开闲逛，误了呼唤，已受狗头一番絮聒，听着子慎教训他，便哭起来，说道："自己会巴结，尽管巴结，人家不会巴结，必要教人巴结，这是何心呢！"子慎听了，又羞又怒，登时变起脸来道："你这东西，真是个不成材料！我好好的和你说话，你为什么哭起来？你到底有人教管没有？"秋痕正要发话，剑秋忙过来，扯到里间，说道："你哭什么呢？荀老爷说你，原是好意，你不要认错了。"小岑也将子慎扯到炕上，和曼云一块坐着，说道："这妮子脾气总是这样，难怪人嫌。"子慎道："我一团好意，倒惹的他抢白起我来，叫我怎么不恼！"小岑只得十分排解，剑秋里边也劝了秋痕许多话，才把两下的气都平了，好是子慎车先到了，便招呼着大家，上车而去。剑秋力劝秋痕出来送子慎上车，秋痕抵死不肯。子慎去了，小岑、剑秋便叫秋痕班长先送秋痕坐车回去。小岑、剑秋随后车来，也就走了。丹翚大家自有各人的班长、各人的车马伺候。客都散完，便莺梭燕掠的一般，纷纷的分路回家。正是：

酒阑人散，月上星稀；

锦天绣地，转眼皆非。

欲知后事如何，且听下回分解。

第七回　翻花案刘梧仙及第　见芳谱杜采秋束装

话说山右教坊，设自辽金。旧例每年二月花朝，巨室子弟作品花会。其始原极慎重，延词客文人，遴选姿容，较量技艺，编定花选，放出榜来。后来渐渐废弛，以致篾片走狗靠此生活，于是真才多半埋没，尽有不愿赴选者。今年是个涂沟富户马鸣盛，字子肃，充作头家，请一南边人，姓施名利仁，字芦岩，主持花案。这利仁年纪二十余岁，生得颀长白皙，鼻峰高耸，昆腔二簧，琵琶三弦，都还会些，只是胸无点墨，卑鄙刻薄，无所不为。似这种人主持花案，这花选尚可问么！到了出榜这日，优婆夷寺地方，彩亭上粘着榜文，是潘碧桃第一，刘梧仙第十。案下哗然。奈教坊司早已详县存案，就也没人来管闲事了。

却说荷生那日回营，勾当些公事，天已不早，便吃点茯苓粥，青萍等伺候睡下，都退出去。荷生对着那一穗残灯，想道："今日这一聚，也算热闹极了。丹翚、曼云，自是好脚色；掌珠、秋香，秀骨姗姗，也过得去；只有秋痕，韵致天然，虽肌理莹洁不及我那红卿，而一种柔情侠气，真与红卿一模一样！且歌声裂石，伎艺较红卿似还强些。不知那花选何以将他屈在第十？我定当另编一过，饬教坊司更正才好。"又想道："芙蓉洲风景，到了夏月，荷花盛开，自然更好。我今日已约下小岑、剑秋，到那日作一东道，回敬他们。咳！只可惜红卿不在这里。"便朦朦胧胧的好像身子还在芙蓉洲船上，又像是席散时候。

陡然，那边飞过一支画船来，船里一个丽人，倚着船窗看水。荷生便将头探出窗来，正与那丽人打个照面，却是红卿。便急问道："你什么时候到了？"红卿只是笑，那船早离有一箭多地了。荷生忙唤人追赶，回头一看，船上静悄悄的，只有秋痕一人，背着脸，靠在那边船窗。便问道："他们往那里去了？"秋痕转过脸来，却不是秋痕，又另是一个丽人：濯濯如春月柳，滟滟如出水芙蓉，比秋痕还好！那丽人又只是瞧着荷生笑。荷生待向前说话，只见那丽人说道："你只认得刘秋痕，那里认得我呢？"荷生正要回答，那丽人却不见了，船中只是自己一人。再一回盼，又见那丽人却携着红卿的手，在岸边亭子上并肩而立，喜得心花怒开，急忙跑上岸来，迎前一看，却是丹翚、曼云。荷生此时恍恍惚惚的，便急问道："你看见红卿么？"只见丹翚沉着脸道："你是什么人？怎的混跑到这里来！"便携着曼云，从亭子上小门进去了。荷生想道："分明这是丹翚、曼云，如何他们变了脸，不认我呢？"再一看来，那里是岸，却是一家池亭，想道："今天我怎的这样迷惑起来，莫非是梦中幻境么？"正想着，只见那池边树林里跑出几个回兵，手执短刀，见了荷生，都道："这就是前日在潼关山上教人放火的人，不可放走了！"荷生吃了一惊，往园中便跑。又见红卿和那丽人靠着池边栏杆，吟吟的笑。荷生此时也不管祸福，忙上亭来，跑向前去。后面那几个回兵，随后赶来，拦腰抱住。唬得满身冷汗，撑开眼来，却是一梦。回忆梦境，如在目前，心上犹突突的乱跳。想道："此自是上床时胡思乱想所致。"便自收摄精神，扫除思虑，就也安然睡着了。

次日起来，午窗无事，便将十花品第起来。也不全翻旧案，只将秋痕、碧桃前后挪移，便另是一番眼界了。开首撰一小序，每人名下各系一传，传后各缀一诗，即日发刻。数日之间，便轰传起来。看官，你道那教坊司敢不更正么！只这几页花选，却是胭脂山的飞檄，氤氲使的灵符，早招出一个绝代佳人来。你道这佳人是谁？就是第一回书中说的杜采秋。

这采秋系雁门乐籍，他的母亲贾氏，那年身上有娠，夜梦一仙女手拈芙蓉一枝，说道："此系石曼卿芙蓉城里手植，数应谪落人间，在你手里受了二十年魔劫，然后根移绿墅，果证青娥。"说毕，掷花于怀，贾氏腹痛而醒。是夕生一女，因名梦仙，小字采秋。

采秋生而聪颖，词曲一过目，便自了了，不特琵琶弦索，能以己意谱作新声，且精骑射，善画工书，以此名重雁门。到十六岁上，便有一豪客，破费千金梳栊了。每年四五月，到了并门，扇影歌喉，一时无两，以此家颇饶足。然性情豪迈，有江南李宛君、顾眉生之风。千万金钱，到手辄尽。旧年十二月，关外讹言四起，采秋将万贯钗钏衣服，尽行弃去，购书十余架。客问其故，采秋说道："钗钏衣服，贼来便是祸根，换此数百万卷书，贼将不顾而去。不好么？"其实采秋是乘此机会，要择人而事，不理旧业。后来大兵东出，平了回部，他家朝夕絮聒，说他：“年纪才二十岁，不为全家图些基业，专要读书、做诗、写字，难道真要去考博学鸿词，作女学士么？”采秋拗不过他爷娘意思，只得出来，略略酬应。

一日，侍儿红豆传说：“洪相公来访！”看官听着：这洪相公，也是此书中一个要紧的人。此人单名海，字紫沧，现年三十五岁，拳勇无敌，却温文尔雅，是个做秀才的本色。以此，雁门人个个敬爱他。采秋便延入内室客座，闲话一回。紫沧便从靴靿里取出一本书来，说道：“今年花选，你见过么？”采秋道：“那花选有什么看头呢！所选的人，横竖是并州那几个粉头，又难道又有个倾国倾城的出来么？果然有个倾国倾城的，上那花选，也就玷辱！”紫沧笑道：“你这议论，实在痛快！只是这一番，又有个人出来，将花案翻过，你瞧罢。”便将花选一本，递给采秋。

采秋揭开一看，书目是《重订并门花谱》。便问道：“这重订的人，是个什么样的名公呢？”紫沧笑道：“你不要问人，且看这人的序如何再说。”采秋便将小序念道：

“露朵朝华，奇葩夜合；莲标净植，絮染芳尘。羌托迹之靡常，遂分形而各寄。岂谓桃开自媚，柳弱易攀。生碧玉于小家，卖紫钗于旧邸。羞眉解语，泪眼凝愁。弹秋之曲四弦，照春之屏九折。况兼笔妙，迥似针神。允符月旦之评，不愧霓裳之咏。昨者躬逢良会，遍赏名花；又读新编，足称妙选。惟武陵俗艳，宠以高魁。”

便说道：“潘碧桃取第一么？”又念道：“而彭泽孤芳，屈之末座。”便说道：“这‘彭泽孤芳’是谁呢？”又念：

“私心耿耿，窃不谓然。用是再启花宫，重开蕊榜。登刘蕡于上第，许仙人为状头。背踏金鳌，忆南都之石黛；歌传紫凤，夺北地之胭支。愿将色艺，遍质同人，所有是非，付之众论云尔。富川居士撰。”

念毕，说道：“好一篇唐小品文字！这富川居士定不是北边人了？你说罢。”

紫沧道：“你且往下看，尚有笔墨呢。”采秋见第一个题名是：

霜下杰刘梧仙

便说道：“呵！刘蕡登上第，仙人得状头了！究竟这刘梧仙是谁呢？怎的我在并州没有见过，且不闻有这人呢？”紫沧道：“你怎的忘了？那小班喜儿，你就没有会过么？”采秋道：“呵！就是他么？人倒不曾见过，却听见有人说，这喜儿长得模样狠好，肚里昆曲记得狠多，只是脾气不好，不大招呼人。仿佛去年有人说他搬回直隶去了，怎么这回又来了？今番取了第一，这富川居士也算嗜好与俗殊咸酸，不肯人云亦云哩。”说毕，便看那小传道：

梧仙姓刘氏，字秋痕，年十八岁，河南人。秋波流慧，弱态生姿。工昆曲，尤善为宛转凄楚之音。尝于酒酣耳热笑语杂沓之际，听梧仙一奏，令人悄然。盖其志趣与境遇，有难言者矣！知之者鲜，无足责焉。

说道：“好笔墨！秋痕得此知己，可以无恨矣。”便将诗朗吟道：

生来娇小困风尘，未解欢娱但解颦。
记否采春江上住，懊侬能唱是前身。

吟毕，说道：“诗亦佳。”再看第二名是：虞美人颜丹翚。便说道：“虞美人三字，很切丹翚的样子。”看那小传道：

丹翚姓颜氏，字幺凤，年十九岁。姿容妙曼，妍若无骨，丰若有余。善饮，纠酒录事，非幺凤在坐不欢也。至度曲，则不及梧仙云。诗曰：

衣香花气两氤氲，妙带三分宿醉醺。
记得郁金堂下饮，酒痕翻遍石榴裙。

再看第三名是：凌波仙张曼云。

曼云姓张氏，字彩波，年十九岁，代北人。风格虽不及梧仙，而风鬟雾鬓，妙丽天然，裙下双弯，犹令人心醉也。诗曰：

偶然扑蝶粉墙东，步步纤痕印落红。
留与天游寻旧梦，销魂真个是双弓。

再看第四名是：玲珑雪冷掌珠。

掌珠姓冷氏，字宝怜，年十九岁，代北人。寡言笑，而肌肤莹洁，朗朗若玉山照人。善病工愁，故人见之辄爱怜不置。诗曰：

牢锁春心豆蔻梢，可人还似不胜娇。
前身应是隋堤柳，数到临风第几条。

再看第五名是：锦绷儿傅秋香。

秋香姓傅氏，字玉桂，年十四岁，湖北人。眉目如画。初学度曲，袅袅可听，亦后来之秀也。诗曰：

绿珠生小已倾城，玉笛新歌宛转声。

好似旗亭春二月，珠喉历历啭雏莺。

再看第六名是：销恨花潘碧桃。

碧桃姓潘氏，字春花，年十七岁。美而艳。然荡逸飞扬，未足以冠群芳也。诗曰：

昨夜东风似虎狂，只愁枝上卸浓妆。

天台毕竟无凡艳，莫把流红误阮郎。

再看第七名是：占风池贾宝书。

宝书姓贾氏，字香卿，年十七岁，辽州人。貌仅中姿，而长眉曲黛，善于语言。诗曰：

春云低掠两丫鬟，小字新镌在玉山。

何不掌书天上住，却随小劫落人间？

再看第八名是：燕支颊薛瑶华。

瑶华姓薛氏，字琴仙，年十六岁，扬州人。喜作男子妆，学拳勇，秃袖短襟，诙谐倜傥，乐部中之铮铮者也。诗曰：

宝髻玲珑拥翠钿，春花秋月自年年。

苍茫情海风涛阔，莫去凌波学水仙。

再看第九名是：紫风流楚玉寿。

玉寿姓楚氏，字秀容，年十八岁。善肆应，广筵长席，玉寿酬酢终日，迄无倦容。诗曰：

花气浓拖两鬓云，绛罗衫子缕金裙。

章台别后无消息，芳草天涯又见君。

再看第十名是：婪尾春王福奴。

福奴姓王氏，字悍娘，年二十三岁，代北人。杨柳多姿，桃花余艳，以殿群芳，亦为花请命之意云尔。诗曰：

柳花扑雪飞难定，桃叶临江恨总多。

愿借西湖千顷水，听君闲唱《采菱歌》。

看毕，便将书放在茶几上，向紫沧道："到底这'富川居士'是谁呢？"紫沧道："此人非他，便是正月间大破数十万众回部的那个韩荷生！"

采秋沉吟一会，才说道："他还有这闲功夫弄此笔墨?"紫沧道："这荷生奇得狠！听得人说，他在军中是诗酒不断的。就是破贼这一日，也还做诗喝酒哩。"采秋道："这也没有什么奇处，那诸葛公弹琴退敌，谢太傅谈棋赌墅，名士大半专会摹调！只如今就算得江左夷吾，让他推群独步了!"紫沧笑道："可惜你是个女子，若是男子，你这口气，是要赛过他哩!"说得采秋也吟吟的笑了。又闲谈了一回，天色已晚，紫沧去了。

采秋便将《芳谱》携归卧室，叫红豆燕一炉香，烹一钟茶，在银灯下检开《芳谱》，重看一遍。想道："我只道现在读书人，给那八股时文、五言试帖捆缚得个个作个书呆，不想也还有这潇洒不群的人，转教我自恨见闻不广，轻量天下士了。"因又想道："他既有此心胸眼力，如何不知道我杜采秋呢？你要重订《芳谱》，也不问问，就把什么丹翚的酒量、曼云的弓弯，都当作宝贝一般形诸歌咏，连那玉寿、福奴，都为作传，这不是浪费笔墨么!"停了一回，又想道："我不到太原，他如何知道我呢？这也怪不得他。"痴痴呆呆，想来想去，直到一下钟，贾氏进来，几次催他去睡，才叫红豆和老妈服侍睡下。

次日，又沉吟了一日，便决计与他父母商量，前往并州。他爷娘是巴不得他肯走这一遭，立刻料理衣装，不日就道了。正是：

人生最好，一无所知；

若有知识，便是大痴。

欲知秋痕、采秋后事如何，且听下回分解。

第八回　吕仙阁韩荷生遇艳　并州城韦痴珠养疴

话说荷生自重翻《芳谱》之后，军务日见清闲。一日，奉着报捷的回批，经略赏加太保衔，大营将吏俱有升擢，荷生也得五品衔。彼此庆贺，不免又是一番应酬。

光阴易过，早是四月中旬。长日倦人，又见芍药盛开，庭外丁香海棠，红香腻粉，素面冰心，独自玩赏一回。鸟声聒碎，花影横披，遂起了访友的念头，寻芳的兴致。带了青萍，骑了一匹青海骢，也不要马兵跟随，沿路去访梅小岑、欧剑秋诸人。一无所遇，大为扫兴，便欲回营。走到东南城根边，遥见一带波光，澄鲜如镜，掩映那半天楼阁，俨如一幅画图。便问青萍道："那是什么地方？"青萍道："小的未曾到过。"荷生便信马行来，原来是一座大寺院。门前古槐两树，蔽日参天。墙外是大池，纵横十亩，绕着水是绿柳成行，黄鹂百啭，便觉心旷神怡。遂下了马，看那寺门上横额是"吕仙阁"三字，便令青萍拂去了身上的尘土，将马系在柳荫中。荷生缓步走到堤边，看那游人垂钓。

忽听阁上数声清磬，度水穿林，更觉涤尽尘心，飘飘意远。又信步走进寺门，早见有一辆绣幰香车，停在门内。便向青萍道："那不是内眷的车么？不用进去冲撞他们了。"青萍道："老爷骑了半天马，又站了这一会，也该歇一会儿。庙里地方大，那里就单撞见他们哩？"荷生点点头道："你且在此等着。"遂一人踱进门来，静悄悄的，只有那车夫在石板上打盹。转湾到了东廊，见两三个小道士在地下掷钱玩耍，也不招呼荷生。荷生便一直向后走来。只见宝殿琳宫，回廊复道，是个香火兴旺的古刹。

原来这纯阳宫正殿以后，四围俱系砖砌成阁。阁分三层：上层左临试院，万片鱼鳞，右接东城，一行雉堞，远则四围山色，万井人烟，近则数亩青畦，一泓绿水。中层为上下必由之道，两边石磴各数十级。下层做个月洞，系出入总路。荷生刚到下层洞门，只听一阵环佩声，迎面走出花枝招展的两个人来，便觉得鼻中一股清香，非兰非麝，沁入心脾，自然会停了脚步。定睛一看，一个十四五岁的，身穿一件白纺绸大衫，二蓝摹本缎的半臂，头上挽了麻姑髻，当头插一朵芍药花，下截是青绉镶花边裤，微露出红莲三寸，笑盈盈的，已似海棠花，娇艳无比。一个年纪大些，真是宝月祥云，明珠仙露，这道神采射将过来，荷生眼光自觉混漾不定。幸是到了跟前，不得不把心神按定，闪过一旁，让这两人过去。这两人也四目澄澄的瞧了一瞧。荷生觉得那绝色眼波，更倾注在自己身上，那一缕魂灵儿好像就给他带去；跟着出了洞，走过院子，将次转出正殿，这绝色的回头一盼，才把精魂送转。这两人都不见了，两条腿尚如钉住。停一会，缓步向前。恍恍惚惚，记那绝色身上穿的，是一件镶花边浅蓝云蝠线绉单衫，下面是百折淡红绉裙，微露出二寸许窄窄的小弓弯，头上是挽个懒云髻，簪一枝素馨花，似乎是绉着春山的光景。

一路上凝神渺虑，细细追摹，不知不觉已走到后面阁上第三层扶梯了。且喜并无一人窥见心事，也就步上扶梯，靠着危栏，想道："那一个十四五岁的，是个侍儿，决无可疑了。这一个绝色是那一家宅眷？怎的如许年轻，只带一婢来庙呢？若说是小户人家，那服饰态度，万分不像。咳！似此天上神仙，人间绝色，此地青楼决无此等尤物，这也不用说，譬如果有这样一个人，无论丹翚、曼云，就是秋痕怕也赶不上！只是人家宅眷，无心邂逅，消受他慧眼频频垂盼，已算是我荷生此生艳福，以后还要怎样呢！"这样一想，顿时把先前思慕心肠，如濯向冰壶，不留渣滓，倒也爽然。流览一回，觉得口渴，缓步出来。一个老道士递上一钟茶，却喝不得。瞧着表已有三下多钟了，赶着出门，唤过青萍，跨上马，把鞭一捎，那马如飞的驰归大营去了。

看官，你道荷生所遇的绝色，究竟是谁？原来就是杜采秋。采秋自那日决计出门，次早便和他妈择了日期，带着老嬷、丫鬟、伙伴上路，按站到了太原，就寓在菜市街愉园。这园虽不甚大，却也有些树木池亭，数十间邃房密室。本是巨家别业，后来中落，此园又不转售于人，关闭数年，屋宇渐渐塌坏。采秋去秋以二千金买之，略加修葺，便也幽雅异常。只是他娘贾氏，因途次感冒，成了重症，日重一日。采秋昼夜伏侍，转把来访之客概行谢绝。此时已半个多月了，见他妈病势有增无减，因此特来吕仙阁求签许愿，不想遇见荷生。

其实采秋意中有荷生，却不曾见过这个人；荷生目中有采秋，又不曾闻有这个人。然荷生看不出采秋是个妓女，采秋却看得出荷生是个名流，一路想道：“这人丰神澄澈，顾盼不凡，定是个南边出色人物。”因又想道：“此人或且就是紫沧说的韩荷生，那庙门外柳荫拴一匹马，系青海骢，不是大营，那里有此好马？”正在出神，车已到家。想他妈病势危笃，吕仙阁的签又不甚好，也把路上所有想头，一齐撂开了。这且按下。

却说痴珠由草凉驿趱程，十九日午后已到西安，随便卸装旅店，就雇定长车。因河南土匪出没无常，与车夫约定，取道山西，限十八日到京。一面吩咐跟人检点行李，一面写了几封川信，交给广汉家丁回去销差。此时已是黄昏，痴珠也不换衣服，坐车向红布街王漱玉家来。不想漱玉夫妇双双的外家去了，痴珠只得把他家里作一柬帖，并诗二首留别，怅然而返。诗云：

卅年聚散总关情，销尽离魂是此行。

去日苦多来日少，春风凄绝子规声。

客囊犹似去年贫，湖海浮沉剩一身。

东阁何时重话旧？可怜肠断再来人！

那王家管事家人刘福，为着痴珠是漱玉极爱敬的朋友，三更天自己跑来请安，送过酒菜，再三挽留。痴珠姑且答应，其实天一亮，便装车上路去了。

痴珠自幼本系娇养，弱冠登第，文章丰采倾动一时。兼之内顾无忧，傥来常有，以此轻裘肥马，暮楚朝秦，名宿倾心，美人解佩。十年以后，目击时艰，肠回夔纬，宾朋零落，耆旧销沉。此番经年跋涉，内窘于赡家之无术，外穷于售世之不宜。南望仓皇，连天烽火；西行踯躅，匝地荆榛。披月趱程，业驰驱之已瘁；望云陟屺，方启处之不遑。忧能伤人，劳以致疾。二十　夜赶到潼关，便神思懒怠，不思饮食。次日五更起来，觉得头晕眼花，口中干燥，好不难受。勉强挣扎，出关渡河。晓风扑面，陡然四支发抖，牙关战得磕磕的响，叫秃头将两床棉被压在身上，全然没用。直到韩阳镇打尖，服下建曲，吹下痧药，略觉安静。

是晚到了蒲关，想欲求医，因忆起一个故旧来。此人姓钱名同秀，字子守，本南边人，善医，随宦此地，办起盐务，字号“裕丰”。痴珠令人持柬相邀，候至三更不到，痴珠只得付之一笑。睡至五更，头目比日间清爽，而两脚酸痛，不可屈伸。此本痴珠旧疾，近来好了，此时重又大发。一路倒难为秃头扶上扶下，又要收拾铺盖，又要料理饮食，又要管理银钱，日夜辛勤，极其劳瘁。痴珠委实过意不去。行至霍州，值有同乡左藕舫孝廉，掌教此地，代觅一仆，名唤穆升，稍分秃头辛苦。孝廉因力劝痴珠就医太原，且将他的家信取出给痴珠瞧，说是二月后贼势渐平，故乡时事可以无忧。痴珠觉得略略放心，数日之间就也到了太原。

先是在旅店住了一日，嘈杂不堪。遂租了汾堤上汾神庙西院一所客房养病。当下收拾行李，坐车到了寓所，倒也干干净净一所房屋。上房四间屋子，中间是客厅，东屋两间是卧室，西屋是下人的住屋。院中有两株大槐树遮住了，不见天日。后面也是个大院子，却是草深一尺。东边是朝西小楼一座，楼下左边屋放口棺木，却是空的，痴珠也不理论。右边是厨房。西边是墙，墙上有重门，通着秋华堂廊庑。秃头、穆升赶着将铺盖取出，正在打展，只见一个和尚欢天喜地远远的叫将过来道："我道是那一位韦老爷，却原来就是痴珠老爷！"痴珠拐着脚向前一看，也欢喜道："心印，你如何在这里？"

看官，这心印和尚汝道是谁？原来就是汾神庙住持。他本系西湖净慈寺知客，工诗画，向年痴珠就聘临安，与心印为方外交，往来亲密。后来痴珠解馆，心印以心疾发愿朝山，航南海，陟峨眉，前年顶礼五台后，将便道入都，官绅延主汾神祠。痴珠此来，得逢心印，也算意想不到之事。当下彼此施礼，略叙别后踪迹。心印见痴珠初搬进来，一切未曾安置，且行李亦极萧条，便向穆升道："这边缺什么家伙，即管向当家取去。"一面说，一面起来携痴珠的手道："老僧搀你到方丈躺躺罢，让他们收拾妥帖，你再过来。"痴珠也自情愿。心印和秃头一路照应，痴珠蹒跚的来到方丈，便躺在心印床上，与心印畅谈十余年分手的事。因说道："自恨华盛时不早自定，至于中年，家贫身贱，养痈畏疽，精神不齿，那能不病入膏肓呢！"心印慰道："百年老树中琴瑟，一斛旧水藏蛟龙。人生际遇何常，偶沾清恙，怕什么哩。"痴珠道："功名富贵，命也！只上有老母，下有弱弟，际此时艰，治生计拙，这心怎放得下。"心印道："这也只得随缘。"遂劝痴珠吃了两碗稀饭。饭后睡了一觉，两脚疼痛已略松动。到了二更，大家搀扶过来，晚夕无话。

次日五月初一，痴珠换过衣帽，穆升扶着，想到观音阁烧香。刚转过甬道，只见一阵仆妇丫鬟捧着一青年少妇进来，痴珠只得站住。那少妇却也停步，将痴珠打量一回，向一仆妇说了几句话，径自上阁去了。这仆妇便走到痴珠跟前，问道："老爷可姓韦？官章可是玉字旁么？"痴珠沉吟未答。穆升说道："姓名却是，你怎的问哩？"仆妇道："是我们太太叫问呢。"便如飞的上阁回话。痴珠想道："这少妇面熟得狠，一时记不起了。他来问我，自然是认得我呢。"

看官，汝道这少妇又是谁呢？原来就是蒲关游总兵长龄字鹤仙之妹、大营李副将乔松字谡如的夫人。十五年前，游鹤仙之父官名炳勋，提督东越水师，痴珠彼时曾就其西席之聘。他兄妹两个，一才十六岁，一才十三岁，师弟之间，极其相得。未及一年，游提督调任广东。痴珠中后，又南北奔驰，也晓得鹤仙中了武进士，却不知道就在江南随标，数年之间，以江南军功擢至总兵，且不晓得即在蒲关。如今认起来，却得两位弟子。痴珠在并州养病，有这多旧人，也不寂寞了。正是：

相逢不相识，交臂失当前。

相识忽相逢，相逢岂偶然？

欲知后事如何，且听下回分解。

第九回　粤夆水阁太史解围　邂逅寓斋校书感遇

话说秋痕那日从柳溪回家，感激荷生一番赏识，又忿恨苟才那般糟蹋，想道："这总是我前生作孽，没爹没妈，落在火坑，以致赏识的也是徒然，糟蹋的倍觉容易！"就酸酸楚楚的哭了一夜。嗣后，荷生重订的《芳谱》喧传远近，便车马盈门，歌采缠头顿增数倍。奈秋痕终是顾影自怜，甚至一屋子人酒酣烛灺，哗笑杂沓，他忽然淌下泪来；或好好的唱曲，突然咽住娇喉，向隅拭泪。问他有甚心事，他又不肯向人说出。倒弄得坐客没意思起来，都说他有些傻气。

五月初五这一天，是马鸣盛、苟才在芙蓉洲请客，看龙舟抢标。他所请的客是谁呢？一个钱同秀，一个施利仁，前文已表。余外更有卜长俊，字天生，是个初出山的幕友；夏旒，字若水；胡耉，字希仁，是一个未入流；原士规，字望伯，是个黄河渡口小官，现被经略撤任。那苟才又请了梅小岑。小岑那里肯和这一班人作队？奈子慎是小岑隔邻，自少同学，两世交谊，面上放不下来，也就依了。今年花选，是马鸣盛头家，因此传了十妓，那十妓是不能一个不到的。

只可怜秋痕，懒于酬应，挨时挨刻，直到午后，才上车赴芙蓉洲来。远远听得人语喧哗，鼓声填咽，正是龙舟奋勇竞渡之时。岸上游人，络绎不绝。那时水亭上早摆上三席：中席是卜长俊、胡耉、夏旒，秋香、瑶华、掌珠伺候；西席是钱同秀、施利仁、马鸣盛，碧桃、玉寿、福奴伺候；东一席是梅小岑、原士规、苟才，曼云、宝书、丹翚伺候。狗头见赶不及上席，下车时将秋痕着实数说，硬着头皮领着上去。果然苟才、马鸣盛一脸怒气，睁开圆眼，便要向秋痕发话。秋痕低着头，也不言语。小岑早已走出位来，携着秋痕的手，说道："怎么这几日不见，更清瘦了？不是有病吗？"秋痕答应道："是。"马鸣盛、苟才见小岑如此，也就不敢生气，立刻转过脸色来。这小岑即吩咐家人，在自己身边排下一座，给秋痕坐了。狗头便跟上来，教秋痕送酒，招呼大家。小岑笑道："有我哩，你下去罢。"狗头诺诺连声，不敢言语。倒是鸣盛前后过来应酬小岑，小岑丢将眼色，着秋痕向前。秋痕才勉勉强强的斟上酒，敬过鸣盛，又敬荀才，说道："晚上感冒，发起寒热，今日本不能来，缘老爷吩咐，不准告假，早上挣扎到这会，才能上车，求老爷们担待罢。"荀才赶着说道："我说秋痕向来不是有脾气的，幸亏没有错怪了你，大家都知道，这就罢了。"于是三席豁拳轰饮一会。

秋痕默默坐在小岑身傍，见西席上碧桃把同秀短烟袋装好了烟，点着了，送过来给同秀，却把水汪汪的两眼溜在利仁身上。利仁却抱住福奴，要吃皮杯，鸣盛劝着福奴敬他。中一席卜长俊、夏旒、胡茜三个，每人身边坐一个，毛手毛脚的，丑态百出，秽语难闻。这一边席上，小岑是与丹翚一杯一杯的较量，荀才也只好斯斯文文的说笑。只有士规和宝书做了鬼脸，一会，向小岑道："听说杜采秋来有一个多月，只是总不见客哩。"小岑道："这却怪不得他，他妈现在病重得狠呢。"又停了一会，鸣盛有些醉了，和荀才换过坐，却不坐在荀才坐上，自己将椅子一挪，便挤在秋痕下手，迷着两只小眼，手里理着自己几茎鼠须，大有亲近秋痕之意。急得秋痕眼波溶溶，只往小岑这边让过来。小岑见那两边席上闹得实在不像，又怕秋痕冲撞了人，恰好亭外一条青龙、一条白龙，轰天震地的抢标，便扯着秋痕道："我和你看是那一条抢去标。"便立起身来，向后边过路亭上看去。丹翚乖觉，也就跟了出来。乘着大家向前争看抢标，他三人便悄悄分开芦竹，寻出路径，望秋华堂缓步而来。

到得秋华堂，不想心印为着这几天闲杂人多，倒把秋华堂门窗拴得紧紧，中间的垂花门落了大锁。三人只得绕到堂后假山上亭子，就石墩上小憩一会。此时龙舟都散去歇息，看龙舟的人也都散去，各处闲步。这秋华堂就有三五成队来了。小岑只得领着丹翚、秋痕下来，从东廊出去。丹翚见壁间嵌着一块六尺多高木刻，无心将手一按，却活动起来，丹翚惊愕。小岑道："这是个门，通过那边汾神庙，平素是关住的，不知开得开不得。"把手用力一推，那门年代久了，里头关键久已朽坏，便"扑落"一声掉了下来。第二重月亮门却是开的。三人以次进去，见是个小院落，上面新搭着凉棚，对面一座小楼，靠南是正屋后身。就有人也跟进来，小岑说道："这是我的书屋，大家不得进来。"那几个人才退出去了。小岑便把月亮门闭上，拴好，笑道："这都是你两个累我。"说毕，领着两人，由楼边小径绕到屋子前面。见两边都是纱窗，靠西垂着湘帘，便说道："这地方像有人住了。"秋痕先走向卷窗一瞧，说道："没个人影儿。"就掀开正屋帘子，让丹翚进去，自己随后跟来。见屋内十分稚洁，上面摆一木炕，炕上横几摆满了书籍。直几上供一个磁瓶，插数枝水栀花，芬香扑鼻。中间挂一幅横披，写着"国破山河在"的杜诗一首，笔意十分古拙，款书"痴珠试笔"。旁挂的一联集句是："岂有文章惊海内，莫抛心力作词人。"款书"痴珠莹"三字，俱是新裱的。

秋痕沉吟一会，向小岑道："这痴珠是谁？你认得么？"小岑道："我不认得。只此古拙书法，定是个潦倒名场的人了。"丹翚笑道："我看起来，这'痴珠'两字，好像是个和尚。"秋痕见东屋挂着香色布帘，中镶一块月白亮纱，就也掀开进去。窗下摆一长案，是雨过天青的桌罩。一座弥勒榻，是旧宋锦的坐褥，便坐下去。瞧那桌上摆着一个白玉水注，两三个古砚，也有圆的，也有方的，一把退笔和那十余本书，都乱堆在靠窗这边。随手将书检出一本．见隶书"《西征吟草》上册"六字，翻开第一页，题是《观剧》，下注"碎琴"二字。诗是：

钟期死矣渺知音，流水高山枉写心。

赏雅几能还赏俗，丝桐悔作伯牙琴。

便点点头，叹一口气，就也不往下看了。

这小岑坐在外间炕上，将几上《艺海珠尘》随便看了两页。丹翚陪着无味，便走进来，说道："你看什么？"秋痕未答，小岑也进来了。见上面挂一联，是："白发高堂游子梦，青山老屋故园心。"一边傍书"张检讨句"，一边末书"痴珠病中试笔"。中间直条款书"小金台旧作"五字，看诗是：

士为黄金来，士可丑！燕王招士以黄金，王之待士亦已苟。乐毅邹衍之贤，乃以黄金相奔走。真士闻之将疾首！胡为乎，黄金台，且不朽，小金台，且继有！

便说道："逼真《铁崖乐府》。又是一枝好手笔，足与韩荷生旗鼓相当。只是这人福泽不及荷生哩。"秋痕道："他案上有诗稿，你看去罢。"丹翚瞧着东壁道："你看这一幅小照，不就是痴珠么？"小岑、秋痕近前看那小照，画着道人，约有三十多岁，神清骨秀。小岑笑向秋痕道："你先前要认此人，如今认着，日后就好相见。"秋痕两道眼波注在画上，答道："晓得是他不是他？"小岑、丹翚抿着嘴笑，秋痕也自不觉。

小岑正要向案上找诗稿看，听得外面打门，便说道："房主人来了。"秋痕道："他空空洞洞的一个屋子，我们不来，他叫什么人开哩？"正说着，只听西屋一人，从睡梦中应道："来了。"小岑摇手，叫两个不要说话，偷向卷窗看打门是谁。一会，转过屏门来，却是心印。只听心印一路说进来道："秋华堂那一座门，不知今天是谁推倒？幸你月亮门早是拴上，不然，怕没有人跑来么！"小岑掀开帘子笑道："却早有人跑来了。"倒把心印和秃头吓了一跳。小岑接着说道："你那板门就是我推倒的，我拐了王母两个侍儿来你这里窝藏哩。"心印也笑道："梅老爷真会要人，却不知你那管家和两三个人到处找你哩。"

小岑拉着心印进来里间，见了丹翚、秋痕。这心印不认是谁，却也晓得是教坊里的人，便接口道："真个王母两个侍儿，被老爷拐来了。"小岑指着上面的联道："这痴珠单名莹，可就姓韦？可就是从前献那《平倭十策》韦莹么？"心印道："是。"小岑道："他什么时候来你这里住呢？"心印便将痴珠家世，以及遇合蹉跎，自己平素如何相好，此番如何相遇，细说一遍。小岑、丹翚也都为扼腕叹惜，只秋痕脉脉不语。小岑又问心印道："韦老爷怎的今日不在家养病呢？"心印道："说来也奇，那一日搬进来，遇着老僧，算是他乡遇故知了。不想次日一早，他到观音阁烧香，又遇着十五年前受业女弟子，就是大营李镇军的夫人，你说奇不奇的？这李夫人却认真爱敬先生，那日就来这屋子请安，见他行李萧条，回去便送了许多衣服，以及书籍古玩。第二日，李镇军亲自过来，要请他搬入衙署，他执意不肯。今日是端阳佳节，一早就打轿过来接去了。回来大约要到二更多天。"丹翚道："这真叫做人生何处不相逢呢！"秋痕道："这夫人就也难得。"四人谈了一会，天也不早了，小岑家人及丹翚、秋痕跟人，都已找着，知道水阁上大家都散了，就也各自分路回家了。

单说秋痕这一夕回来，想道："痴珠沦落天涯，怪可怜的。他弱冠登科，文章经济，卓绝一时，《平倭十策》虽不见用，也自轰轰烈烈，名闻海内。到如今栖栖此地，真是与我一样，有话向谁说呢！我这会得个虚名，就有许多人瞧起我来，过了数年，自然要换一番局面，我便是今日的痴珠了。那时候从何处找出一个旧交？咳！这不是我后来比他还不如么？瞧他那《观剧》的诗，一腔子不合时宜，受尽俗人白眼，怎的与我梧仙遭遇竟如此相同？他不合时宜，便这般沦落；我不合时宜，更不知要怎样受人糟蹋哩。大器晚成，他后来或有出路，我后来还有什么出路？而且他就没有出路，那著作堆满案头，后来便自有千古，我死了就如飞的烟、化的灰，再没痕迹了！”因又转一念道：“咳！我这种作孽的人，还要讲什么死后？这越发呆了！”又想道：“今日席间大家那般光景，真同禽兽，没有半点羞耻！他们倘和我闹起来，这便是梧仙的死期到了！”这一夜凄楚，比那三月初三晚，更是难受。次日便真病了。正是：

有美一人，独抱孤愤。

怜我怜卿，飘飘意远。

欲知后事如何，且听下回分解。

第十回 两番访美疑信相参 一见倾心笑言如旧

话说端阳这日，荷生营中应酬后，剑秋便邀来家里绿玉山房小饮。两人畅叙，直至日色西沉，才散开闲步。

荷生见院子里遍种芭蕉，绿荫匝地，西北角叠石为山，苍藤碧藓，斑驳缠护，沿山凸凹，池水涟漪，绕着一带短短红栏，栏畔几丛凤仙，百叶重台，映着屋角夕阳，别有一种袅娜之致。剑秋因想起《芳谱》，便说道："荷生，你的《芳谱》近来又有人出来重翻了！"荷生惊讶道："这又是何人呢？"剑秋道："如今城里来了一个诗妓，你是没有见过的。又来了一个大名士，赏鉴了他，肯出三千金身价娶他，那秋痕如何赶得上？这《芳谱》却不是又要重翻么？"荷生笑道："果然有这诗妓，有这阔老，我也只得让他发标。只是太原地方，我也住了半年，还有什么事不知，你哄谁呢？"剑秋道："我给你一个凭据吧。"说着，进去半晌，取出一把折扇，递给荷生道："你瞧。"荷生看那扇叶上系画两个美人，携手梧桐树下，上面题的诗是：

两美娉婷一聚头，桐荫双影小勾留。

欲平纨扇年年恨，不写春光转写秋。

款书"剑秋学士大人命题，雁门采秋杜梦仙呈草。"笑道："你这狡狯伎俩，我不知道么？这个地方果有采秋这样人，我韩荷生除非没有耳目罢了，还是我韩荷生的耳目，尚待足下荐贤么？"剑秋也笑道："我这会就同你去访，如有这个人，怎样呢？"说毕，便吩咐套车。

此时新月初上，一径向愉园赶来。两人酒后，何等高兴，一路说说笑笑，不觉到了愉园。剑秋便先跳下车，亲自打门。约有半个时辰，才听得里头答应道："姑娘病了，没有妆梳，这几月概不见客，请回步罢。"剑秋再要问时，双扉闭月，寂无人声。剑秋扫兴，只得将车送荷生回营。荷生一路想道：“此地原只秋痕一个，那里还有什么诗妓？就如那一天吕仙阁所遇的丽人，可称绝艳，风尘中断无此人！剑秋游戏三昧，弄出什么诗扇来，想要赚我，呆不呆呢！”荷生从此把寻花问柳的念头，直行断绝了。

一日，剑秋便衣相访，又说起采秋如何高雅，如何见识，如何喜欢名下士。荷生不等说完，冷笑道：“算了！人家说谎，也要像些，似你这样撒谎，什么人也赚不过。”这一席话把剑秋气极起来，说道：“我好端端和你说，你尽说我撒谎，我今日偏要拉你去见了这个人，再说罢。”荷生笑道：“你拉我到那里，倘他又做了闭门的泄柳，你这冤从何处去诉呢？”剑秋拍掌道：“今日再不能进去，我连‘欧’字也不姓了。”荷生看他上了气，便也似信不信的问道：“你坐车来吗？”剑秋道：“我今天是搭一个人车来的，回去想坐你的车。”荷生道：“我们骑马罢。”剑秋道：“好极。”于是荷生也是便衣，偕剑秋由营中夹道出来，二人各骑上马，缓缓行来。

刚到菜市街，转入愉园那条小胡同，正要下马，便遇着杜家保儿说道：“姑娘还愿去了，欧老爷同这位老爷进去吃一钟茶，歇歇罢。”荷生道：“我不去了。”剑秋气极，说道：“今天见不了这个人，我也要你见见他的屋子。”便先自下马，和荷生步行，转了一湾，便是愉园。保儿领着走进园来，转过油漆粉红屏门，便是五色石砌成湾湾曲曲羊肠小径。才到了一个水磨砖排的花月亮门，保儿站住，说道：“有客！”里面走出一个垂髫丫鬟，保儿交代了。荷生、剑秋随那丫鬟进得门来，却是一片修竹茂林挡住，转过那竹林，方是个花门。见一所朝南客厅，横排着一字儿花墙，从花墙空里望去，墙内又有几处亭榭。竹影萧疏，鸟声聒噪，映着这边庭前罂粟、虞美人等花，和那苍松、碧梧，愈觉有致。

转到花厅前面，是一带雕栏，两边绿色玻璃，中间挂一绛色纱盘银丝的帘子。丫鬟把帘掀开，两人进得厅来，随便坐下。见上面一个匾额，是梅小岑写的“清梦瑶华”四字。上面挂着祝枝山四幅草书，两边是郑板桥墨迹，云：“小饮偶然邀水月，谪居犹得住蓬莱。”中间一张大炕，古锦斑烂的铺垫。几案桌椅，尽用湘妃竹凑成，退光漆面。两边四座书架，古铜彝鼎，和那秘书法贴，纵横层叠，令人悠然意远。荷生笑道：“倒像个名人家数！”

只见两个清秀丫鬟，年纪十二三岁，衣服雅洁，递上两钟茶，笑嬉嬉的道：“我娘吕仙阁还愿去了，失陪两位老爷，休怪哩。”荷生见了丫鬟说出“吕仙阁”三字，心中一动，便问道：“这是什么时候许的愿心？”丫鬟说道：“就是我妈病重那几天许的。”剑秋道：“你妈这会大好了么？”丫鬟道：“前个月十七八这几天，几乎不好，我娘急得要死。如今托老爷们福，大好了。”荷生想道：“我逛吕仙阁那天，不是四月十八么？难道那丽人就是采秋？你看他住的地方如此幽雅，不是那丽人，还有谁的？”便笑向剑秋道：“非有卞和之明，不能识荆山之璧；非有范蠡之智，不能进苎萝之姝。是你和小岑来往的所在，这人自然是个仙人了！”剑秋也笑道：“你如今还敢说我撒谎么？”荷生笑道：“其室则迩，其人甚远。”说着，便站起身来，走向博古厨，将那书籍字帖翻翻，却都是上好的。剑秋一面跟着荷生也站起来，一面说道：“人却不远，只要你诚心求见罢。”就也看看博古厨古董书帖。停了一会，把茶喝了。剑秋便向那两个丫鬟道：“你娘的屋子，这回搬在水榭，还是在楼上哩？”丫鬟道：“我娘要等荷花开时，才移在水榭，如今现在春镜楼。”荷生道：“好个‘春镜楼’三字！不就是从这里花墙望去那一所么？”剑秋笑道：“那是他的内花厅。从内花厅进去，算这园里正屋，便是所说的水榭。由水榭西转，才是他住的春镜楼哩。”

又闲话了半晌，采秋还不见来。荷生向剑秋道：“我今日饭后，营中公事不曾勾当，就被你拉到这里来，改天我邀你，再来作一日清谈，如今去罢。”剑秋就也移步起来。只见那丫鬟道：“欧老爷，这位老爷高姓？我娘回来，好给他知道。”荷生笑吟吟的道：“你娘回来，说我姓韩，字荷生，已经同欧老爷奉访两次了。”丫鬟道：“老爷，你这名字狠熟，我像那里听过来。”那一个丫鬟道：“年头人说，灭那回子三十多万人，不是个韩荷生么？”这一个丫鬟便道：“我忘了！真是个韩荷生。”剑秋笑向荷生道：“你如今是个卖药的韩康伯。”荷生也笑着，偕剑秋走了。

这晚采秋回家，听那丫鬟备述荷生问答，便认定吕仙阁所遇见的，定是韩荷生。荷生回营，细想那丫鬟的话及园中光景，与那吕仙阁丽人比勘起来，觉得剑秋的话句句是真，也疑吕仙阁所见的，定是采秋。

次日，挨不到三下钟，便独自一人来到愉园。采秋也料荷生今日是必来的。外面传报进来，叫请入内花厅。便是昨日递茶那个丫鬟，笑盈盈的领着荷生，由外花厅到了一个楠木冰梅八角月亮门，进内，四面游廊，中间朝东一座船室，四面通是明窗，四角蕉叶形四座门，系楠木退光漆绿的。室内系将十二个书架叠接横陈，隔作前后三层。第三层中间挂着一个白地洒蓝篆字的小横额，是“小嫏嬛”三字。北窗外，一堆危石叠成假山，沿山高高下下遍种数百竿凤尾竹，映着纱窗，都成浓绿，上接水榭。遥见池水粼粼，荷钱叠叠。荷生此时只觉得芸香扑鼻，竹影沁心，林风荡漾，水石清寒，飘飘乎有凌云之想。那丫鬟不知几时去了。又有一个丫鬟跑来，荷生一瞧，正是吕仙阁所遇的十四五岁侍儿。便笑吟吟的问道：“你认得我么？”那侍儿却笑着不答而去。

又停一回，远远听得环佩之声，却不知在何处。荷生站起来，从向北纱窗望去，只见那侍儿扶着采秋，带着两个小丫鬟，从水榭东廊袅袅婷婷向船室东北角门来，正是吕仙阁见的那个美人。人影尚遥，香风已到，不知不觉的步入第三层船室等着。那侍儿已推开蕉叶的门，采秋笑盈盈的说进来道：“原来就是韩老爷，我们在吕仙阁早见过的。倏忽之间，竟隔有一个多月了。”荷生这会觉得眉飞色舞，神采愈奕奕有光，只是口里转说不出话来。半晌，才答道：“不错，不错！我是奉访三次了。”采秋笑道：“请到里面细谈罢。”说着，便让荷生先走。

小丫鬟领着路，沿着西边池边石径，转入一个小院落，面南三间小厅，却是上下两层。荷生站在院中，那小丫鬟先去打起湘帘，采秋便让荷生进去，上首椅上坐了。采秋自坐在靠窗椅上，说道：“昨辱高轩枉顾，适因为家母还愿，所以有慢，”尚未说完，荷生早接着笑说道：“不敢，不敢！今日得睹芳姿，已为万幸。”采秋道：“昨日不是同剑秋来么？”荷生道：“那是敝同年。今日急于过访，故此未去约他。”采秋道：“剑秋月前到此，谈及韩老爷文章风采，久已倾心。”荷生听到此，便急问道：“剑秋怎么说呢？”采秋正要答应，荷生重又说道：“还有一言，我们一见如故，以后不可以老爷称呼，那便是以俗客相待了。”采秋笑道：“能有几个俗客到得这春镜楼来？”荷生道：“正是。我们何不登楼一望？”采秋便命丫鬟引着，从左首书架后，上个扶梯，两边扶手栏干均用素绸缠裹。

荷生上得楼来，只见一带远山正对着南窗，苍翠如滴。此时采秋尚未上楼，便往四下一看，这楼系三间中一间，南边靠窗半桌上一个古磁器，盛满水，斜放数枝素心兰、水栀等花。上首排着一张大理石长案，案上乱堆书本、画绢、诗笺、扇叶，和那文具、画具。东首窗下摆着香梨木的琴桌，上有一张梅花段纹的古琴。随后听着扶梯上弓鞋细碎的响，采秋也上来了。

此时荷生立在窗前，采秋正对着明窗，更显得花光侧聚，珠彩横生。头上乌云压鬓，斜簪着两个翠翘，身上穿件淡青春罗夹衫，系着一条水绿百折的罗裙。因上楼急了，微微的额角上香汗沁出，映着两颊微红，更觉比吕仙阁见时，又添了几分娇艳。便让荷生坐在长案边方椅上，自己坐在对面。那侍儿送上两钟龙井茶，采秋接过，亲手递给荷生。荷生一面接茶，一面瞧这一双手：丰若有余，柔若无骨，宛然玉笋一般。怕采秋乖觉，只得转向侍儿，说道："你芳名叫做什么？"采秋道："他叫红豆。"荷生道："娟秀得狠。婢尚如此，何况夫人，北地胭脂，自当让君独步！"采秋道："过誉不当。我知并门《芳谱》，自有仙人独步一时了！"荷生笑道："这是女学士不肯就征，盲主司无缘受谤！"采秋笑道："这也罢了。"半晌，又说道："儿家门巷，密迩无双，几番命驾，恐未必专为我来。"荷生正色道："这却冤煞人了！江上采春，一见之后，正如月自在天，云随风散，不独马缨一树不识门前，就是人面桃花，也无所谓刘郎前度。"

荷生正要往下说，采秋不觉齿粲起来，双波一转道："说他则甚。"遂将荷生家世踪迹问起来。荷生便将怎样进京，怎样会试不第，怎样不能回家，怎样到了军营说了。采秋道："此刻的意思，还是就借这军营出身，还是要再赴春闱呢？"荷生便蹙着眉道："元宵一战，本系侥幸成功。我本力辞保荐，怎奈经略不从，其实非我心所愿。"采秋点头道："是。"随又叹道："淮阴国士，异日功名自在蕲王之上。荏弱女子，无从可比梁夫人。所幸诗文嗜好，结习已深，倘得问字学书，当亦三生有幸。不识公门桃李，许我杜采秋追队春风、参入末座否？"荷生笑道："这太谦了。"

先是荷生一面说话，一面将案上书本、画绢乱翻，这会却检出一张扇页在手，是个画的美人。便取笔向墨壶中微微一蘸，采秋倚案头，看他向上面端端楷楷的，写了一首七绝，道：

淡淡春衫楚楚腰，无言相对已魂销。

若教真贮黄金屋，好买新丝绣阿娇。

款书“荷生题赠采秋女史”八字。写毕，说道：“贻笑大方！”又抚着琴道：“会弹么？”采秋道：“略知一二。”荷生道：“迟日领教罢。”便走了。以后剑秋知道，好不讪笑一番。正是：

人之相知，贵相知心。

无曲中意，有弦外音。

欲知后事如何，且听下回分解。

第十一回　接家书旅人重卧病　改诗句幕府初定情

话说痴珠移寓汾神庙之后，脚疾渐渐痊愈。谡如因元夕战功，就擢了总兵，游鹤仙加了提督衔，颜、林二将也晋了官阶，遂与合营参游议定，公请痴珠办理笔墨，每月奉束二百金、薪水二十两，就借秋华堂作个办事公所。便有许多武弁都来谒见，倒把痴珠忙了四五日。

自此秋华堂前院搭了凉棚，地方官驱逐闲人，不比从前是个游宴之所。痴珠却只寓汾神庙西院，撤去碑板，把月亮门作个出入之路。又邀了两个书手：一姓萧名祖鄮，字翊甫；一姓池名霖，字雨农。小楷都写得狠好，便请他住在堂后两间小屋。这西院中槐阴匝地，天然一张碧油的穹幕，把前后窗纱都映成绿玻璃一般。屋里炉篆微熏，瓶花欲笑，药香隐隐，帘影沉沉。痴珠日手一编，虽蒿目时艰，不断新亭之泪，而潜心著作，自成茂苑之书，倒也日过一日。偶有烦闷，便邀心印煮茗清谈，禅语诗心，一空尘障。时而李夫人馈遗时果名花、佳肴旧酝；或以肩舆相招至署，与谡如论古谈兵，指陈破贼方略；间至后堂，团圞情话，儿童绕膝，婢仆承颜，转把痴珠一腔的块磊，渐渐融化十之二三。

到了六月初，起居都已照常。收了两个家人：一唤林喜，一唤李福。谡如又赠了一辆高鞍车，一匹青骡。这日正在研朱点墨，忽节度衙门送到自京递来家报，好不欢喜。及至拆开，顿惨然，泪涔涔下。看官，你道为何呢？原来去年八月间，东越上下游失守，冶南被围，痴珠全家避入深山。不料该处土匪突尔竖旗从贼，以致亲丁四十余口，踉跄道路。痴珠妾茜雯正在盛年，竟为贼掳，抗节不从，投崖身死。老母及余人，幸遇焦总戎带兵救护，得无散失。至戚友婢仆，沦陷贼中，指不胜屈。比及敉平，田舍为墟，藏书扫荡个干净，而且上下游仍为贼窟。慈母手谕痴珠，令其在外暂觅枝栖。痴珠多鸰情人，既深毁室之伤，复抱坠楼之痛，牵萝莫补，剪纸难招，明知乌鸟伤心，鸰原急难，而道茀难行，力穷莫致。从此咄咄书空，忘餐废寝。不数日，又倒床大病起来。这晚，翊甫、雨农、心印俱来，痴珠竟糊糊涂涂，认不清人了。慌得心印、秃头赶着请个麻大夫，诊了脉息，就郑郑重重的定了一个方。服下，依然如故。一连数日，清楚时候喝不了数口稀饭，余外便昏昏沉沉，不像是睡，也不像是醒。谡如夫妇，逐日早晚叫人来问。

一日，谡如亲自前来，秃头迎出，知痴珠吃下药刚才睡下，谡如就坐外间。此时正是日高卓午，满院中森森槐影，鸦雀无声，惨绿上窗，药炉半烬，已觉得四顾凄然。忽听痴珠呓语道："梧桐叶落，是我归期。"一会又说道："还有十五个月哩。"一会又吟道："人生无家别，何以为蒸黎!"以后语便微细，恍佛有七字一句，是"身欲奋飞病在床"。又叫了几声"茜雯"，忽然大声道："比闻同罹祸，杀戮到鸡狗。"以后声又小了。约略有"蔓草萦骨，拱木敛魂"八个字，余外不辨什么。谡如听着发怔，只得唤秃头道："你叫醒老爷。"秃头进去，好容易将痴珠唤醒，含糊一语，又昏昏的睡去了。谡如跟着进来，见痴珠穿着贴身衣服，遮着紫纱夹被，瘦骨不盈一把，心中十分难受。便向秃头道："我且回家，访个名大夫来瞧吧。"谡如说着，招呼伺候，上马去了。次日，谡如延了一个大令，姓高的，也不中用。还是颜参将荐一兵丁，姓王的，和那麻大夫细细的商议，决之心印，服下药，却能多进了几口稀饭，人也明白些。自此，病势比以前便慢慢的减下来。只可怜秃头彻夜无眠，足足闹了一个多月。

再说荷生自见过采秋之后，琴棋诗酒，匝月盘桓。美人有豪杰之风，名士无狂且之气，虽柔情似水，却也稳重如山。此时芙蓉洲荷花盛开，荷生践约，还敬了众缙绅。十妓中只秋痕、掌珠病不能来。这日，管弦沸耳，酒胾餍心，却不邀小岑、剑秋，也不唤采秋侍酒，就中单赏识了洪紫沧。

二十三日系荷花生日，荷生先一日订了小岑、剑秋，也订紫沧，只传着丹翚、曼云伺候。日斜后，就套车到了愉园。此时采秋卧室早移在水榭。荷生正从西廊向水榭步上来，远远望见采秋斜倚正面栏干，瞧着荷花。荷生见了，忽然心中一动，好像几年前见过这样光景，便站在栏干前默想，却再也想不起来是何人、何地。那采秋早笑盈盈的迎上来，说道："你心里想什么？你看夕阳映着红莲，分外好看哩。"荷生笑着走过来，一面说道："我忽然记起一件事，不要紧，不用说了。"丫鬟们搬了两张湘竹方椅子和茶几，二人就向着栏干坐下。

丫鬟递上两钟雪水嫩的莲心茶。荷生还默想了一会，谁知越想越记不起。回眸一盼，又见采秋晚妆如画，头上乌云一丝不乱，一身轻罗薄縠，映着玉骨冰肌，遂把前事忘了。采秋道："人言红莲没有白莲的香，你不闻见香么?"荷生笑道："大抵花到极红，香气便觉减些，所以海棠说是无香，这也是予齿去角的意思。其实，是个名花，再无不香的，只是这种香，只许细心人默默领会，比不得那素馨、茉莉的香，一接目便到鼻孔中来。"采秋也笑道："这才是心清闻妙香。要晓得他有这一股香，才算是不专在色上讲究哩。"二人在花前谈了一会，才进屋子坐下。荷生瞧着楹联，说道："你这里都没有集句对子，我集有一对，写给你吧。"随将明日的局告诉采秋，就说："八下钟，我坐车来和你同去。"便走了。

次日，二人同到了柳溪，上得船来。那船刻着两个交颈鸳鸯，两边短短的红阑，玻璃长窗，篷盖上罩着绿油大卷篷，两边垂下白绫飞沿，中舱靠后一炕，炕下月桌可坐七八人。另一个船略小些，是载行厨及跟人的。荷生瞧着表道："早得狠呢。"一会，丹翚、曼云先后到了。又一会，小岑、剑秋、紫沧也都来齐。那船就咿咿哑哑的，从莲萍菱芡中荡出，穿过石桥，不上一箭路，便是芙蓉洲水阁。这水阁造在水中，后面桥亭接上秋华堂，前三面俱是楠木雕成竹节漆绿的栏干。大家上了水阁，凭栏四望，见两岸渔帘蟹簖，丛竹垂杨，或远或近，或断或续，尤觉得烟波无际。家人上来请示排席，剑秋道："船里去吧，一面喝，一面看。"大家俱以为然。一会，跟班回说："席摆停当了。"七个人都下船来，入席坐定。水手们分开双桨，向荷花深处荡来。只见白鹭横飞，垂杨倒挂，香风习习，花气蒙蒙。真是香国楼台，佛天世界。

采秋笑道："今日不可不为花祝寿。"遂站起来，扶着船窗，将一杯酒向荷花酒酹了一回。荷生说道："正是。"就也浇了一杯酒，二人相视微微而笑。于是大家饮了数巡。那边船上，又送过了新剥的莲子，并一盘鲜藕，各人随意吃了。紫沧望着采秋道："今日这般雅集，何不行一令?"采秋想了一想道："今日令筹俱不在此，只好行一个简便的。这令叫做'合欢令'。我先喝一杯令酒，以下如有说错的，照此为罚。"一面说，一面端起杯酒喝了。便说道："这个字，要两边都一样，可以挪移的。听着：'琵字喜相逢，东西两意同。拆开不成字，成字喝一杯。'"又接着说道："荷字飞觞，笑隔荷花共人语。"

采秋并坐是荷生，荷生上首是曼云，恰好数到“荷”字。曼云只得喝了一杯酒，道：“这字狠少，只怕我要受罚了。”小岑、剑秋，也各人凝思了一会，都道：“这令看着不奇，竟难的。”荷生一面催曼云快说。曼云将纤手在桌子上画了一回，笑道：“有了！‘蒜字喜相逢，东西两意同。拆开不成字，成字罚一杯’。”大家都道：“好！”曼云便接着说道：“映日荷花别样红。”一数，数到了紫沧。

紫沧满饮一杯，说了一个“兢”字。小岑拍手道：“我正想了此字，不料被你说了。”紫沧笑着说一句是：“清露点荷珠。”

一数，又数到了采秋。采秋道：“我再说吗？却怕要罚了。”荷生便道：“我替你说吧。”剑秋忙说道：“代倩的罚十杯。”采秋便将剑秋看了一看，道：“我再说一个及笄的‘笄’字，你们说好不好？”大家齐声赞赏。采秋随念一句，一手指着数道：“青苔碧水紫荷钱。”“荷”字恰数到剑秋。

剑秋道：“我知道必要数到我的，幸而有一个弱字，何如？”众人也都说：“可以，快飞觞罢。”剑秋便喝了酒，说道：“留得枯荷听雨声。”采秋先说道：“今日荷花生日，不许说这衰飒句子，须罚一杯再说。”众人都说：“该罚！你不见方才替花祝寿么？”剑秋道：“是了，不错，该罚！”遂又喝了一杯道：“我说张聿这一句，最吉利的：‘池沼发荷英’。”便向采秋道：“好不好？”

采秋也不答应，笑了一笑。小岑替他一数，数到了荷生。采秋忙用手试一试荷生酒杯，说道：“天气虽热，也不可喝冷酒。”便替荷生加上半杯热酒。荷生喝了，说道：“我就是本地风光，说个并州‘并’字。”大家道：“好！”剑秋道：“这是从‘笄’字推出来的。”荷生道：“诗也是我的本色：不妨游子芰荷衣。”却数到丹翚。荷生道：“你的量大，当喝一满杯。”

丹翚喝了，想一会，说了一个“絲”字。众人尚未言语，曼云笑道：“丹姊姊要罚了。”丹翚道：“‘絲’字不是两边同么？”曼云道：“那是减写，正写两边是不同的。”小岑道：“不错，正写是从‘系’，况拆开是个‘糸’字，罚了罢。你的量好，不怕的。”丹翚红着脸，只得又喝了一杯。停了，想出一句诗来，说道：“风弄一池荷叶香。”一顺数到小岑。小岑喝了酒，想了又想，说个“芘”字，随说了一句《离骚》道：“制芰荷以为衣。”荷生道：“好！这又该到紫沧。”紫沧道：“我说一个‘羽’字收令罢。”大家都说：“是眼前字，一时竟想不起。”

那时船正荡到柳荫中，远望那堤北彤云阁，雕楹碧槛，映着翠盖红衣，大有舟行镜里之概。大家上岸凭眺一回，又值夕阳西下，暮霭微生，花气空濛、烟痕淡沱。小岑等三人游秋华堂去了。荷生遂携了三个佳人，重来水阁。采秋因向荷生道：“你带有文具，要写对子，这里写罢。”于是跟班们就中间方桌摆上文具，青萍送上云龙蜡笺，丹翚、曼云按着纸，采秋看荷生蘸饱了笔，写道：香叶终经宿鸾风。写完一联，丹翚、曼云两人轻轻的捧过一边，红豆将文具内两块玉镇尺押住。采秋又把那一幅笺铺上，自己按着，荷生复蘸饱笔，写道：瑶台何日傍神仙？采秋瞧着大家向外说话，便眼波一转，澄澄的向荷生道：“这‘何’字何不改作‘今’字呢？”荷生瞧着采秋，笑道：“匪今斯今。”采秋笑道：“请自今始。”二人说话，脉脉含情。

小岑等早已回来，恰好荷生款已落完，采秋便迎将上去。剑秋看着桌上联句，便说道：“好呀！你们双双的畅叙，还说‘瑶台何日傍神仙’呢！”小岑瞧着出句，说道：“这是老杜《古柏行》，对句呢？”采秋道：“好个表表的词林！香山诗句都记不得么？”小岑也笑道：“是呢。”丹翚道：“你们翰林衙门，笑话多哩。”

此时采秋等三人均微有酒意，断红双颊，笑语缠绵。谈了片时，看天渐渐晚了，遂仍都上了船，撤去酒席，烹上了荷叶茶。荷生便命将船往柳溪荡去。采秋问起秋痕来，小岑便将端节那一天故事，说与大家听。刚说到推吊下门来，那船已到了柳溪南岸，一簇车马都在那里伺候。时已黄昏，便道：“这会讲不完，改日再说罢。”便跨丹翚车辕走了。紫沧、剑秋两人一车。采秋携了荷生的手，进入后舱，悄说道：“你今日还要回营么？”荷生笑一笑，便唤红豆与采秋更衣，看上了车，又送曼云也上车，方才走了。看官记着，荷生宴客这两日，正是痴珠病笃的时候。正是：

　　百年须臾，有欣有戚。
　　剑斫王郎，鞭先祖逖。

欲知后事，且听下回分解。

第十二回 宴水榭原士规构衅 砸烟灯钱同秀争风

这书所讲的，俱是词人墨客，文酒风流。如今却要序出两个极不堪的故事。你道是谁？一个是杜采秋此刻的冤家，一个是刘秋痕将来的孽障。这话怎说呢？慢慢听小子道来。

去年大兵驻扎蒲关时候，预备船只，原士规借此科派。经略闻风，立刻根究。本上司怕有人讦发出来，替担处分，就将士规平日恶迹全揭出来，坐此撤回。他这缺是个好地方，士规做了一任，身边狠积有许多钱。平素与苟才酒肉兄弟，晓得苟才和荷生的同年梅小岑是个世交，便想由此门路，夤缘回任。你想小岑是个正人，又知道荷生是一尘不染的，如何肯去说这样话，讨这种情？只小岑面皮极软，挣不脱苟才的纠缠，便推在荷生身上，说是“荷生坚说不能为力”。士规因此忿恨荷生，比参他的人更加十倍。并疑先前撤任，俱系荷生所为。其实，士规不自构衅，荷生那里认得士规这个大名！

你道他怎样构衅呢？原来他家用一老妈吴氏，系代州人，与采秋的妈贾氏素有往来，便花些小钱，结识起来。这士规太太就和贾氏语言浃洽，臭味无差，彼此馈遗，十分亲热。一日，贾氏要请原太太一逛愉园，原太太说道：“这却不必。只我们老爷说要借贵园请一天朋友，不知你答应不答应？”贾氏是个粗率的人，便说道：“这等小事，我怎的不答应！我们这园，原是借人请酒的，老爷如肯赏脸，天天到我们园里请酒，就是我们造化了！”原太太说道：“不是这般说。现在你那愉园，是大营韩师爷走的，如何肯给我们请酒呢？这是我的情分，打扰你姑娘一天，便教我脸上好看多了。你能做得主不能呢？”贾氏笑道：“园是我置买的，韩师爷难道能占去我的园么？生客不见，这也是我那呆女儿的主意。其实，我们吃这一碗饭，那里认得如此清楚。而且你我何等情分，我这园子就像你家的一样，千万不可存了彼此的心。老爷到我家，还敢比做客么？就借我们的园请一百天酒，我的女儿也应该出来伺候。何况一天呢！”原太太道：“你且回去与你姑娘商量。”贾氏道：“不要商量，你对你们老爷说，是我已经答应了，凭老爷吩咐那一天，上下酒席，我一起包办罢。”原太太不胜欢喜，到屋里取出三十两银子，说道：“老爷说过，就是明日，上下三席，银数不敷，另日再补罢。”贾氏道：“三十两银尽够开销。老爷要明日，我就回去赶紧张罗，不然，怕误事哩。”说毕，便坐车回去了。

看官，你道采秋依不依呢？咳！人间最难处的事，无过家庭。采秋是个生龙活虎般女子，无奈他妈在原家一力担承，明知此事来得诧异，但素来是个孝顺的，没奈何只得屈从。

次日，他妈便一早把水榭铺设起来，催着采秋梳妆。日未停午，这原士规便高车华服，昂然而来，他妈径行迎入水榭。两廊间酒香茶沸，水榭上锦簇花团，士规得意之至，便请采秋相见。他妈叫丫鬟叠促连催，采秋不得不坦然出见。正寒暄间，丫鬟招呼：“客到！”一个是钱同秀，一个是施利仁。采秋俱未会过，一一问过姓字。一会，又报：“客到！”只见月亮门转出三个人来：一个年纪四十多岁，两个年纪都不上三十岁，采秋也未会过。到了水榭，彼此相见。采秋正待一一致问，原士规指那穿湖色罗衫的说道：“这位老爷姓卜，字天生。”指那穿米色绉衫的说道：“这位老爷姓夏，字若水。”指那穿半截洋布半截纺绸的说道：“这位老爷姓胡，字希仁。”采秋只得应酬一遍。停了一回，又报：“客到！”采秋认得是苟才。那苟才一路欢天喜地的喊进来道：“望伯，望伯！好阔呀！今日跑到这个地方请起客来！”口里说话，脸又望着大家，踉踉跄跄的走来。不想从西廊转过水榭，这过路亭是一道板桥，他趾高气扬，全不照管，便栽了一交。大家不禁哄堂起来。他人既高，休又胖，这一栽，上身靠在栏干上，将欲爬起，用力太猛，只听“咕咚”一声响，连人连栏干，一起吊下水去了！

幸是堤边水浅，采秋忙叫丫鬟传进两三个打杂，下去扶起。虽无伤损，却拖泥带水，比落汤的鸡更觉难看。打杂的乖觉，将他送至园丁的一间小室中。原士规和大家都跟来，教他站着，不要动，招呼他的跟人，替他收拾。又吩咐自己跟人，飞马到他家里，取了衣衫鞋袜，给他换上。闹了半天，才把这个落水的人洗刷得干净了。

不想胡耇又弄出笑话来。你道为何？他出来解手，想四面游廊都系斗大的砖砌成，万无给人撒溺之理，陡见廊尽处有一个白磁青花的缸，半缸水和溺一样，闻之也有些臭味，想道："采秋实在是阔，连溺缸都如此华丽！"刚把衣衫抠起，溺了一半，一个丫鬟瞧见，喊道："那溺不得！那是娘灌兰花的豆水！"大家听见，又是一场哄堂大笑。倒弄得胡耇溺不是，不溺又不是。勉强溺完，自觉赧颜，上来只得假做玩赏荷花，倚在栏干边。夏旒看见，笑道："希仁，站开些，不要又吊下一个去！"说的大家又哈哈的大笑了。

一会摆席，钱、施、苟三人一席，原士规自陪；胡、夏、卜三人一席，采秋相陪。原来这愉园中所用酒器及杯盘之类，均系官窑雅制及采秋自出新样打造。肴酒精良，更不必说。这几人除了苟才、原士规在官场中伺候过几年，其余均系乡愚，乍到场面，便觉是从来未见之奇，早已十分诧异。酒过数巡，士规忽望着卜长俊道："贵东几时可以署事？听说不久可以到班，吾兄是要发大财的。"卜长俊道："敝东秋间就可以代理，且是一个呆缺，别人夺不去的。"夏旒接口道："前日奉托转卖与贵东的几样东西，不知已看过否？兄弟近日手头甚窘，颇望救急。"卜长俊道："不要说起。前日东家下来，一脸怒气，坐了片刻，我也不敢问他，忽然又进去了。这件事只好看机会罢。"随又说了些何人补缺，何人借账，何人打官司，又说道街上银价如何，家中费用如何，总无一句可听的话。那采秋如何听得？便推入内更衣去了，吩咐红豆带着小丫鬟轮流斟酒，直到上了大菜，才出来周旋一遍。大家都晓得这地方是不能胡闹的，也不敢说什么。

采秋却自在游行，说说笑笑，也不调侃众人，也不贬损自己，倒把两席的人束缚起来，比入席之时还安静得许多。采秋转恐他妈看得冷落不像，叫小丫鬟送上歌扇，说道："我是去年病后嗓子不好，再不能唱了，他们初学，求各位老爷赏他脸，点一两支罢。"于是一席公点一支。红豆弹着琵琶，领着小丫鬟唱了二支小调，天就也不早了。士规大家说声"打扰"一哄而散。原士规从此逢人便将采秋怎样待他好，怎样巴结，还有留他住的意思说开了。这是后话。

且表那日贾氏喜欢得笑逐颜开，采秋却正色道："妈！这是可一不可再呢。我这回体妈的意，妈以后也该晓得我的心才好呢。"贾氏笑道："我明白就是了。"看官，你道采秋今天的情事，倘令秋痕处之，能够如此春容大雅否？不要说今天这一天，就昨天晚上，不知要赔了多少泪，受了多少气哩。可见人不可无志，亦不可无才。

闲话休题，听小子说那钱同秀一段故事。同秀自五月初四至省，那一夜就被施利仁拉往碧桃家来。开着烟灯，三个人坐在一炕。同秀见碧桃一身香艳，满面春情，便如蚂蚁见膻一般，倾慕起来，说道："似你这种人材，须几多身价哩？"碧桃一面替他烧烟，一面笑道："给你估量看。"同秀道："多则一千，少则八百。"碧桃点点头。利仁道："你就允出八百可耗羡锭，取去罢。"同秀躺下，笑道："怕他嫌我老哩。"碧桃笑吟吟的将烟管递给同秀，说道："只怕老爷不中意。五十多岁人就算是老，那六七十岁的连饭也不要吃了。"说着，将自己躺的地方让利仁躺下，倒起来吃了两袋水烟，出去与他妈讲几句话，进来便躺在同秀怀里，看他手上的羊脂镯子。同秀把一条腿压在碧桃身上，将上的一口烟一人吹了半口，重烧上一口递给利仁。三人一面吹，一面谈，直至三更天。同秀原想就住在那里，倒是碍着利仁，不好意思。利仁也看出，故意倒催同秀走了。

次日，芙蓉洲看龙舟，二人见面，复在一席。那晚散后，同秀是再挨不过，便悄悄跑到他家。碧桃接入卧房，开了烟灯，笑嘻嘻道："席散许久，你怎不来呢？"同秀道："我去拜客，不想天就快黑了。施师爷今夜不来么？"碧桃道："他和我说，席散后就要出城，干个要紧的事，明后日才能回家。"当下同秀卸了大衫，就躺在碧桃身上，吹了一管烟，笑吟吟的道："你真不嫌我老，我今夜就住在这里了。"碧桃笑道："你再老二十岁，我也不给你走。"一会，两人说说笑笑，就在烟灯旁边胡乱成局。

自此作衣服打首饰，碧桃要这样，同秀便做这样，碧桃要那样，同秀便做那样，每一天也花几十吊钱，连老鸨、帮闲、捞毛的，没一个不沾些光。好在同秀到这个地方，便挥金如土，毫不悭吝。其实，碧桃与利仁是个旧交，以前也曾花过钱，到后来没得钱了，转是碧桃恋他生得白皙，又雄赳赳的人才，虽非如意君，也还算得个在行人。鸨儿爱钞，姊儿爱俏，所以藕断丝连，每瞒他妈给他许多好处。只可怜同秀如蒙在鼓里。

一日，同秀醉了，乘着酒兴，便向碧桃家走来。见大门未关，便悄悄的步入院子，一家俱无动静。上房、厢房灯光都不明亮，径进堂屋，房门却关得紧紧的。微闻里面一阵尤云殢雨之声，生辣辣的突人耳来。当下同秀掀开帘子，将脚把门一踢。不想门虽踢倒，同秀的酒气怒气一齐冲上心来，人也倒了。碧桃和那人正在好处，忽听"哗喇"一声，惊得打战，忙把烟灯吹灭，倒转喊他妈："拿火！"

他妈从睡梦中听见响，又听见他女儿厉声叫唤，陡然爬起，应道："什么事？"剔起灯亮，点着烛台，刚掀帘子，瞥见有个人影出去，疑是猴儿，便叫一声，不见答应。再瞧大门，是洞开的，说道："这时候门也不关，猴儿跑到那里去？"碧桃不敢下炕，急得喊道："先拿个火上来罢！"他妈忙着闭上门，赶到碧桃屋里。只见门扇倒在地下，一个人覆在门上，烟灯已灭，碧桃坐在炕沿上系裤带。急将烛台将那人细瞧，却是钱同秀，酒气醺醺，流涎满口。便问碧桃道："怎的？"碧桃道："我好端端的在烟盘边睡着了，晓得他是什么时候来！也不叫人，就这样的拍门擂户，惊醒了人，他却挺倒了。"那婆子一面听碧桃说话，一面将手摸着同秀的额，却是热热的，便说道："他醉了。"碧桃就也下炕瞧着，反笑起来。婆子将烟灯点着，说道："你叫他醒罢。"碧桃道："我凭他挺着，叫他做什么！"婆子不过意，将手绢把他唾涎抹净了，连声叫着。忽听见打门，婆子一面答应走去，一面说道："施师爷是什么时候走的？我怎么一躺就全不知道了？"开起门来，看是猴儿，便骂道："小崽子！你跑了，也不叫人关门。"絮聒一会，便叫他帮着扶同秀上炕，把门上好。

这同秀到了三更，才醒过来，见碧桃坐在身边，笑容可掬，眉目含情，便将手拢将过来，说道："我是什么时候来的？"碧桃笑道："你还问吗？你酒醉也罢了，怎的把门踢倒，却挺着尸不言语？害得人家怕得什么似的！"同秀醒后，把以前情事通忘了，这会碧桃说起，倒模模糊糊记起来。碧桃见他半晌不语，便问道："你想什么呢？"同秀道："想你二更天时做得好梦！"碧桃笑道："你胡说，我又做有什么梦！我做我的梦，你怎么又知道呢？"同秀便把踏门的缘故，转说出来。碧桃便哭起来，叨叨絮絮，闹个不休。同秀只得左一揖赔不是，右一揖赔不是，说道："总是我醉糊涂了，下次再不吃酒罢。"自此，又好了十余日。

一日雨后，同秀带了一帕子的南边新到的菱角和鲜莲子，坐了车，向碧桃家来。才到胡同，早见门首有一辆车停住。下车，便认得那辆车是利仁坐的。

同秀车夫向车中取过那帕子，恰好猴儿出来。同秀就跨进门来，猴儿跟着，同秀不许他声张，悄悄向上房走来。只听得利仁说道："吃一个乖乖算罢。"同秀便抢上一步，将帘子一掀。只见床上开着烟灯，碧桃坐在利仁怀里，利仁一只手兜在碧桃肩上，瞧见同秀，急行推开。同秀这一气，真是发上冲冠，一手将帕子内包的东西向碧桃脸上摔来，一手将烟灯砸在地下，说道："好！好！你们做了一路！"就怒气冲冲的出来上车，马上叫跟班收拾，搬到店里。

后来花了五百金，买定一妾。进门那一日，办了数席酒，叫了一班清唱相公，请他那相好的财东和苟才、原士规诸人。正在热闹，不想碧桃母女披头散发，坐车而来。一下车，就像奔丧一般，号啕大哭，从门前大闹进来，家人打杂人等都挡不住。同秀跑开了，他妈将头向墙上就撞，碧桃又拿出小刀来，向脖子要抹，十余人分将按住。碧桃就躺在地下，大哭大嚷，声声只叫钱同秀出来。街坊邻右和那过路人挤满院子。那怕事的财东看见闹得不像，早都跑了。只剩下苟才等酒肉兄弟和那万分走不了的几个伙计，做好做歹的劝。无奈两个泼辣货再不肯歇手，直闹到定更。大家晓得此事是背后有人替他母女主张，只得找着同秀，劝他看破些钱，和他妈从两千银子讲到一千两，才得归结，天已发亮了。这苟才等今天真是日辰不好，喜酒一杯不曾吃上口，倒赔嘴赔舌跑了一夜。正是：

执鼠之尾，犹反噬人。

只有罗汉，狮象亦驯。

欲知后事如何，且听下回分解。

第十三回 中奸计凌晨轻寄柬 断情根午夜独吟诗

话说荷生日来军务正忙，忽晤小岑，说原士规愉园请客，十分惊愕，说道："那愉园平日不是他们走动的地方！"后来小岑说的千真万真，荷生总不相信，特殊请了剑秋来。剑秋一见面，也怪采秋，说道："愉园声价，从此顿落了！"荷生一肚皮烦恼，默默不语。剑秋随接道："这其间总另有原故。他们那一班人素与采秋是没往来，只是这一天的事如今都传遍了，还能够说是谣言？"小岑道："望伯狠得意，说是人家花了几多钱，也不过如此闹一天。"荷生听着，心上实在不舒服，便说道："算了！从今再不要题起'愉园'两字罢。"说着，就将别的话岔开，无情无绪的谈了一会，二人也就去了。

此时日已西沉，荷生送出二人，也不进屋，一人在院子里踱来踱去。一会望着数竿修竹痴立，一会又向着那几盆晚香玉徘徊。直到跟班们拿上灯来，青萍请示开饭，荷生才进屋里，说道："我不用饭了，你将荷叶粥熬些。"便到里间躺下。好一会，门上送上公事，荷生起来问道："有紧要的军情么？"门上回道："没甚紧要的。"荷生道："我明天看罢。"门上答应退出，荷生就搁在边。青萍回道："荷叶粥熬好了。"荷生道："我肚里不饿，停一会吃罢。"遂出来堂屋，又是踱来踱去。忽然自语道："撒开手罢了。"青萍大家都在帘外伺候，也不晓荷生是什么心事。只听得辕门外已转二更了，便掀帘进来，请荷生用点粥。荷生叫端上来，就在堂屋里吃了，也不叫添。青萍回道："老爷不曾用晚饭，添些吗？"荷生恼道："不用了！"青萍不敢再回。跟班送过漱口壶、手巾，荷生只抹了脸，口也不漱，便起来向里间去了。一会，叫："青萍！"青萍答应进来。只见荷生盘坐一张小榻上，问道："有什么时候了？"青萍回道："差不多要一下钟了。"荷生道："迟了。"便叫跟班们伺候睡下。

次日，青萍起来，走进里间，见荷生已经起来，披件二蓝夹纱短袄，坐在案上了。青萍愕然，招呼跟班照常打叠铺盖，打扫房屋。青萍伺候荷生洗过脸，正要端点心上去，只见荷生检出一张薛涛笺，放在案上，翻开砚匣，磨了浓墨，蘸笔写完，取过一个紫笺的小封套，将诗笺打个图章，折叠封好，写了“愉园主人玉展”六字，便叫：“青萍！”青萍却早在案傍伺候。荷生将柬帖儿递给青萍，说道：“送到愉园，就回来罢。”荷生也不用早点，转向床上躺下，径自睡着了。

且说采秋连日盼望荷生，两天却不见到。当下晨妆初罢，红豆剪一枝素心兰，笑吟吟的掀开帘子，说道：“这花也解人意，前两天才抽四五箭，今天竟全开了。我剪一枝给娘戴上，也不负开了这一番。”采秋也自喜欢，向着花领略一回，就接过手，对着镜台正要插在鬓边，忽见小丫鬟传进柬帖，说是韩师爷差人送来的。采秋便将兰花放下，亲手拆开一看，却是两纸诗笺，上写的是：

风际萍根镜里烟，伤心莫话此中缘！
冤禽衔石难填海，芳草牵情欲到天。
云过荒台原是梦，舟寻古硐转疑仙。
懊侬乐府重新唱，负却冰丝旧七弦！

红豆在旁，见采秋看了一行，脸色便觉惨然，再看下去，那眼波盈盈，竟吊下数点泪来。红豆惊疑，递过手绢。采秋也不拭，直往下看去，是：

搔首苍茫欲问天，分明紫玉竟如烟！
九州铸铁轻成错，一笑拈花转悟禅。
虚说神光离后合，可堪心事缺中圆。
《阳春》乍奏听犹涩，便送商声上四弦。

看毕，将诗放在妆台傍边，将手绢拭了泪痕，沉吟一会，那泪珠重复颗颗滚下汗衫襟前。

红豆急着问道：“娘！怎的？那信是说什么话？”采秋也不答应。红豆呆呆的站了一会，将手向镜台边白磁面盆拧干毛巾，搁过一边，把脸盆捧给小丫鬟，叫他换了水，仍放妆台边，拧上手巾，展开，递给采秋。采秋接过，有半盏茶时候，才向脸上略抹一抹，也不递给红豆，自行搁下盆中，就问道：“是谁送来的？”小丫鬟道：“是常来的薛二爷。”采秋又不言语，半晌才说道：“叫他等着，我有个帖儿给他带去。”那小丫鬟便跑出去吩咐。一会，小丫鬟回来，说道："外头说，薛二爷交过柬帖，没有坐，早就走了。"采秋默默不语，两眼眶汪汪的泪，又一滴一滴的落下来，瞧着红豆，说道："这枝兰花，插在瓶里去罢。"一面说，一面拈着诗笺站起身来，推开椅，移步至里间帘边，自行掀开帘，将诗笺搁在枕畔簪盒，斜躺着呜呜咽咽的哭。

红豆跟了进来，要把话来劝，却不晓得为着何事，想道："娘平日再没有这个样儿，到得懒说话，我们就晓得他烦恼了。再不想今天会如此伤心，到底这韩老爷的柬帖儿，是讲些什么在上头呢？"红豆又不敢叨絮，只急得也要哭。小丫鬟等更蹑手蹑脚的，在外间收拾那粉盒妆奁，不敢大声说一句话，倒弄得内外静悄悄的。

早有一个黠丫鬟，暗暗的报与贾氏知道。贾氏刚才下床，听丫鬟这般说，也不知何事，便包上头帕过来。采秋见他妈来了，转把眼泪擦干，迎了出来，说道："我起来一早辰了，还没有看妈去，你却远远的跑来。"贾氏见他眼眶红红的，便说道："我的姑娘，是那一个给你气受？你竟哭了这个样儿！"便上前携着采秋的手，说道："清早起来，也不穿件夹的衣服！"采秋便勉强笑着道："起来是穿件春罗夹小袄，因是梳头，才脱了。我那里哭？妈平日见我哭过几回哩。"红豆掀开帘子，在门边伺候。他母女二人就进房来，贾氏坐下，说道："韩师爷好几天不来，今天却送甚柬帖儿，叫你这样苦恼？"采秋道："他做了两首诗，要我和韵，我却没来由去苦恼，难道是怕做不出诗来么！"转说得贾氏和红豆都笑起来了。采秋就也笑道："妈，你没有梳头，我今日却和你梳个头罢。"于是笑嬉嬉的拉着贾氏到妆台前坐下，替他篦了头，盘了一个髻。说说笑笑，摆上饭来，吃了。又邀贾氏同去看看兰花，便过贾氏这边来坐，到午正才自回去。贾氏见采秋这大半天喜欢得狠，便不说长道短。

转盼之间，早是七月初四五了。这日，小岑、剑秋乘着晚凉，都来看视荷生。荷生谈吐，全没平时兴会。两人谈及愉园，荷生便无精打彩的说道："我们讲我们的话罢。"小岑、剑秋遂不提起。后来剑秋提起那天所言秋痕逃席一事，小岑不曾讲完，要他接将下去。小岑只得将自己领着秋痕、丹翚的情状说了。说得剑秋、荷生都笑起来。又说闯入汾神庙西院，秋痕见了痴珠联句。荷生等不得说完，便问道："这痴珠可姓韦么？"小岑道："可不姓韦！你也该晓得这人。"荷生便高兴起来，说道："他什么时候来的？他虽比我们早些出山，究是我们一辈。”就将花神庙、芦沟桥两回相遇；及长新店打尖，见壁间题的诗款是“韦痴珠”，因疑两番所遇就是此人，一路想赶着他，竟赶不上，讲了一遍。就说道：“我至今心上还是耿耿，如今相见有日了！”便哈哈的笑。剑秋道：“我听见武营里公请一位师爷，住在秋华堂，也疑就是此人。”小岑道：“不错！”遂将那日心印所说痴珠此来情事，及遇着李夫人的话，复述一遍。荷生大喜道：“早上李谡如正下帖请我秋华堂，我为着官场私宴向例不去，且近来心绪不佳，想要辞他。这样说来，却要破例一走。”就向跟班要过李家请帖，递给二人看，道：“不是‘席设柳溪秋华堂’么？”又向跟班问道：“初七这一天，李大人请几个客？营里公请的韦师爷就住在秋华堂，想必在坐。你们再探听着。”跟班答应。荷生当下狠喜欢了。二人复闲话一回，就也散去。

荷生送二人去后，见新月东升，碧天如洗，满庭花影，袅袅娟娟，寓斋光景，正自不恶。惟心为事感，便觉景物如故，风味顿殊。便步入里间，四顾寂寥，无人可语，因想起芙蓉洲与采秋目成眉语，何等绸缪。曾几何时，而人是情非，令人不堪回想。因唤青萍焚起香篆，磨墨展笺，荷生提笔，写出《采莲歌》四首道：

隔水望芙蕖，芙蕖红灼灼。
欲采湖心花，只愁风雨恶！

今日芙蕖开，明日芙蕖老。
采之欲贻谁，比侬颜色好！

扁舟如小叶，自弄木兰桨。
惊起鸳鸯飞，有人拍纤掌。

谁唱《采莲歌》，歌与侬相接。
珍重同心花，劝侬莫轻折。

写毕，朗吟一遍。意犹不尽，又取一笺。青萍剪了灯花，见荷生提笔就笺上写《相望曲》三字，复另行写道：

相望隔秋江，秋江渺烟水。

欲往从之游，又恐风浪起。

相望隔层城，层城不可越。

中宵两相忆，共看半轮月。

写毕，又朗吟一遍，向青萍笑道："你懂得么?"青萍不敢答应。

荷生便将《采莲歌》再看一看，说道："出水芙蓉，晚风杨柳，我自谓似之，只镇日是你们焚香捧砚，好不辱没诗情也!"青萍碰了这个钉子，却不敢走开。消停一会，伏侍睡下。荷生因想道："香山垂老，身边还有樊素、小蛮；苏东坡远谪惠州，朝云也曾随侍。我如今决计买一姬人，以销客况罢。"又想道："倘有机会能够无负红卿夙约，这也遂我初心。只是采秋如此，红卿可知。况人别三年，地隔千里，我不负人，正恐人将负我!"辗转一会，又忆起日间小岑说的韦痴珠来，因想道："人生遇合，真难预料。咳！去了一个杜秋娘，来了一个韦苏州，我客边也算不十分寂寞了。"

看官听着，荷生这一夜不特将采秋置之度外，即红卿也置之度外，又晓得痴珠指日可以相见，便像得道的禅师一般，四大皆空，一丝不挂，呼呼的睡着了。正是：

肠热翻成冷，情深转入魔。

迢迢莲幕夜，曲唱恼公多。

欲知后事如何，且听下回分解。

第十四回　意绵绵两阕花魂词　情脉脉一出红梨记

话说六月以后，天气渐凉，痴珠的病也渐渐大好了。雨槛弄花，风窗展卷，遵养时晦，与古为徒，这也省却多少事。无奈谡如多情，却要接他入署消遣。李夫人笑道："先生，南边这时候重碧买春，轻红擘荔，招些词人墨客，湖上纳凉，何等清爽！太原城里一片炎尘，有什么消遣的去处？"谡如也笑道："我们这武官衙门，那里有词人墨客呢！"痴珠笑道："此间名士，第一总算是经略幕里韩荷生了。"谡如道："此人真不愧名士！我作了十年武官，仗也打过了几十回，起先见经略那样信服，我还不以为然。今年元宵晚上，蒲东那一仗，与我一个柬帖，算定回部五更时分败到黄河岸上，教我埋伏，后面注了一行，是：'如放走一人，军法不贷。'不想果然都应了他的话，令我十分敬畏。不知先生怎么认得他？"痴珠就将都中相遇，及长安见了红卿，叙将出来。谡如道："他如今这里又有个得意的人了。"就将荷生近事讲了一回，又唤跟班将荷生重订的《芳谱》检给痴珠看。

痴珠瞧了一遍，说道："怎的这杜采秋却不入选呢？"谡如又将采秋来历讲给痴珠听。痴珠笑道："那不是名妓，竟是名士了！秋痕这人，得荷生一番赏鉴，自是不错。"因将《芳谱》的诗朗吟一遍。谡如因说道："秋痕这人，也自不凡。采秋事事要占人先，他却事事甘居人后。其实他的色艺，比采秋也差不多。"痴珠道："那谱上就说得他的身分好。"谡如道："谱上不过说个大概，他最妙是焚香煮茗，娓娓清谈。他会画菊，便爱艺菊，凭你枯茎残蕊，他一插就活。只是有点傻气，一语不合，便哭起来。"痴珠叹口气道："美人坠落，名士坎坷，此恨绵绵，怎的不哭！"便将《芳谱》撂开，低头不语。谡如忽向夫人道："我这回却想出一个替先生消遣的法儿。"痴珠和夫人再三诘问，谡如总不肯说。

初七日一早，痴珠刚起来，穆升跑进来回道："李大人便衣来了。"痴珠急忙迎出。谡如早笑嬉嬉的进来，说道："才起来么?"痴珠也笑道："你今天怎的这般早就来了?"谡如笑道："今天是要向先生借秋华堂，热闹一热闹。"痴珠正要致问，谡如却已掀着帘子走了。痴珠跟着出来，谡如回头笑道："先生，停一会过秋华堂来吧。"说着，便湾向楼边小径而去。

痴珠退回外间更衣，然后出来。到了月亮门，只见一群人挑着十几对纱灯及桌围铺垫，在甬道上站着。转过西廊，听得谡如和多人讲话。走进垂花门，见堂中正乱腾腾的摆设，谡如却坐在炕上调度。见痴珠进来，站起身，笑道："客早来了，主人方才收拾屋子哩。"痴珠道："你今天到底请什么客?"谡如道："没有别人，就是先生和韩荷生。"痴珠道："他准来么?"谡如道："他昨天还叫跟班探听请有几个客，我说道：'只有你们老爷和我们这里韦师爷。，他跟班狠喜欢，说是'韦师爷在坐，我们老爷是必来的。'这样看来，他也狠爱见先生。"痴珠迟疑道："他怎的认得我呢?"正坐下说着，蓦见屏门外转出一个丽人，就如出峡的云，被风冉冉吹将上来。后面一人抱着衣包跟着。痴珠笑向谡如道："你今天闹起这个把戏来了。"谡如微笑。此时堂中都已铺设停当，那正面及两廊的灯也都挂得整整齐齐。帘波一漾，花气微闻，早是那丽人低着粉颈，款步进来，向痴珠请了安，却怔怔的看了一眼，才向谡如也请一安，就站在谡如身边。谡如便携丽人的手，说道："来得狠早，我有几个月没见你了。"丽人答应，把眼波只管向痴珠这边溜来。

痴珠细细打量一番，好像见过的人，遂向谡如道："这姑娘就是《并门花谱》第一人么?"谡如笑道："就是秋痕。先生见过?"痴珠道："我到这里，除你署中，我不曾再走一步，那里见过他们。"谡如便向秋痕道："你认得这位老爷么?"秋痕答道："这位老爷姓韦。"谡如笑道："先生方才说'那里见过他们'，他们怎么又认识得先生呢?"痴珠真不明白，却难分辩，倒是丽人道："见是没有见过，我却晓得韦老爷的官名有个玉字，号叫痴珠。"痴珠大笑道："这怪不怪!"谡如便问秋痕道："你怎的晓得韦老爷名姓?"秋痕便将五月初五跟着梅小岑来到西院，见了联句、小照，叙述一遍。痴珠道："不错，不错!那一天回来，秃头原告诉过我，为着梅小岑素没见面，就也撂开。"谡如笑道："这也罢了。"

先是痴珠起来，径来秋华堂，却不曾用过早点。秃头也不敢径端上来。此时约有巳正，便上来回道：“老爷用些点罢。”谖如道：“我倒忘了，一早把先生累到这个时候，还没用点，快端上来。我是家里用过的，秋痕陪着罢。”便站起身，叫秋痕上炕，秋痕不敢。谖如道：“坐罢，这又何妨。”便转向门外更衣，叫人催请荷生。于是两人对坐用点。

痴珠见秋痕上穿一件莲花色纱衫，下系一条百折湖色罗裙，淡扫蛾眉，薄施脂粉，星眸低缬，香辅微开，便想道：“似此丰韵，也不在娟娘之下！”秋痕一抬头，见痴珠身穿一件茶色夹纱长袄，只管偷眼看他，不觉一笑，便有一种脉脉幽情，荡漾出来。痴珠把眼一低。秋痕倒低声问道：“韦老爷，你怎的比那小照清减许多？”痴珠此时觉得有万种柔情，一腔心事，却一字也说不出来，发怔半晌，眼眶一红道：“改日说罢。”

猛听得外面传报：“韩师爷来了！”痴珠就也更衣出来。几人扶着荷生轿子，已入屏门。瞧见谖如站在台阶，便急忙打着护板。秋痕就在轿前打了一千。荷生下轿，谖如抢上数步见了，痴珠也到檐下。荷生早躬身向前，执着痴珠的手，笑吟吟的，一面移步，一面说道：“咱们都中两次见面，都未寒暄一语，抱歉至今！”彼时已到堂中，三人重新见礼，两边分坐。痴珠向荷生道：“我们神交已久，见面不作套语罢。”荷生笑道：“说套语便不是我们面目。”接着秋痕上前请安，荷生就接着说道：“你们所有客套，我也一起豁免罢。以后见面，倘再迎至轿边一千，接到厅上一千，我就不依。再‘老爷’二字也不准叫，你只唤我荷生。你字秋痕，我便叫你秋痕。”就向痴珠、谖如道：“我们也通行称字，某翁、某某先生，滥俗可厌，两位以为何如？”痴珠道：“吾兄爽快之至！”就向谖如道：“你再叫先生，我也不依。”荷生道：“自后大家犯令，我要罚以金谷酒数。”秋痕坐在西边，瞥见丹翚、曼云从东廊款款而来，笑道：“犯令的人来了。”谖如道：“你下去通知他不好么？”正说着，丹翚、曼云已到帘边，秋痕忍笑，大声说道：“站着！听我宣谕：奉大营军令，不准你们请安，不准你们叫老爷。你们懂得么？”说得荷生、痴珠、谖如三人大笑起来，连那前后左右伺候的人通笑了。秋痕自己笑得不能仰视。

那丹翚、曼云只见过秋痕痛哭，没有见过秋痕的痴笑，也没有见过他会大声说话，今日见他如此得意，转停住脚步，只是发怔。大家看见，更是好笑。

后来秋痕的笑歇了，将以前的话告诉，两人倒腼腼腆腆上来，好像没得开口一般。还是痴珠初见，和两人应酬，两个才说得几句话。秋痕晓得他们为难，又白吃吃的笑。荷生也笑道："我倒不意秋痕也会这般调侃人。"痴珠笑道："这是老师化导之力。"又说得大家通笑了。只见家人请示排席，荷生瞧着表道："就要排席？似乎过早。"痴珠道："谡如今天是两顿饭的。"荷生道："怎的过费！"一会，席已摆好，系用月桌。谡如要送酒安席。荷生道："方才什么套都已蠲除，你又来犯令了！"于是大家换了便衣，团团入坐。

酒行数巡，痴珠坐接曼云，就将曼云折扇取来。正要展视，荷生忽向痴珠说道："斯人不出，如苍生何！以吾兄才望，这廿年中倘肯与世推移，不就是携妓的谢东山么？"痴珠将扇握住，叹口气道："小弟年少时也还有这些妄想，如今白发星星，涉世愈深，前途愈窄，滥竽满座，挟瑟赧颜，只好做个乞食歌姬的韩熙载罢！"荷生道："你是要做入梦的傅岩，不愿做绝裾的温峤，其实何必呢！"痴珠道："人材有积薪之叹，捷径多窘步之忧。我就不做韩熙载，也要做个醇酒妇人的信陵君。那敢高比骑箕星宿、下镜风流哩。"说得大家又笑了一阵。于是展开曼云的扇，见是荷生楷书，便说道："教我再写这字，就写不来了。"再看写的是《齐天乐》两阕，词题《系花魂》。

此时秋痕倚在痴珠坐边，痴珠看着，秋痕念道："小阑干外帘栊畔，纷纷落红成阵。瘦不禁销，弱还易断。"痴珠拍案道："好个'瘦不禁销，弱还易断'八字，这便是剪纸招我魂哩！"就喝了一杯酒，向荷生道："是旧作，是近作？"荷生道："我春间偶有所触，填此两阕，你不要谬赞。"就也喝了一杯酒。谡如、丹翚、曼云都陪着喝，觉得秋痕黯然，又念道：

"数到廿番风信。韶华一瞬，便好梦如烟，无情有恨。别去匆匆，蓬山因果可重证。"

痴珠也黯然道："半阕就如此沉痛，底下怎样做呢？"就和大家又喝了三杯酒。那秋痕念到"韶华一瞬"，已经眼眶红了，以下竟要坠起泪来。就也停了一停，又念道："空阶似闻长叹，"痴珠道："接得好！魂兮归来，我闻其声。"秋痕噙着泪又念道：

"正香销烛灺，月斜人定。三径依然，绿荫一片，料汝归来难认。心香半寸，忆夜雨萧萧，小楼愁听。咫尺迢遥，算天涯还近。"

秋痕念到此，忍不住扑簌簌的坠下泪来。

痴珠自己喝了酒，便说道："我念罢。"便将第二阕念道：

"绮窗朱户浓荫满，绕砌苔痕青遍。碾玉成尘，埋香作冢，一霎光阴都变。"

痴珠念到此，声音也低了。秋痕一滴一滴的眼泪，将那扇页点湿有几处了。荷生道："这是我不好。秋痕今天狠喜欢，偏教他如此伤心起来。"曼云道："可不是呢。人家好端端喝酒，怎的荷生这首词，却要叫他洒起泪来？"痴珠勉强又念道："助人凄恋，有树底娇莺，梁间乳燕。剩粉遗芳，亭亭倩女可能见？"痴珠哽咽道："此中块垒，我要借酒浇了。"便叫曼云取过大杯，喝了五钟。荷生、谡如也喝了。谡如、丹翚都道："过后看罢。"荷生也说道："撂开一边，往后慢慢的看。"痴珠那里肯依。又念道：

"几番烧残茧纸，叹招来又远，将真仍幻。絮酒频浇，银旖细剪，忏尔痴情一片。浮生慢转，好修到琼楼，移根月殿。人海茫茫，把春光轻贱。"

痴珠末了也忍不住吊下几点泪来。瞧着秋痕玉容寂寞，涕泪纵横，心上更是难受。想到："我却不道青楼中有此解人，有此情种。"便转向荷生说道："真是绝唱，一字一泪，一泪一血！这也不枉秋痕的数点泪渍在上头。只是我也有一词，题在花神庙，想你还没见哩。"荷生道："我自那一晚便定了此间的局面，花神庙一别经年了。你那长新店题壁的诗，我还记得。"痴珠道："你的诗我记得多了。"便喝一大杯酒，高吟道："双桨风横人不度，玉楼残梦可怜宵。"荷生十分惊讶，只见痴珠又念道："毕竟东风无气力，一任落花飘泊。"荷生道："荔香院你到过吗？"痴珠也不答应，便又喝了酒，又高吟道："一死竟拚销粉黛，重泉何幸返精魂。"又拍着桌说道："最沉痛的是：薄命怜卿甘作妾，伤心恨我未成名。"荷生道："奇得狠！这几首诗你也见过么？"

痴珠含笑总不答应，唤过秃头，说道："你将我屋里一个碧绿青螺杯取来，我要行令了。"荷生道："你说怎样见过红卿，才准行令。"痴珠笑道："行了令再说。"荷生道："你不说，我是不遵令的。"谡如笑道："痴珠，你这闷葫芦害人难受，不如说了罢。"痴珠道："那里有这般容易！"恰好秃头取得杯来，便一面拿杯，一面向荷生道："你喝了这十杯再说。"丹翚道："这一杯抵得十多杯酒，怎的教人吃得下?”荷生道：“可不是呢。痴珠就是这样作难我哩。”谖如道：“我讲个人情，五杯罢。”荷生笑道：“你讲个人情，一杯罢。”痴珠也笑道：“三杯何如?”荷生心上急着要晓得红卿踪迹，也就答应了。随又说道：“你也要喝一杯。”痴珠道：“说到高兴，自然要喝。”于是曼云执壶，丹翚斟酒，荷生便喝了三螺杯酒。秋痕只叫：“慢慢的喝。”荷生喝一杯，便送一箸菜，或是水果。谖如也喝了三大杯。痴珠才把荔香院那一天情事，细细向荷生讲将出来。讲得荷生痴痴的听，两眼中也噙了几许英雄泪。谖如、丹翚、曼云都敛容静气，倾耳而听。秋痕更怔怔的望了痴珠，又望荷生。痴珠说到娟娘不知踪迹，就也落下数点泪，叫秋痕斟过一螺杯酒。秋痕只斟有七分杯，痴珠接过，却要秋痕斟满，高吟杜诗道：“寇盗狂歌外，形骸痛饮中。”接着吟道：“气酣日落西风来，愿吹野水添金杯。如渑之酒常快意，亦知穷愁安在哉。忽忆雨时秋井塌，古人白骨生青苔。如何不饮令心哀!”大家含笑看他吟完，将酒喝了。秋痕笑道：“角力不解，必同倒地；角饮不解，必同沉醉。这是何苦呢!”说得大家又笑了。

这一席酒自十一下钟起，直喝至三下多钟。幸是夏天日长，大家都有些酩酊，便止了酒。荷生、痴珠只用些粳米稀饭，就散了坐，同到痴珠屋里。只见芸香拂拂，花气融融，别有一种洒洒之致。痴珠又唤秃头焚起一炉好香，泡上好茶。荷生、谖如或坐或躺，丹翚等三人就在里间理鬓更衣。痴珠便将盆中开的玉簪，每人分赠一枝，更显得面粉口脂，芬芳可挹。

秋痕出来，见痴珠酒气醺醺躺在窗下弥勒榻上，便悄悄说道．“你病才好，何苦那样拚命喝酒!”又将痴珠小照瞧一瞧，说道：“你怎不请人题首诗?”痴珠道：“没人道得我着，以后你题罢。”秋痕一笑，就将帘子掀开，见谖如走了出去，荷生却躺在炕上微微睡着，便叫道：“起来罢，这里睡不得，怕着了凉。”荷生就也坐起，喝了茶。痴珠随跟出来，向荷生问起采秋。荷生叹一口气道：“不必提起。我有两首诗，念与你听就知道了。”遂将所寄的诗诵了一遍。痴珠笑道：“什么事呢?”随吟道：“丈夫垂名动万年，记忆细故非高贤。”荷生也自微笑。

不一会，家人掌上灯来，秋华堂又排了席。大家作队出来，见堂上及两廊明角灯都已点着，越觉得玉宇澄清，月华散采，大家便都向甬道上闲步。痴珠从那月光灯影瞧着秋痕，真似一枝初放的兰花，委蕤窈窕，极清中露出极艳来。听见谡如让荷生上去，便携着秋痕的手，跟大家步上台阶，到得席前，照旧坐下。

这秋华堂系长七间一个大座落，堂上爽朗空阔，炕后垂三领虾须帘，帘外排着十多架晚香玉。堂上点有二十余对纱灯，炕上四小盆盛开夜来香。堂左右二十多架兰花，虽才打箭，灯光之下瞧那绿叶纷披，度着炕上内外的花香，就不倾觞，也令人欲醉了。况卯酒未醒，重开绮席，倒觉得大家俱有倦容。入席以后，行了几回酒，上了几碗菜，秋痕便向痴珠发话道：“白天你是闹过酒，如今只准清谈，我随便唱一折昆曲给大家听，可好么？”荷生道：“好么。”秋痕又道：“叫他们吹笛子、打鼓板、弹三弦的都在月台上，不要进来。”谡如道：“这更好。”秋痕又道：“只这痴珠酒杯是要撤去的。”一面说，一面将痴珠面前酒杯递给跟班。谡如、丹翚都说道：“不叫他喝就是了，何必拿开杯子。”荷生、曼云只吟吟的笑。谡如向荷生道：“‘一见如旧’这句话却是真有呢。”这一说，痴珠先不好意思起来，秋痕便觉两颊飞红。荷生忙接口说道：“‘同是天涯沦落人，相逢何必曾相识。’我和痴珠不一见如旧么？”荷生此句话原想替秋痕解嘲，秋痕也深感荷生为他分谤，只太亲切些，触动心绪，倒吊下泪来。痴珠这一会凄惶，更不知从何处说起，只向秋痕高吟道：“君为北道生张八，我是西川熟魏三。”就不说了。

荷生见秋痕与痴珠形影依依的光景，便念及采秋，又因痴珠今天说起红卿，便觉新愁旧怨，一刹时纷至沓来，无从排解。谡如也悔先前不合取笑秋痕，以致一座不乐，又见秋痕顾影自怜那一种情态，也觉惨然难忍。丹翚、曼云见席间大家都不说话，只得劝秋痕道：“好端端的，又哭得泪人儿一般，人家说你有傻气，你自已想，傻不傻哩！”荷生就移步过来，替秋痕抹着眼泪。痴珠便叫跟班们拧过手巾，自已递给秋痕。谡如也吩咐跟人泡上几碗好茶来，又吩咐厨房慢慢的上菜。秋痕只得破涕为笑道：“我还唱曲罢。”大家都道：“好了！秋痕肯笑了。”谡如道：“秋痕这一笑，大家该喝一钟酒。”秋痕道：“我总不准痴珠喝，大家依么？”大家笑道：“依你罢。”秋痕道：“我却要陪一杯。”于是大家都喝了酒，随意吃了几箸菜。痴珠只吃了两片藕。

只见秋痕喝一回茶，将椅挪开，招呼痴珠跟人，说几句话。停了一停，帘外鼓板一响，笛韵悠扬。秋痕背脸儿亢起娇声来，痴珠依着声，听他唱的是：“此夜恨无穷，似别鹤孤鸿，槛鸾囚凤。我无限衷肠，欲诉无从。悲恸!”痴珠听到此，便叹了一声，招呼跟班装水烟吃去。荷生将手轻轻的拍着棹板道：“这底下是‘惹祸的花容月貌，赚人的云魂雨梦。’”谡如道：“这不是《红梨记》上《拘禁》这一出么?”荷生点点头。

又听秋痕唱完了一枝，曼云便将痴珠跟前一碗茶递给秋痕喝了。秋痕转过脸来，向大家说道：“今夜喉咙不好，有些哽咽。”就唾了一口痰，又唱起来。到了“看他诗中字，芳心懂。怎割舍风流业种，毕竟相同”。又唱到“只愁缘分浅，到底成空”。那两道眼波，就直注在痴珠身上。大家俱暗暗的笑，却不敢道出。以后便是尾声了。唱完，大家都喝声“好!”荷生因说道：“这回我却要痴珠喝一钟酒。”秋痕也依，便将自己的杯斟上，叫痴珠喝了。荷生笑道：“我也要你喝一杯。”秋痕道：“这是怎说?”荷生道：“喝了再说。”秋痕强不过，就也喝了。荷生笑道：“你们‘风流业种，毕竟相同’，怎么不吃个鸳鸯杯哩?”说得秋痕的脸通红了。痴珠笑道：“你们这样闹，又何苦呢?”荷生微笑，停一停，说道：“你日间那样狂吟豪饮，这会怎的连酒杯都没哩?”痴珠也就微笑。于是大家又畅饮了一回，便道：“天也不早了，差不多十二下钟了!”谡如也不敢再敬。

大家吃饭、洗漱。荷生向痴珠道：“改日再来奉拜罢。”痴珠笑道：“你又未能免俗了。我明日便是便衣过访，何如?”荷生道：“好极！我便在寓相候罢。”就谢了谡如，几对灯笼引着轿先走了。谡如却要送痴珠先回西院，痴珠看见丹翚等三人都站在月台伺候，便道：“还是给他们先走，我们再说罢。”于是丹翚、曼云、秋痕说道：“我们都不打千了。”丹翚、曼云先走，秋痕落后。

痴珠、谡如站在一边，秋痕拉着痴珠的手，问后会之期。痴珠十分难受，勉强道：“两日后就当奉访。”秋痕忽向袖中取出一件东西，悄悄的递给痴珠。痴珠也不便细看，只好袖着，便催着谡如回去。谡如只得告辞。痴珠送出，看秋痕上车，谡如也上了车，然后自回西院。正是：

茫茫后果，渺渺前因。

悲欢离合，总不由人。

欲知后事如何，且听下回分解。

第十五回　诗绣锦囊重圆春镜　人来菜市独访秋痕

话说荷生别了痴珠，轿子沿堤走来，仰观初月弯环，星河皎洁，俯视流烟澹沱，水木清华，因想起愉园水榭，今夕画屏无睡，风景当亦不减于此。又想道："我们一缕情丝，原是虚飘飘的，被风刮到那里，便缠住那里。就如痴珠，今天不将那脉脉柔情都缠在秋痕身上么？可怪秋痕素日和人落落难合，这回一见痴珠，便两心相照，步步关情，也还可喜。只是他两人这情丝一缠，正不晓得将来又是如何收煞哩！"一路乱想，猛听得打梆之声，是到了营门。

只见灯火辉煌，重门洞辟，守门的兵弁层层的分列两旁。那轿夫便如飞的到了帐前停住，门上七八个人都一字儿的站在一边，伺候下轿。荷生略略招呼，就进寓斋去了。跟班们伺候换了衣履。见苍头贾忠踉踉跄跄，拿一个纸包上来，像封信似的，回道："靠晚洪老爷进来坐等老爷，到了更余，等不得了，特唤小的上去，交付这一件东西，吩咐小的收好。又说明日在欧老爷家，专候老爷过去，有话面说。"荷生也不晓得是什么，接过手，轻飘飘，将手一捏，觉松松的。便撕去封皮，见是一块素罗，像是帕子。抖开一看，上面污了许多泪痕，桌上掉下一个古锦囊，两面绣着蝇头小楷，却是七律二首。便念道：

"长空渺渺夜漫漫，旧恨新愁感百端。

巫峡断云难作雨，衡阳孤雁自惊寒。

徘徊纨扇悲秋早，珍重明珠卖岁阑。

可惜今宵新月好，无人共倚绣帘看。"

念毕，叹一口气，自语道："如许清才坠入尘劫，造物何心，令人懊恼！"又将那一边诗朗吟道：

"多情自古空余恨，好梦由来最易醒。"

就惨然自语道："沉痛得狠！"又念道：

"岂是拈花难解脱？可怜飞絮太飘零。

香巢乍结鸳鸯社，新句犹书翡翠屏。

不为别离已肠断，泪痕也满旧衫青。"

贾忠和大家怔怔的站着，荷生反覆沉吟一会，猛见贾忠们兀自站着，便说道："你们散去罢。"

荷生因欲乘凉，就也踱出游廊。清风微来，天云四皎，双星耿耿，相对寂然。徘徊一会，倒忆起家来，便将都中七夕旧作《望远行》吟道：

"露凉人静，双星会、今夕银河深浅？微雨惊秋，残云送暑，十二珠帘都卷。试问苍苍，当日长生殿里，私誓果能真践？只地久天长，离恨无限！

何况羁人，乡书一纸，抵多少、回文新剪。细计归期，常劳远梦，输与玳梁栖燕。毕竟织女黄姑，隔河相望，可似天涯近远？恨无聊徙倚，阑干拍遍！"

吟毕，便唤青萍等伺候睡下。

次日，看完公事，想到："今天还找剑秋闹一天酒罢。"便唤索安吩咐套车，到了绿玉山房，剑秋不曾起来。紫沧自将采秋不忍拂逆他妈一段苦情，细细表白一番。荷生听了便也释然。一会，剑秋出来，说道："荷生，这宗公案你如今可明白么？我原说过，这其间总另有原故，是不是呢？如今吃了饭，我们三人同去愉园走一遭罢。"荷生不语。一会，摆上饭，三人喝了几钟酒，差不多两下钟了。剑秋正催荷生到愉园去，不想红日忽收，黑云四合，下起倾盆大雨来。剑秋又备了晚饭，说了半日闲话。

急雨快晴，早已月上。剑秋、紫沧乘着酒兴，便不管荷生答应不答应，拉上车，向愉园赶来。传报进去，三人刚走入八角亭游廊，早是红豆领着一对手照，亲接出来，笑向荷生道："怎的不来了十一天？"剑秋笑道："我三个月没来，你怎的不问哩？"紫沧也笑道："我们就十一年不来，他也不管呢。"红豆笑道："洪老爷，你昨天不才来么？"三人一面说，一面走，已到桥亭。只闻得雨后荷香芬芳扑鼻，就都在回栏上坐了。丫鬟们便放下手照，抬了几张茶几来，送了茶。

只见远远一对明灯，照出一个玉人，转过画廊来。紫沧向剑秋道："你看此景不像画图么？"剑秋笑道："我们不配作画中人，只莫学人吊下去作个池中物罢！”刚说这句，采秋已到跟前，故作不闻，说道：“这里暑气未退，还是水榭屋里坐罢。”于是荷生先走，领着大家转几折游廊，才到屋里。

原来愉园船室后是池，池南五间水榭，坐南向北，此即愉园正屋。剑秋、紫沧俱系初次到此，留心看时，只见面面明窗，重重纱罩，五间直是一间。其中琴床画桌，金鼎铜壶，斑然可爱。正中悬一额，是“定香吟榭”四字。两旁板联，是集的宋人句：细看春色低红烛，烦向苍烟问白鸥。款书“渤霞题赠”。下面一张大案，案上罗列许多书籍。旁边排着十二盆兰花，香气袭人。中间地上点着一盏四尺多高玻璃罩的九瓣莲花灯，满室通明，四人一一坐下。

紫沧见荷生、采秋总未说话，便道：“你两个都是广长妙舌，怎的这会都作了反舌无声？”采秋说道：“人之相知，贵相知心。落了言诠，已非上乘。”剑秋笑道：“相视而笑，莫逆于心，此自是枕中秘本，便有时也落言诠。我却不信你们两个通是马牛其风，不言而喻呢。”荷生笑道：“胡说！”采秋道：“‘酒是先生馔，女为君子儒’，汤玉茗至今还在拔舌地狱哩，管他则甚！”便又谈笑一会。荷生、采秋总觉得似离似合，眉目含情。又命红豆，教人将南窗外纱幔卷起。只见碧天如洗，半轮明月，分外清华。

大家移了几凳，坐在栏干内，领略那雨后荷香。采秋叫人将早辰荷花心内薰的茶叶烹了来，更觉香沁心脾，俗尘都涤。遥听大营中起了二鼓，紫沧、剑秋就站起身来，荷生也要同行。剑秋道：“你且不用忙。要走，须向采秋借车。我还同紫沧去访一个朋友，不能奉陪了。”荷生笑道：“不是访彩波吗？”剑秋道：“不定。”遂一径走了。丫鬟传呼伺候。采秋送至船室前，也就回来，仍在栏干边坐下。

荷生道：“好诗，好诗！但‘多情’一句，颇难解说，我正来请教呢。”采秋道：“我这两句本系旧时记的，你要怎么解，便怎么解。”荷生道：“你是聪明绝顶的人，我一切也不用说了！”采秋一闻此言，便觉心中一酸，两眼泪珠荧荧欲坠的道：“前日之事，我也百口难分，惟有自恨堕入风尘，事事不能自主。你若从此抛弃了我，我也不敢怨；你若尚垂青盼，久后看我的心迹便是了！”荷生见说得楚楚可怜，便叹了一口气道：“我倒不是怪你。我一来也是恨我自己长幡无力，未能尽障狂飙，二来是替你可惜这个地方。难道他们那一般人的行径，你还看不出么？”红豆在旁，遂将那日原士规等跌池吐酒、鄙俗不堪的形状，叙了一回。倒说得荷生、采秋也都笑了。

荷生便向采秋道："今夜我颇思小饮。"采秋道："我有好莲蕊酿，咱们到春镜楼喝去罢。"于是携手缓步上楼来。只见霁月照窗，花荫瑟瑟，荷生笑道："我今日到此楼，也算刘、阮重到天台了。"采秋笑道："我不想尚有今日。"遂将荷生纱衫脱了。采秋也卸了晚妆，乌云低弊。然后两人对酌，叙这十日的相思。但见郎船一桨，依舸双桡；柳暗抱桥，花欹近岸。金缸影里，玉罼光中，西子展颦，送春山之黛色，南人妍眼，翦秋水之波光。脉脉含情，绵绵软语，凤女之颠狂久别，檀奴之华采非常。既而漏鼓鼍催，回廊鹤警，嫣熏兰破，絮乱丝繁，人面田田，脂香满满。从此缘圆碧落。双星无一日之参商，劫脱红尘，并蒂作群芳之领袖矣！

却说七夕那晚，痴珠送了谡如，自回西院，急将秋痕递给的东西灯下一看，却是一块翡翠的九龙佩。抚玩一回，就系在身上。

看官听着！痴珠自从负了娟娘，这七八年梦觉扬州，锦瑟犀篦，概同班扇；胭脂螺黛，一例昙花。况复郁郁中年，艰难险阻；鬑鬑迟暮，颠沛流离。碧血招魂，近有鲍参军之痛；青衫落魄，原无杜记室之狂。真个絮已沾泥，不逐东风上下；花空散雨，任随流水东西。不想秋痕三生夙业，一见倾心。秋月娟娟，送出销魂桥畔；春云冉冉，吹来离恨天边。人倚栏干，似曾相识；筵开玳瑁，未如之何。输万转之柔情，谁能遣此；洒一腔之热泪，我见犹怜。可识前生，试一歌乎《金缕》；勿忘此日，羌相赠以错刀。缓缓归来，子细忆三春之梦；匆匆别去，丁宁约再见之期。此一段因缘，好似天外飞来一般。倒难为痴珠，一夜踌躇不能成寐，就枕上填了《百字令》一阕云：

> 今夕何夕，正露凉烟淡，双星佳会。一带银河清见底，天意恰如人意。半夜云停，前宵雨过，新月如眉细。千家望眼，画屏几处无睡。　最念思妇闺中，怀人远道，难把离愁寄。一朵娇花能解语，却又风前憔悴。红粉飘零，青衫落拓，都是伤秋泪。寒香病叶，谁知萧瑟相对。

填毕，兀自清醒白醒的，故合着眼。猛听得辰钟一响，见纸窗全白了。便起身出外间来，向案上将《百字令》的词写出。

秃头在对屋听见响动，也起来，到了这边，见痴珠正在沉吟，愕然说道："老爷你病才好，怎的一夜不睡？"痴珠道："睡不着，叫我怎样呢？"秃头也不答应，向里间一瞧，低着头，嘴里咕咕噜噜的抱怨，就出去了。痴珠倒觉好笑道："我就躺下罢。"不意这回躺下，却睡着了，直至午正才醒。起来吃过饭，想道："我与荷生约今日见面的，须走一遭。"便吩咐套车，带了秃头向大营来。荷生早访欧剑秋去了。便留题一律云：

月帐星河又渺茫，年年别绪恼人肠。

三更凉梦回徐榻，一夜西风瘦沈郎。

好景君偏愁里过，佳期我转客中忘。

洗车洒泪纷纷雨，儿女情牵乃尔长。

递给青萍，就走了。秃头说道："老爷如今是回去，是到李大人署里？"痴珠迟疑道："还是找李大人去罢。"

方转入胡同，痴珠忽问车夫李三道："此去菜市街，顺路不顺路？"李三道："到李大人衙门，菜市街是个必走之路。"痴珠道："这样就走菜市街罢。"秃头道："老爷到菜市街找谁哩？"痴珠便问李三道："你可认得教坊李家么？"李三道："小的没有走过，进巷里问去罢。"秃头道："不消问，那狗头昨天说过住址，南头靠东有一株槐树，左边是个酒店，右边是个生肉铺，中间一个油漆的两扇门，就是李家。小的先下车看去。"到了巷中间，先有一株古槐，一枝上竦，一枝横卧，傍侧一家。秃头只道是了，一问，却是姓张，再看左右，并非屠酤。只得向前走十余家，果见槐荫重重，映着那酒帘斜卷，顿觉风光流丽，日影筛空。秃头伺候痴珠下车，见门是开的，便往里走来。

转过甬道，见靠西小小一间客厅，垂着湘帘。秃头便问道："有人么？"也没人答应。痴珠便进二门，只见三面游廊，上屋两间，一明一暗，正面也垂着湘帘。绿窗深闭，小院无人，庭前一树梧桐，高有十余尺，翠盖亭亭，地下落满梧桐子。忽听有一声："客来了！"抬头一看，檐下却挂了一架绿鹦鹉，见了痴珠主仆，便说起话来。靠北小门内，走出一人来挡住道："姑娘有病，不能见客，请老爷客房里坐。"痴珠方将移步退出，只听上屋帘钩一响，说道："请！"痴珠急回眸一看，却是秋痕，自掀帘子迎将出来。身穿一件二蓝夹纱短袄，下是青绉镶花边裤，撒着月色秋罗裤带，云鬓不整，杏脸褪红，秋水凝波，春山蹙黛，娇怯怯的步下台阶，向痴珠道："你今天却来了！"痴珠忙向前携着秋痕的手道："怎么好端端的又病哩？"秋痕道："想是夜深了，汾堤上着了凉。"便引入靠南月亮门，门边一个十五六岁丫鬟，浓眉阔脸，跛着一脚，笑嬉嬉的站着伺候。

痴珠留心看那上面蕉叶式一额，是“秋心院”三字。旁边挂着一付对联，是：一帘秋影淡于月，二径花香清欲寒。进内，见花棚菊圃，绿蔓青芜，无情一碧。上首一屋，面面纱窗，雕栏缭绕。阶上西边门侧，又有一个十二三岁丫鬟，眉目比大的清秀些，掀起茶色纱帘。秋痕便让痴珠进去，炕上坐下。痴珠说道：“这屋虽小，却曲折得有趣。你卧室是那一间？”秋痕道：“这是一间隔作横直三间，这一间是直的。”便将手指东边道：“那两间是横的，前一间是我梳妆地方，后一间便是我卧室。你就到我卧室坐。”说着下炕，将炕边画的美人一推，便是个门。痴珠走进，由床横头走出床前，觉得一种浓香，也不是花，也不是粉，直扑入鼻孔中。

那床是一架楠木穿藤的，挂个月色秋罗帐子，配着锦带银钩。床上铺一领龙须席，里间叠一床白绫三蓝洒花的薄被，横头摆一个三蓝洒花锦镶广藤凉枕。秋痕就携痴珠的手，一齐坐下。小丫鬟捧上茶来，秋痕递过，向痴珠道：“你道两日后才来，怎的今天就来呢？”痴珠道：“我原不打算来的，因访荷生不遇，回去无聊，故此特来访你。不想你又有病，不是你出来招呼，我此刻要到家了。”秋痕道：“我病了，一早辰没有看我妈去。这回松些，看了我妈，要回东屋，听见鹦鹉说话，我就从窗缝望出去，看不清楚，后来打杂出来辞你，我心上就怕是你来了，赶出外间向竹帘一瞧，你正要转身，急得我话都说不出来。”痴珠道：“你病着，我偏来累你。如今坐了一会，就走罢。你看天色也要变了，下起雨来好难走哩。”秋痕道：“你坐车来吗？”痴珠道：“有车。”秋痕道：“有车怕什么？就没有车，我这里也雇得有。你多坐一会，和我谈谈，我的病便快好了。天气热，你将大衫卸下罢。”痴珠道：“你这里狠凉快。”

正说着，忽然雨点大来，痴珠着急道：“下雨怎好哩！”秋痕笑道：“我却喜欢，好雨天留客。我叫他们熬些桂圆粥给你作点心，好么？”痴珠道：“我肚里不饿，倘饿，便和你要。”秋痕向小丫鬟道：“你尽管吩咐去。”小丫鬟去了。秋痕悄悄说道：“我给你那一块玉，你晓得这块玉的来历么？这就是我今生第一快心之事。你却不要拿去赏了人。”因将上巳这日得荷生赏识，临走给了这块玉，通告诉了痴珠。痴珠道：“我倒没有什么好东西给你，怎好呢？”秋痕道：

“好东西我也不要，只要你身边常用的给我一件罢。”痴珠手上适带一个翡翠般指，便脱下来套在秋痕拇指，大喜道：“竟是恰好！你就带着。”秋痕道：“你这会没得带，我有一个羊脂玉的，给了你好么？”痴珠道：“我不带。我以后再购罢。”秋痕不依，向枕边一个银盒内取出，也替痴珠套上，笑道：“我和你指头大小竟是一样。”秋痕因问起痴珠得病情由，痴珠略将前事说说，便吟道：“三年笛里关山月，万国兵前草木风。”就叹了一口气。秋痕款款深深的安慰一番。两个丫鬟送上点心，秋痕劝痴珠用些。听见檐溜琤瑽，雨也稍住了。痴珠就站起身来走了。正是：

宝枕赠陈思，汉皋要交甫。

为歌《静女》诗，此风亦已古。

欲知后事如何，且听下回分解。

第十六回 定香榭两美侍华筵 梦游仙七言联雅句

话说痴珠养病并州，转瞬判年，免不得出来酬应。这日来了三个同乡：一个余观察名翊，字黻如；一个候补刺史留积荫，字子善；一个候补郡丞晏传薪，字子秀。四人正在会叙，荷生随来，坐了一会，三人先去。荷生便道起失约的缘故，就订痴珠十四愉园小饮，且嘱携秋痕同去，就也走了。此时一院秋阴，非复骄阳亭午，痴珠便吩咐套车，来访秋痕，将荷生相邀并请的人，备细说给秋痕知道，就找谡如去了。

到了次早，痴珠坐车来邀秋痕，秋痕正在梳头。痴珠就在妆台边坐下，瞧了一会。见有一张宣纸、一付蜡笺，搁在架上，便说道："你这屋里却没有横额，我和你写罢。"说毕，就将宣纸、蜡笺一齐取下。秋痕要将墨来磨，痴珠说道："你只管妆掠，我自己磨罢。"于是仍坐在妆台边，一边磨墨，一边看秋痕掠鬓擦粉，笑道："水晶帘下看梳头，想元微之当日也不过如此。"秋痕笑道："我却不准你学他。"痴珠微微一笑，将宣纸裁下一幅，蘸笔横写。秋痕瞧着是"仙韶别馆"四字。痴珠又将蜡笺展开一看，是四尺的，要写八字，便匀了字数，教丫鬟按着纸，提笔写道：

灼若芙蕖，赠之芍药；

化为蝴蝶，窃比鸳鸯。

一边款书"博秋痕女史一粲"，一边书"东越痴珠"。

恰好秋痕换完衣服出来，痴珠笑道："我这恶劣书法，不像你袅袅婷婷，留着做个记念罢。"秋痕笑道："我也不晓得好不好，只人各有体，这是你的字，总是读书人的笔意。"痴珠一笑，便叫人前往愉园探听荷生到未。回说："韩师爷来了。"痴珠将车让秋痕坐，自己跨辕，赴愉园来。

保儿传报进去。到了第二层月亮门，见荷生含笑迎出来，就携着秋痕手，让痴珠进去。痴珠笑道："我如今总要人双请。"秋痕也笑着说道："我见面不请安了。"于是小丫鬟领着路，痴珠缓缓的跟着走，说道："这园子布置，倒也讲究。"进了第二层月亮门，转过东廊，见船室正面挂着一张新横额，是"不系舟"三字。板联集句一付，是：由来碧落银河畔，只在芦花浅水边。便说道："这船室我听说是采秋藏书之所。"因走进来，荷生、秋痕也陪着瞧过，前后三层，缥湘万轴。荷生便把西北蕉叶门推开，引二人出来。小丫鬟听见响，就从桥亭转到西廊伺候。

痴珠、秋痕望那水榭：东西南三面环池，水磨楠木雕栏，檐下俱张碧油大绸的卷篷，垂着白绫飞沿，两边各挂一个小金铃。池内荷花正是盛开之际，却也有红衣半卸、露出莲房来的。空阔处绿叶清波，湛然无滓。靠着栏干，摆着都是斑竹桌椅。正面接着上屋前檐，左右挂着七尺宽两领铜丝穿成的帘子。荷生即让痴珠坐下，自己和秋痕对面相陪。痴珠早闻环佩之声来从帘外，晓得采秋出来了，便从帘内望将出去：山花宝髻，都非倚市之妆；石竹罗衣，大有惊鸿之态。不觉惘然。看见秋痕站起身来，就也站起来。

采秋到了帘边，向秋痕一笑，就请痴珠归坐，转身坐在秋痕肩下，说道："我们初次相见，荷生说过'不请安，不称老爷'。"痴珠道："我也直呼'采秋'，不说套话了。本来名士即是美人前身，美人即名士小影，谢希孟《鸳鸯楼记》……"正往下说，外头报说："梅、欧两位老爷来了！"彼此方通款悰，洪紫沧也来了。痴珠都系初见，又不免周旋一番。以后谈笑起来，大家性情俱是亢爽一派的，就也十分浃洽。停一会，荷生道："清兴如此，何不小饮?"遂叫人摆席。痴珠首坐，次紫沧，次小岑，次剑秋，荷生一人打横上坐，秋痕、采秋两人打横下坐。今日酒肴器皿，件件是并州不经见的。七人慢慢的浅斟缓酌，雄辩高谈，觥筹交错，履舄往来，极尽雅集之乐。已而玉山半颓，海棠欲睡：也有闲步的，也有散坐的，也有向船室中倚炕高卧的。此时丫鬟们撤去残肴，备上香茗鲜果，大家重聚水榭。采秋与剑秋对弈，小岑观局。痴珠、荷生、秋痕三人同倚在西廊栏干闲话，看紫沧钓鱼。秋痕却俯首池中，领略荷香，并瞧那鱼儿或远或近，或浮或沉，出了一回神。

荷生便携着痴珠的手，径入采秋卧室看诗。只见那上首是一座紫檀木的凉榻，挂着一个水纹的纱帐子，两边的锦带绣着八个字是：“吹笙引凤，有酒学仙”，东边板壁上挂着一幅泥金小横披，草书七言绝句两首是：

玉漏催宵酒半醒，月钩初上照春屏。
碧纱帘幕轻如水，窥见云鬟一枕青。

小窗风过试新凉，鬓上微闻夜合香。
细语喁喁眠不得，只愁孤负好年光。

痴珠笑道：“这就是定情诗么？有此艳福，也该有此丽句。”又见纱罩上粘有两纸色笺，其一云：

独夜孤灯有所思，梦回谁解意迟迟。
愧无双桨迎桃叶，尽把多情付柳枝。
秋扇未捐犹有泪，春蚕半老易成丝。
樽前握手浑如昨，不许长牖好护持。

痴珠道：“悱恻缠绵，怨而不怒。这定是月初作的。”荷生道：“你晓得就是了。”又看下一笺云：

决绝词成不忍看，连宵好月自团圞。
黄衫剑挟双龙起，青鸟书传一字难。
春入愁城天浩荡，风停情海浪平安。
蚕丝再茧非无谓，飘泊怜他翠袖寒。

痴珠道：“我们眼孔不知空了几许人物，我们胸襟不知勘破了几许功名富贵，只这分儿上，眼孔里不敢轻视一个，胸襟里万不能打扫得干净。我比你马齿加长，更阅历多了酒阵歌场，而今两鬓星星，把曩时意兴瓦解冰销，不想这会却又给秋痕结出一团热脑。可见人生未死，凭你有什么慧剑，这情丝是斩不断的！”

荷生道：“你这议论，斯为本色。大抵是个真英雄，真豪杰，此关是打不破呢。你不记赵清献诗言‘春窗恼春思，一枝杜鹃啼’，司马温公词言‘相见争如不见，有情还似无情’，欧阳文忠词言‘笑问鸳鸯怎生书’，范文正词言‘眉间心上，无计相回避’，又‘残灯明灭，谙尽孤眠滋味’，韩魏公词言‘愁无际，武陵凝睇，人远波空翠’，文潞公诗言‘哀筝两行雁，约指一勾银’么？”

痴珠笑道："难为你寻得出前人许多真赃实证，来做我们歪诗的护法。"荷生道："以林和靖妻梅子鹤那等清高，却有'罗袜同心结未成'之句，以吕文靖正色立朝，守鄱恋一乐妓，后召还京，寄以棉胭脂，题诗云：'江南有美人，别后长相忆。何以慰相思？寄汝好颜色。'你道这种缠绵情致，那孔光小谨、胡广中庸解此么？"

正说得高兴，采秋领大家都跑进来，说道："你两个高谈阔论，到底是说个什么？怎的不分给我们听听，长些见识？"痴珠笑道："我们道其所道，不过是道点歪诗。"因向秋痕道："你钓得鱼吗？"秋痕道："鱼没钓得，却赢了采姐姐一盘棋，这才肯棋谱琴谱都借给我。"剑秋道："秋痕的棋是好呢，琴却输采秋的手法娴熟。"小岑道："这都容易，只学诗像难点儿。"采秋道："他如今有个诗王诗圣诗祖宗做他秋心院总提，以后怕不学会么？"说得大家都笑了。

荷生因说道："今日乐极，大家何不吟一首即事诗，以纪雅集？"痴珠道："我们联句罢。"紫沧道："古体呢，近体？"采秋道："近体没趣，还是古体吧。"剑秋道："即事也觉无味，不如联一首《梦游仙曲》。"荷生道："好！也不要叙次，有的便写出来。我就起句，借重秋痕作个书手。"使唤小丫鬟预备笔砚笺纸。

大家到了水榭，秋痕研墨，提起笔来等着。只听荷生吟道："九华春殿平明开，排云忽现金银台。鸾翔鹤舞翠羽集，"秋痕便写出来，注一"荷"字。荷生瞧着秋痕写，便说道："秋痕楷书原来如此秀润，我却不曾瞧见。"痴珠笑道："你这三句壮丽得狠，也该写出好楷字。底下该各人两句才是呢。"也即吟道："苍虬呵殿群仙来。"说道："下句要转韵了。"大家说道："自然是要转韵。"痴珠便又吟道："芙蓉城是众香国，"秋痕一一写了，注上"痴"字。大家齐说："接得好极！"剑秋踌躕了一会，吟道："初日澄鲜霞五色。纡回曲径接丹邱，"众人皆道："好！"小岑沉吟一会，说道："那位有的，先接上罢。我思路塞得狠呢。"紫沧倚在正面栏干，因吟道："缥缈飞楼临紫极。雾鬓笼烟羽葆轻，"荷生道："又转韵了。小岑，你怎的还没有一句呢？"剑秋道："让他思索一会，或者有好句出来。"小岑不语，只向帘前微步。荷生又催了一遍，小岑道："有了：珮环隐隐天风鸣。"痴珠喝声："好！"荷生道："也亏他！"小岑就歇了。秋痕笑道："大家都是两句，你怎么一句就算了？"小岑道："你们催得紧，我忘了。"又想一想，吟道："翩然骑凤下相语，"大家齐声道："这一句亦转得好。"痴珠便说道："让我接下去罢。"又吟道："左右侍女皆倾城。司书天上头衔重，"荷生道："上句好。下句提得起。"采秋倚在左边栏干，怕大家又接了，便说道："我也接下罢。"吟道："谪居亦在瑶华洞。巫峡羞为神女云，"大家都赞道："好！"

此时早上了灯，自船室桥亭起以至正屋前廊回廊，通点有数十对漳纱灯，水榭月桌上也燃一枝烛，秋痕写字的几上燃一枝洋蜡。那池里荷香一阵阵沁入心脾。荷生更高兴起来，便说道："我接罢。"吟道："广寒曾入霓裳梦。西山日落海生波，"采秋道："下句开得好。"便转身向座吟道："四照华灯听笑歌。天乐一奏万籁寂，"荷生道："我替秋痕联两句罢。"便吟道："宝髻不动云巍峨。"因笑向秋痕道："此句好不好？下句你自想去。"秋痕笑着尽写。痴珠当下倚在正面栏干，说道："我替了罢。"吟道："此时我醉群花酿，交梨火枣劳频饷。汉皋游女洛川妃，"采秋道："我接罢。"吟道："欲托微波转惆怅。朱颜不借丹砂红。"

剑秋时在桥亭边散步，高声道："你三个不要抢，我有了！"进来吟道："银屏却倩青鸟通。罗浮有时感离别，"采秋道："上句关键有力，下句跌宕有致。我接罢。"吟道："圜洲从古无秋风。"荷生道："好句！我接罢。"便指着剑秋吟道："座有东方善谐谑，"采秋亦笑指道："双眼流光眸灼灼。一见思偷阿母桃，"小岑笑道："我对一句好不好？"吟道："二年且捣裴航药。"

剑秋微笑不语。紫沧道："我转一韵罢：此时满城花正芳，"采秋当下复倚在左边栏干，领略荷花香气，说道："我接下去。"吟道："一枝一叶皆奇香。"荷生当下也倚在右边栏干，说道："我接罢。"吟道："涉江终觉采凡艳，"痴珠此时正转身向座，瞧着秋痕，吟道："远山难与争新妆。"荷生也正转身复座，抢着吟道："彩云常照琉璃牖，"采秋当下复座，手拿茶钟，也抢着吟道："愿祝人天莫分手。好把名花下玉京，"众人齐赞道："好！应结局了。此结倒不容易，要结得通篇才好。"荷生道："这一结我要秋痕慢慢想去。"采秋道："做出老师样来了！"

秋痕低了头，想有半晌，说道："我有一句，可用不可用，大家商量罢。"就写道："共倚红墙看北斗。"大家都大声说："好！"荷生随说道："结得有力！秋痕慢慢跟着痴珠学，尽会作诗了。"荷生和大家再读一过，笑道："竟是一气呵成，不见联缀痕迹。今日一叙，真令人心畅！"痴珠道："明天十五，歇一天十六，我邀诸君秋心院一叙，不可不来！"大家皆道："断无不来之理。"

此时明月将中，差不多三更了，大家各散。采秋送至第二层月洞门，各家灯笼俱已传进。痴珠便看着秋痕上了车，方与荷生大家分手而去。正是：

水榭风廊，茶香荷气；

不有佳咏，何为此醉？

欲知后事如何，且听下回分解。

第十七回　仪凤翱翔豪情露爽　睡鸳颠倒绮语风生

话说十六日，痴珠只多约了谡如。大家到齐，都是熟人，虽谡如不大见面，然秋心院却也来过数次。惟荷生、采秋是个初次，便留心细看：那月亮门内一架瓜棚，半熟的瓜垂垂欲坠。中间一条砖砌甬道，两边扎着两重细巧篱笆，篱内一畦菊种，俱培有二尺多高。上首一屋，高槛曲栏，周围四面台阶三层，阶上檐廊，东西各有一门，系作钟式形。里面屋子作品字形。西屋一间，北窗下一炕，炕上挂一幅墨竹，两傍的联句是：可能盛会无今昔，暂取春怀寄管弦。款书："潇湘居士题赠"。东屋系用落地罩隔开南北。南屋宽大，可摆四席。北屋小些，就是卧室，绣衾罗帐，花气袭人。靠北窗下放着一张琴桌，安一张断纹古琴，对着窗外修竹数竿，古梅一树，十分清雅。

这日，大家都先用过饭。采秋便将秋痕的琴调和，弹了一套《昭君怨》。紫沧、荷生下了两局棋。小岑、剑秋、痴珠调弄了一回鹦鹉，就在菊篱边闲谈。接着，紫沧棋局完了，要秋痕唱一枝曲。秋痕又弄了一回笛，天也不早了，才行上席。荷生首座，紫沧、小岑、剑秋、谡如，以次而坐。痴珠要让采秋上首，采秋自然不肯，仍偕秋痕打横下坐。也是一张大月桌，团团坐下。荷生见上面新挂的横额，笑道："痴珠的书法，也算是一时无两的。"痴珠也笑道："还是我痴珠的样子，总不是摹人呢。"荷生道："以后有这些笔墨，我替你效劳何如?"痴珠不答。采秋笑道："鱼有鱼的目，蚌有蚌的珠，你要把蚌的珠换鱼的目，鱼怎么愿呢?"痴珠含笑要答，剑秋拍掌大笑道："痴珠！他道你是鱼目混珠，你该罚他一钟酒！"痴珠笑道："我这珠本是痴珠，不是慧珠，就凭他说是鱼目，却还本色。"采秋急起来，说道："人家好好说话，剑秋搬弄是非，我不罚你一钟，倒教痴珠心里不舒服。"

痴珠道："算了，我们行一令罢。"荷生道："好极！"小岑道："你们要弄这个，却是大家心里不舒服了。那一天芙蓉洲酒令，教我肚里字画都搜尽了。”痴珠问：“是什么令?”紫沧就将合欢令大家说的八个字告诉痴珠。荷生因说道：“你想还有没有呢?”痴珠低头半晌，说道：“篗字、蕊字、籁字何如?”荷生道：“只是冷些。”采秋道：“我还想一个，是翟字。”大家齐赞道：“好!”秋痕道：“艸字、竹字不好么?”痴珠笑道：“卿边是屮，竹边是个，你不懂。”秋痕红了脸，又说道：“非字、翡字好么?”荷生道：“他是要挪移的，非字、翡字能够挪移得动么?”秋痕道：“这就难了。”便敬了大家一巡酒，吃几样菜，几样点心，便向荷生道：“你想是行什么令好呢?”采秋道：“我有个令，就费心些。”秋痕道：“你不要又叫人去讲什么字，我没有读半句书，肚里那有许多字画呢!”采秋笑道：“我晓得你肚里没有他们的字，也还有我们的字。如今行个令，我们占些便宜罢。”便唤跟的老妈上来，吩咐道：“你回去向红豆说，到春镜楼下书架上，把酒筹取来。”

少顷，老妈取来。众人见是满满的一筒小筹，一根大筹。采秋先抽出大筹，给众人看，见筹上刻着“劝提壶”三个篆字，下注有两行楷书是：“此筹用百鸟名，共百支，每支各有名目，掣得者应行何令，筹上各自注明，不赘于此。”大家传看一遍。采秋把小筹和了一和，递给荷生，教他掣了一枝。

荷生看那筹，一面刻的隶书，是“凤来仪”三字，傍注两行刻的楷书是：“用《西厢》曲文，‘凤’字起句，第二句用曲牌名，第三句用《诗经》，依首句押韵。韵不合者，罚三杯。佳妙者，各贺一杯。”一面刻的隶书是“鸳鸯飞觞”，傍注一行是：“用曲文‘鸳鸯’二字，照座顺数，到‘鸳鸯’二字，各饮一杯。‘鸳’字接令。”荷生看毕，也传给大家看过。秋痕道：“此令我怕是不能的，只好你们行去。”痴珠道：“你曲子总熟的，只是《诗经》这一句难些。”紫沧道：“这一句《诗经》，还要依着上句押韵哩。”小岑道：“就是《西厢》曲文能有几个‘凤’字?”秋痕道：“这个我也不管，只要讲什么《诗经》，我便麻经也没有，又有什么丝经!”说得大家大笑了。采秋道：“我们搜索枯肠，恐怕麻经是没有，《诗经》倒还有一两句呢。”荷生道：“我先说一个罢。”大家都说道：“总是他捷。”痴珠道：“你说罢。”荷生欣然念道：“凤飞翱翔，《朝天子》，于彼高冈。”大家都哗然道：“好!”痴珠笑道：“我们贺一杯，你再说‘鸳鸯飞觞’罢。”于是大家都喝了一杯酒。荷生也陪一杯，说道：“我的飞觞，也是《西厢》曲文：正中是鸳鸯夜月销金帐。”

荷生并坐是痴珠，痴珠上首是谡如，谡如上首是紫沧，紫沧上首是剑秋。紫沧、剑秋恰好数到“鸳鸯”二字，二人便喝了酒。紫沧就出座走了几步道：“这不是行令，倒是考试了！”荷生笑道：“快交卷罢。”一会，紫沧道：“有了：他由得俺乞求效鸾凤，《剔银灯》，甘与子同梦。”大家说道：“艳得狠！”荷生道：“这是他昨宵的供状了。可惜今天琴仙没有来，问不出他怎样乞求来。”紫沧笑道：“不要瞎说，喝了贺酒，我要飞觞哩。”痴珠笑道：“贺是该贺，只是你有这样喜事不给人知道，也该罚一杯！”采秋道：“你们尽闹，不行令么？”于是大家也贺一杯。

痴珠必要紫沧喝一杯，紫沧只得喝了，便说道：“我用那《桃花扇·栖真》这一句：绣出鸳鸯别样工。”一数，“鸳”字数到秋痕，“鸯”字数到小岑。二人喝了酒。秋痕向小岑道：“你先说罢。”小岑道：“你是‘鸳’字，该你先说。”痴珠道：“我替秋痕代说一个。”采秋道：“那天代倩有例，罚十钟！”痴珠只得罢了。秋痕就自己低着头，想了半晌，唤跛脚装了两袋水烟吃了，才向荷生道：“《诗经》上可有‘视天梦梦’这一句么？”荷生道：“有的。”秋痕便念道：“这不是泣麟悲凤，《雁过南楼》，视天梦梦。”痴珠道：“错韵了。‘视天梦梦’，‘梦’字平声，系一东韵。”秋痕红着脸，默默不语。荷生便笑道：“这也是他的心思，他是从‘这不是’三字想下，只是太衰飒些，又错了韵，我替他罚一钟酒罢。”于是喝了一杯酒。小岑便说道：“他是从来没有弄过这些事，能够凑得来，就算他聪明了。如今说个飞觞罢！”秋痕想了一想，说道：“羡梁山和你鸳鸯冢并。”痴珠瞧着秋痕发怔。荷生道：“秋痕怎的今天尽管说这些话！”秋痕不语，大家自也默然。

转是采秋替他数一数，是谡如、紫沧二人喝酒。谡如便笑道：“如今却该是我说，怎好呢？有了这一句，又没有那一句。我倒情愿罚十杯酒，不说罢。”荷生道：“这却不能。”大家也说道：“愿罚须罚一百钟。”谡如见大家都不依，只得抓头挖耳的思索。大家却吃了一回酒，又上了五六样菜，点了灯，谡如才说道：“我凑了一个，只是不通。”荷生笑道：“不用谦了，说罢。”谡如便念道：“是为娇鸾雏凤失雌雄，《五更转》，凄其以风。”痴珠道：“怎的你也说这颓唐的话？”谡如道：“我也觉得不好。”荷生道：“好却是好的，也浑成，也流美，只像酸丁的口气，不像你的说法。”采秋道：“你尽管讲闲话做什么呢？请谖如飞觞吧。”谖如数一数，说道：“翅楞楞鸳鸯梦醒好开交。”“鸯”字是秋痕，“鸳”字是采秋。

秋痕数不清楚，怕又轮到自己，便说道：“怎的又说起《桃花扇》的曲文呢？”谖如道：“《桃花扇》曲文不准说么？”秋痕道：“紫沧才说的《栖真》，你如今又说《入道》，真是要撮弄我么？”采秋便笑道：“秋痕妹妹，‘鸳’字是轮着我。”便瞧着荷生、痴珠，念道：“你生成是一双跨凤乘鸾客，《沉醉东风》，令仪令色。”大家同声喝一声：“好！”采秋笑道：“既然是好，就该大家贺一杯了。”大家都说道：“该喝。”剑秋道：“怎的偏是他两个人便说得有如此好句？”紫沧便接着说道：“可不是呢！又冠冕，又风流，实在是锦心绣口，愧煞我辈。”大家都满贺了一杯。采秋说道：“听着！鸳鸯飞觞：又颠倒写鸳鸯二字。”“鸳”字数到痴珠，“鸯”字数是谖如，二人都喝了酒。痴珠也不思索，说道：“便如凤去秦楼，《四边静》，谓我何求。”

小岑道：“好别致！”荷生道：“也萧瑟得狠，令人黯然。以后再不准说恁般冷清清的话。”痴珠便说道：“这也是题目使然，我们记的《西厢》曲文，总不过是这几句，万分拣不出吉语来，我说个极好的鸳鸯罢：他手执红梨曾结鸳鸯梦。好不好呢？”谖如道：“也该有此一转了。”荷生笑道：“我另贺你一杯罢，只是又该我重说了。”采秋说道：“他有此一番好梦，大家公贺他一杯，也是该的。”秋痕便替大家换上热酒，先喝一杯，请大家干了。

荷生喝了两杯，痴珠自己系“鸯”字，也喝一杯。只见荷生瞧着剑秋，念道：“好一对儿鸾交凤友，《耍孩儿》，自今以始岁其有。”大家都说道：“好极！旖旎风光。方才说的总当以此为第一。”剑秋道：“尖薄舌头，有什么好呢？”小岑笑道：“善颂善祷，彩波今天若在这里，便该喝了十杯喜酒，你还说不好么？”大家也有晓得剑秋的故事，也有不晓得的，却通笑了。痴珠道：“就这个令论起来，自然是绝好，用那句《诗经》，真是有鼎说解颐之妙，大家满饮一杯罢。”众人饮过酒，又随意吃了一回菜。荷生说道：“听我飞觞：双飞若注鸳鸯牒。”数了一数，“鸳”字是剑秋，“鸯”字是采秋。采秋瞅着荷生一眼。荷生道：“我替你喝一杯。”秋痕道：“令不准替，酒也不准替，采姐姐喝罢。”采秋喝了。

剑秋拈着酒杯，说道：“我只道轮不到我了，如今《西厢》曲文的‘风’字都被你们说完了，教我说什么呢?”沉吟一会，向秋痕道：“你不要多心，实在是《西厢》‘风’字我只记得这一个。”便念道：“我只道怎生般炮凤烹龙，《五供养》，来燕来宗。”荷生赞道：“妙妙！三句直如一句。”采秋道：“这令越说越有好的来了，只可惜《西厢》‘风’字太少些。”于是大家也贺一杯。剑秋便向秋痕笑道：“我教你再讲个好的罢：我有鸳鸯枕翡翠衾。”“鸳”字是秋痕，“鸯”字是小岑。秋痕道：“我是不会这个的，你何苦教我重说?”采秋道：“你多想一想，总有好的。”小岑喝了酒，秋痕将杯擎在手上，却默默的沉思了好一会工夫，又将酒搁在唇边。痴珠道：“陷冷了，换一杯吃罢。”秋痕道：“我如今不说冷的。”大家听说，都笑起来。秋痕怔怔的看。痴珠说道：“我是怕你酒冷，不管你的令冷不冷。”秋痕自己也觉好笑起来，便说道：“得了：非关弓鞋凤头窄，《声声慢》，愿言思伯。”大家都说道：“这却好得狠!”采秋道：“秋痕妹妹真是聪明，可惜没人教他，倘有人略一指点，他便没有不会的事了。”剑秋道：“这句《西厢》是极眼前的，怎么我先前总记不起?”荷生道：“秋痕有此佳构，大家都要浮一大白。”便教丫鬟取过大杯，众人痛饮一回。秋痕也陪了三小杯，说道：“小岑没有轮着，如今轮着小岑收令罢。恨不得绕池塘摔碎了鸳鸯弹。”“鸯”字是荷生，荷生喝过酒。小岑一手拈酒杯，一手指着秋痕道：“我好端端的轮不着，你偏要说出许多字来，叫我献丑。如今《西厢》上的‘风’字更是没有了，怎好呢?”秋痕道：“我就不说许多字，也要飞着你，不然，怎样收令呢?你听：拆鸳鸯离魂惨。不是你么?”小岑喝了酒，走出席来。大家道：“休跑了。”小岑道：“我跑是跑不了，容我向里间床上躺一会想罢。”大家只得由他。

此时天已不早，约有八下多钟了，大家俱出席散步，说些闲话。荷生将箸敲着桌，说道：“小岑！要撤场了，你还不交卷么?”小岑缓缓的出来，说道：“曳白罢。《西厢》这一句，我找来找去，先没有了，还说什么!”采秋道：“你喝了一大钟酒，我给你一句罢。”小岑道：“你要骗人，《西厢》那里还有“凤”字?”采秋道：“你尽管喝酒，譬如没有，秋痕妹妹做个保人，我喝两大杯还你。”小岑道：“我喝，我喝！你说罢。”秋痕将大杯斟满，小岑喝了。

采秋道：“我替幺凤妹妹画个小照，好么?”小岑道：“你骗我喝了酒，竟说起这样话来，好好的喝两大钟，我饶你去。”采秋道：“你说我没有这一句曲文么？你们通忘了，那《拷艳》第五支，不是有‘倒凤颠鸾’这一句么？”大家都说道：“眼前的曲文，怎么这一会没一个记得呢？”小岑道：“得了，我替你两个预先画出今夜情景吧：倒凤颠鸾百事有，《一窝儿麻》，好言自口。”采秋道：“呸！狗口无象牙，你不怕秽了口。”荷生笑而不言。大家都笑说道：“小岑这个令浪得狠，好好的说一个飞觞解秽罢。”小岑笑着说道：“剑秋、紫沧喝酒。谁扰起睡鸳鸯被翻红浪。”大家都说道：“四句却是一串的。”采秋笑道：“好意给你一句，你就这样胡说了。”小岑笑道：“你今夜不这样，我说我的令，也犯不着你，你恁的心虚？怕是昨天晚上就这样了。”采秋急起来，要扯小岑罚一碗酒，小岑跑开了，通席一场大笑。

丫鬟们递上饭，大家吃些。漱洗已毕，钟上已是亥末子初。梅、欧、洪三个便先散了。荷生、采秋同车回愉园去，痴珠和秋痕直送至大门，重复进来。秋痕牵着痴珠的手道：“天不早了，你的车和跟班打发他回去好么？”痴珠道：“我喝碗茶走罢。”秋痕默然。正是：

好语如珠，柔情似水。

未免有情，谁能遣此？

欲知后事如何，且听下回分解。

第十八回　冷雨秋深病怜并枕　凉风天末缘证断钗

话说七月十六后，秋雨连绵，淅沥之声，竟日竟夜。荷生心中抑郁，又冒了凉，便觉意懒神疲，饮食顿减。正在听雨无聊，忽见青萍拿了一封信来，说是："欧老爷差人冒雨送来，要回信呢。"荷生接过手来，觉得封面行书字迹姿致天然，不似剑秋拘谨笔迹，因想道："士别三日，当刮目相待。剑秋行书，日来竟长进了！"即拆开一看，第一行是《病中吟》三字，急瞧末行，是"杜梦仙呈草"五字。心中倒觉跳了一跳，便将那诗细看过：

徒劳慈母劝加餐，一枕凄清梦不安。
病骨难销连夜雨，愁魂独拥五更寒。
沉沉官阁音尘渺，历历更筹药火残。
渐觉朱颜非昔比，晓来镜影懒重看。

看毕，便问青萍道："来人呢？"青萍道："这是门上传进来。"荷生道："你去叫来人候一候，我即写回信。"青萍出去，荷生又看了一遍，方才研墨劈笺，想要和诗，奈意绪无聊，便提笔作了数字，叠成小方胜，用上图章，命青萍亲交来人，说："四下钟准到。"此时已有两下钟了。

青萍出去，荷生忙将本日现行公事勾当。恰好雨也稍停了，便吩咐套车，一径向愉园来。途间只觉西风吹面，凉透衣襟，身上虽穿着重棉，尚嫌单薄。进了园门，只见黄叶初添，荷衣已卸。走过水榭，门窗尽掩，悄无人声，便径由西廊转入春镜楼。听楼上宛宛转转的娇吟，便悄悄步入屋子，只听采秋吟道："早是雁儿天气，见露珠儿夺暑……"以后便听不清楚，遂站在楼门下细听，又听见微吟道："门儿重掩，帐儿半垂，人儿不见……"荷生就说道："果然，小丫鬟也不见一个！"红豆向扶梯边望下，微笑说道："来了，上来罢！"

这里荷生刚踏上扶梯，早见采秋站在上面。荷生便望着说道："怎的不见数日，竟病了。”一面说，一面步上扶梯。见采秋穿一件湖色纺绸夹短袄，米色实地纱薄棉半臂，云鬟半弹，烟黛微颦，正如雪里梅花，比寻常消瘦了几分，说道：“我也没有什么大病，不过身上稍有不快。”此时荷生已经上楼，便携着采秋的手道：“你一病竟清减了许多!”采秋接着说道：“我觉你也清减些。”荷生道：“我今天也有些感冒。你的诗好得狠，只是过于伤感。我本来昨天要来看你，奈密折方才拜发。总是这几天的雨误人。”采秋道：“这几天的雨实在令人发烦。”荷生道：“可不是呢。我正要睡，他又响起来。”

正说着，只听得窗纸策策，起了一阵大风，就是倾盆大雨。电光闪处，一声霹雳，那小丫鬟捧一碗茶，刚上扶梯，心一惊，手一颤，便吊下去砸得粉碎，不顾命的径跑上楼来哭了。采秋、红豆都愕然问道：“怎的?”那丫鬟吓得不能说话，半晌，才说道：“茶碗给雷打了!”说得三人通笑起来。红豆道：“不要胡说，下去再泡一碗，好好端上来罢。”采秋说道：“难道屋里只有你一个人么？他们通跑那里去了？替我叫两个来。”小丫鬟答应去了。采秋便向红豆说道：“这样大雷，你替我到妈屋里看看。再，水榭派的婆子、丫鬟通走开了，这回老爷来，竟没人知道，你也替我查点一查点。”红豆正要移步，采秋道：“等着。”就向荷生说道：“天快黑了，你的车叫他回去罢。”荷生沉吟半晌，说道：“也好。”于是红豆也下楼去。

采秋坐了这一会，觉得乏了，就向床上躺下，教荷生坐在床沿。荷生便问起采秋吃的药，采秋向枕畔取出帖子给荷生瞧，说道：“这地方大夫是靠不住的，他脉理全不讲究。”荷生道：“这方也自不错。”正要往下说，却来了两三个小丫鬟。采秋申饬数句，那一个小丫鬟也冲上茶来。这一阵大雨过了，犹是萧萧瑟瑟的一阵细雨，雷声轰轰，只是不住。丫鬟们已掌上灯来。荷生走出帘外，见一天黑云如墨，便说道：“今晚怕还有大雨哩。”远远听得屐声转过西廊，望下一瞧，却是红豆披着天青油绌斗篷，袅袅而来，因吟道：“雷声忽送千峰雨，花气浑如百和香。”红豆望着荷生，含笑问道：“开饭好么?”荷生道：“我懒吃饭，有粥燉一碗喝罢。”红豆道：“娘今日喝防风粥，早燉有了。”于是摆上饭，采秋劝荷生用些佛手春。荷生也只喝一小杯，啜了几口防风粥。

采秋看着荷生两颊通红，说道：“你不爽快么?”就将手向荷生额上一按，觉得烫手的热，便说道：“我不晓得你有感冒，寄什么诗，累你雨地里赶来，又伤了寒，怎好呢？”荷生道：“我也不觉得怎样不好，躺躺罢。”采秋忙替他脱去大衫，伺候躺下，把床实地纱薄棉被盖上，自己向床里盘坐，一双兜罗棉的手，自上及下慢慢的捶。荷生委实过意不去，说道：“你也是个病人，我反来累你，怎么好！”采秋道：“不妨。”于是采秋、红豆合小丫鬟殷勤服侍。一下多钟，荷生汗出，人略松些，方才睡下。虽阳台春小，巫峡云封，而玉软香温，正不知病相如魂销几许。到了四更，又是一场狂雨直打入纱窗来。一会，尚有那断断续续的檐溜。

不想醒来却是红日上窗，天早开霁。荷生起来洗了脸，漱了口，吃了几口防风粥，便说道：“我要回去了。”采秋不肯，荷生道：“我在此固好，但有两样不便：一来怕营中有事，二来我在此，你不能不扶侍我，我见你带病辛苦，我又心中不安，岂不是更加病了？”采秋踌躇一会，只不言语。荷生道：“你不用为难，还是走的好。”叫红豆唤人赴大营打轿。采秋也不好十分拦阻，只是拭泪。不一会，报说轿子到了，便向采秋道：“你不用急，好好保养。我回去，一半天好了，就来看你。”采秋忍着泪点头道：“好好服药。”便又哽咽住。荷生早起身来，采秋同红豆扶了荷生下楼，青萍接着上了轿，放下风帘去了。

采秋坐在楼下，只是发呆。红豆劝道：“这里风大……”正待说下，贾氏已自进来，问道：“韩老爷是什么病？昨夜我打听你忙了一夜，辛苦了，该不要留他在此。”采秋一闻此言，泪珠便滚个不住，和贾氏委婉诉说一遍，上楼去了。从此更加沉重。荷生回营后，也就躺下，一连五日不能起床。

看官听着：情种不可多得！此书既有韦、刘做了并命之鸳鸯，复有韩、杜做个同心之鹣鲽，天下无独必有偶，这话不真么？

再说痴珠这几天为雨所阻，不能出门，他也闷闷不乐，只得寻心印闲话。到了第四日下午，南风大作，雨更大了，前后院通是冥冥的，电光开处，闪烁金蛇。忽然一个霹雳，震得屋角都动，转喜道：“久雨之后有此迅雷，明天定必晴了。”便欣然用过晚饭，向灯下瞧两卷《全明诗话》，呼唤跟人伺候睡下。痴珠连夜通没好睡，这回料定明日必要开晴，倒帖然安卧，并四更天那般大风雨也不知道。

到得次日起来，见槐荫日影，呆呆摇窗，更自欢喜。忽见穆升进来回道：“李大人升任江南宝山镇总兵，颜大老爷接署大营中军，也下札了。”痴珠迟疑道："这一调动，李大人就要远别了。"言下神气顿觉黯然。穆升不敢再说别话，痴珠就吩咐套车。用过早点，衣冠出门。先到卓然公馆贺喜，然后向谡如衙门来。

恰好李夫人晨妆已竟，便延入后堂，不免叙起分手的烦恼来。夫人道："我们家眷是不走的。"说着，谡如也回来了，一见痴珠，便说道："我此去吉凶未卜，累累家口，全仗照拂。"痴珠就慰勉一番。摆上早饭，换了衣服，三人同吃。谡如道："游鹤仙前天寄银一百两，我因得此调动信息，便忘了。"痴珠道："他如此费心，教我怎好生受呢。"谡如道："这又何妨。"痴珠道："也罢，此款就存你这里，再为我支出两个月束，统托你带到南边，转寄家中。"谡如答应了。

痴珠怕谡如有事，也不久坐，顺路便向秋心院来。此时积雨新霁，绿阴如幄，南窗下摆四架盛开的木兰花，芬芳扑鼻。秋痕方立栏畔，望见痴珠，笑道："我算你也该来了。"痴珠含笑不语，携着手同入客厅。见秋痕穿件没有领子素纺绸短衫，却也大镶大滚，只齐到腰间，穿条桃红绉裤，三寸金莲，甚是伶俏。两鬓茉莉花如雪，愈显出青溜溜的一簇乌云。痴珠便默默的领略色香，凭秋痕问长问短，总不答应。秋痕急起来，说道："你怎的做个哑巴，尽着瞧人，不会说话呢？"痴珠正色道："华鬘忉利，不落言诠。"秋痕笑道："原来你参禅了，只怕你这禅也是野狐禅，不然便是打诳语。"说得痴珠吃吃笑起来。

恰好丫鬟送进茶来，痴珠放开手，吟道："如今撒手鸳鸯，还我自在。"秋痕瞅着痴珠一眼，道："你说什么？我却是鸳鸯结牢锁心头哩。"痴珠笑道："算了，不说这些。我且问你，这几天好雨，你不岑寂么？"秋痕给痴珠这一问，觉得一股悲酸，不知从何处起来，忍耐不住，便索索落落流下泪来。倒教痴珠十分骇愕，说道："怎的？"秋痕也不言语，半晌，起来拉着痴珠，咽着道："我们里间坐罢。"

到了卧室，秋痕呜呜咽咽的说道："若非这几天下雨。"只说这一句，便向床躺下，大哭起来。痴珠不知所谓，见秋痕前是一枝初开海棠，何等清艳，这会却像一个带雨的梨花，娇柔欲坠，正不晓得他肚里怎样委曲，自然而然也是凄凄楚楚。二人一躺一坐，整整半个时辰。

秋痕见痴珠为他凄楚，心中十分感激，便拉了痴珠的手，重新又哭。痴珠见秋痕拉着他哭，知道是感激他意思，便想起秋华堂席间秋痕两番的洒泪，又想道："秋痕，你有你的委曲，你可晓得我也有同你一样委曲么？"痴珠一想到此，便似君山之涕、阮籍之哀、唐衢之恸一时迸集，觉得痛心刺骨，遂将满腔热泪，一一对着秋痕洒了出来，竟是一场大哭。哭得李家的男女个个惊疑，都走来窗外探侦。那两个小丫鬟只站着怔怔的看。倒是秋痕晓得外面知道了，转抹了眼泪，坐了起来，劝痴珠收住泪，故意大声道："你呕人哭了，你又来陪哭做什么呢？"一面说。一面教跛脚舀了一盆脸水，亲自拧块手巾，给痴珠拭了脸。痴珠便躺下，秋痕唤小丫鬟泡上茶来。

又停了一回，秋痕见痴珠侧身躺在床上，半晌没有动掸，怕是睡着，便悄悄上来叫了一声。只见痴珠撑开眼，叹一口气道："要除烦恼，除死方休！"秋痕不觉泪似泉涌，咽着声道："不说罢！"就同坐起来。只听得檐前铁马叮叮当当乱响起来，一阵清清冷冷，又一阵萧萧飒飒。飞尘撼木，刮地扬沙，吹得碧纱窗外落叶如潮，斜阳似梦。

秋痕向外间揽镜，更细匀脂粉，梳掠鬓鬟。痴珠正襟危坐，朗吟东坡的《水调歌头》道："我欲乘风归去，只恐琼楼玉宇，高处不胜寒。"此际转觉儿女俗情，却被那几阵大风吹得干干净净，无复丝毫挂碍。便站起来道："天不早了，我走罢。"秋痕牵着衣，笑道："我今天不给你走。"就拉着手，仍向床沿坐下，噙着泪说道："闹了半天，我的话通没告诉你一句。"痴珠沉吟一会道："你留我，我这会却有我的心事！"这一说，把秋痕气极了，将鬓边一条玉钗拔下，就双手向桌上打作两下。痴珠要拦也拦不及。只见柳眉锁恨，杏脸含嗔，一言不发，就伏在床里薄被上，哽哽咽咽的哭。此时快上灯了，又刮了一阵大风，痴珠只得扶起秋痕，含笑说道："我不走罢。"接着说道："我不是不肯在你这里住，却是怕住时容易，别时为难哩。"秋痕噙着泪说道："住了再说。"于是痴珠笑道："花开造次，莺苦丁宁，我也只得随缘。"就唤跛脚进来，告诉他们叫车回去。

看官！你道秋痕目前苦恼是什么事呢？原来秋痕自见过痴珠之后，便思托以终身，他的爹妈也想，秋痕看重痴珠，能够来往，也免天天和秋痕淘气。后来见痴珠洒洒落落的，便没甚大望头了。十七这一天，钱同秀、马鸣盛、卜长俊、胡耇、夏旒五人作队从张家出来，便由李家门口经过，恰值狗头出来，一见钱、马，赶忙请安，邀请进来。这鸣盛是花案头家，自然到过秋心院，其余卜长俊二人，都不过公宴中见面，同秀是五月初五见过秋痕一面，就也无怨无德。只有狗头肚里那晓得鸣盛是不喜欢秋痕的，卜长俊三人不过是阔蔑片，只有同秀是个有名的大冤桶，十分仰慕，如今有缘扳得进门，那一种巴结，无庸笔墨形容。卜长俊三人也晓得其意，便十分怂恿起来。同秀这个人本是傻子，那里晓得察言观色，却自答应了。幸而四下多钟，五人通去了。可喜天从人愿，靠晚竟下起滂沱大雨来，一连三日，这些人自不能来了。秋痕算定，天一开晴，痴珠必来，又立定主意，教痴珠住了一夜，此围就解，以后慢慢的好商量出身。不想痴珠一见面，就问他“这几天好雨，你不岑寂么?”在痴珠不过是句口头话，在秋痕想来，一则像他平日喜欢兜揽，这冤无处诉，二则怪痴珠全不晓得他的心事，竟然有此大相刺谬之语，所以百感俱集。以后痴珠又不许他住下，觉得天壤茫茫，秋痕一人，终久无个结局，所以痛入骨髓。如今痴珠住下，那一夜枕边吐尽衷肠，倾尽肺腑。

此时更深，月也上了，皎皎窥窗。痴珠叹口气道：“你的心绪，我无所不知，只是我留滞此间，是为着路梗，路若稍通，我便回家看母去了。我业经负了娟娘，岂容再误！而且你妈口气十分居奇，我的性情又是介介，异日怎样归结呢?”说得秋痕又呜呜咽咽的哭了。痴珠难忍，只得说道：“你的话，算我都答应了。”因吟道：

“莫自使眼枯，收汝泪纵横。

眼枯即见骨，天地终无情。”

又吟道：

“夜阑闻软语，月落如金盆。”

口中高吟，心中十分悲愤，恰好那五更风声怒号，也像为他鸣尽不平一般。正是：

芳树多阴，雨帘未卷；行郎有伴，接叶当秋。繁香如不自持，冷艳谁能独赏？瑶琴楚弄，惊帘钩鹦鹉之霜；嚼蕊吹花，作天海风涛之曲。歌唇衔雨，珍伊手底馨香；浊水清波，堕我怀中明月。嫣熏兰破，轻轻语碎罗帏；波旋翠寒，猎猎风呼绫扇。江上之青衫未浣，尊前之红泪又斑。蜡烛销魂，窗纱镘影，岂伤心人别饶怀抱？知天下事各有难言！捧皎日之琼姿，涩雌弦之蠹粉。天何此醉，我见犹怜。护持薄雾之裙，游戏凌云之笔。扫除一切，刚逢绝塞秋风；憔悴三生，莫问残灯影事。到了次日，痴珠的定情诗，是四首七绝，云：

扬州一梦已十年，犹有新声上管弦。
最是荻花萧瑟处，琵琶帘外雨如烟。

少小飘零恨已多，随风飞絮奈愁何！
浮萍还羡沾泥好，凄绝筵前白练歌。

画屏银烛影摇红，一片春痕似梦中。
安得护花铃十万，禁他枝上五更风？

敢将颜色说倾城，但解怜侬便有情。
夜合花开莲子苦，殷勤还与记分明。

从此秋痕一心一意，属在痴珠。不特生客不接一语，就是前度渔郎，也不许问津了。因痴珠说起采秋帐绦绣有八字，就写了“结欢喜缘，成鸾凤友”一对，也亲自挑绣挂上。其实前生夙孽此世清偿，烦恼无穷，得几多欢天喜地？频伽并命，也难比凤友鸾交！正是：

爱极都成恨，情深转是痴。
旁观明似镜，当局几人知？

欲知后事，且听下回分解。

第十九回　送远行赋诵哀江南　忆旧梦歌成秋子夜

话说痴珠次日，也晓得荷生病了，自秋心院回来，一路想道：“谡如将走，荷生复病，人生盛会，真不能常！”又触起秋痕告诉许多的话，到了柳溪，瞧着丛蓼残荷，黯黯斜阳，荒荒流水，真觉对此茫茫，百端俱集！廿三日起来洗漱后，作个小横披，是七绝四首。诗云：

朋旧天涯胜弟兄，依依半载慰羁情。
不堪携手河梁上，听唱阳关煞尾声。

金樽檀板拥妖姬，宝马雕弓赌健儿。
此后相思渺何处？莫愁湖畔月明时。

江北江南几劫灰，芜城碧血土成堆。
好将一副英雄泪，洒遍新亭浊酒杯！

滚滚妖氛黯阵云，天风鼓角下将军。
故人准备如椽笔，挥斥丰碑与纪勋。

又作一对云：

春风风人，夏雨雨人；
解衣衣我，推食食我。

便坐车来访谡如，把诗和联亲手递上。谡如展开一看，大喜，谢了又谢。痴珠就约二十五日过秋华堂一叙。谡如道：“这又何必呢？”痴珠道：“垂老恶闻战鼓悲，急觞为缓忧心捣。而且经略委余黻如河东缉捕，我也要饯行。花案上瑶华、掌珠，说是好的，我不曾见面，请他来与秋痕作伴罢。”谡如答应。痴珠顺路便约过韈如，又约子善、子秀，就来秋心院。两人缠绵情话，早是黄昏。

痴珠要去瞧采秋的病，就到愉园。红豆领上春镜楼来，小丫鬟早将东屋帘子掀起。痴珠进去，见帘幕风微，药炉香烬，床上垂下月色秋罗的帐，采秋坐在帐里，就如芍药烟笼，海棠香护，令人想汉武帝隔障望李夫人光景，说道：“我听荷生说你病，”正待说下，采秋早接着道：“荷生怎样呢？”痴珠道：“我是前日见过他，嗽得厉害。昨日隔一天，想今日该减些。”采秋叹一口气道：“你教他好好保养罢。你和他说，我没有什么病。”痴珠答应。坐了一会，吃过茶，说些近事，就走了。回寓已有五下多钟。

过了一日，秋华堂也照前一样铺设，秋痕七下钟就来。早饭后，谡如先到，随后大家也陆续到齐。谡如领着众人往芙蓉洲汾神庙散步，从西院回来秋华堂，见席已摆好。痴珠送酒，大家通辞了。韈如首座，谡如第二位，子善、子秀第三、第四，以后位次，不用说是痴珠一人上首，下首秋痕、掌珠、瑶华三人团坐。

酒行数巡，掌珠唱了一支小调，瑶华唱了一支二簧。秋痕向痴珠说道：“我今天嗓子不好，你给我告个假罢。”韈如笑道：“你不唱，我说个令，你却要依。”秋痕道：“我便遵令罢。”韈如笑道：“还有一说，别人不管，你是不准替代。”秋痕迟疑一会，也自答应。韈如便喝一杯令酒，道：“我这令是一个字，如因缘因字，困卦困字，将里头一个字挖出来，却得有本字领起，叠句《四书》两句。说得好，大家公贺一杯，说得牵强及说不出者，罚三杯。大家依么？”大家通依了。韈如道：“我如今说一个‘國’字罢，《四书》叠句是：‘或劳心，或劳力’。”大家都赞道：“好！”公贺一杯。

下首是子善，想了一会，说道：“我这字不好，是个‘囚’字，《四书》叠句：‘人焉廋哉？人焉廋哉’？”韈如道：“字面不好，说得《四书》却极浑成，大家通喝杯酒罢。”下首是掌珠，情愿罚酒。再下首便是秋痕，秋痕却不思索，说道：“我说一个‘圄’字，《四书》叠句：‘有民人焉，有社稷焉’。”大家都拍手说道：“自然之至，我们该贺一杯。”

秋痕瞧着痴珠笑，痴珠急把脸侧开了，向瑶华说道：“琴仙，轮到你了，你想一个字，我替你说《四书》。”瑶华想一想，说个“囨”字。痴珠道：“这个字教我那里去找两句《四书》呢？你再说一字罢。”瑶华又想一想，说个“圄”

字。痴珠道："得了：'始吾于人也，今吾于人也'。"觳如道："错了。这两句是叠文，不是叠句。而且'吾'字在第二字，该罚三杯。"痴珠道："我说得太急，忘了。但我是替人的，罚一杯罢。"觳如也依了。

痴珠喝了酒，复向瑶华道："你再说一字。"秋痕道："已经罚了，还要重说作什么呢？"瑶华笑道："给我再说一个罢。"掌珠道："你有人替说《四书》，又有人替喝罚酒，就说一百个也何妨呢？"瑶华道："我只说这一个，看他有《四书》出来没有。"大家问道："什么字？"瑶华道："'困'字。"痴珠鼓掌道："水哉，水哉！"大家也哗然笑道："妙得狠！大家又该贺了。"于是子秀说个"田"字，《四书》是："十目所视，十手所指。"谡如说个"日"字，《四书》是："一则以喜，一则以惧。"大家也都说："好！"各贺一杯。痴珠道："我说一字收令吧。"便说了个"固"字，《四书》是："古之人，古之人。"大家齐声道："好！"觳如道："我喝一大杯。"痴珠道："我也陪一大杯。"

此时内外上下都上了灯，痴珠向谡如道："回首七夕，不及一月，再想不到今日开此离筵！"便吟道："死别已吞声，生别长恻恻。"谡如道："我自己也想不到。"说着，两人神色都觉惨然。秋痕怕痴珠喝了酒伤心起来，便说道："我有个令，大家行罢。"觳如道："什么令？大家商量。"秋痕笑道："我这令，是有贺酒，没有罚酒，做个破题。"痴珠笑道："酒令要做破题，也是奇谈。"觳如道："《桃花扇》上酒令不是有个'冰绡汗巾'的破承题么？且看秋痕出什么题。"秋痕道："我这题也是《四书》上有的。"谡如道："又牙的令是《四书》，你的令又是《四书》，不是单作难我么？"秋痕向谡如道："我出题，随着人做不做，你再想一个令罢。"谡如想一想道："我还飞觞罢，是'江南'二字，数到者，两人接令。"痴珠道："好！秋痕，你出题罢。"秋痕道："我的题是《四书》开章第一个的圜。"觳如道："好题！"秋痕道："谡如，你飞觞罢。"谡如喝一杯酒，说道："子善、觳如喝酒：乘胜克捷，江南悉平。"痴珠拍案道："好极！顾我老非题柱客，知君才是济川功。"就将大杯，教秋痕斟满一杯，向谡如道："我贺你一杯。"于是子善、觳如也喝了酒。

觳如笑道："行文、喝酒、飞觞，今日真是五官并用。"秋痕催着飞觞，觳如道："我先交卷了，再飞觞罢。我破题得了。"便念道："所贵圣人之神德兮，刓方以为圆。"痴珠笑道："超妙得狠！大家各贺一大杯罢。"于是大家各喝了酒。子善道："听着'江南'飞觞：青山一发是江南。琴仙、秋痕喝酒。"黻如便指着秋痕，笑道："我要再给秋痕喝一杯：家在江南黄叶村。"痴珠吟道："山中漏茅屋，谁复依户牖？"当下瑶华、掌珠各喝了一杯酒。秋痕便喝了两杯。

痴珠道："我也交卷罢：大圜在上，予欲无言。"黻如道："运用成语，如自己出，我也还敬一大杯酒，大家也各人贺一杯。"秋痕催着瑶华飞觞。瑶华却瞧着痴珠，说道："听我飞觞：青衫泪满江南客。黻如、痴珠喝酒。"痴珠笑道："琴仙可人也。"谡如道："我也凑了两句请教罢：意在寰中，不言而喻。"痴珠喝一声"好"，说道："谡如竟有如此巧思，我便要喝三大杯哩。"秋痕瞅了痴珠一眼，说道："你真要拚命喝吗？"子秀道："秋痕，你该两句飞觞，不要管别人的事，快请说罢。"秋痕道："我的头一句是：霜剪江南绿。该子秀、谡如喝酒；第二句是：寄根江南。也该子秀、谡如喝。"谡如道："秋痕，你怎的算计我两个哩？"秋痕笑道："多敬你两钟酒不好么？"便催掌珠。掌珠笑道："我没有诗句，怎好呢？"秋痕道："你有现成句子都好。"掌珠又笑道："我只有这四个字，说出来却自己要先喝酒了。"便一手举杯，向痴珠说道："江南才子。"说毕，将酒自己先喝干，向秋痕道："你也喝罢，这是冤你一杯酒。如今该黻如、痴珠飞觞了。"

黻如说道："解作江南断肠句。谡如、子秀喝酒。"痴珠向谡如道："官爱江南好。子秀、琴仙喝酒。"子秀道："我共该四句飞觞了，一起说罢。第一句，是黻如、痴珠喝酒：论德则惠存江南；第二句，秋痕、宝怜喝酒：正是江南好风景；第三句，我同琴仙喝一钟：江南无所有；第四句，秋痕、宝怜再喝：黄叶江南一棹归。"秋痕笑道："子秀你好！三句要我喝二杯酒！"谡如道："我说两句。第一句给痴珠、黻如喝：珥江南之明珰；第二句，我陪痴珠喝罢：江南江北青山多。"痴珠道："大家通说了，我双收罢。破题是：默而成之，不言而信；飞觞是：魂兮归来哀江南。"说罢，噙着眼泪，将筷子乱击桌板，诵那庾信《哀江南赋》，声声哽咽起来。

慌得秋痕跑到上首，说道："你醉了，到炕上躺躺罢。"痴珠刚念得"信生世等于龙门，辞亲同于河洛，奉立身之遗训，受成书之顾托"四句，就给秋痕夺去筷子，便说道："我没有醉，你不要怕。"黻如瞧着表，说道："十一下钟了，我们也该散了。”谖如便催着端饭，秋痕早拧块热毛巾递给痴珠。痴珠转笑向黻如道：“醉却不醉，只心上不晓得无缘无故会伤感起来！”黻如道：“客边心绪，凡百难言，放开些罢。”痴珠又觉痛心难忍，谖如也自凄惶，吟道：“乱后今相见，秋深独远行。”大家黯然。转是痴珠破涕笑道：“分手虽属难堪，壮心要还具在。”便吟道：“要闻除猰貐，休作画麒麟。”大家都道：“好极！痴珠豪爽人，该有此转语。”于是吃些稀饭，洗漱一完，黻如三人和掌珠、瑶华就都散了。只谖如、秋痕十分难受，奈夜已深，不能不分手而去。看官！你道痴珠这一晚，好过不好过呢？

且说荷生、采秋，病或不愈，愈后复病，直至八月初，甫皆脱体。这日痴珠无事，带了秋痕同来。适值刮风，秋痕见痴珠身上只穿两件夹衣服，便叫人回去取件茶色湖绉薄棉袄，替他换上。方卸去长夹袄，痴珠抠着小衫将手向背上搔痒，便把那个九龙佩露出来。荷生瞧见，也不言语，转说道：“风大，你快穿上罢。”痴珠换过衣服，喝过茶，见采秋、秋痕同坐床沿，听荷生说那江南军务，讲得令人丧气，便吟道：“华夷相混合，宇宙一膻腥。”一人走来外间，见长案上书堆中有一本《鸳鸯镜》填词，就取来随手一翻，是《金络索》，填的词是：

情无半点真，情有千般恨。怨女呆儿，拉扯无安顿。蚕丝理愈纷，没来由，越是聪明越是昏。那壁厢梨花泣尽栏前粉，这壁厢蝴蝶飞来梦里魂。堪嗟悯，怜才慕色太纷纷。活牵连一种痴人，死缠绵一种痴魂，穿不透风流阵！

又往下看，填的前腔是：

蓝田玉气温，流水年华迅。莺燕楼台，容易东风尽。三生石上因，小温存，领略人间一刻春。恁道是黄金硬铸同心印，怎晓得青草翻添不了根。难阈忿，怕香销灯灺帐黄昏。梦鸳鸯一片秋云，葬鸳鸯一片秋坟，谁替恁歌长恨！

忽然想道：“怕就是这一段故事。”便将序文检看，却是将《池北偶谈》“李闲谢玉清”一则衍出来，就不看了。

里间荷生说到“南北两营溃散，大帅跑上番舶”，大家俱笑吟吟坐听，都忘却痴珠。只秋痕看见痴珠出去外间，半日静悄悄的，便起来将帘子一掀，只见痴珠手上拿一本书，那两只眼睛直注在书皮上呆呆的瞧。秋痕不知其故，向前说道："怎的？"痴珠也不答应。荷生也跟出来，见痴珠坐着发骇，秋痕站着发急，倒好笑得狠，忍着笑道："瞧什么，这样出神？"也向前来看，痴珠将书撂在案上，说道："汝们都不懂得。"秋痕便扯过痴珠的手道："不要讲梦话了。"痴珠又不答应。荷生也觉骇然，便叫道："痴珠！你疯么？"此时红豆、小丫鬟都站在一旁。

采秋听荷生叫得大声，也出来瞧。只见痴珠笑道："我那里是疯，我记那碑文。"荷生三人见他好端端说话，便也好笑，都问道："是什么碑文？"痴珠道："我四月间草凉驿作了一梦，见个双鸳祠碑记，当时默了出来，只忘一半，至梦中光景，合着眼便见那个人、那个地方。自潼关以后，病了两场，把梦通忘了。这会碑文也只记得'则有家传汉相，派衍苏州'十字，你道可恨不可恨！"荷生道："你既然默了一半，便有底了，记他作甚？"秋痕道："这有什么要紧事，也值得这样用心去想！人家说我傻，我却不傻，你唤作痴珠，不真个痴么？"采秋道："这梦也奇，确确凿凿有篇碑记。"荷生笑道："你信他鬼话！不过是他有这一篇游戏笔墨，编这谎话骗人！"痴珠道："我要编个谎，什么编不得，却编个不完不全的梦？你不信，我明天检那碑记给你瞧，还是草凉驿饭店五更天写的。"采秋道："这碑记就说的是姓韦，却也古怪！"秋痕道："那碑记说这姓韦，是怎样呢？"痴珠道："这姓韦的也同我们一样罢，就中叙的曲折我通忘了。"正说着，丫鬟们端上饭，四人小饮，到了二更方散。

这一晚，痴珠心上总把《金络索》两支填词反覆吟咏。不想秋痕另有无数的话要向痴珠讲，却灯下踌躇，枕边吐茹，总不好自己直说出来。忽然问着痴珠道："妓女不受人污辱，算得是节不算是节？"痴珠道："怎么不算得是节？元末毛惜惜，明末葛嫩、楚云、琼枝，那个敢说他不是节！"秋痕道："你晓得我这个人怎样结果？"痴珠道："我自己结果也不知道，那里晓得你。你今日不听荷生说那江南光景？给我看来，普天下的人也不知作何结果，何况我与你呢！"秋痕便默然不说。

痴珠枕上听着阶畔窗前虫吟唧唧，反来覆去，一息难安，吟道："人生半哀乐，天地有顺逆。"秋痕在枕边，便将"哀"、"乐"、"顺"、"逆"，字字要痴珠讲出，痴珠含笑不语。一会，做成《秋子夜》三章云：

寒蛩啼不住，铁马风力紧。
明月入罗帏，梦破鸳鸯冷。

捐弃素罗衣，制就合欢帐。
一串夜来香，为欢置枕上。

侬似秋芙蓉，欢似秋来燕。
燕去隔年归，零落芙蓉面。

秋痕听了，叹口气道：“芙蓉闪断，你却不管！”痴珠笑道：“你叫我怎样管呢?”秋痕道：“你听四更了，睡罢。”正是：

天涯芳草，目极伤心。
干卿底事？一往情深！

欲知后事，且听下回分解。

第二十回　陌上相逢搴帷一笑　溪头联步邀月同归

话说逆倭骚扰各道，虽大河南北官军叠次报捷，而釜底游魂与江东员逆力为蛩蟨，攻陷广州，掳了疆臣，由海直窜津沽。谡如起先以南边军功荐升参将，后来带兵赴援并州，又晋一级，就留大营。元夕一战，应升总兵，此番朝议以谡如系将门子孙，生长海壖，素悉贼情，故有宝山镇之命。临行，向痴珠谆问方略，痴珠赠以“爱民”、“礼士”、“务实”、“攻虚”、“练兵”、“惜饷”、“禁海”、“争江”八策，约有万言。大意是说：南北诸军连营数百座，都靠不住，必须自己携带亲兵，练作选锋，才可陷阵。其平定大局，则以内治为先，内治则以扫除中外积弊为先。积弊扫除，然后上下能合为一心，彼此能联为一气。庶几旌旗变色，可复武汉以踞贼上流，可定九江以剪贼羽翼，可清淮海以断贼腰膂。三者得手，直攻贼巢，金陵唾手可复。后来韩荷生平倭、平江东，谡如平淮北、平滇黔、平秦陇，以此战功第一，并为名将。

如今且说谡如临行这日，夫人不曾出城，痴珠却是前一夕先赴涂沟。涂沟绅士见说秋华堂韦师爷来了，他是个武营领袖，便招就近团甲，迎入行馆，摆起盛筵，转累痴珠无缘无故的酬应起来。酒半，谈着那年贼陷平阳，若何防堵，那年回部做反，若何戒严。便取出所储火器枪棒，召团丁中勇猛肥长，排立阶下，指说这个善射，这个善拳，这个能飞戟刺人于阵，这个能跃丈墙获贼于野，口若不尽其技，而阶下眉目手足各跃跃欲动。痴珠不免谬赞一番，真是苦恼。

次日又累赘了半日，谡如方到。俟得谡如见过各官各绅，已是入夜，才得畅谈。黎明，痴珠怕与大家酬酢，便是洒泪分手，苍茫归路。想着羁旅长年，萧条独客，桑榆未晚，蒲柳先零。不齿之精神，瞀乱颇同宋玉；无聊之言语，蹇吃更甚扬雄。桂欲消亡，桐真半死。值此离别之时，一鞭残照，几阵归鸦，更觉面热心寒，魂销骨化。坐在车上恍恍惚惚，到了一处，却挤了车，方知已是进城。刚腾开了，劈面又有一车，垂着帘子，辚辚而来。只见车里的人陡然把帘子一掀，露出一个花容来，喜动颜开，笑了一笑道："久不见了！"痴珠瞥目，略一迟疑，忆是曼云，便也辗然道："你去那里呢？"曼云尚未回言，两下早已风驰电掣的离远了。痴珠这会才把已前的心事略行按下，想起荷生、秋痕数日不见，便吩咐李三："到菜市街去！"

刚到愉园巷口，恰好荷生的车停在一边，就也下车，步行进去。见过荷生、采秋，知两人病已渐愈，因说些谡如交情及自己伤感的话。荷生、采秋都安慰一番。此时丫鬟已掌上灯，荷生道："你的车叫他回去，在此吃过饭，我送你秋心院去罢。"痴珠正待答应，忽报："欧老爷来了！"荷生大喜。四人相见，各述了这几天情事。荷生就向剑秋道："你这几天访彩波几次哩？"剑秋道："我方才去看他，他给余观察传去陪酒了。我因此步行来找你。"痴珠道："我刚进城逢见彩波，原来黻如今天请客。"当下四人对着楼头新月，浅斟低酌。

大家俱说起谡如，荷生因谈着江南须若何用兵，若何筹饷，所见与痴珠都合。痴珠也自欢喜，说道："此十余年用兵，一误于士不用命，再误于此疆彼界，三误于顿兵坚城。大抵太平日久，老成宿将悉就凋零，大官既狃恬嬉，后进方循资格。天道十年一小变，你看这一二年后，必有个人出来振刷一番，支撑半壁，所谓数过时可。"正欲说下，剑秋突然说道："安知非仆？"荷生、采秋不觉大笑起来。痴珠正色道："座中总有其人，却看福命如何哩！"采秋就也正色道："这是阅历有得之言。"剑秋道："蕤宾之铁跃于海内，黄钟之铎动于地中，有则髡必识之。"荷生道："这也难言！"痴珠便接道："天之生才，何代无有？何地无有？只士大夫生逢其时，有恰好不恰好哩。恰好的，便为郭、李，为韩、范；不恰好的，便橡栗拾于白头，桄榔倚于儋耳，这又有什么凭据呢！"说得剑秋俯首无词了。荷生道："古今无不平之贼，在先求平贼之人。萧何荐韩信，便拜大将，一军皆惊。光武帻坐迎见马援，恢廓大度，坦然不疑。你要拘牵资格，修饰边幅，这还得非常的才么？"痴珠拊掌笑道："使君故自不凡！"于是畅饮起来。

直至十下钟，曼云回家，打发保儿来探剑秋，荷生、痴珠十分高兴，要跟着剑秋同去曼云家来。此时曼云已卸了妆，赶着接人。因讲起瓛如这席是为痴珠、秋痕而设，缘痴珠涂沟去了，秋痕不来，今日只有子秀、子善、掌珠、瑶华和曼云五人，于是说些闲话。曼云无意中却又叙起秋痕出身。

原来秋痕系豫省滑县樱桃村人，三岁丧父，家中一贫如洗。生母焦氏改嫁，靠着祖母侯氏长成。后值荒年，侯氏饿死，堂叔阿虎领着逃荒，到了直隶界上，鬻在章家为婢。章家用一媪，即秋痕现在的妈牛氏。彼时秋痕年才九岁，怯弱不能任粗重，又性情冷淡，不得主人欢心，坐此日受鞭扑。牛氏本非好女人，孀居后素有外交。恰好有个李裁缝，就在章家斜对门开一小铺，牛氏也为他主人待他无恩，便乘机和李裁缝商量，引诱秋痕逃走。李裁缝原是娼家走狗出身，也会唱些昆腔，奈年老了，将平日私积娶妻马氏，是个门户中人，生下一子，就是小伙狗头，才有数岁，马氏就死。狗头自少凶悍，无恶不作，却怕牛氏。如今拐下秋痕，认作女儿，和牛氏做了夫妇，跑至并州，想要充个裁缝度日。奈耳聋眼花，想做生理，又没本钱，便逼秋痕学些昆曲，把狗头做个班长。看官！你想秋痕情愿不情愿？大凡一个人，总是一死为难。当秋痕受饿时，能够同侯氏一死，岂不是一了百了？再不然，作了章家奴婢，拚个打死，就也干净。无奈幼年受人诓骗，这也是他命中该落此劫，又前世与李家父子和那牛氏有许多冤债，故此饿不能死，打不能死，该一一偿了清楚，然后与痴珠证果情场，所以百折千回，不能解脱。

秋痕先和曼云极说得来，背地把这出身来历哀诉曼云。曼云这会通告诉痴珠、荷生。痴珠听着，与秋痕所说大同小异，就也罢了。其实秋痕就里还有一件大苦恼，旁人不知道，就秋痕自己也不能出口，痴珠从何晓得？只见狗头便不喜欢，说他会做强盗。

当下夜深，荷生自回愉园。痴珠便来秋心院，阖家通睡，半晌叫开大门。狗头披着衣服出来，说道："老爷怎的几天不来呢？"痴珠道："我跑了涂沟一遭，来往三日。"就在南庑栏干边等了一会，觉得风吹梧叶，簌簌有声。久之，猧儿狺狺，跛脚开了月亮门。里头窗昏竹响，帘动燕醒。只见秋痕早拿个蜡台，站在东屋门边，笑盈盈的道："差不多三下钟了，从那里来的？"痴珠也含笑抢上数步，携着秋痕的手，一面进去，一面告诉他这几天的事。

秋痕道："你就也不给我信儿!"痴珠说话时候，秋痕已将西洋燉交跛脚去燉开水。这会开了，秋痕便酽酽的泡上一碗莲心茶来，又替痴珠卸了长衣服。见身上还穿着茶色湖绉薄绵袄，说道："不凉么？出城也该换一件厚些的。"痴珠笑道："是你替我穿上，我就舍不得卸下。"秋痕笑了一笑，便挂起帐来。痴珠瞧着锦被撒在一边，便拍着秋痕的肩，含笑道："春窗一觉风流梦，却是同衾不得知。"秋痕沉着脸道："你怎说？难道我心上也有个施利仁么？你就看我同碧桃一般!"言下已吊些泪来。忙得痴珠再三陪笑，秋痕含泪也吟道："何当巧吹君怀度，襟灰为土填清露!"痴珠泫然道："你的心我通知道，我的心你也该知道才好呢。"秋痕道："我可也不是这般说!"痴珠喝了茶，秋痕伺候他睡下。这一夜绸缪就说不尽了。但见：

腰知学舞，眉正斗强，沉沉之帐影四垂，光含窈窕；峭峭之鬓云不动，色益妖韶。铜镜欲昏，窗纱上白。檀槽一抹，记寻春色于广陵；睡脸乍新，知汗粉痕于定子。亭亭玉树，未怜亡国之人；耿耿秋河，直堕双星之影。

这且按下。

再说花选十妓，自秋痕外还有九人。销恨花潘碧桃，后来自有表见。其余占凤池薛宝书，这个池却为士规占去。玲珑雪冷掌珠，这个珠却为夏旒抓住。娑尾春王福奴，春归于苟子慎。紫风流楚玉寿，风流在卜长俊、胡耇两人，后来亦自有结果。锦绷儿傅秋香，萎蕤自守，几回将为马鸣盛、钱同秀攥取，幸他妈高抬身价，同秀、鸣盛就也不敢下手。曼云和丹翚，都是个绝顶聪明的人，见荷生、痴珠不忍以教坊相待，便十分感激，又见荷生、采秋、痴珠、秋痕如许情分，便也有个择木而栖的意思。丹翚、小岑本系旧交，曼云就与剑秋订了新好，全把当妓女的习气一起扫除。以此剑秋直将张家作个外室，这也罢了。那燕支颊薛瑶华，齿稚情豪，两足又是个肤圆六寸，近与洪紫沧款洽，得了他拳诀剑术真传，就爱束发作辫，着一双小蛮靴，竟像红线后身、隐娘高弟。《花月痕》中有此一人，顿觉韩掾之香、韦郎之玦，犹不免痴儿女常态。

光阴荏苒，早是八月十三了。此时荷生、采秋病皆全愈，李夫人亦已移徙县前街新屋。县前街咫尺柳溪。原来谡如三世单传，只有族弟，谡如又带去了。夫人跟前两男一女：长男七岁，乳名阿宝；次唤阿珍，女唤靓儿，都在五岁以下。夫人又身怀六甲，以此必须居近秋华堂，以便痴珠照管。

一日傍晚，小岑、剑秋向愉园访荷生不遇，说是才回营去。两人乘着明月初上，步到大营，恰好荷生公事已了，便唤青萍烹上几碗好茶，三个人就在平台散坐赏月。小岑、剑秋议于十五日公请痴珠过节，荷生道："我和采秋如天之福，病得起床，又是佳节，这东道让我两人做罢。只是痴珠十来天通没见着，今晚月色如昼，柳溪风景必佳，我们三个何不就访痴珠?"剑秋道："我怕是秋心院去了。"荷生道："且走一遭。"

于是三人步出夹道，从大街西转，便望见汾堤上彤云阁上层。荷生因说道："我十五的局，就在彤云阁罢。你们替我约着紫沧，说是巳正集，亥正散。各人身边带一个人，做个团圞会，你两位说好不好?"小岑道："好得狠。"剑秋道："如今真个有酒必双杯，无花不并蒂了。"三人踏着柳荫月色，湾湾曲曲，也有说的，也有笑的，早到了秋华堂。见大门双闭，槐影筛风，桂香湿露。剑秋道："何如?我料定秋心院去了。"荷生道："我们步月从汾神庙进去瞧一瞧罢。"

刚进殿门，远远见一昆卢拿个蝇拂，在殿下仰头高吟道："月到中秋分外明。"剑秋就接着道："未到中秋先赏月。"倒把那昆卢吓了一跳，寂然无声，抢前数步，见是小岑、剑秋带一个雍容华贵的少年，便合十相见，说道："三位老爷狠有清趣，穹远的跑来赏月，老衲瀹茗相陪罢。"就延入方丈。荷生道："韦痴珠不在家么?"心印道："老衲才到西院，谈了一会。"荷生道："他在家，瞧他去罢。"心印笑道："这位就是大营韩师爷吗?真个天上星辰，人间鸾凤!"荷生道："岂敢!我也久仰上人是个诗僧。"心印道："少年结习，到老未能忏除，改日求教罢。"小岑道："他的诗稿狠有可观。"剑秋道："他足迹半天下，名公巨卿见了无数，诗稿却只存痴珠一首序，你就可想他不是周方和尚。"荷生道："我在都中读过上人《西湖吟》一集。闽人严沧浪以禅明诗，上人的诗是以诗明禅。诗教清品，亦佛教上乘，贾阆仙怕不能专美于前了。"心印道："韩老爷谬赏不当。"

四人缓缓行入西院，痴珠已自迎出，便入里间坐了，说些时事。荷生吟杜诗道："胡星一彗孛，黔首遂拘挛。"剑秋也吟道："忆昔开元全盛日，小邑犹藏万家室。"接着吟道："宫中圣人奏云门，天下朋友皆胶漆。百余年间未灾变，叔孙礼乐萧何律。岂闻一绢直万钱，有田种谷今流血！洛阳宫殿烧焚尽，宗庙新除狐兔穴。伤心不忍问耆旧，复恐初从乱离说。”小岑也吟道：“义士皆痛愤，纪纲乱相逾。一国实三公，万人欲为鱼。唱和作威福，孰肯辨无辜？眼前列杻械，背后吹笙竽。谈笑行杀戮，溅血满长衢。到今用钺地，风雨闻号呼。鬼妾与鬼马，色悲充尔娱。国家法令在，此又足惊吁！”

痴珠接着笑道：“你们这般高兴，我却有几首《杂感》给你们瞧，只不要骂我饶舌。”一面说，一面向卧室取出一纸长笺。大家同看，荷生吟道：

“吕母起兵缘怨宰，谁令贰侧反朱鸢？
为于一曲中兴略，愿上琴堂与改弦。”

荷生道：“指事怀忠，抵得一篇《春陵行》，却含蓄不尽。”便高吟起来。第二首是：

“东南曩日事仓皇，无个男儿死战场。
博得玉钗妆半面，多情还算有徐娘。”

小岑道：“痛绝！”荷生复吟道：

“绝世聪明岂复痴，美人故态总迟迟。
可怜巢覆无完卵，肯死东昏只玉儿！”

剑秋道：“此两首不堪令若辈见之。”荷生道：“若辈那里还有耻心？”复吟道：

“追原祸始阿芙蓉，膏尽金钱血尽锋。
人力已空兵力怯，海鳞起灭变成龙。”

心印道：“追原祸始……”便也高吟起来。第五首是：

“弄权宰相不知名，前后枯棋斗一枰。
儿戏几能留半着，局翻结赞可怜生！”

荷生道：“实在误事！”复吟道：

“人腊凄然渡海归，节旄啮尽想依稀。
化灰彫趁南风便，此意还惭晋太妃。”

心印道：“说得委婉。”复吟道：

“柳絮才高林下风，青绫障设蚁围空。
蛾眉若不生谣诼，反舌无声指顾中。

旧坊业已坏从前，遥忆元臣奉使年。

一字虚名争不得，横流愈遏愈滔天。”

剑秋道：“俯仰低回，风流自赏。”荷生、心印复吟道：

“瑶光夺婿洗浇风，转眼袄祠遍域中。

钧閦公然开广厦，神洲涌起火莲红。”

小岑笑道：“关上封刀，金丹陨命，自古有这笑柄。”荷生、心印复吟道：

“仙满蓬山总步虚，风流接踵玉台徐。

销磨一代英雄尽，官样文章殿体书！”

剑秋笑道：“骂起我辈来了。”小岑道：“原也该骂。”荷生、心印也是一笑，复吟道：

“高卷珠帘坐捋须，榻前过膝腹垂垂；

有何博得三郎爱，偏把金钱洗禄儿？”

剑秋道：“媚人不必狐狸，真令人恨杀！”荷生、心印复吟道：

“绨帷环佩拜璆然，过市招摇剧可怜。

果有徽音光翟茀，自然如帝又如天。”

小岑道：“不成诛执法，焉得变危机？我倘能得御史，第一折便不饶此辈。”荷生道：“程不识不值一钱。”复吟道：

“暖玉拨弦弹火凤，流珠交扇拂天鹅。

谁于燠馆凉台地，为唱人间劳者歌？”

心印道：“朱门酒肉臭，路有冻死骨。此却说得冷冷的，意在言外。”复吟道：

“过江名士多于鲫，却有王敦是可儿。

此客必然能作贼，石家粗婢相非皮。”

荷生道：“嬉笑怒骂，尽成文章。”再看长笺，只二首了，是：

山鸡舞镜清光激，孔雀屏开炫服招。

可惜樊南未知意，蒨螨轻赠董娇娆。

心印叹道：“实在误了痴珠几许事业！”小岑笑道：“如今秋痕不是董娇娆了？”痴珠一笑。荷生、心印复吟道：

“街嫁钟离百不售，年年春梦幻西楼。

梦中忽作卢家妇，十六生儿字阿侯。”

荷生吟完，叹一口气，说道：“冠盖满京华，斯人独憔悴！”心印道：“这十六首借美人以纪时事，又为诗家别开门径。”小岑道：“楚雨含情俱有托。痴珠的诗，逼真义山学杜。”剑秋笑道：“我只当做帷房暱媟之词、才人浪子之诗看罢。”

四人狂吟高论，槐阴中月早西斜，心印先去了。大家便携着痴珠，沿着汾堤走来。一路水月澄清，天高气爽，流连缓步，竟尔不记夜深。正到大街，忽闻鸡唱，都觉愕然。荷生转笑道：“好了！我如今怕要在街上步一夜的月。你道这个时候，里头还留着门等我么？”剑秋道：“我访曼云也怕叫不开门，倒是愉园借一宿罢。”小岑道：“我和痴珠秋心院去罢。”正是：

王衍尚清谈，自然误天下。

折屐谢东山，矫情亦大雅。

欲知后事如何，且听下回分解。

第二十一回 宴仲秋觞开彤云阁 销良夜笛弄芙蓉洲

话说十五日黎明，彤云阁中早有青萍领着多人，搬了无数铺垫器皿以及灯幔和那小圆桌、小坐墩，铺设得十分停当。巳初一刻，荷生和采秋来了，又亲自点缀一番，比三月三那一日更雅丽得许多。采秋又吩咐跟班传谕看守芙蓉洲的人，备下两支画船。分派甫毕，小岑、剑秋、紫沧陆续到了。一会，瑶华也来。

此时已有午初，痴珠、秋痕却不见动静，叫人向对面秋华堂探问，说“韦老爷天亮就便衣坐车，带着秃头走了。”一会，丹翚、曼云先后都到。差不多午正，荷生着急，又叫人打听。一会，穆升亲自过来回道：“爷早起吩咐套车时，小的也曾回过：‘老爷今日请酒，爷怎的出门？’爷笑着说道：‘我难道一去不回来么？’”荷生诧异，大家都说道：“叫人菜市街走一遭罢。”荷生打发穆升和李安去。又等了好一会，荷生吩咐开饭，八个人即在彤云阁下层吃着。

忽见董慎笑嬉嬉的跑上来，回道：“韦老爷、刘姑娘通来了，小的在河堤上望见。”大家便出席往外探看，只见秃头汗淋淋的跟着秋痕进门，秋痕一身淡妆，上穿浅月纺绸夹袄，下系白绫百摺宫裙，直似一树梨花，远远扶掖而至。痴珠随后进来，望着大家都站在正面湘帘边，便含笑说道：“我肚饿极了！”荷生笑道：“你半天跑到那里？”当下秋痕已上台阶，扶曼云的手，说道：“他今日同我出城，来回赶有四十里路。”大家问：“是何事？”痴珠、秋痕总不肯说。见杯盘罗列，只道上席了，便道：“我须吃些点心，再喝酒。”采秋道：“赏仲秋本晚夕的事，给我看还是端上饭，四下钟后到阁上慢慢喝酒。”秋痕说道：“采姊姊说得是。那一天谖如的局，两顿接连，叫人怪腻腻的不爽快。”荷生见说得有理，便催家人上菜端饭。大家用些，各自散开，坐的坐，躺的躺，闲步的闲步。

是日，晴光和蔼，风不扬尘。痴珠瞧着一群粉黛，个个打扮得娇娆媲婳，就中采秋珠络垂肩，云裳拖地，更觉得婉娴端重，华贵无双。带一个小丫鬟，名唤香雪，垂髫刷翠，秋水盈盈，伶俏也不在红豆之下，便痴痴的躺在左边小炕上呆想。秋痕却携着瑶华站在院子里，望着阁上，见正面檐前挂十二盏宝盖珠络的琉璃灯，两廊及阁下正面挂的是斗方玻璃灯，通是素的，便说道："今晚却不要有灯才好呢。"瑶华道："点这样素净的灯，就也不碍月色。"丹翚、曼云、剑秋、紫沧却从西廊小门渡过芙蓉洲畔闲逛，见洲内莲叶半凋，尚有几朵红莲，亭亭独艳，其余草花满地，五色纷披。

此时痴珠躺在炕上。采秋到阁后小屋更衣，从纱窗中瞧见后面小池喂有数十个大金鱼，唼喋浮萍，升沉游泳，便招荷生、小岑由东廊绕到池边，坐在石栏上，悄悄的瞧。忽听得痴珠吟道："日月忽其不淹兮，春与秋其代序。惟草木之零落兮，恐美人之迟暮。"采秋便笑道："痴珠又牢骚起来！"痴珠不答，秋痕便掀帘子和瑶华进得屋里。痴珠高诵赵邠卿《遗令》道："大丈夫生世，遁无箕山之操，仕无伊吕之勋，天不我与，有志无时，命也奈何！"荷生笑道："何物狂奴，故态复作？"采秋轻声道："他今日出城，到底去什么地方？"正往下说，忽然丹翚、曼云一路笑声吱吱，跑入屋里，鬓乱钗斜，裙歪衣污，向椅上坐下，喘作一团。大家忙问缘故，两个一边笑，一边喘。半晌，丹翚才说道："你们看！"又笑不可仰。随后曼云忍着笑道："剑秋耍刀。"又嗤嗤的笑。瑶华听见耍刀，就先跑去看。荷生大家都跟出来。

只见紫沧拿把七尺长关刀，在院子里如旋风般舞，剑秋仗着双剑，正从西廊小门转出来，紫沧就让过一边，剑秋站在一边，也将双剑舞起，两边舞得如飞花滚雪一般，台阶上大家俱看得出神。临尾只见寒光一晃，剑秋收住双剑，紫沧也将刀立住，望着大家笑道："这台武戏好看不好看？"痴珠向荷生道："你是懂得。"荷生笑道："舞的名儿我也懂得，只是没有气力。"紫沧早放下刀上来了，便说道："采秋的剑舞得极好，你们是没有见过呢。"小岑道："你不晓得，他还射得好箭哩。"瑶华便道："采姊姊，我同你舞一回罢。"此时剑秋倚着剑，也站在台阶上，采秋道："是那里来的这把剑？剑靶乌腻腻的腌臜，叫人怎拿得上手？"痴珠向剑秋道："你是那里取来的？"剑秋道："我到芙蓉洲闲逛，不想洲边有一人家，我认得是左营兵丁，他手上适拿把雌雄剑，我借来，渡过河，想吓幺凤、彩波一吓，不想他两人迎风都跌了一身的泥。”说得大家通笑。荷生向紫沧道：“你这刀又是那里来的？”紫沧道：“我是向汾神庙神将借来。”说得大家又笑。瑶华便叫人回去取剑。荷生也逼着采秋叫人取弓箭，就向瑶华道：“晚上月下舞他一回，才有趣呢。”采秋道：“这样，何不就到阁上去坐？”荷生道：“好！”便唤跟人问道：“阁上都停妥没有？”跟人回说：“早已停妥。”

荷生当下便领大家由东廊走入小门，门内虬松修竹绕座假山，黄石叠成，高有丈余，苍藤碧萝、斑驳网罥，石磴数十级，曲曲折折到个平台。由平台西转，一个朝南座落，便是彤云阁上层。四围甬道，绕以石栏。阁系五间，通作一间，落地花门，南北各二十四扇，东西各十二扇。正面上首摆一大炕，炕下放一圆桌，焚一炉百和香，兰麝氤氲，香云缭绕。顶隔中间，悬个五色彩绸百褶香云盖，挂一盏顶大光素玻璃灯。东西挂八盏瓜瓣式桔红玻璃灯，也是顶大的。两边一边四个座，俱是海棠式的坐墩，两个坐墩夹个圆茶几。下首中间摆两个坐，却是梅花式的坐墩，也夹个圆茶几。茶几上各安个圆合，大小同茶几一般。痴珠大家见这般陈设，着实喜欢。荷生道：“我今日是个团圞大会，每位茶几上俱派定坐次。”大家瞧那个茶几上放一红笺，是荷生、采秋四个字。接着瞧去，东上首痴珠、秋痕，次是小岑、幺凤；西上首是紫沧、琴仙，次是剑秋、彩波。痴珠笑道：“荷生竟闹出叫相公坐位来，我们就入坐罢。”大家也只得照笺上写的坐定。

采秋吩咐跟人：“取酒来。”家人答应，走到各人跟前把盒盖揭起，便是一个镶成攒盒，共有十二碟果菜，两付银杯象箸，都镶在里面，十分精巧。每几下层，各送一个鸳鸯壶，遂浅斟低酌起来。痴珠道：“天色这般早，我们还行个令想想。”荷生道：“回回行令，也觉没趣，今日还是清谈罢。”采秋因向痴珠说道：“你和荷生通是荐过鸿博，我且问你，酒令是何人创的？”痴珠笑道：“这一问倒有趣，我记得是汉贾逵。”荷生道：“我记得他本传就有这一条。”痴珠道：“不错。我却要请教你们，为何唤做酒纠？”采秋道：“唐时进士曲江初宴，召妓女录觥罚的事，因此唤做酒纠，是不是呢？”剑秋笑道：“怪道采秋惯行酒令。”荷生道：“唐尚书郎入直，侍史一人，女史二人，皆选端正妖丽，执香炉香囊，护侍衣服。唐诗‘春风侍女护朝衣’，又‘侍女新添五夜香’，就是这侍史，如今所以唤他们作女史。”秋痕道：“杜诗‘画省香炉围伏枕’的注，不就引这一条么?”小岑喝了一钟酒，笑道：“都有这般快活，我只愿做个省郎，也不愿学剑秋升侍讲了。”曼云道：“你们怎么唤做老爷呢?”痴珠道：“元朝起的，唐宋以前没有此称呼。”荷生道：“《元史·董抟霄传》：‘毛贵问抟霄曰：你为谁?曰：我董老爷也。’你指此条么?”痴珠点头。紫沧道：“金人称岳武穆为‘岳爷爷’，‘老爷’二字大约是金元人尊称之词，如今却不值钱了。”

采秋笑道：“痴珠，我们自头至脚，你能原原本本说个清楚不能?”痴珠道：“我讲一件，你们通喝一杯酒，我说错了，我喝五杯。”瑶华道：“使得，我就喝。”于是采秋、秋痕五人通喝了。痴珠道：“我如今从你们的髻讲起。髻始于燧人氏，彼时无物系缚，至女娲氏以羊毛为绳子，向后系之，以荆枝及竹为笄，贯其髻发。《古今注》：‘周文王制平头髻，昭王制双裙髻。’又《妆台记》：‘文王于髻上加翠翘，傅之铅粉，其髻高，名曰凤髻。’”采秋接着说道：“这样看来，文王自是千古第一风流的人，所以《关雎》为全诗之始。”痴珠道：“你不要横加议论，等我讲清这个髻给你听罢。高髻始于文王，后来孙寿的堕马髻，赵飞燕的新髻，甄后的灵蛇髻，魏宫人的警鹤髻，愈出愈奇，讲不尽了。这是真髻，还有假髻。《周礼·追师》副编注：‘列发为之。其遗像若今假紒。’《三辅》谓之‘假髻’。《东观汉记》：‘章帝诏东平王苍，以光烈皇后假髻、帛巾各一箧遗之。’后来便有‘飞西髻’、‘抛家髻’种种名号，也讲不尽。采秋，我讲这个髻，清楚不清楚?至如梳，始自赫胥氏；篦，始自神农；刷，始自殷；我也不细讲了。”

荷生道：“痴珠今日开了书厨。”剑秋道：“这不是八月十五，直是三月三斗宝了。”采秋道：“你们不要阻他高兴，听他讲下去，替我们编个《妆台志》不好么?”痴珠道：“你们每人喝两杯酒，我再讲罢。”采秋道：“那要讲两件。”痴珠道：“自然。”采秋诸人便各喝两杯。

痴珠道：“一件画眉。《诗》‘子之清扬。’清，指目；扬，指眉。又‘螓首蛾眉。’言美人的眉，此为最古，却是天然修眉，不是画的。其次屈原《大招》‘蛾眉曼只’，宋玉《招魂赋》‘蛾眉曼睩’。曼，训泽，或者是画。后来文君远山，绛仙秀色，京兆眉妩，莹姊眉癖，全然是画出来。唐明皇十眉图，横云、斜月，皆其名。五代宫中画眉，一曰开元御爱，二曰小山，三曰五岳，四曰三峰，五曰垂珠，六曰月棱，七曰粉梢，八曰涵烟，九曰拂云，十曰倒晕。讲这画眉，清楚不清楚？一件穿耳。《山海经》‘青宜之山宜女，其神小腰白齿，穿耳以鐻。’此穿耳之始。《物原》：‘耳环始于殷。’《三国志》：‘诸葛恪曰：穿耳贯珠，盖古尚也。’杜诗：‘玉环穿耳谁家女？’是穿耳直从三代至今，此风不改。我想好端端的耳，却穿以环悦人之目，这是何说？”瑶华笑道：“这就是缠足作俑了。”

痴珠道：“我如今就讲缠足。”剑秋道：“怎的这般快？美人手、美人乳通不考订么？”采秋道：“痴珠，你不要听他胡闹，你且讲缠足。”痴珠道：“我是不喜欢妇人缠足呢。只我的人偏偏都裹着三寸金莲，我也不能不随缘了。剑秋，你且讲缠足是始于何时？”小岑道：“吴均诗‘罗窄裹春云’，杜牧诗‘钿尺裁量减四分，纤纤玉笋裹轻云’，似缠足始于唐人。”剑秋道：“六朝乐府有《双行缠》词云：‘新罗绣行缠，足趺如春妍；他人不言好，独我知可怜。’似六朝已有缠足。”痴珠道：“《史记》：‘临淄女子，弹弦缠屣。’又云：‘摇修袖，蹑利履。’利者，言其小而尖锐也。《襄阳耆旧传》：‘盗发楚王冢，得宫人玉履。’汉班婕伃赋：‘思君弓履綦。’《杂事秘辛》：‘吴姁足长八寸，胫跗丰妍，底平指敛，约缣逼袜，妆束微如宫中。’此皆裹足之证。齐东昏为潘妃凿金为莲花贴地，令妃行其上，曰：‘此步步生莲花。’《琅环记》：‘马嵬媪女王飞，得太真雀头屐一双，长仅一寸。’是唐时已尚纤小。《道山新闻》：‘李后主宫嫔窅娘，纤丽善舞，后主令以帛绕脚，纤小屈上作新月状。’唐镐诗：‘莲中花更好，云里月长新。’就是为窅娘作的。以意断之，上古美人如青琴、宓妃、嫦娥、湘君、湘大人，必是双双白足。自周以后，美人南威、西子，已自裹足。但古风淳朴，必不是如今双弓。汉唐以后，人心愈巧，始矫揉造作，为此窄窄金莲，不盈一握，其实美人好处全不在此。”说得大家通笑了。荷生道：“果是双双白足，自然也好，最难看是莲船半尺，假作莲瓣双钩。”荷生说这话时，瞧着秋痕低头手弄裙带，就不往下说了。

痴珠会意，急说道：“我如今再讲两件。一则首饰。《山海经》：‘王母梯几而戴胜。’胜，妇人首饰，此首饰之始。《始仪实录》：‘燧人作笄，尧以铜为之，舜杂以象牙、玳瑁，文王又加翠翘、步摇。’《物原》：‘五采通草花，吕后制。彩花，晋郭隗制。’《玉篇》：‘匌彩，妇人头花，髻饰。’是皆首饰。至钗始自夏，手钏、指环始自殷，你们那些穿戴的金玉珠宝，日新月异，考不胜考了。一则妆饰。《神农本草》：‘粉锡，一名鲜锡。’《墨子》：‘禹造粉。’《博物志》：‘纣烧铅锡作粉。’《中华古今注》：‘秦穆公女弄玉，有容德，感仙人萧史，为烧水银作粉与涂，名飞雪丹。’此言粉之最古者，后来百英粉、丁香粉、木瓜粉、梨花粉、龙消粉，这也考不胜考。《古今注》：‘燕支草似蒯花，出西域，土人以染，名为燕支，中国人谓之红蓝粉。’班固曰：‘匈奴名妻曰阏支，言可爱如燕支。’《古今注》：‘胭脂盖起自纣。’此言脂之最古者。脂有面脂，有口脂，见唐《百官志》中。《韩子》：‘毛嫱、西施之美丽，面用脂泽粉黛，则倍其初。’《广志》谓‘面脂自魏兴以来始有者’，非。蔡邕《女诫》：‘加脂则思其心之鲜，傅粉则思其心之和。’《妆台记》：‘美人妆面，既傅粉，复以胭脂调匀掌中，施之两颊，浓者为酒晕妆，淡者为桃花妆。’梁简文诗：‘分妆开浅靥，绕脸傅斜红。’面脂不是古妆么？口脂，唐人谓之点唇，有胭脂晕诸品：一曰石榴娇，二曰大红春，三曰小红春，四曰嫩吴香，五曰半边娇，六曰万金红，七曰圣檀心，八曰露珠儿，九曰内家圆，十曰天宫巧，十一曰洛儿殷，十二曰淡红心，十三曰猩猩晕，十四曰小朱龙，十五曰格双唐，十六曰媚花奴。这与‘十眉’不皆是香闺韵事么？你们该喝酒了。”

荷生笑道：“痴珠今日肚子里新开一间脂粉铺，我们贺他一杯罢。”于是通喝一杯。端上菜，大家用些。青萍回道：“愉园弓箭送来，天快黑了，还射不射哩？”荷生向采秋道：“去射罢。”瑶华欣然出位，拉紫沧道：“射一回箭去。”采秋道：“我久不射，手不柔了。琴妹妹去射，我瞧着。”便携瑶华的手走，大家都跟下阁。紫沧道：“到汾堤空地上射去。”荷生道：“好。”于是都向西廊走来。

瑶华瞧个空，早就下层阁里换上一双小蛮靴，将头上钗、手上钏、身上大衣一起卸下，只穿件箭袖大镶大滚的桃红线绉短棉袄，将一条白绫百蝶宫裙系在小袄上，裙幅都插在腰里，露出镶花边的青绉夹裤脚，大红的一簇裤带绦，携上弓箭。大家正说：“琴仙怎的不见？”瑶华却悄悄站在紫沧身后，将手向紫沧肩上一拍，说道：“我来也！”紫沧和大家都觉得一跳。采秋笑道：“琴妹妹结束得好。”跟人早挂上一个二尺圆的五色箭鹄。瑶华步到上面站定，先将弓试了一试，道：“这弓是几个力？”采秋道：“这平常射的，不过三个力。”瑶华便取过骲头箭，搭上了弓，调正了柳腰，拳回至手，只听得呜的一声响，早着在第三层青圜上。大家喝声采。第二箭又着在第一个红圜，大家连声说“好！”第三箭又着了。荷生笑吟吟的向采秋道：“我再不想琴仙有此好箭！”采秋道：“难为他是才学的，便有如此手段。”紫沧自觉得意。瑶华站着歇一歇，移步向采秋道：“采姊姊，我僭了，如今你射去。”采秋道：“我把工夫丢开一年多，比不得你天天操练。我再射，断不能像你这般准。”荷生道：“准不准算什么，不过要一耍，也觉得有趣。”小岑道：“就是不准，难道怕人笑话么？”

痴珠道：“我有个令，采秋你遵不遵？”采秋笑道：“你什么令？”痴珠道：“你看天上飞的一阵阵归鸦，我指一个，你射了罢。”采秋笑道：“鹄子我还怕不准，你却要另出题目。”荷生道：“这个要不得，射得不好却把人射一箭，怎了？”紫沧道：“你没有瞧过他手段，替他担心。”荷生道：“我不信他就能箭无虚发。”痴珠笑道：“你不信，我却信得过。采秋，你射罢，我叫秋痕替你结束。”采秋拗不过大家意思，于是将大衫卸下，付给香雪，秋痕便把他首饰除下，将簪拴紧髻子。采秋只将裙带结好，也不抠上裙幅。瑶华递过弓，采秋要过几枝狼牙箭，向痴珠道：“你要我射那一阵那一个鸦，我却不能，我准一箭一鸦给你瞧罢。”痴珠道：“就是这样。”瑶华道：“可不是准呢，先前偏要说许多话，可见采姊姊是个老奸巨滑。”荷生道：“我总信不过。采秋，小心罢。”采秋笑一笑，走上高坡站着。恰好有群鸦哑哑的从西过来，采秋就站远些，众人只听弓弦一响，却蓦然一个鸦坠地。青萍等正抢着去拾，又见两个鸦带箭坠地了。大家目不及视，口不能言。痴珠鼓掌道：“荷生，何如？”荷生眉飞色舞，说道：“这个真怪！”采秋早将弓付给香雪，披上大衫，移步向秋痕，戴上首饰，说道：“上灯了，喝酒去罢。”此时云净天空，冰轮拥出，微风引着南岸桂花的香，阵阵扑入鼻孔。

大家步入西廊，见阁上阁下的灯都已点上，就在台阶上三两成群，啧啧称赞采秋的神箭、瑶华的工力。荷生吩咐跟人将阁上三面花门一起洞开，把座位通摆在石栏干甬道。然后大家步到东廊，上了石磴，在平台上凭眺一回。痴珠、秋痕、荷生、紫沧、小岑先行入席。痴珠高兴之至，喝了一满杯，吟道：“一年明月今宵多。”秋痕接道：“不知明月为谁好？”痴珠一笑。彼时剑秋、瑶华、丹翚、曼云尚未归座，正凭在石栏遥望。瑶华望着堤南秋华堂桂树，因接道：

"镜转桂岩月。"剑秋望着芙蓉洲水亭，因接道："江亭月白诵《南华》。"曼云望着阁东汾流月色水光如一条玉带，便也接道："蟾蜍夜艳秋河月。"丹翚近望阁门外一带梧桐，远望汾堤上万株烟柳，便接道："鹿门月照开烟树。"荷生笑道："好得狠！今夕此会，本为赏月，我也吟一句罢：'手掐花梢记月痕。'"采秋接道："锦筵红烛月未午。"剑秋拍手赞道："切情切景，大家各饮一大钟罢。"于是剑秋等也行入席，豪饮一回。上了几件菜，用些点心，复各散开。

此时约有七下多钟了，金风瑟瑟，玉露零零，幸各带几分酒意，尚不觉罗袂生寒。大家携着玉人，凭高凝望，真如到琉璃世界，飘飘若仙，相视而笑，转忘言象。倒是紫沧忆起瑶华的剑来，说道："你取了剑，何不向院子舞一回？"荷生道："好极！采秋和瑶华同舞罢。"紫沧道："一人舞一回，两人再同舞一回，才有趣呢。"痴珠道："紫沧何不先舞一回给他们看？"紫沧道："我就先舞。"

于是紫沧卸下大衣，大踏步下去，舞了一回。剑秋看得高兴，也舞起来。荷生见舞得热闹，教青萍取过一个粉定窑的大钟，和大家各喝一钟。两人舞罢上来，穿好衣服，合席通敬一大钟，两人喝了。紫沧道："瑶华舞罢。"瑶华大衣卸后就不曾穿，便提剑下去，进退抑扬，舞得月光闪烁，灯影迷离，大家同声喝采。采秋喝了一杯酒，说道："我也舞去。"于是卸去首饰、外衣，露出大镶大滚的葱绿湖绉绵小袄，镶花边的大红绉夹裤，越显得抟雪作肤，镂月为骨，当下卷起箭袖，抽出一双鸳鸯剑，向荷生笑一笑，走下阁去了。

痴珠向荷生道："我和你往台阶看去。"秋痕也跟着，到得台阶，只见寒芒四射，咄咄逼人，渐渐万道金蛇纵横驰骤，末后一团雪絮上下纷飞，全不见绿袄红裳影儿。先前瑶华倚着剑站在一边，还想和采秋同舞一回，看到这里，就将剑收起，向荷生道："似此神技，紫沧要我和姊姊同舞，我怎敢呢？"荷生道："你就舞得好。"瑶华道："我再努力学罢。"正说着，瞥见有条白练临风一闪，早是采秋站在跟前，笑道："何如？"荷生携着采秋双手，看他面色微红，鬓发一丝不乱，说道："你从那里学来？"瑶华道："采姊姊怕是前生学会呢！"痴珠道："我们上去通喝几钟酒，也不负采秋这一回的舞剑。"荷生道："我和你喝十大杯罢。"一面说，一面招呼大家入席。饮了一会，端上菜点，随意吃些。采秋道："如今我们夜泛一回，领略水中月色，就由南岸上车，好么？"大家都道："好！"就教跟班们吩咐车马南岸伺候。

饭毕，众人踏着月色上船，向芙蓉洲驶来。船中早备着香茗时果，大家随意说说笑笑，教水手转由汾神庙后驶到水阁，由水阁驶到南岸。落叶打篷，寒花荡夕，星河散采，珠翠生凉。一会，各家车马灯笼纷然并集。先是紫沧带了瑶华上车，次是小岑、丹翚一车，剑秋、曼云一车，各自去了。荷生道："痴珠今夜是回秋华堂，还到秋心院呢？"痴珠遭："秋痕今日原是坐我的车，这时候他家的车还没来，想是他家不要他了，我今就陪他在船里坐一夜罢。"采秋道："天气凉得狠，岂宜如此？"荷生道："你又信他！我们走了，怕他不回去秋华堂做好梦么？只是秋痕同痴珠今日出城这一遭，我却要问一问。"痴珠默然。秋痕道："我告诉你，今日出城是为着我那殉难的姊姊忌辰。"荷生笑道："什么地方都可祭奠，特特跑上竹竿岭，冤不冤呢？"采秋道："我却会得他的意思。"痴珠道："夜深了，你两个要回去，该走了。"荷生道："我倒忘了。"于是香雪扶着采秋，秋痕送到船头。痴珠送荷生上岸，看荷生、采秋上车去远了，方才转身携着秋痕进舱，唤秃头撤去肴核，拭净几案，换一枝蜡烛。

秋痕吹起笛来，声声激烈。痴珠吩咐水手将船荡至水阁，自出船头站立，见月点波心，风来水面，觉得笛声催起乱草虫鸣，高槐鸦噪，从高爽泬寥中生出萧瑟。秋痕也觉裙带惊风，钗环愁重，将笛停住。搭起跳板，两人扶上，怅望一回。秋痕想起五月初五的事来，不知不觉玉容寂寞，涕泗阑干。痴珠起先愕然，后来自己触目伤怀，百端难受，将秋痕的手握在掌中，轻轻的搓了几搓，说道："风月自清夜，江山非故园！我们还下船坐罢。"秋痕点头，便唤秃头伺候。

两人重行入舱，喝了几口茶。痴珠见几上有笔砚，便将秋痕一幅手绢展开，写道：

采春惯唱懊依歌，碧海青天此恨多！
所不同心如此水，好抛星眼剪秋波。

溪上残更露湿衣，月明一舸竟忘归；
笛声吹出凌波曲，惊起鸳鸯拍拍飞。

款书"八月之望，漏下四鼓，携秋痕泛舟柳溪题赠。"写毕，两人都觉黯然欲绝。还是秋痕辗然笑道："这地方唤做芙蓉洲，我同你把芙蓉成语同记一记，看得有几多？"痴珠道："诗词歌赋上这两字多得狠，那里说得完！"秋痕道："芙蓉城到底是天上是人间？"痴珠道："石曼卿为芙蓉城主，此虚无缥缈之说。成都府城多种木芙蓉，也唤作芙蓉城。你怎的问起？"秋痕不语。

此时月斜鸡唱，痴珠也觉偎玉无温，倚香不暖，便唤水手将船驶到秋华堂门口。秃头先行上去，招呼大家起来伺候。然后痴珠慢慢的携着秋痕回来西院，到里间和衣睡倒。一觉未醒，天早明了。正是：

酒香花气，弓影剑光。

春风蛱蝶，秋水鸳鸯。

欲知后事如何，且听下回分解。

第二十二回　秋华堂仙眷庆生辰　采石矶将军施巧计

看官记着：昨天是茜雯死忌，今日却是秋痕生辰。是日，李夫人约了晏、留两太太来逛秋华堂，以此秋痕昨夜不曾回家。

此时红日三竿，绿荫满院，秋痕妆掠已毕，外面报说："李太太来了！"秋痕赶着迎出月亮门。只见李夫人已下了轿，穆升和李家跟班、老嬷、丫鬟，都一字儿站着伺候。秋痕迎至东廊下，李夫人拉着秋痕的手，端详一会。痴珠早从秋华堂台阶迎下来，李夫人便赶向前请了安。痴珠便让李夫人上来。秋痕磕下三个头，李夫人拉他起来，回敬一福，笑向秋痕道："姑娘好日子，我没有预备。"一面说，一面将头上两股珠钗自行拔下，走到秋痕跟前，与他戴上，口里说道："给姑娘添个寿罢。"秋痕只得说道："太太费心。"就重磕一个头。夫人搀起，也福了一福。入座，秋痕递上茶，阿宝也来了。接着，留、晏两太太都到，便开了面席。席散，大家同来西院更衣，听了秋痕一支《琵琶记》。三位太太都是善于语言的，就秋痕今日也觉兴致勃勃。

会，出来秋华堂坐席，李夫人首座，问起"风来仪"酒令，秋痕一一告诉，三位太太都十分赞赏。李夫人道："我们何不做个东家效颦？"晏太太道："《西厢》'凤'字都给他们说尽。"李夫人道："何必拘定《西厢》？只成句都可。"留太太道："我们也不要鸳鸯飞觞，今日是刘姑娘好日子，飞个《西厢》'喜'字何如？"李夫人道："好得狠。我僭了，就起令罢。"便喝一杯酒，说道："系马于凤凰台柱，《收江南》，仍执丑虏。"大家齐声赞好，留太太道："又流丽，又雅切，这是大人异日封侯之兆，该贺一满杯。"众人通陪了酒，李夫人道："阿宝不算，刘姑娘喝酒，接令！我说个'垂帘幕喜蛛儿'。"秋痕喝了酒，想一想，说道："闻风吹于洛浦，《乔合笙》，在前上处。"大家都说道：

“这曲牌名用得新颖之至，各贺一杯。”秋痕飞出《西厢》是：“宜嗔宜喜春风面。”顺数该是留太太，想有半晌，瞧着阿宝说道：“鸟有凤而鱼有鲲，《美中美》，宜尔子孙。”李夫人喝声：“好！”晏太太道：“古语络绎，这贺酒更该满杯。”众人通喝了。留太太道：“晏太太接令罢！‘这般可喜娘罕曾见’。”

晏太太道：“轮到我了，怎好呢？”便将杯擎在手里，想有一会，喝了酒，说道：“我说得不好，休要笑话。凤愈翱翔而高举，《拣南枝》，有莺其羽。”李夫人道：“‘有莺其羽’四字，妙语解颐，太太真个聪明。”大家又贺一杯。晏太太道：“大家通说了，如今我喝一杯，刘姑娘喝一杯，收令罢。”一面说，一面将酒喝干，说道：“喜则喜你来到此。”秋痕喝了酒，李夫人便向秋痕道：“定更过了，我无人在家。”便吩咐端饭。饭毕，便叫奶嬷、老家人送阿宝家去。痴珠看过阿宝上车，也到帘外招呼。当下李夫人走了，晏、留两位太太随后也走。

痴珠这日是邀了晏、留、池、萧，借汾神庙客厅游宴。靠晚，心印却出门去了。五人上席，酒行数巡，痴珠叫穆升取出骰盆和色子，向大家说道：“我有一令，掷色集句，照红的算，说出唐诗一句，照位接令，要与上句叶韵，失叶、出韵及语气不联贯，照点罚酒。”子秀道：“痴珠，这不是虐政么？我们那里寻得出许多凑巧的诗句来！”翊甫道：“两顿接连，借此用点心思，也可消食。只是要个题目，才好着想呢。”痴珠道：“宫词如何？”子善道：“好极！”痴珠便将色子和骰盆送给翊甫道：“请你起令罢。”

翊甫接过，随手一掷，是二个四，一个幺，算成九点，沉思半晌，吟道：“九华春殿语从容，”大家俱说道：“起得好，冠冕堂皇！”下首该是雨农。翊甫便将骰盆和色子送过，说道：“你掷罢。”雨农道：“二冬韵，窄得狠，我怕要曳白了。”随手一掷，是个幺，算成一点，也沉思半晌，吟道：“人在蓬莱第一峰。”痴珠道：“粘贯得狠！如今该是子秀了。”

子秀接过色子，随手一掷，是二个四，算成八点，子秀道：“我占便宜，不要押韵，就是这一句罢。”吟道：“二八月轮蟾影破，”翊甫道：“好！恰是今日。”因向子善道：“接手是你，请掷罢。”子善接过色子，随手一掷，是三个幺，算成三点，吟道：“三官笺奏护金龙。”痴珠道：“好句！如今该是我掷了。”接来一掷，是二个红，算成八点，随口吟道：“八尺风漪午枕凉，”翊甫接手道：“七阳韵，宽得多了。”随将色子一掷，是两个红，一个幺，算成九点，吟道：“九龙呵护玉莲房。”

雨农接手，掷得三红二幺，说道：“这算十四点了，那里找得出这恰好的诗句呢?”子秀道：“‘溧阳公主年十四’，不好么?”痴珠道：“何必拘定‘十四’? 我替你说一句罢。”吟道：“七月七日长生殿，这不是十四么?”大家道：“如此放活，还松动些。”于是子秀掷得一幺，吟道：“雁点青天字一行。”下首是子善，掷得两幺，吟道：“一番雨过一番凉，”痴珠道：“还用七阳韵么?”就接手掷出两个红来，吟道：“八字宫眉点额黄。”下首是翊甫，也掷得一幺，吟道：“楚馆蛮弦愁一概，”雨农接手，掷得一幺、一红，吟道：“五更钟后更回肠。”

翊甫道：“这两首诗我要僭易了。前首雨农十四点，宜用子秀‘溧阳公主年十四’句，接用痴珠‘八字宫眉点额黄’七字，不更浑成么? 子善‘一番雨过一番凉’，接用子秀‘雁点青天字一行’七字，不更联贯么?”痴珠道：“好极！翊甫诗境大进，我和大家贺他一钟罢。”于是喝过酒，子秀接手又掷，是一红、两幺，吟道：“六曲连环照翠帷，”子善接手，是一红、一幺，吟道：“不寒长着五铢衣。”痴珠道：“好句!”接手掷成一红、二幺，吟道：“三星自转三山远，”翊甫接手，是一个幺。痴珠道：“你说一句收令罢。”翊甫搜索一会，吟道：“万里云罗一雁飞。”雨农道：“妙绝！竟联成四首，我们喝酒罢。”

后来秋华堂席散，大家便跟痴珠来到西院，与秋痕说说笑笑，也就去了。痴珠便送秋痕回家。秋痕一生，这一天也算扬眉吐气。其实谡如起身之时，原想替秋痕赎身，一则为痴珠打算，一则为李夫人作伴，奈他妈十分居奇，只索罢了。

且说谡如是九月初七到了江南，见过南北大帅及淮、海、扬、徐各道节度，便奉密札，驰往庐、凤一带，打探贼情。不想逆贼早知李总兵是山西截杀回部的一员大将，想要计杀此人，为回民报仇，就于采石矶江上，伏兵数处。等了两日，不见动静，各队头目就有些倦了。第三日午后，忽有小艇，却是一老一少，载着一瓮美酒及各种点心，泊在矶边售卖。点心不过是江南常见的，那酒却气味醇浓，一钱一杯，各队的贼纷纷要买，累得那一老一少手脚忙乱，答应不迭。正在卖酒热闹之际，又有三个渔船咿哑而至，每船上两个渔人，隔着卖酒的船一箭多地，那捕鱼的人就跳上岸，向热闹处看来。见是卖酒，又说酒好，各人就也买一杯。渔船上只有一人看守。随后又有个小船，载着几十束连枝带叶的柴，船头上坐个樵夫，身体胖大，年纪不上三十，拿把柴斧轻轻打着船板，口唱山歌。后舱两个摇橹的人也跟着唱，都是本地的腔，就靠着渔船一字儿泊着。

恰好有个黄袍贼目，带了数十名贼兵，先向酒船上查验腰牌并衣上记号，却个个是有的。末后查到柴船上，樵夫道："有是有的，今天却没有带来。"头目将樵夫细瞧一瞧，向贼兵道："是个妖，你与我拿住。"说话时迟，下手时快，只见樵夫将柴斧一耸身，贼目的头早已粉碎，鲜血迸流。这些贼兵先前惊愕，次后正要拔刀，却早倒了三四个，船上又跑出摇橹的人，舞着双剑。那渔船上六个壮丁，酒船上一老一少，也轮着兵器，赶上岸来，将这数十人杀个净尽，只有一两个跑向贼营报信。

那樵夫便将手炮一响，就有二百多人，也有从芦苇中小船跳上来的，也有从岸上各路跑来的，纷纷都到，径行追入营中。见大家都已被酒，一人一刀，一刀一个，也全杀了。

看官！你道那樵夫是谁？就是谡如。六个壮丁及摇橹的人，卖酒的一老一少，就是谡如带来将佐亲丁。谡如料得贼有埋伏，此两日故意逗留不进。到了第二夜，抢了贼中做买卖五支小船，次日便打扮起来。如今杀了西路伏贼，立在岸上，谡如便命将死贼身上衣服及腰牌都取下来，又在黄袍身上搜出小令箭一支，所有尸首，都命抛入江中，又与将领附耳数语，这二百名兵又四散了。谡如自带数人往树林深处，将松鬣四处悬挂。

且说东路岸贼闻西路的炮，道是他的号炮，一路赶来。不想空江一片，并无一船一人，大家俱觉诧异，只好照旧埋伏。不想芦苇丛中的营早烧得空了，只得四处搜寻放炮的人。天色却已黄昏，那水路的贼，系靠东岸下流十余里，忽见岸上来了一个黄衣头目，跟着两个小头目，手中拿着令旗，传道："官兵已经渡江，令船内的人都赶紧往东边陆路救应，每一船上只留二人看船，不可迟误！”便将令箭递给船上头目，匆匆的去了。

贼船一闻此信，便大家收拾器械，都上岸往东救应。原来这三个都是谡如命人扮来的。这三个人就在东岸树林里也将松鬣四处悬挂，见贼兵去远，便打了一声暗号。二百人拔出短刀，跳上贼船，将看船的贼一刀一个杀了。夺了四五十号大小贼船，悉令荡往上流十里外，一字儿泊住。将岸旁芦苇及所带的柴分布在各大船上，船中所有军装粮草，一齐运出，留数十名兵守着船只，一百余名兵四面埋伏。

却说那贼兵上了岸，往东急走。走了二十余里，已是黑暗，往前一望，毫无动静，也不闻有金鼓之声。那几个头目，择个高阜之处上去嘹望，只见星斗争辉，江风萧瑟，远近数里并不见一点火花，大家相顾惊异，说道："明明令箭传我们救应，怎白跑二十余里？不要是官兵的诡计！不如大家回船，再作主意。"都说道："是！"遂又从旧路回来，又是二十多里，走得力尽筋疲。刚到岸边，不见船只，忽听一声炮响，只见得两岸树林里陡起火光。火光闪烁中，呐喊之声不绝，不知有多少人，只说大兵到了，便自相蹂躏，鼠窜逃生。这一百多名兵分头乱杀。谡如也带人由西岸渡过来，喊杀连天，贼兵死者不计其数。其余得命者落荒而走，赶回九袱洲大营，哭诉一切。

此时已有二更多天了。伪元帅、伪军师吓得口瞪目呆。半晌，伪军师方说道："他来探听军情，所带的兵能有几多？而且杀了一天，人马俱已疲倦，他们自然都住在船上。我们领着战船，杀将过去，还怕不夺回船只？"伪元帅也说："有理！"急急的传令。

伪元帅、伪军师便领二百余只的大船，分作四队：一队向采石矶杀来，一队从左边杀来，一队从右边杀来，一队留后接应。三队的船刚驶到江心，陡然对面起了一阵大风，吹将过来。此时是九月下旬，三更后月光始上，贼兵俱觉得股栗起来。从那星月中望着采石矶前面，隐隐的泊着数十号的船，并不见有一盏灯光，也不闻有一声刁斗。伪军师、伪元帅四望迟疑，忽听对岸一声炮响，那前面的船都从黑暗中转动起来。军师惊道："不好！又中计了！"赶忙传令："暂且停住！"后面的船络绎而来，大家得令，俱要回柁，拥挤不开。那对岸官船早扬帆擂鼓，从暗射明，顺着风，火罐火箭如飞的扑将过来。迎面贼船早已着了。贼中左右队尚未曾接到暂停的令，闻得对岸四处鼓声阗然，正在惊讶，但见火焰腾腾，人声鼎沸，兼着刮利利的风打头吹来，觉得四面火起，一江通红，便也湾转船退后驶来。恰值中队的船带着火四面冲突逃生，却把左右队的船也引着了。船中火药引着，四面环轰。那放火的官兵都上了小战船，尽力擂鼓，大声喊杀。那些贼船本无纪律，见这样声势，早已不战自乱，水中火里，逃避无门。

谡如收队，坐着原来的小船，从芦苇浅濑绕出八卦州下流，渡上岸，将二百名兵分作两处埋伏。此时约有五更了，谡如站在山上高处遥望，江中火势兀自乘着风势向东南闪来，烹斗煮星，釜汤余沸，想道："周郎烧曹孟德的一百万兵在那赤壁地方，当亦不过如是！"停了一停，红日渐升，天大亮了，再望大江，直同烟海。远远听得有十数匹马铃，响得珰珰的，断续不绝。只见一个道人打扮，獐头鼠目，头上几茎秃发烧得焦焦的蓬起，骑一匹连钱骢。一个穿黄色龙袍，鼠首狼顾，也丢了冠，剩个髻子，骑的是个五花骢。后面跟着十余匹骑坐，也有盔甲全好的，也有丢了盔的，也有盔甲全丢的，也有焦头烂额的，也有头发胡须烧得光光的，也有手足受伤、两人扶掖在马上的，大家手上都没一件兵器。当下谡如放了一声手炮，这些人一惊，拨转马头便走。两下伏兵鼓噪而出，一人一个，用粗大麻绳一起缚住，又得几多好马，推到谡如跟前。道人打扮，是个军师车律格，穿黄龙袍的，是个副元帅赫天雄，其余都是大头目。这一班人领着重兵，在九洑洲结寨，扼达庐、凤之路，接递两湖、两江、东西越伪将信息。不想一日一夜，将数百号的船，三万多的兵，一起陷没，只得跑上岸来，如今给谡如生擒了，自然是没得活了。谡如就乘势克复了九洑洲。

这回用兵，以少胜多，极有布置。只人心叵测，见谡如以二百名兵败了采石矶三万多贼，收复了九洑洲，转触人忌。谡如又不善周旋，所以这回大捷，竟不入告，只说是委探贼情，途遇贼兵，生擒头目数人而已。以后九洑洲又为贼踞，谡如驻扎宝山，凡有陈请，一概不行。想要告病，现格于例，想搬取家眷，又逼近贼巢。只得日日操练本部人马，待一年后明经略入阁，力荐提督淮北，才得扬眉吐气，为国家出点死力。

看官听着：千古说个才难，其实才不难于生，实难于遇。有能用才之人，竹头木屑皆是真才；倘遇着不能用才之人，杞梓楩楠都成朽木！而且天之生才，亦扼于数，有生在千人共睹的地方，雨露培成之后，干霄蔽日，便辇去为梁为栋，此是顺的；有生在深岩穷谷，必待大匠搜访出来，这便受了无数风饕雪餮，才获披云见日，此也算是顺的；至如参天黛色，生在人迹不到的去处，任其性之所近，却成个偃蹇支离，不中绳尺，到年深日久，生气一尽，偃仆山中，也与草木一般朽腐。王荆公所谓“神奇之产，销藏委翳于蒿藜榛莽之间，而山农野老不复知为瑞也”，这真是冤！在天何尝不一样的生成他？怎奈他自己得了逆数，君相无可如何，天地亦无可如何！你要倔强，不肯低首下心听凭气数，这便自寻苦恼了！正是：

盛衰原倚伏，哀乐亦循环，

德人空芥蒂，形役神自闲。

欲知后事，且听下回分解。

第二十三回 帘卷西风一诗夜课 云横秦岭千里书来

话说彤云阁中秋一会，数日后，紫沧借愉园也还了席。光阴迅速，早是九月了。此时秋心院菊花盛开，秋痕正拟邀大家一叙。一日，剑秋起个绝早，找着小岑，向秋心院来。

恰好大门开着，两人就悄悄走进月亮门，只觉得一阵阵菊花的香扑入鼻孔。当下绣幕沉沉，绮窗寂寂，一个小丫鬟在院里背着脸扫那落叶，一个大丫鬟靠着西窗外栏干边换花瓶水，也不瞧见他两人。直至跟前，这两个丫鬟才吓一跳，见是熟人，都笑道："来得恁早？爷和娘还没醒哩，西屋坐吧。"剑秋进了西屋，就打着东边板壁道："惊好梦门外花郎。"小岑跟着笑道："你只合带月披星，休妒他停眠整宿。"那小丫鬟早溜入北屋告诉去了。只听得痴珠轻轻的唤秋痕道："小岑、剑秋来了。"秋痕惊醒道："有什么时候了？"丫鬟道："早得狠，太阳还没落地哩。"剑秋道："太阳没落地，就不准人来么？"痴珠里面答道："你们坐，我就起来。"

一会，痴珠两手揉着眼，身上披着长的薄棉袄，趿着鞋，自东屋走出，说道："昨日你两个在一块么？怎的这般早就出门？"小岑道："他为着荷生十五的局，我们三个都没还席，晚夕约了大家，要借这屋里，做个东道哩。"痴珠一面洗漱，一面说道："好极。只是今日怕来不及。"剑秋道："叫厨房随便预备罢。"只见炕边的镜推开，秋痕笑吟吟的说道："你们倒会打算，三个合拢一席，还是随便预备，羞人不羞人呢。"小岑道："我们兴之所至，要今日就今日罢。"秋痕只得唤跛脚传话厨房去了。

剑秋瞧着秋痕云鬟乱挽，星眼初醒，黛色凝春，粉香浮污，便说道："端详可憎，好煞人无干净！"秋痕不好意思起来，随说道："好个学士，只这几句

《西厢》。”小岑笑道：“人家好意替你张罗，你偏要讨个没脸。”说得三人都笑了。秋痕就走入东屋妆掠，大家跟入。

小岑见靠南窗下摆一书案，便说道：“秋痕，你也学采秋，读起书来？”剑秋检着案上的书，是一部《文选》、一部《玉谿生诗笺注》、一部《韵府群玉》、一册《砖塔铭》、一册原拓《醴泉铭》。随手展开一页，却夹一诗笺，上有诗二句，是：郎恩叶薄难成梦，妾命花如不见春。认得笔迹是秋痕的，便递给小岑道：“你瞧，秋痕跟了痴珠不上两个月，竟会做诗，可喜不可喜呢？”小岑瞧过，说道：“风调殊佳，怎的只两句？是什么题？”痴珠道：“这是他《秋海棠》的诗，我夹圜了这两句。他如今要我夜课一诗，也做有十几首七绝，五六首七律。”便向秋痕道：“你何不取来给小岑、剑秋瞧？”秋痕道：“这会我才学，总是不好，等好了再给他瞧。”小岑道：“就是不好，给我们瞧又何妨呢？”痴珠道：“我昨晚的题是《白鸡冠花》，他有两句还好，念给你听。”便念道：“窗前疑是谈玄伴，啼月无声夜色阑。”小岑道：“好！”剑秋道：“有此心思，还怕他不好么？”正往下说，荷生、采秋都来了，大家延入。采秋瞧着书案，便笑向痴珠道：“我不想你做了陈最良。”这会秋痕妆掠也完，采秋取出便面，要秋痕画出几枝墨菊。接着，紫沧、瑶华同来，不一会，丹翚、曼云也到。

于是大家呼觞赏菊。采秋道：“听说秋痕酒令，要人家做破题，今天行个什么令？”秋痕笑道：“联句。”荷生道：“如今秋痕真要充起名家来，不是破题，便是联句。”丹翚道：“这又何苦呢，快快活活喝酒不好？却要抓头挖耳的寻思。”采秋道：“看他出什么题，我们想想着，也还有趣。”瑶华道：“我不耐烦干这个营生。凤姊姊，采姊姊，我和你发拳罢。”就和丹翚呼起五魁手、七子图来，将手镯振动得丁丁冬冬的响。

剑秋道：“发拳的发拳，联句的联句，秋痕，你怎不出题？”秋痕道：“我不出题，荷生、痴珠和采姊姊一个人写一个字，斗起来是什么，便是个题。”荷生道：“这倒新鲜有趣，我先写罢。”秋痕道：“你不要急，到里间写去，等采姊姊、痴珠写了，检开来看。”于是荷生先写，搓个纸丸，次是痴珠、采秋。秋痕一一展开，荷生是个“眉”字，痴珠是个“画”字。荷生道：“妙呀，竟有这样凑巧的好题目！”秋痕拈着采秋一丸道：“且慢欢喜，还有采姊姊一个字，不晓得对不对?”大家急着要看，秋痕展开，是个“山”字。小岑道：“蒲东有个峨眉原。”紫沧道：“四川有峨眉山。”痴珠道：“秦栈还有个画眉关哩。”采秋道：“这‘画眉山’三字虽没现成，却雅得狠，联几首七绝罢。”丹翚道：“我们不能。”采秋道：“让你起句好么?”小岑道：“倩代有罚，这例开了何如?”大家道：“好。”

于是丹翚一面发拳，一面喝杯酒。小岑吟道：“峨眉山上翠眉横，”便接道：“浓绿何年蘸笔成?”秋痕道：“怎的两句?”荷生道：“这一句是他自己的。”便接道：“天亦风流似京兆，”采秋抢着吟道：“一弯着色有闲情。”

痴珠笑道：“狠有趣。第二首我起句吧。”就瞧着剑秋，说道：“你们不通是峨眉班里人物么?”便吟道：“杜家痴女亦惺惺，”剑秋一笑，接道：“不把长蛾斗尹邢。”大家寂然。

采秋笑道：“那个接呢?”曼云的拳输了，想一会，吟道：“谁取唐皇图一幅，”秋痕便接道：“年年摹上远山青。”荷生拍案道：“好句！我喝一钟酒。”采秋道：“秋痕妹妹真个聪明。”紫沧道：“你们不要联，我竟得了一首，念给大家听罢。”便高吟道：

“自是天公解爱才，美人死尚费栽培。

绛仙秀色莹娘癖，都付夸娥守护来。”

荷生道：“好!”大家也同声道：“好!”

痴珠道：“我也有四句，凑成四首吧。”便吟道：

“无赖春风笔一枝，此中深浅几人知?

可怜混沌初开窍，也仿风情虢国姨。”

荷生笑道：“山膏如豚，厥性好骂，你又挖苦起人来。”痴珠道：“我讲的是画眉，何曾有心骂人?”秋痕道：“你只讲画眉，把山字全丢了。”痴珠道：“是极！我忘了。”紫沧道：“青出于蓝，诗祖宗今天给人批驳得哑口无言了。”大家一笑。于是大家俱发拳轰饮，晚夕方散。

到得重阳前一日，秋痕又订了痴珠、荷生、采秋三人小饮，阄题分韵，每人七律一首。荷生拈个《菊灯》，诗是：

万菊分行炫眼黄，灯燃犹自占秋光。

金英冉冉添佳色，寒穗亭亭散古芳。

老圃风微天不夜，疏篱月落焰生香。

内人分得随花赏，星斗参横乐未央。

痴珠拈个《菊酒》，诗是：

漫向云英乞玉浆，一樽菊酒进重阳。

清原本性休嫌淡，味到无言自有香。

老圃邀来千里月，芳樽酿出一篱霜。

白衣花外提壶劝，道是延年益寿方。

采秋拈个《菊糕》，诗是：

镇日东篱采菊忙，为修韵事到重阳。

团成粉饵三分白，占得清秋一味凉。

遮莫餐英同屈子，几回题字笑刘郎。

家家筐榼相投遗，粲舌花开许细尝。

秋痕拈个《菊枕》，诗是：

阑珊菊圃谢幽芳，收拾拚将贮锦囊。

一种芬留黄落后，十分秋占黑甜乡。

游仙有梦宜高士，连理多情恋晚香。

点点红棋纹不灭，夜阑和月上藜床。

后来，痴珠又做了一篇《菊花赋》。赋云：

昨夜霜华酿小寒，扶持秋色上栏干。卷帘人比黄花瘦，肠断西风李易安。昔偕帝女游，今伴先生隐。梅瓣懒上妆，荷香留剩粉。四壁虫吟一枕多，连天雁语重阳近。盈盈兮无赖，落落兮有神。凉月沉阁，傲霜绝尘。高还似我，淡如其人。玉宇琼楼旧约，青娥素女前身。和雨和烟，不衫不履。碧玉楼前，仙韶院里。稳重同山，轻柔比水。餐秀茹香，迷金醉纸。缸凝夜其不眠，影扶痕而欲起。清樽满杯酌，插得满头多。满头势欲落，落矣奈君何！长笛一声银汉洁，可怜往事休重说。年年岁岁此花开，此花开时人凄绝！其《谢秋心院送菊》诗云：

柳门竹巷鬓飞鸦，翠袖天寒倚暮霞。

不去牵萝补茅屋，携锄墙角种黄花。

选得黄花十种鲜，移来茶臼笔床边。
遥知天女怜多病，散作维摩一榻禅。

深黄浅白斗轻盈，别种分栽雅淡名。
怪底东篱陶处士，一篇为汝赋《闲情》。

傲霜原不事铅华，更与卿卿晚节夸。
不学四娘家万朵，秋来吹折满溪花。

因将两块青花石，一镌赋，一镌诗，嵌在月亮门左侧。

重阳日，荷生是明经略请在彤云阁登高去了。却说李夫人自见秋痕之后，十分欢喜。是日重阳，秋痕也送了李夫人十盆菊，李夫人便买一大篓螃蟹，请痴珠、秋痕小饮，夫人和秋痕对局下棋。

痴珠看天色尚早，独向吕仙阁而来。见万井炊烟，游人如蚁，伤孤客之飘零，念佳时之难再，因吟杜甫《九日》诗中"弟妹萧条各何往，干戈衰谢两相催"之句，不胜惘然。接着又吟道："天下尚未宁，健儿胜腐儒。飘飘风尘际，何地置老夫！"又吟道："将帅蒙恩泽，兵戈有岁年。至今劳圣主，何以报皇天！"独吟无赖，靠晚方到县前街。平日爱吃螃蟹，今日肚子正饥，吃了四五样菜，即上螃蟹，又未免多吃些。接着又是一盘油煠的菊花叶。痴珠混吃了这一阵，肚子觉得不好起来，向秋痕要个豆蔻吃下，也不见好。李夫人备下薄荷露茶，痴珠喝些，不上二更，便偕秋痕坐车回来秋心院。

这一夜，秋痕不脱衣服，殷勤扶侍。不想痴珠大泻两次，病就好了。秋痕次日却大病起来，始只寒热往来，头晕不起。自九月起，到了十月，竟然脸色渐黄，肌肤日减，愈病愈恨，每向痴珠流泪道："孽由自作，悔无可追！"痴珠百凡劝解，总不懂得秋痕是何苦楚，只觉李家礼貌都不似从前，为着秋痕卧病，就也不说，只午间来与秋痕清淡，二更天便走了。

一日饭后，西风片片吹，雨敲窗纸，但听槐叶声在庭砌下如千斛蟹汤湔沸，愁怀旅绪，一往而深。忽李夫人差人送来谡如信件，并有一封系致荷生的，信中备述采石矶胜仗及两次用兵机谋。痴珠喜道：“谡如是个将材。只是这样大捷，怎的邸抄还不见哩？”瞧完了信，便随手作一柬帖，将谡如致荷生的一份信件，叫穆升送去大营。

一会，穆升回来，呈上荷生回柬并西安的信一大封。痴珠将荷生回柬拆开后，就将漱玉总封拆开，内是秦中诸友覆书，随将漱玉的缄十余页先行展阅，道：

痴珠征君执事：夏初行旆归自成都，适弟有城南之役。读留示手札并诗，知望云在念，垂翼于飞，良用怃然！中秋既望，从留世兄处得七月初二来书，甫悉玉体违和，留滞途次。南边兵燹，谁实为之？而令吾兄故里为墟，侍姬抗节！所幸陔兰池草以及珍髢掌珠，均获完善，则远人当亦强自慰藉。人生非金石，愁城岂长生之国哉！总要吃力保此身在，其余则有天焉。

万庶常赐书，深怪吾兄龙性难驯，锋芒太露，又以人才难得，嘱弟为作曹邱。嗟夫！庶常失辞矣。昔宋欧阳永叔有言：医者之于人，必推其病之所自来，而治其受病之处。病之中人，乘乎气虚而入焉。则善医者不攻其疾，而务养其气。气实则病去，此自然之效也。今天下苶然无复人气，然则治其受患之处而与之更始奈何？曰：培元气而已。

自势利中于人心，士大夫不知廉耻为何事，以迎合为才能，以恬嬉为安静，以贪暴济其倾邪之欲，以贿赂固其攘夺之谋。坐此官横而民无所诉，民怨而上不获闻，俾阴鸷险狠之徒，得以煽惑愚氓，揭竿而起。呜呼！四郊多垒，此士之辱也。宜何如各出心肝，以湔国耻？而人心叵测，其钝者惊疑狂顾，望风如鸟兽散，其黠者方且藉兵饷开销，饱充囊橐，假军功虚报，冒滥梯荣，而天下之气靡然澌灭。呜呼！亦知天下之气则何以靡然澌灭哉？

古之君子，学足于己，足不出户，中外重之。是故道重势轻，嚣嚣然以匹夫之卑与君相抗。降及后世，士各以所长取合当世，所求不过衣食而已。为之上者，习知士之可以类致也，知名之可以牢笼天下，利之可以奔走天下也，于是徐示以抑扬，阴用其予夺，要使天下知吾意之所向而止。不取其定命之宏猷，而徒取其浮华之文藻；不勖以立身之大节，而但勖以侥幸之浮名。其幸而得者，率皆奔竞之徒，迎合意旨，无有龃龉，恬嬉迁就，无事激昂，是妾妇之道也，是臧获之才也。

嗟夫！士君子服习孔孟，出处进退，其关系世道轻重何如也？而乃以议妾妇者议之，驭臧获者驭之，则宜其所得者多寡廉鲜耻、阿谀顺意，大半皆妾妇臧获之流。而魁梧磊落之士、倔强不少挫者，遂困于横郁，而苦于奋厉之无门。风气安得不日靡，人心安得不思乱，而其祸宁有瘳与？

夫天下如此其滔滔也，有人焉，蹇蹇谔谔，不随俗相俯仰，欲为国家延此垂尽之气，此何等胸次，何等魄力！国手者出，就此一线，厚以养之，血脉流通，肤革充盈，蹶然兴矣。庶常翔步云衢，习见人集于菀，而吾兄独集于枯，遂窃非之，此自笃念故人之意。第忆先太傅尝以吾兄及庶常为吾家旗鼓，岂料其出见纷华而悦，以四十余岁老庶常，有何勘不破，而亦人云亦云如此，天下事尚可问乎？尤可笑者，嘱弟为作曹邱。弟苦守邃园，足迹不出户外，与当世赫赫奕奕操魁柄者不通音问，何从说项？以从者学贯古今，庶常从朝官后，不修孔融之表，而致曹操之书，岂将以弟为黄祖耶！军兴以来，白面书生心不辨菽麦，目不识之无，依草附木，云蒸龙变，弟虽不肖，犹羞称之。痴人说梦，迷离惝恍，其有刘道民之际遇乎？究竟所处，不过记室参军。天下之乱亟矣，与其依人作计，成不归功，败且至于归咎，何如携妓东山，素为名士，实亦不愧名臣也。

西北苦寒，太行尤甚。山中人有立志者，则肌肤实而心地坚朴，视轻佻便利者，不啻霄壤。他日出而医国，此皆笼中物也，愿君留意焉。若航海南归，此大失策。东越僻在海隅，与中原消息隔不相闻，纵有三顾之玄德公，其如草庐窎远何也！若为定省计，则棣鄂众多；若为旨甘计，则田园已芜。丈夫子盱衡当世事，努力道义，以报君亲，穷达命也。

娟娘大有仙意，闻诸道路，鸿飞冥冥，南朝普陀，西礼峨眉，或者五台亦将有东来紫气乎？是未可知。弟顽钝如恒，内人于旧腊得一男，近已牙牙学语，晚景只此差堪告慰。

时事方艰，身家多故。保此身在，国家之元气虽断未断，乾坤之正气虽亡不亡。言不尽意，而词已芜，伏维垂鉴！

阅毕，说道："良友多情，为我负气，只是我呢？"就叹口气，将书放下。复将众人的信一一看过，撂在一边。再将漱玉的书沉吟一会。初寒天气，急景催人，已是晚夕，就不去秋心院了。

岂料是夜院里竟闹起一场大风波来！正是：

赏菊持螯，秋光正好。

属国书来，触起烦恼！

欲知后事如何，且听下回分解。

第二十四回 三生冤孽情海生波 九死痴魂寒宵割臂

话说狗头起先系与秋痕兄妹称呼，后来入了教坊，狗头便充个班长。在李裁缝意思，原想将秋痕做个媳妇，牛氏却是不依，一为狗头凶恶，再为不是自己养的儿子，三为秋痕系自己拐来，要想秋痕身上靠一辈子。只自己上了烟瘾，一天躺在炕上，不能管束狗头得住。兼之秋痕挂念痴珠，两日不来，便叫狗头前往探问，自然要假些词色。又有李裁缝主他的胆，这狗头便时时想着亲近秋痕。无奈秋痕瞧出他父子意思，步步留心。狗头实在无缝可钻，爱极生恨，恨极成妒，便向牛氏挑唆起痴珠许多不是来。以此秋痕背地里琐琐屑屑，受了无数缕聒，这也罢了。

十四日，荷生、小岑、剑秋都在愉园小饮，靠晚，便来秋心院坐了一会，痴珠不来，各自散了。秋痕陡觉头晕，荷生去后，和衣睡倒。一会醒来，唤跛脚收拾上床，却忘了月亮门，未去查点。睡至三更后，觉得有人推着床横头假门，那猧儿也不晓那里去了，便坐起大声喊叫。跛脚不应，那人早进来了，却是狗头。一口吹灭了灯，也不言语，就搂抱起来。秋痕急气攻心，说不出话，只喊一声："怎的?"将口向狗头膊上尽力的咬。狗头一痛，将手拧着秋痕面颊。秋痕死不肯放，两人便从床上直滚下地来。狗头将手扼住秋痕咽喉，说道："偿你命罢!"

跛脚见不成事，大哭起来。李裁缝沉睡，牛氏从梦中惊醒，说道："外面什么事?"一面说，一面推醒李裁缝。李裁缝就也惊醒，说道："怎的?半夜三更，和丫鬟闹!"急披衣服跳下床来，寻个亮，开了房门，取条马鞭，大声嚷入。见秋痕压在狗头身上，便骂道："还不放手!"呼呼的向秋痕身上抽了几鞭。牛氏披着衣服，一路赶来，说道："什么事?"狗头早放了手，把秋痕推翻，自行爬起。牛氏已到，李裁缝扭住狗头，嚷道："这是怎说?"狗头将头向秋痕胸膛撞将下去，嚷道："我不要命了！"牛氏见这光景，惊愕之至，接着嚷道："你不要命，我女儿是要命呢！"李裁缝死命的拉住狗头，两人就滚在东窗下，将窗前半桌上玉花瓶碰跌下来，打得粉碎。

牛氏忙将蜡台瞧着秋痕，见身穿小衫裤，仰面躺在地下，色如金纸，两目紧闭。牛氏便嚎啕的哭起来，将头撞着李裁缝，也在地下乱滚，声声只叫他偿命。跛脚和那小丫鬟呆呆的站在床前看，只有打战。厨房中两个打杂和那看门的，都起来打探，不知何事。见一屋鼎沸，秋痕气闭，便说道："先瞧着姑娘再说罢！"一句话提醒牛氏，便坐在秋痕身边，向打杂们哭道："你看打成这个模样，还会活么！"狗头见牛氏和李裁缝拚命，心上也有点怕，早乘着空跑开了。

这里牛氏摸着秋痕，一声声的叫。打杂们从外头冲碗汤，递给牛氏，一面叫，一面把汤灌下。半晌，秋痕双蛾颦蹙，皓齿微呈，回转气来。又一会，睁开眼，瞧大家一瞧，又合着眼，淌出泪来。牛氏哭道："你身上痛么？"秋痕不答，泪如涌泉。此时李裁缝安顿了狗头，就也进来。牛氏瞧见，指天画地，呵诟万端。李裁缝不敢出气，帮着两个丫鬟将秋痕扶上床沿。

秋痕到得床沿，便自行向里躺下，嘤嘤啜泣。打杂们退出。牛氏捡起地下的鞭，向李裁缝身上狠狠的鞭了一下。李裁缝缩着头，抢个路走了。牛氏唤过丫鬟，也一人一鞭，说道："快招！"两个丫鬟遍身发抖，说道："是……是……爷……爷叫……叫我不要关这……这月亮门，姑娘有……有叫喊，不……不准……准……"牛氏不待说完，扬起鞭跑出，大骂道："老狗头！老娘今番和你算帐，撒开手罢！"李裁缝父子躲入厨房，将南廊小门拴得紧紧，由牛氏大喊大骂，两人只不则声。只可怜那门板无缘无故受了无数马鞭。

且说痴珠早饭后，正吩咐套车，跟班忽报："留大老爷来了。"原来子善数访痴珠，都不相值。今日偶到秋心院，不想牛氏正和李裁缝父子理论，见子善来了，便奔出投诉。子善也觉气愤，坐定。秋痕知道了，唤跛脚延入，含泪说道："求你告知痴珠。"只这一句，便掩面娇啼，冰绡淹渍。子善也不忍看此狼狈，立起身来，说道："你不必着急，我就邀他过来罢。"

看官！你道痴珠听了此话，可是怎样呢？当下神色惨淡，说道："这也是意中之事，只我们怎好管他家事哩？"发怔半晌，又说道："我又怎好不去看秋痕呢？"便向秃头道："套车！"秃头回道："车早已套得停妥。"痴珠不答，转向子善道：“我如今只得撒开手罢。”便拉着子善，到了秋心院。

牛氏迎将出来，叨叨絮絮说个不休。痴珠一声儿不言语。牛氏陪子善在西屋坐下。痴珠竟向北屋走来，见帘帏不卷，几案凝尘，就觉得有一种凄凉光景，与平常不同。未到床前，跛脚早把帐子掀开。秋痕悲恸，半晌咽不出声来，痴珠心上也自酸苦。跛脚把一边帐子钩上，痴珠就坐在床沿。

秋痕呜咽半晌，暗暗藏着剪子，坐起，梗着声道：“我一身以外尽是别人的，没得给你做个记念，只有这”，一边说，一边将左手把头发一扯，右手就剪。痴珠和跛脚拚命来抢，早剪下一大绺来。秋痕从此鬓发鬑鬑矣！当下秋痕痛哭道：“你走吧，我不是你的人了！”痴珠怔怔的看，秋痕呜呜的哭。跛脚见此情状，深悔自己受人指使，不把月亮门闭上，闹出这样风波，良心发现，说道：“总是我该死！”子善晓得痴珠十分难受，进来说道：“你这里也坐不住，到我公馆去罢。”这一夜，子善、子秀就留痴珠住下。

你道他还睡得着么？大家去了，他便和衣躺下。自己想一回，替秋痕想一回，想着现在烦恼，又想着将来结局。忽然记起华严庵的签和蕴空的偈来，想道：“这两支签两个偈，真个字字都有着落！我从七月起，秋心院、春镜楼没有一天不在心上，怎的这会才明白呢？蕴空说得好：人定胜天，要看本领。我的本领不能胜天，自然身入其中，昏昏不自觉了。”又想道：“漱玉劝我且住并州，其实何益呢？我原想入都，遵海而南，偏是病了！接着倭夷入寇，海氛顿起，只得且住。为今之计，赶紧料理归装，趁着谡如现在江南，借得几名兵护送，就也走得到家。”左思右想，早鸡声三唱了。便自起来，剔亮了灯，从靴页内抽出秋痕剪的一把青丝，向灯上瞧了又瞧，重复收起，天也亮了。

洗漱后便来看秋痕。才入北屋，秋痕早从被窝里斜着身掀开帐子，绿惨粉销，真像个落花无言，人淡如菊。痴珠到了床沿，将帐接住，见秋痕着实可怜。秋痕拉着痴珠的手，说道：“这是我的前生冤孽，你不要气苦。”痴珠将帐钩起，坐下道：“你受了这样荼毒，我怎的不惨？”秋痕坐起，说道：“天早得狠，你躺一会么？”痴珠就和衣躺下。正是：

> 锦帏初卷，绣被犹堆；燕体伤风，鸡香积露。倭堕绿云之髻，欹危红玉之簪。越客网丝，难起全家罗袜；麻姑搔痒，可能留命桑田！莫拿峡口之云，太君手接；且把歌唇之雨，一世看来。

当下竟自睡了。

到得醒来，已是一下多钟。撞着牛氏进来，劝秋痕吃些饭，就将昨晚把狗头撵在中门外、再不准他走秋心院一步，告诉痴珠。痴珠道："如此分派，也还停妥。"牛氏道："我如此分派，也为着你，只是你也该替我打算。"秋痕见他嬷说起这些话，想道："我命真苦！一波未平，一波又起。"便歪着身睡去了。

痴珠只低着头，凭牛氏叨缕了半天，截住道："这个往下再商量，今日且讲今日事。"便向靴靿取出靴页展开，检得钱钞，说道："这十千钞子你交给厨房，随便备数碗菜，替我请留大老爷、晏太爷过来小饮。"牛氏瞧见钞子，自然眉开眼笑去了。痴珠走到床沿，见秋痕侧身向里，便拉着道："我今日要尽一天乐，不准哭。"不想秋痕早是忍着哭，给痴珠这一说，倒哭出声来。

半晌，秋痕说道："昨天我叫你走，你却不走，必要受那婆子的腌臜气，何苦呢？"痴珠强笑道："我乐半天，去也不迟。"秋痕将头发一挽，叹口气道："我原想拚个蓬头垢面，与鬼为邻，如今你要乐，你替我掇过镜台来。"痴珠于是走入南屋，将镜台端入北屋。秋痕妆毕，唤跛脚和他嬷要件出锋真珠毛的蟹青线绉袄，桃红巴缎的宫裙，自向床横头取一双簇新的绣鞋换上。痴珠道："这双鞋绣得好工致！"秋痕横波一盼，黍谷春回，微微笑道："明日就给你带上。"

正说着，子善、子秀通来了，痴珠迎入。见秋痕已自起来，而且盛妆，便不再提昨日的事。闲话一回。秋痕忽向痴珠道："譬如我昨日死了，你怎样呢？"痴珠怔了半响，说道："你果死了，我也没法，只有跑来哭你一回，拚个千金市骨罢！"秋痕不语。子善道："怎的你两人只说这些话？"子秀道："人家怕是说死，他两个竟说得寻常了。"

一会，南屋摆上酒肴，四人入座。秋痕擎着酒杯道："大家且醉一醉。"就喝干了一杯酒。子秀道："慢慢着喝。"痴珠道："各人随量罢。"端上菜，秋痕早喝有七八杯。大家用些菜，秋痕道："我平日不弹琵琶，今日给痴珠尽情一乐。"便唤跛脚取出琵琶，弹了一会，背着脸唱道：

"手把金钗无心戴，面对菱花把眉样改。可怜奴孤身拚死无可奈，眼看他鲜花一朵风打坏。猛听得门儿开，便知是你来。"

秋痕唱一字，咽一声，末了回转头来，泪盈盈的瞧着痴珠，到"是你来"三字，竟不是唱，直是恸哭了。

痴珠起先听秋痕唱，已是凄凄楚楚，见这光景，不知不觉也流下泪了。就是子善、子秀也陪着眼红，便向秋痕道：“你原说要给痴珠尽情一乐，何苦哭呢?”痴珠破涕，让两人酒菜，也说道：“秋痕，你不必伤心了。”秋痕忍着哭，把一杯酒喝了，来劝子善、子秀。其实悲从中来，终是强为欢笑。四人静悄悄的清饮一回。此时是初寒天气，到二更天，北风栗烈，就散了席。

痴珠原欲回寓，见秋痕如此哀痛，天又刮风，就也住下。秋痕留一壶酒，几碟果菜，端入北屋，催丫鬟收拾，把月亮门闭上，烧起一个火盆，吩咐跛脚去睡。然后两人卸下大衣，围炉煮酒。秋痕道：“今夜刮风，差不多七月廿一那般利害。咳！我两人聚首，还不上三个月哩。我起先要你替我赎身，此刻你是不能，我也知道。只我终是你的人……”痴珠喝了半杯酒，留半杯递给秋痕，叹口气道：“你的心我早知道，只我与你终久是个散局。”秋痕怔怔的瞧着痴珠，半晌说道：“怎的?”痴珠便将华严庵的签、蕴空的偈，并昨夜所有想头，一一述给秋痕听了。秋痕听一句，吊下一泪。到痴珠说完了，秋痕不发一语，站起身来，走出南屋，回来就坐，说道：“千金市骨，你这话到底是真是假?”痴珠道：“我许你，再没不真。”秋痕道：“痴珠，你听!”突的转身向北窗跪下，说道：“鬼神在上，刘梧仙负了韦痴珠，万劫不得人身!”

这会风刮得更大，月都阴阴沉沉的，痴珠惊愕。秋痕早起来，说道：“你喝一杯酒。”一面说，一面扎起左边小袖，露出藕般玉臂，把小刀一点，裂有八分宽，鲜血流溢。痴珠蹙着双眉道：“这是何苦呢? 创口大了，怕不好。”秋痕不语，将血接有小半杯，将酒冲下，两人分喝了。赶着取块绢包裹起来。停了一停，窗外淅淅沥沥的下起雨来。秋痕喜道：“我这会狠喜欢，我们两心如一，以后这地方你也不必多来，十天见一面罢。每月许他们的钱，尽可不给。至我总拚一个死，到那一天是我死期，我就死了。万有一然，他们回心转意，给我们圆成，这是上天怜我，给我再生，我也不去妄想。”痴珠道：“这……你一段的话，大有把握。”于是浅斟低酌，款款细谈，尽了一壶酒，然后安寝。正是：

涕泗滂沱，止乎礼义；

信誓旦旦，我哀其志!

欲知后事，且听下回分解。

第二十五回　影中影快谈红楼梦　恨里恨高咏绮怀诗

话说大营日来得了河内土匪警报，经略调兵助剿，筹饷议防，虽荷生布置裕如，然足迹却不能离大营一步。到得这日，正想往访痴珠，同赴愉园，却见青萍呈上一缄，说是韦师爷差人送来的。荷生拆开，是一幅长笺，斜斜草草，因念道：

“天上秋来，人间春小。欢陪燕语，每侍坐于蓉城；队逐凫趋，屡分餐乎麻饭。萍踪交订，棣萼情深，感激之私，只有默祝佛天，早谐仙眷而已。秋痕命不如人，揶揄有鬼，执事以英雄眼，为慈悲心，拔诸九幽，登之上第，披云见日，立地登天。旁观喜尚可知，当局心如何快。然酒阑灯灺，秋痕宛转悲歌，令人不忍卒听。盖狂且之肆毒，无复人理，非不律所能详也。近以倾心于我之故，惨遭毒棍，冤受剥肤。”

便愕然道：“怎的？”又念道：

“嗟乎！一介弱女，落在驵侩之手，习与性成，恐已无可救药。乃身惭璧玷，心比金坚，毅然以死自誓。其情可悯，其志可嘉。”

便说道：“秋痕自然有此铮铮！”又念道：

“而走也七尺之躯，不能庇一女子，胡颜之厚？无可解嘲，为咏‘多情自古空余恨，好梦由来最易醒’之句，于我心有戚戚焉。或乃以《风雷集》见示，且作书规戒。”

便说道：“那个呢？”又念道：

“古道照人，落落天涯，似此良友，何可多得！第日来一腔恨血，无处可挥，兼之鼠辈媒蘖，意中人咫尺天涯！”

便说道：“竟散了么？”又念道：

荷生皱着双眉道："非常沉痛！"又吟道：

"不信羁魂偏化蝶，因风栩栩上妆台。

犹忆三秋识面初，黄花开满美人居。

百双冷蝶围珊枕，廿四文鸳护宝书。"

剑秋笑道："此福难销。"荷生又吟道：

"琐屑香闻红石竹，淤泥秀擢碧芙蕖。

灵犀一点频相印，笑问南方比目鱼。

暮鸦残柳乱斜阳，北地胭脂总可伤！

凤跨空传秦弄玉，蝶飞枉傍楚莲香。

谁将青眼怜秋士？竟有丹心呕女郎。

云鬓蓬松梳洗懒，为侬花下试新妆。

果然悦己肯为容，珠箔搴来一笑浓。

长袖透迤眉解语，弓鞋细碎步留踪。

雪儿板拍歌三叠，云母屏开厰一重。

生死悠悠消息断，清风仿佛故人逢。

绿采盈檐五日期，黄蜂紫燕莫相疑。

香闺缓缓云停夜，街鼓冬冬月上时。

情海生波拚死别，寒更割臂有灯知。

怜才偏是平康女，懒向梁园去赋诗。"

剑秋道："巫峡哀猿，无此凄苦！"荷生道："这是实事，你晓得么？"剑秋道："采秋早和我说了。"荷生道："我旧句云'红粉怜才亦感恩'，也是这个意思。"又吟道：

"夜阑灯炧酒微醺，苦语伤心不可闻。

尘梦迷离惊鹿幻，水心清浊听犀分。
酬恩空洒襟前泪，抱恨频看剑上纹。
凤伴鸦飞鸳逐鸭，岂徒鹤立在鸡群。

北风飒飒紧谯楼，翠袖天寒倚竹愁。
鹦鹉笼中言已拙，凤凰篼里夜惊秋。
好如豆蔻开婪尾，妒绝芙蓉艳并头。
集蓼茹荼无限痛，蘼芜采尽恨难休。

长生恨不补天公，手执红梨梦也空。
滚滚爱河沉弱羽，茫茫孽海少长虹。
琴心绵渺低徊里，笛语悠扬往复中。
我亦一腔孤愤在，此生沦落与君同。

眉史年来费抚摩，双修双谪竟如何？
玉台香屑都成恨，铁瓮金陵不忍过。
红粉人皆疑命薄，蓝衫我自患情多。
新愁旧怨浑难说，泪落尊前定子歌。

玉人咫尺竟迢迢，翻觉天涯不算遥。
锦帐香篝频入梦，枕屏衾铁可怜宵。
丁香舌底含红豆，子夜心头剥绿蕉。
准备临歧万行泪，异时够得旅魂销。”

说道：“地老天荒，何以遣此？”又吟道：

“萍水遭逢露水缘，依依顾影两堪怜。
茧丝逐绪添烦恼，柳线随风作起眠。
双泪声销《何满子》，落花肠断李龟年。
早知如此相思苦，悔着当初北里鞭。”

剑秋道："亲朋尽一哭矣！"

荷生不语，磨墨蘸笔，就纸尾写道："情生文耶？文生情耶？似此等作，竟不可以诗论。即以诗论，亦当驾玉豁生而上之，遑问《疑雨集》耶？荷生拜服。"递给剑秋，又取一幅素笺，题诗八绝云：

凤泊鸾飘事总非，新诗一读一沾衣。
如何情海茫茫里，忽拍惊涛十丈飞？

生太飘零死亦难，早春花事便摧残。
署花我亦伤心者，如此新词不忍看。

西山木石海难填，弹指春光十八年。
为嘱来生修福慧，姓名先注有情天。

小别伤怀我亦痴，寒宵抱病已多时。
烦君再谱旗亭曲，付与《阳关》一笛吹。

芙蓉镜里影双双，芳讯朝朝问绮窗。
输我明年桃叶渡，春风低唱木兰舣。

灞陵桥畔柳丝丝，记别秦云又几时？
销尽艳情留尽恨，人天终古是相思。

沧溟到眼屡成田，世事纷纷日变迁。
但愿早储新步障，看君金屋贮婵娟。

偶将笔墨写温柔，涂粉搓酥乐唱酬。
毕竟佳人还有福，与君佳句共千秋。

末书"荷生信笔"。

剑秋吟了一回，说道："我也题两绝罢。"荷生道："好极！你来写。"便站起身，让剑秋坐下。只见剑秋提笔写道：

花片无端坠劫尘，红楼半现女郎身。
梦中彩笔怀中锦，都作缠头赠美人。

烟月飘零未可知，开函红豆子离离。
书生合受花枝拜，憔悴萧郎两鬓丝。

剑秋题毕，也递给荷生瞧，笑道："我没有你们洋洋洒洒的笔才。"荷生道："这两首诗就好。"于是坐一会，痴珠总不见来，两人就走了。林喜开着屏门，见门上新贴一联云：息影敢希高士传，绝交畏得故人书。荷生笑道："痴珠总是这种脾气。"剑秋道："不这样也配不上秋痕。"两人一笑，分路而去。正是：

红楼原一梦，转眼便成空。
只有吟笺在，珍藏客笥中。

后事如何，且听下回分解。

第二十六回 彤管生花文章有价 围炉煮雪情话缠绵

话说二十六日，系明经略冬阅之期。先期，荷生吩咐搭个彩棚，挂上珠帘，携采秋赴教场，看了一日。是晚，荷生回营办事去了，采秋自归愉园。

此时夜漏初长，采秋拥篝独坐，忽想起庾子山《华林园马射》的赋来，默诵一遍，却忘了数句。教红豆检出，看了一看，就也撂开，和衣上床躺去。合着眼，只睡不着，便想摹仿做个《并门孟冬大阅》的赋，想了一会，就有了开首序语一段。因坐起来，唤香雪印一银合香篆，慢慢的爇起。恰好红豆泡上一碗龙井茶，顿觉助兴，教红豆端了笔砚，随便取一张素纸，就在灯下作了一序一赋，约有一千余字。差不多两下钟，才收拾去睡。

次日妆罢，觉得晨熹黯淡，移步帘外，见云光匼匝，雪意溟蒙。因进来闭着风门，向北窗坐下，取出赋稿，修饰一过。适有荷生习楷的白摺堆在案头，随手取一本，却已套有印格，便磨墨蘸笔，作起楷来。红豆在旁伺候，频频递着茶汤，拨着炉火。不一会，早誊完了。喜是没错一字，含笑向着红豆道："我倘变个男子，去做这些应制功夫，就也不准荷生旁若无人了。"正在得意，只见香雪上来回道："欧老爷、梅老爷来找爷，看门的告诉他爷没有来，他却进来，在客厅坐着。娘还见他不见？"采秋道："你请他船房坐罢。"

一会，采秋出见。原来两人是为着他会榜的座师是个古文家，明年七十寿诞，要求荷生替他做一篇散行寿序。采秋道："荷生这两天怕不得空，我替你荐一个好手笔罢。"小岑道："是谁？"采秋道："痴珠不好么？"剑秋道："算了，我就是从他那里来。他说是奇特的人墓志家传，他才肯下笔，似此应酬文字，他自己要用，也须倩人。你还荐他么？"采秋笑道："他现办的席面，不通是应酬笔墨么？"小岑道："他那里肯办一个字？通是那两个帮手胡弄局。"采秋道："痴珠这种孤癖，真也不对。读书做人都到那高不可攀的地位，除了我们，怕就没人赏识他了。”剑秋笑道：“我们还配？他说一家骨肉，四海宾朋，都不是他真知己，只秋痕，说他‘不是此刻世界上的人’，是他真知己。”采秋道：“这也真话。五石之瓠，大而无当，拳曲支离之木，匠氏过而不顾。这四句就做得痴珠后来的传赞了。”

此会北风大作，剑秋道：“闲话休题，荷生今天想是不来，我们还访他去罢。”采秋道：“我有个拜盒寄给荷生，你教跟人替我带去罢。”剑秋道：“你唤丫鬟取去。我怕下雪，要走了。”采秋道：“我去就来。”说着，便由靠北蕉叶门进去。半晌，香雪捧个洋漆描金小拜盒，并个红纸小封，交给跟人，两人就走了。

这里荷生收过拜盒，将两人延入，自将来意说了。荷生也荐痴珠，小岑含笑把前话一一告诉。荷生也觉好笑，不得已，即行答应。两人坐一会，从炕上玻璃窗内，望见后院同云密布，便赶着走了。荷生到了里间，将愉园寄来小封拆开，是把小钥匙。就打开小拜盒，却是一本白摺。取出展开，见蝇头小楷写得匀整得狠，却是一篇赋，笑吟吟的诵了一遍，携到书案上，密圈细点，讽咏数遍。瞧着表，早是二下多钟，便唤青萍，吩咐套车，赶向愉园。

采秋迎上楼来，荷生道：“好手笔！”采收笑道：“不要谬赞，替我看了没有？”荷生道：“我僭易数字，和你商量看，好不好？”一面说，一面叫人将拜盒携入，递给采秋。采秋检出瞧一瞧，笑道：“你易了数字，通好。只是何苦这样滥圜！”荷生正要答应，楼下小丫鬟报说：“韦老爷、洪老爷过来。”

荷生、采秋迎到楼边。紫沧道：“天冷得狠。”荷生道：“要下雪哩。”痴珠上了扶梯，向荷生说道：“那天失迎，你和剑秋就留得好诗。”采秋道：“你的和作也好。”痴珠道：“你见过么？”荷生指着东壁道：“那不是。”紫沧瞧那两张色笺上写的题是《次绮怀诗题后原韵，并质春镜楼主人》，诗是七绝八首，因念道：

“箜篌朱字是邪非，裙布连朝理嫁衣。
一洗红颜磨蝎恨，镜鸾指日看双飞。

修到寒梅此福难，阳春独自占冬残。
江郎一手生花笔，可作金铃十万看。

学唱澳侬谱偶填，可怜春恨竟年年。

劳君惜翠留佳句，一笑莺花醉梦天。

钟情苦我卖多痴，菜市街头月上时。

一掬灵均香草泪，玉参差好为谁吹？”

说道：“好句似仙。”又往下念道：

“涉江花影蘸双双，水部诗心艳绮窗。

他日春风蓉镜下，牂牁得意理归舣。

年来客鬓渐成丝，走马胭脂异昔时。

尽有惊鸿与平视，感甄未敢赋陈思。”

说道：“押思字好得狠。”荷生道：“痴珠才大如海，他稿里次韵之作，还有洋洋大篇三叠四叠的。”痴珠道：“我送给你八本诗稿，你通看过么？”荷生道：“我瞧是瞧了一遍，下笔的才有一半。大约就中可存的什有六七，我慢慢替你去取罢。”痴珠道：“好极！你和采秋通要给我一篇序。”采秋道：“我也配替人作序？”这里紫沧正念第七首的诗是：

澄波莲叶自田田，绝好清娱侍马迁。

灵气只今巾帼萃，相如才调女婵娟。

荷生道：“女相如今日竟有一篇《羽猎赋》，采秋，你取给他瞧罢。”采秋道：“我是个邯郸学步，算不了什么。”

此时窗外沙沙的响，早一阵阵撒起玉屑来。紫沧念完第八首是：

朔雪初晴鸟语柔，文园病起且勾留。

秦云塞草燕支月，落落青衫已十秋。

笑道：“才说雪晴，天却又下了。”就也过来，和痴珠同看这本白摺写的赋。见书法珠圆玉润之中，另有一种飘飘欲仙丰致，早赞不绝口。痴珠念道：

“古者司马之职，中冬大阅而狩田；雎鸠之官，十月顺时而讲武。白旗秋载，驾月令之七骆；黄竹寒吟，乘风驰之八骏。狩歌甫草，弓矢斯张；猎校上林，靺韐有奭。莫不武节猋逝，协气旁流；期门清尘，野庐扫路。

封圻所掌，著为令典已。我国家之命将也，诗咏《出车》，礼隆推毂。国士之坛既拜，将军之阃遂开。君子有谷，元老壮猷。功炳于三簦之师，化穆乎七旬之格。岂特桓桓夫子，赳赳武夫，学万人之敌，作万里之城云尔哉！

经略以椒房懿戚，珂里世臣，督师河上，驻节并州。功德享乎燕诒，勋名图于麟炳。接云中之雉尾，踵车后之鹰扬。寇准借以抚循，韩琦坐而静镇。抒筹边之伟略，宣专阃之灵威。漕转关中，萧何裕本根之计；寇穷淮上，王景足控驭之谋。然犹谦德自抑，公忠日懋；吐哺握发，延览英雄；鞠旅陈师，日闲舆卫。所以幕府得一时之人杰，军佐皆绝代之将才。

往岁秦中逆回滋事，经略畛域之心不设，水火之救弥勤。亲率精兵，日驰百里，惊砂入面，坚冰在须。先声远树，铜马闻羽檄而降；一夕成功，回鹘望令公而拜。潼关日丽，硖石云屯，东行匝月之劳，西土万家之福。岂止营屯细柳，媲美条侯；芨憩甘棠，兴歌召伯？固已陆詟水栗，泥首于畏威；海澨山陬，铭心于饱德也。

于时玄英应律，丹鸟司晨，塞草云黄，剑花霜白。经略乃拥玄狐，驾黑骆，临于讲武之场。千乘雷动，万众凫趋，羽盖风张，牙旗雪卷。佽飞则虎幄遥开，扈从则豹房晨启。乃下令大操：香霏步障，异金谷之名园；会集兜鍪，同华林之习射。雁翎掠地，鹰架插天。集六部之良家，奋两河之壮士。列阵分屯，旗翻豆绿；分朋别队，襦映梅红。于是布鸳鸯之阵，扬翡翠之旌，驰唐公之骕骦，萃华元之犀兕。游陟云林，周历烟渚。山谷为之风飙，林丛为之尘土。铜鼓鼍鸣，铁衣蚁聚。赐赉之锦霞堆，论赏之钱山积。《长杨》所不能赋，《羽猎》所不能详也。

既而槐荫礼成，汾堤日暮；鸾鹤归林，烟云拥树。玉颜微霁，宾从咸怡；戎政既修，景福爰集。某也与寓目焉，因敬谨以陈词，愿雍容而献赋。其辞曰：

榆关春小，董泽秋阑。霜乌依日，塞雁惊寒。草枯玉砌，花冷金鞍。修故典于良月，阅技勇于材官。

经略乃选天驷，驾云軿，凉生晋水，路出汾川。一条径软，万骑声阗。坡平草薙，林爽风穿。疏槐漏日，残柳凝烟。彩仗共枌榆相映，和鸾与箫管齐宣。天开锦幄，地遍花毡。

将举烽而代鼓，先警众以鸣鞭。臬藻心倾，欢虞情畅。炮石雷轰，戟门风壮。翠葆成围，蜂旗叠障。刁斗无声，军书高唱。东西组甲之兵，左右绣袍之将。无何鹰隼飞腾，熊罴驰突，阵结连环，彩高仗钺；散为蝴蝶，五花八门，团作鸳鸯，春云秋月。耳目纷其陆离，神采飞而焕发。矫如戏水之龙，健若摩天之鹘。香尘辟易以飞扬，电影奔驰而灭没。三驱竣事，三耦升堂；弯弧落雁，破的穿杨。悬熊正设，画虎侯张；星流雨集，走潜飞翔。鹄晕圆而月皎，堋云破而风扬。步射礼终，马驰绮陌。弓劲有声，蹄轻无迹。狮花奋而扬镳，猿臂撑而射石。贯毂之矢纷投，织锦之鞲络绎。控玉勒而星摇，拥琱弓而雾积。

乃有汉家飞将，塞上雄才，班师马邑，罢战龙堆。曾建功于绝域，得侍从于层台。技能贯虱，令惯衔枚。恰弯弓而满月，倏噪鼓而惊雷。乐工告阕，赉赐初行；铜山合徙，锦市俱倾。壮表里河山之色，慰就瞻云日之情。石楼霞烂，绣壤风清。

惟顺时而布政，乃乐备而礼成。眷回车而言迈，祝景福之时呈。”紫沧说道：“研《都》炼《京》，锦心绣口。”痴珠道：“班健仔歌扇，鲍令晖赋茗，对此麟麟炳炳之文，能无愧色?”采秋道：“你们总是说好。其实算是我作的，自然不好也好。倘说是你们孝廉、茂材做的，就也平常了。”痴珠忽然半晌不语，却高吟杜诗《冬狩行》道：

“飘然时危一老翁，十年厌见旌旗红。喜君士卒甚整肃，为我回辔擒西戎。草中狐兔尽何益，天子不在咸阳宫。朝廷虽无幽王祸，得不哀痛尘再蒙。呜呼！得不哀痛尘再蒙!”

竟洒涕冒雪走了。

荷生晓得痴珠别有感触，送出大门，回来叹道：“古之伤心人!”因也吟杜诗道：“玉觞淡无味，胡羯岂强敌?长歌激屋梁，泪下流衽席。”采秋接着道：“志士幽人莫怨嗟，古来才大难为用。”就留紫沧小饮，到二更天，值雪少止，坐车而去。

荷生送了紫沧，倚在水榭西廊栏杆上，领略一番雪景。真个琼装世界，玉琢楼台。因触起痴珠稿中的诗句，吟道：

“飞来别岛住吟身，玉宇琼楼证净因。

如此溪山如此雪，天公端不负诗人。”

正欲回步，蓦见采秋到了跟前，说道：“怎的半天不进去，却站在雪地里吟诗？”荷生从雪光中瞧采秋披件大红哆罗呢的斗篷，越显得玉骨珊珊，便携着手道：“你看这水榭，不就是海上的瑶岛么？我真欲终老是乡，不必别求白云乡矣。”采秋道：“你喝了酒，这一阵阵的朔风扑面吹来，寒冷异常，进去罢。”

此时红豆提一盏荷叶灯也来了，就引着两人慢慢步上楼来。香雪向铜炉内添些兽炭。荷生高兴，教红豆掬了一铜盆的雪，取个磁瓶，和采秋向炉上亲烹起茶来。采秋吟道：“羊羔锦帐应粗俗，自掬冰泉煮石茶。”荷生笑道：“你还不如党家姬哩。”采秋道：“怎说呢？”荷生道：“他买得，你买不得。”采秋默然，停了一停，泪眼盈盈说道：“我的心，你还不知道么？”荷生道：“这也不用说了。只是你决意下月走么？”采秋淌下泪来，哽咽半晌，说道：“我爹病，我总要回去看他一遭。自古父母在堂，做侍妾的也许归宁。就算我已经到了你家，得着这个信，求你给我回娘家一两个月，你难道不依么？而且我终身的事，也要和我爹说去。他是个男人，自然比我妈明白些。紫沧平日和我爹还说得来，我先走，你教紫沧随后也走，大约这事总有八分停妥。万有不然，我这身终算是你的。正月以内我自行进省，彼时他们也不能说我不待父母之命。你道是不是呢？”

荷生叹一口气道：“你说的都是，我能说你半句的不是么？只是天寒岁暮，教我把这别绪离情作何消遣呢？”采秋听了，扑簌簌吊下泪来。荷生眼皮一红，忍着泪说道：“人生离合悲欢，是一定之理。我也不学痴珠，作那儿女嗫嚅、楚囚相对的光景。事已至此，只得给你走罢。”说着便站起身，喝了茶，开着风门，向楼外望着园中一片雪光，觉得冷森森的，因复归坐，说道：“我这会有了几句诗，我念着，你写，好么？”采秋点一点头，移步到长案边，教红豆磨墨，自行检张笺纸，向方椅坐下，蘸饱笔等着。只听荷生吟道：

“压线年年事已非，泪痕零落旧征衣。

如何窈窕如花女，也学来鸿去燕飞？”

荷生一面吟，采秋一面写，到了末句，便停着笔，接连流下几点泪来。荷生又吟道：

“相见时难别亦难，绸缪絮语到更残。

脂香粉合分明在，检作归装不忍看。”

荷生吟这一首，声音就低了好些。采秋刚才抹干了眼泪，提起笔来写了一句，却又滚出泪来，便站起身来，咽着声说道：“我不能写了，你自己写去罢！”

荷生只得接过笔来写下去。第三、四首是：

箜篌一曲谱新填，便是相逢已隔年。

珍重几行临别泪，莫教轻洒雪中天。

钟情深处转成痴，不欲人生有别时。

偏是阳关随地遇，声声风笛向侬吹。

采秋瞧了这两首，竟忍不住呜呜咽咽的哭了。荷生也落下泪来。红豆在旁，赶着拧手巾给两人拭了脸，又递上茶。半晌，采秋噙着泪说道：“我先教我妈走，我挨过你的生日再走罢。”荷生不语。这会天渐开了，风亦稍停，两人也非复先前凄楚了。后来采秋迟走二十日。那《大阅赋》竟为明经略赏识，此是后话。正是：

幼妇清才，一时无两。

屈指归期，春三月上。

欲知后事，且听下回分解。

第二十七回 痴婢悔心两番救护 使君高义一席殷勤

话说痴珠满腔孤愤，从愉园上车，向秋心院赶来。时正黄昏，晚风刺骨，朔雪扑衣，好是一箭多地就到了。步入月亮门，跛脚和那小丫鬟站在台阶上，将棉袄前襟接着雪花顽耍。瞥见痴珠，一个便打开南屋软帘，一个跑入北屋告诉秋痕。秋痕迎了出来，说道："好好天气偏是不来，这样大雪何苦出门呢？"一面说，一面替痴珠卸下斗篷风帽，教小丫鬟取过鞋，换下湿靴。

痴珠见秋痕打个辫子，也不涂粉，却自有天然丰致，身上穿件旧纺绸的羔皮短袄，青绉纱的棉裤，便携着手同入北屋。觉得一阵阵梅花的香扑入鼻孔，便说道："梅花开么？"秋痕道："你回去那一天就开了数枝。你怎的隔两天竟不来呢？我又没得人去瞧你。"痴珠道："我为着差人回南边去，忙了一日。第二日却为游鹤仙自蒲关来了，他就住在李太太公馆，我饭后去回看他，就给他兄妹留住，到三更多天才得回寓。今日清早要来看你，却被小岑、剑秋绊住脚。吃过饭，正吩咐套车，紫沧又来，我只得和他同到愉园。鹤唳风声，天寒日短，我倒像个隋炀帝汲汲顾景哩！"

秋痕不语。痴珠尽管向玻璃窗瞧着雪，望着院里梅花，也不理会。忽听得哗喇一响，吓了一跳，回头见满地残羹冷炙，秋痕满脸怒容，坐在方椅只是喘气，两个丫鬟和一个打杂，眼睁睁的瞧着。痴珠忙问道："怎的？"秋痕一言不发。打杂的说道："我们好端端送饭上来，姑娘发气，将端盘全行砸下。"痴珠便含笑说道："不是姑娘发气，是失手碰一下，你们不小心，天冷指僵，自然掀下地来。"打杂正要辩说，痴珠接着道："如今不要多话。"就向四喜袋内检出一张钱钞，付给打杂道："这是两吊钱，你替我办几味下酒的菜来，余外的赏你。"那打杂自然欢天喜地的买办去了。

痴珠便教两个丫鬟收拾，端出南屋，方来安慰秋痕。秋痕哭道："我劝你狠着心丢了我，你不肯听，给这一起没良心的忥般轻慢！”痴珠一笑，末了说道：“如今我和你聚一天，便是乐一天，你体贴我这意思罢。”秋痕止住哭，痴珠倒伤心起来。秋痕十分愤懑，十分感激，就十分的密爱幽欢。正是：

白飞雪絮，红闪风灯；香烬乍温，茶笙微沸。羁璧马于此乡，合金虫以为爱。春凭捣杵，弓任射沙。冰雾之怨何穷？秦丝之弹未已。莲花出水，声谐莲子之心；梅影横窗，闷入梅花之梦。

只情分愈笃，风波愈多。第二日雪霁，痴珠去后，牛氏便进来，拿个竹篦，背着手，冷冷的笑道：“我们伺候不周，叫姑娘掀了酒菜！”就扬开手打将下来。秋痕哭道：“你们一个月得了人家几多银钱？端出那种饭菜，教我脸上怎的过得去？”牛氏起先不过给狗头父子怂恿进来，展个威风，被秋痕冲撞了这些言语，倒惹起真气来，唤进李裁缝，将秋痕皮袄剥下，乱打乱骂。秋痕到此，只是咬牙，也不叫也不哭。倒是跛脚过意不去，死命抱着竹篦，哀哀的哭。牛氏见秋痕倔强，跛脚纠缠，愈觉生气，丢了竹篦，将手向秋痕身上乱拧，大嚷大闹，总要秋痕求饶才肯放手。无奈秋痕硬不开口。跛脚哭声愈高，牛氏嚷声愈大，打杂们探头探脑，又不敢进去。正在难解难分之际，陡然有人打门进来，却是李家左右邻，一个卖酒的，这人绰号唤作酒鬼，性情懒惰，只晓得喝酒，开个小酒店，人家赊欠的也懒去讨，倒把点子家私都赔在酒缸里；一个开生肉铺的，这人绰号唤作戆太岁，性情爽直，最好管人家闲事，横冲直荡，全没遮拦。当下跑入李家，戆太岁嚷道：“你们是个教坊人家，理当安静。怎的今日大吵，明日大嚷？闹出事来，不带累街坊么？”便奔入北屋，将牛氏扯开。酒鬼也跟着，责备了李裁缝一顿。

牛氏见是左右邻，也不敢撒泼，只说道：“人家管教儿女，犯不着惊动高邻。”戆太岁嚷道：“你家十四夜闹的事，对得人么？弄出人命，我们还要陪你见官哩！”牛氏、李裁缝那里还敢答应。倒是酒鬼拉着牛氏，到了客厅，戆太岁、李裁缝也都出来。大家坐下，酒鬼将好言劝解牛氏一番。戆太岁还是气忿忿的带骂带说。李裁缝陪了许多小心，叫打杂递上茶来，两人喝了。戆太岁向着牛氏道：“不准再闹！”方才散去。

可怜秋痕下床还没三天，又受此一顿屈打！牛氏下半天气平了，便怕秋痕寻死，又进来诉说了多少话，秋痕只是不理；晚夕，逼着秋痕喝点稀饭，背后吩咐跛脚看守，就也自去吃烟了。

秋痕这一日，愤气填胸，一点泪也没有，和衣躺到三更后，一灯如豆，炉火不温，好像窗外梅树下窸窣有声，又像人叹气，想道："敢莫鬼来叫我上吊么?"因坐起来，将裤带解下，向床楣上瞧一瞧，下床剔亮灯，将卷窗展开，望着梅花，默祝一番。正跪床沿悬下裤带，突然背后有人拦腰抱住，哭道："娘就舍得大家，怎的舍得韦老爷哩?"秋痕此刻虽不怕什么，却也一跳，回头见是跛脚。跛脚接着道："你死了，还怕韦老爷要受妈的气哩!"秋痕给跛脚提醒这一句，柔肠百转，方觉一股刺骨的悲酸，非常沉痛，整整和跛脚对哭到天亮。这会周身才晓得疼。打算痴珠今天必来，怕他见着难受，谆嘱跛脚不要漏泄。安息一会，支撑下床。

挨至午后，痴珠来了，照常迎入。痴珠见秋痕面似梨花，朱唇浅淡，一双娇眼肿得如樱桃一般，便沉吟半晌，才说道："你又受气?"秋痕忍不住眼泪直流下来，说道："没有!"便拉着痴珠的手，坐在一凳，勉强含笑道："你昨晚不来，我心上不知道怎样难过，故此又哭得肿了。"痴珠不信，秋痕便邀痴珠步入北院，玩赏残雪新梅，就说道："繁枝容易纷纷落，嫩叶商量细细开。"痴珠接着道："东流江水西飞燕，可惜春光不再见。"秋痕怔怔的说道："怎的?"痴珠不答。

到得夜里上床，痴珠瞧着秋痕身上许多伤痕，骇愕之至，亦愤痛之至。秋痕倒再三宽慰，总劝他以后不要常来。次日就是三十，留痴珠叙一日一夜。初一早，秋痕折下数枝半开梅花递给痴珠，道："给你十日消遣罢!"两下硬着心肠，分手而去。

痴珠回寓，将梅花供在书案，黯然相对。初二靠晚，游鹤仙便衣探访，痴珠才到秋华堂来，坐至二更天走了。痴珠因约他明午便饭。初三混了一日。初四午后，访了鹤仙，三更多天回来，穆升回说："留大老爷亲自过来，请爷初七日公馆过冬。"

看官：你道这一局为何而设呢？原来子善公馆是那卖酒卖肉的主顾，跟班奶妈们都认得这两人。一日，谈起李裁缝，戆太岁便将廿八日的事，告诉了子善跟班。因此子善前往探访，见秋痕玉容憔悴，云鬓蓬飞，说不出那一种可怜的模样，就十分难过，和秋痕约下这局。痴珠不知。

到了一下钟，催请来了，痴珠问："有何客?"跟班回道："通没别客，听说刘姑娘也来。"痴珠道："那个刘姑娘?"跟班笑道："不就是菜市街李家姑娘么?"痴珠听了，便说道："我即刻就到。"接着吩咐套车。

恰好痴珠下车，秋痕正和晏太太、留太太请安下来，就坐痴珠身下。子秀笑道："你两人隔数天不见，何不开口谈谈?"秋痕眼皮一红，瞧着瓶里插的梅花，即说道："谈也是这样，就如这梅花，已经折下来插在瓶中，还活得几天呢?"子秀道："花落重开也是一样，不过暂时落劫罢了。"秋痕道："花落原会重开，人死可会重生么?"痴珠道："死了自然不能重生，却是死了干净。最恨是不生不死，这才难受。"痴珠说到这里，不觉酸鼻。秋痕早淌下泪来。子善便劝道："今日请你们来，原为乐一天，而且系个佳节，何必说生说死，徒乱人意。"痴珠道："着，着！说别话罢。"

子秀因问起谡如江南情景，痴珠叹一口气道："他这回战功原也不小，荷生营里接着南边九月探报，也与谡如家信说的一样。不晓他怎样得罪大帅，如今还搁着不奏。他前月来的信，说是要饬他到任，这会怕是到宝山去了。"秋痕道："江南军营不用人打仗么?"痴珠道："百姓不管官府事，说他怎的?"当下晏、留两太太唤着秋痕上去，替他换个鬐围，是留太太亲手扎的，又赏了手帕、手袖、脂粉等件。到秋痕下来，便入坐喝酒，上了大菜。

家人们掌上灯，子善道："秋痕，你如今行个什么令?"秋痕瞧着痴珠道："我那一夜要记芙蓉，你说是诗词歌赋上多得狠。我如今单用词曲的芙蓉飞觞，照谡如的令，两人接罢。"痴珠道："也还热闹。你说罢。"秋痕斟满酒喝了，说道："子善、痴珠接令：'陪得过风月主，芙蓉城遇晚书怀。'"子善喝了酒，说道："秋痕、子秀接令：'羞逞芙蓉娇面。'"痴珠喝了酒，说道："子秀、子善接令：'草蒲团做不得芙蓉软褥。'"秋痕道："我再飞个芙蓉，是：'则怕芙蓉帐额寒凝绿。'子善、痴珠接令。"子秀道："我飞个并蒂芙蓉罢。第一个是：'采芙蓉回生并载。'子善、痴珠接令。第二个是：'也要些鸳鸯被芙蓉妆。'痴珠、秋痕接令。"子善道："不好，我竟要飞三句了，通说罢。人太少，我要自己喝酒了。第一句飞着痴珠、秋痕：'草床头绣褥芙蓉。'第二句第三句通是宾主对饮：'珠帘掩映芙蓉面。人前怎解芙蓉扣。'秋痕一杯，痴珠通共三杯，我两杯。"

痴珠道："如今我说五句，秋痕说一句，收令罢。我五句是：'你出家芙蓉淡妆。三千界芙蓉装艳。芙蓉冠帔，短发难簪系。香津微韫，碧花凝唾；芙蓉暗笑，碧云偷破。好男儿芙蓉俊姿。'"秋痕道："痴珠怎的说五句，通是自己喝？又累我喝两杯，却不给子秀的酒？"痴珠笑道："我要多喝子善的酒，不好么？"于是痴珠喝了五杯，子善喝了三杯，秋痕喝了两杯。秋痕道："我给子秀一杯酒喝，子善陪一杯：'恨匆匆萍踪浪影，风剪了玉芙蓉。"'痴珠瞧了秋痕一眼，也不言语。子秀、子善喝了酒，让痴珠、秋痕吃些菜。

只见老妈领着子善的三少爷，抱个腰鼓出来。痴珠、秋痕都抓些果品，和孩子说笑。子善瞧着鼓，笑道："我们何不行个击鼓传花的令？"痴珠道："这更热闹。"秋痕道："传着的，喝了酒，也说句词曲，才有趣。"就向炕几花瓶取出一枝梅花，说道："就说'梅'字何如？"大家说："好！"子善道："教谁掌鼓？"痴珠道："就屈你令郎做个司鼓吏，好么？"子秀道："好极！"于是子善唤老妈引孩子到里间打起鼓，席上传花。

轮有三遍，传到子善，鼓却住了。子善喝酒，说个"梅"字，是："敢柳和梅，有些瓜葛。"说完，起鼓。轮有一遍，到秋痕鼓就歇了。秋痕喝酒，说道："立多时，细雨梅花落香雪。"子善又教起鼓。这回轮有五遍，秋痕将花传向子秀，子秀未接，鼓却住了。秋痕便说子秀故意不接，要罚子秀。子秀道："我正要接，鼓声已停，怨不得我。"大家都说："该是秋痕。"秋痕只得喝酒，说道："前夜灯花，今日梅花。"说完，鼓声阗然。轮有两遍，秋痕刚从痴珠手里接过，鼓又停了。大家大笑。

秋痕着了急，说道："怎的三少爷只叫我一个人喝酒？"只得说道："俺向这地坼里梅根进。"第五回轮到痴珠，痴珠说的是："偏似他翠袖临风惨落梅。"第六回又轮到秋痕，秋痕说的是："向回廊月下，闲嗅着小梅花。"第七回又轮着子善，子善说的是："簪挂在梅梢月。"第八回又轮着痴珠，痴珠说的是："手拈玉梅低说。"第九回又轮着秋痕，秋痕笑道："今天真教我喝得醉倒了。"痴珠道："我替你喝酒，你说。"秋痕说道："纸帐梅花独自眠。"

第十回又轮到痴珠，秋痕将手向痴珠酒杯一捻，觉不大热，便对些热酒，夹一片冬笋给痴珠。痴珠说道："他青梅在手诗吟哦。"到了第十一回才轮到子秀。子秀说的是："画角老梅吹晚。"痴珠瞧着秋痕衿上的表，说道："一下钟了，已经轮到子秀，收令罢。”秋痕向子秀道：“今日便宜了你。”子秀笑道：“我要酒喝，人家不给我喝，这也是没法的事。”痴珠道：“今日也还乐。”秋痕叹口气道：“这叫作黄连樸尾弹琵琶，苦中作乐。”痴珠默然，随说道：“我只是得过且过，得乐且乐。”秋痕用些稀饭，大家散坐。

痴珠洗漱后，喝几口茶，到书案上检张诗笺，教秋痕磨墨，提笔写道：“《即席赋谢》。”子秀、子善都围着看，只见痴珠歪歪斜斜写道：

聚首天涯亦夙因，判年款洽见情真。

绮怀对烛难胜醉，旅邸登盘枉借春。

绿酒红灯如此夜，青衫翠鬓可怜人。

使君高义云天薄，还我双双自在身。

末书“子善刺史粲正。痴珠醉笔。”子善含笑致谢。秋痕道：“‘借春’二字，有现成么?”痴珠道：“《岁时记》：‘冬至赐百官辛盘，谓之借春。’”说毕，喝了茶，便将车先送秋痕，复坐一回，然后回寓。正是：

秋鸟号寒，春蚕作茧。

破涕为欢，机乃一转。

欲知后事，且听下回分解。

第二十八回　还玉佩憨书生受赚　讨藤镯戆太岁招灾

话说十一月起，痴珠依了秋痕的话，十日一来，来亦不久。牛氏就也明白痴珠意思了。这日，痴珠去后，牛氏便跑入秋心院和秋痕大吵。秋痕道："他走了，教我怎样?"牛氏不待说完，便抢过来，右一巴掌，左一巴掌，秋痕只低头不语。牛氏没奈何，住了手，气愤愤的出去。那狗头虽撵出中门，牛氏屋里他还出入，便慢慢的献勤讨好，如今又乘间想出一个妙计来，这且不表。

却说愉园日来贾氏早走，荷生是上半日进营办事，下半日到愉园和采秋作伴。此时紫沧回家了。小岑、剑秋俱系告假在籍，现在假期已满，摒挡出山。痴珠日来足不出户，著了《扪虱》《谈虎》两编杂录。月杪鹤仙回任，痴珠送行回寓，是夜拥炉危坐一会，唤秃头剪了烛花，向书案上检纸断笺，题诗云：

情到能痴天或悔，愁如可忏地长埋。

徐陵镜里人何处，细检盟心旧断钗。

写成鸳牒转低徊，如此闲情拨不开。

尽说千金能买笑，我偏买得泪痕来！

次日，折成方胜，着秃头送去秋心院。痴珠睡了一觉，秃头才回，呈上双鱼的一个绣口袋。随手拽开，内藏红笺，楷书两首步韵的诗。痴珠瞧了，复念道："再无古井波能起，只有寒山骨可埋。镜匣祗今尘已满，蓬飞誓不上金钗。天寒无语自徘徊，见说梅花落又开。为语东君莫吹澈，留些余艳待君来。"念毕，收入枕函。

自此隔一日一到县前街，余外编书，或访心印谈禅。心印道："痴珠，你口头色相空空，奈心头牢锁不开，恁你舌本翻莲，归根是个不干净。"痴珠道：

"浮生荡泊，吾道艰难，不足为外人道也。"心印道："这是世情，你不懂么！佛便是千古第一个情种！你们儒教说个仁，又说个义，便有做不得情的时候；我们佛教无人不可用情，恁你什么情天情海，无一不是我佛国版图。只菩萨闲情，却是拈花微笑，再不为情字去苦恼，你怎不想想？"痴珠正要回答，忽见侍者报道："荀老爷、钱老爷来访。"

说话时候，两人已经转进屏门，痴珠回避不及，只得见礼。荀才与痴珠是个初见，那钱同秀系痴珠旧相识，便拉着痴珠说长说短。后来心印让坐，同秀就和痴珠一块坐下。也是秋痕该有一场是非，同秀喝茶，无心中将皮袍袖一展，却露出一支风藤镯，痴珠认是自己给秋痕的，怎的落在同秀手里？心上便十分惊愕起来，说道："七哥这支镯，借我一瞧。"同秀陡然发觉，急得满脸通红，赶将手袖放下。迟疑半晌，硬着头皮卸下，递给痴珠，说道："这是一个人才拿来卖呢。"痴珠接过手道："这就是我的，我在四川好费事寻出一对，你不信，看我这一支。"说着，就从袖里取下一支，大家同看。半边包的金色，两头雕的花样，粗大径围，两枝一模一样。

荀才道："这样粗大风藤，委实难得。这黑溜溜的颜色，总带得有几十年工夫。"同秀道："你什么时候丢了一支？"痴珠道："我不是丢，我是给个人。你从什么人买来？"同秀道："前天有我一个旧相识拿来，要卖二十吊钱，后来我给他十千钱，他也就肯卖了。"口里这样说，脸上却十分惭沮。心印因向痴珠道："这也难说就是你的。我在南边有把玉如意，竟与许太史家花样大小也是一样，后来我发誓朝山，就送他做个对儿去了。"荀才道："痴珠，你给了什么人？何不问这个人有卖没有？还是他给人偷出来卖，也不可知。"痴珠勉强回答数语，带上自己一支藤镯，就先回西院去了。

这里同秀见这支藤镯已给痴珠看见，想道："他们问出来，就晓得是我偷了，我也难再见两人，倒不如编个谎话，教他们闹一闹罢。"便含笑向荀才道："你道我这支镯，真是买来么？这是他给了秋痕，秋痕新给了我。我在他跟前不便说出。"荀才道："好呀！你就和秋痕有交情么？"同秀一笑。荀才接着道："你竟巴结得上这个有脾气的姑娘，这也难得。"心印听着这些话，只微微的笑，通不言语。那侍者背地便一一和秃头说了。

秃头听得这话，气愤愤的跑到痴珠跟前，将侍者的话告诉一遍，且絮聒痴珠，无非是讲白疼了他。痴珠听了，半晌才说道："你不用多话，算我这回明白就是了。"秃头退出，痴珠便向里间躺下。一时懵懂，全不想前前后后，竟然解下九龙佩，又向枕函中检出秋痕的东西，立刻唤秃头送还秋痕，也没一句话说。

可怜秋痕这两日正为痴珠和他妈力争上流时候，那里晓得半天打下这个霹雳！当下秃头将拜盒打开，一件件交代明白，气得秋痕手足冰冷，呆呆的瞧着东西，半晌才问道："爷怎样说？"秃头道："爷没说什么，只问姑娘将那一支风藤镯给了什么人？"秋痕聪明，见秃头说起风藤镯，便知痴珠受了人家的赚，气转平了，说道："你回去对你爷说，爷给我的东西，我一时也检不清，我就没良心，也不敢将爷留的东西，这会儿就给了人。那风藤镯一节故事，你爷将来自然明白。我的东西，教你爷仍旧收下。对你爷说，我总是一条心，再没两条心。教你爷不要上人家的当，徒自气苦。这时候还早，就请你爷来，我有话说。"秃头先前一脸怒气，这会见秋痕说得娓娓可听，就说道："我将这些带回去，请爷来罢。只是那一支风藤镯，怎的落在钱老爷手里？我也气不过。"秋痕道："是他偷着走了，我为什么给他？"秃头道："这钱老爷就可恶得狠，他偷了人家东西，还要说几多闲话哩！"遂将日间的话，告诉一遍。

看官，你道钱同秀是什么时候来呢？原来初十那一夜，狗头向牛氏保起钱同秀，说他怎样有钱，怎样好骗，又怎样给碧桃母子讹诈，说得牛氏心花怒开，自悔以前轻易答应了痴珠，总恨那几天的雨误人。次日，就打发狗头去同秀公馆请安，探听口气，还想送些东西。不料失望而归，说是同秀七月间就走了。这十天以内，狗头四处拉拢，无奈太原城里将韦韩称做海内二龙，就把刘杜称做并州双凤，愉园、秋心院再也没人敢于造次。所以痴珠来往，牛氏一时也不敢拒绝。

到了二十四日，狗头出门，瞥见同秀衣冠楚楚坐在车里，就如拾着宝贝一般欢喜，忙跟同秀的车跑到一家门首，跟班投帖进去，狗头就在车边请安。恰好主人不在家，同秀回车，便叫停住，向狗头问道："你姑娘都好？"狗头答应，即说道："老爷，怎的从七月起就不来了？"同秀道："咳，不要说起。我就是那一夜接着蒲关的信，闹个盐务命案，次日冒雨起身，如今才能脱身。"狗头道："这里到小的家甚近，老爷顺路进去喝一杯茶好么？"同秀做人，见人家会巴结，再不肯拂他意思，便道："也好，只是我听得人说，你姑娘和我的朋友韦老爷好得狠。"狗头笑道："他是老爷同乡，小的原不敢混说，其实姑娘近来厌弃他了不得，都是你老爷那夜不来，害我妈上了他的当。如今老爷来了，便是我家造化。"同秀道："往后再看。"两人说说，早到门首。

狗头打门，便一叠连声嚷道："钱老爷过来！"喜得牛氏、李裁缝忙迎出来，又怕秋痕不答应，牛氏自己跟进来，瞧着秋痕款待。不想同秀这回是他女人和他同来，为着他娶妾，家里好不吵闹，如今是押他搬取回去，你道同秀这回还能够在外头胡闹么？当下秋痕在牛氏跟前，不能不招呼，到得牛氏去后，便低着头，凭同秀怎样问话，只是不答应。一会，秋痕走入南屋，同秀一人坐在炕边方椅，见枕边黄澄澄的一支风藤镯，想道："秋痕这般可恶，我悄悄的带上，你总要捱一顿打。"其实同秀当时作恶把秋痕教训几句，秋痕打定了。这风藤镯是痴珠的，就丢了十个，他妈也不管，秋痕如何会打？当下同秀走了，秋痕也送到月亮门，他妈虽十分不快，却不得说秋痕有错。

只十一月起，痴珠不来，好容易盼得同秀来了，言语又十分支吾。次日，办点果品，教狗头送去，才晓得同秀这一回有人管了。家人们将狗头送的果品，一人尝一个，却没一个替他端上去回。等至下午，同秀影儿都没见。两盒果品，早给家人们白吃了，只得端回空盒。牛氏听了，委实生气，数说狗头一顿，就懊悔不该冷落痴珠，要秋痕写字去请。秋痕道："这话难说。他见你们待他不好，叫你们自己打算。你如今要和他说话，你叫人请他去，我不敢管。"牛氏听了，自然又和秋痕淘气，却不敢再打。

挨到二十八，一月待要完了，又是逼年，牛氏没法，靠晚跑到北屋，将好话和秋痕来说，秋痕只得答应。牛氏刚才出去，秃头就来了。这秋痕真与痴珠是个夙缘，别人委屈他一点儿，不晓得要哭到怎样，痴珠这样丢他的脸，他还替痴珠体谅，是受人家的赚。且料定秃头回去，痴珠必来，吩咐厨房预备点心，教小丫头向火炉添上炭，做下开水，教跛脚打叠屋里，自己燕着一盒香篆。

不一会，痴珠早来了，秋痕照常迎出来，痴珠虽然有气，也不说什么，仍是携手坐下，说道："我再不想今晚又来这屋。"秋痕一言不发，含笑向跛脚道："你叫老爷跟人和车都回去。"痴珠道："怎的？"正待往下说，牛氏进来招呼道："我早打发走了。老爷这一个月为什么和我们淡起来？我多病，家里的人都靠不住，一向委屈老爷，我通知道了。"痴珠见牛氏陡然恭顺，倒诧异起来，就也说了几句应酬话。

秋痕倚在方桌，手拨香篆，只抿着嘴笑。牛氏吩咐秋痕道："爷要酒要点心，就叫，我都预备现成。"秋痕答应，牛氏就去了。小丫鬟递上茶，跛脚端上脸水，向秋痕道："娘拧。"秋痕道："今天一家的人，伺候他同祖宗一般，还要我拧？"跛脚笑道："爷平日要娘拧，还是娘替爷拧吧。"痴珠道："你搁着，我自己洗。"秋痕含笑向痴珠道："拧一过给我拭手。"痴珠道："你不替我拧，还使唤我？"秋痕瞧痴珠一眼道："我不使唤你，却使谁？"痴珠笑将手上拧的，递给秋痕。秋痕拭完手，向跛脚道："你把爷茶碗端给我喝。"跛脚道："爷还没有喝哩。"秋痕笑道："我不给他喝，你待怎么样呢？"跛脚只得含笑端上。秋痕喝了两口，方才递给痴珠道："赏你喝罢。"痴珠道："怎的你今天这般乐？"秋痕眼眶一红，道："我挨了一个月苦，才有这一天乐，你还不情愿么？"说着，就拉着痴珠一块坐下，将牛氏的话一一告诉，说道："但愿往后不再起风波，我挨那老货两顿打，就打值了。"痴珠道："你什么时候又打一次？"秋痕就将初十的事说了一遍。痴珠道："你怎的不给我知道？"秋痕道："给你知道，也是枉然！"痴珠道："只因替我省两个钱，你整整受一个月的罪。"跛脚在桌边装水烟，接口说道："爷不晓得，娘前月还上吊来！"秋痕瞅着跛脚一眼。跛脚道："也要给爷晓得娘的苦。"就低声将那一夜的事，说给痴珠听。

痴珠听了，起来向跛脚揖了一揖，慌得跛脚笑嬉嬉走开不迭。秋痕噙着泪，将痴珠拉开坐下，道："做什么呢？"痴珠惨然道："我竟不晓跛脚这回变了一个人，有此见识。果然你拚个死，不害我受累么？只是我今天听人谎话，那般决裂，不特对不住你，也对不过跛脚。"秋痕忍着泪，说道："你怎样凌辱我，我也不怨。是我家里人坑害我，我怪不得你，更见你的真心待我。只你气苦这半天，真个冤枉！"痴珠道："这钱同秀怎的跑来？"跛脚就将狗头怎样去请，怎样和同秀来，同秀怎样偷了风藤镯，通告知痴珠。

秋痕道："他们还送果品去，同秀没有收，这才绝望，回心转意来求你了。”痴珠笑道：“同秀这一来，还算我们功臣。”于是软语缠绵，跛脚伺候过消夜，先自睡了。两人这一夜心满意足。但见：

六曲屏边，九枝灯下，枕衾乍展，衣扣半松。郎痴若云，侬柔似水。流辉婀娜，接影粤夆。菱支不弱于风波，菡萏自苞于雨露。冬山如睡，玉艳临醒。街鼓冬冬，夜光滟滟。刻鸳鸯翅，成蛱蝶图。春渗枯心，欢销愁髓。研丹擘石，冤魄愿锁于天牢；沁露密脾，华鬘忽游于忉利。

此夜销除百虑，有如点雪红炉；从今暗数千春，愿去闰年小月。

且说秃头次日见天阴欲雪，便早些带车来接。到了李家门口，觉得一路朔风吹得打战，因向酒鬼店里喝杯酒，恰好戆太岁拿盘卤肝也来了。这两人和秃头近来都讲相好，便倒酒的倒酒，切肉的切肉，呼兄呼弟，一块喝酒。喝到高兴，秃头说起狗头情状可恶，戆太岁道：“你老爷既和他姑娘好，怎的不教姑娘出来喊冤？譬如再有风波，教姑娘尽管喊出街坊。你老爷是不便出头替他说话，我们左邻右舍都帮得他去见官理论呢。买良为娼，已经有罪，何况是拐来呢。”秃头道：“说起姑娘也可怜，昨日我也怪他，后来他说得有理，是我老爷给人赚了，倒教我不过意起来。”酒鬼道：“什么事呢？”秃头便将钱同秀偷镯，从头至尾说了一遍。戆太岁道：“是他么？你带我和他要去。我听得留大老爷公馆的人说，他怕老婆，这回他老婆来了，管住他，不给他走一步。你带我去，你但说：‘老爷问过李家，说这支镯是钱老爷带来了，叫我带李家的人来要。’以后你做个好人，看我发作便了。我总要教他拿出藤镯，还教那老婆和他闹一场。”秃头哈哈大笑道：“妙，妙！看你手段。我喝过这杯酒，就同你去。”酒鬼道：“讨得来，也好替刘姑娘明明心迹，给钱同秀臊臊脾。”

不言二人酒气冲冲的去了，却说痴珠、秋痕起来，差不多八下钟了。痴珠便问：“秃头来未？”外面人回道：“车到了，二爷没有来。”痴珠道：“今天怎的竟不来了？”不一会，秃头笑嬉嬉的径跑入秋心院，恰好痴珠、秋痕都在南屋。秃头将藤镯递上道：“讨回来了。”秋痕了不得喜欢。痴珠接过手，说道：“你怎的去讨？”秃头便说出戆太岁如何打算，如何上门吵闹，钱太太如何大嚷出来，将镯子掷在地下。就说道：“那太太好不利害，骂得钱老爷哑口无言，怕真要打哩。”痴珠微笑不语。秋痕将镯带上，说道：“天理昭彰，他要害我们闹出一场故事，不想他自己却闹出一场笑话了。”因向痴珠道：“我一个多月通是打辫，今天我却要重上妆台，你待我梳完头走吧。”痴珠就吩咐秃头：“外边伺候。”秃头退出。

自此秃头逢人就说“钱同秀怕老婆”，就把这六个字做个并州土语。那同秀气愤不过，无法和痴珠、秋痕作对，也难和秃头报仇，却买个营兵，借着买肉，和戆太岁厮打一场，送官究治，要想借此将他出气。无奈锁到衙门，秃头早知道了，告诉痴珠，立地叫武营释放，把那一名兵也革了粮。痴珠又给了戆太岁三十吊钱，再做生理。后来戆太岁感恩报恩，舍命保护秋痕，也是为此。正是：

公子终归魏，邯郸识买浆。

英雄沦市井，凄绝老田光。

欲知后事，且听下回分解。

第二十九回　消寒小集诗和梅花　谐老卜居园游柳巷

话说并州城内柳巷，有个寄园，因山而构，第一层门内有个花神庙，庙傍空地，园丁开设茶社，榜曰“一味凉”。第二层门内便是寄园，系一江姓乡宦住宅，缘南边任内亏空，赶信回家，叫将此园典卖，由并州大营完缴。这且按下。

再说采秋那篇赋，不晓何人抄了出去，就有好事的人，将荷生阅本刻印起来。一时传播，官场中无人不赞好。明经略先前只晓得荷生有个意中人，名唤采秋，却不知道采秋有此手笔。当下将赋看过，顿时来访，荷生也无可隐讳，就一一说了。经略索观原本，荷生唤青萍飞马往取。经略看那小楷，拍案叫绝，便想替荷生图此一段好因缘。

适值荷生案上搁着江乡宦家丁红禀，说“屋价库平七千两，逼年无人肯买，求准离屋，缴契归官”等语，荷生粘签批驳。经略瞧着，将荷生的签揭起，提笔批道：“着即投契，限十日离屋。”因笑向荷生道：“我买此宅，赠给先生做个金屋，好么?”荷生道是戏言，微微陪笑。经略唤跟人传进门上，将此禀付给，说道：“你着江家缴契，即交韩师爷收管罢。”门上答应。经略和荷生一请走了，荷生无可措词，送出平台，经略又回头笑道：“先生尽管赶年办妥。”荷生只得唯唯。看官，你道采秋得了这个知遇，奇不奇呢?

这日下午，荷生来了愉园。采秋正买了一匹乌骓，向梅花树下空地驰试，见荷生来了，便下了马，将辔勒付给红豆，就问道：“你一早叫人取赋，我还没起来，到底是为甚事?”荷生将经略盛意告知，就笑道：“千金市骏，你的声价竟高起数倍。”采秋欢喜，转笑道：“古人说一字值千金，我却值不上七两。”荷生也笑道：“如今不能不让你说句阔话，可怜我和痴珠整天写了几多字出来，却一钱摸不着!”

采秋道："你说起痴珠，我正要问你，这几天见着他没有？"荷生道："他昨天才到营里。李家如今又和他好了，亏得秋痕这番苦肉计。"采秋道："秋痕真也不负痴珠。"荷生道："你还不晓得，痴珠几乎负了秋痕。"采秋道："怎的？"荷生遂把痴珠述的前一回事和采秋说。采秋道："可见你们男人的心是狠的，一翻了脸，就把前情一笔勾消。我想起绣那锦囊时候，心还会痛。"一面说，一面眼眶就红起来。荷生笑道："旧事不要重提。今日腊八，天气阴寒，我又有空，何不将痴珠、秋痕招来一叙呢？"采秋道："怕痴珠没到秋心院，找他就费事了。"荷生道："这样天气，他好人，不和秋痕送暖偷寒？"说着，就将红豆辔勒接过，骑着乌骓，也在空地上试了一回，便跑出园来。

到了李家，下马进去，悄无人声。步入秋心院南屋，听得秋痕低声唱道："花朝拥，月夜偎，尝尽温柔滋味。"以后声便低了，就听不清楚。正要叫唤，又听一句是"两人合一副肠和胃"，便悄悄的从落地罩的小缝瞧将进去，见痴珠倚在炕上，秋痕坐在一边笑吟吟的唱。因掀开棉帘，说道："好乐呀！"两人惊起，见是荷生，痴珠赶着让坐，说道："你今天却有空跑到这里来？"荷生坐下，向秋痕道："我特的把公事放下，来听昆曲，你唱下去，也不负我今天走这一遭。"秋痕红着脸道："整月不来，来了又鬼鬼祟祟的，做个沿壁虫。"荷生笑道："难道昆曲痴珠听得，别人就听不得么？"就向痴珠道："我听说你著部《扪虱录》，又著部《谈虎录》，到底真是说虱说虎不成？"痴珠笑道："前个月闷得狠，借此消遣，这会又丢了。"荷生从北窗玻璃里望着窗外梅花，笑道："这却好，虱也不扪了，虎也不谈了，就伴这一树梅花过了一冬罢！我偷了这半天空，你带着秋痕到愉园，吃碗腊八粥，也是消寒小集，好不好呢？"痴珠道："我和你先走，让秋痕坐车随后来罢。"

于是四人在春镜楼围炉喝起酒来。谈笑方酣，营中送来京信一大封。荷生拆开，一一检看，都是循例贺年的简札。随拆随看，随看随撂。末后一封，系郑仲池侍读的信，寄来八首《梅花》诗，是用张检讨的韵。荷生欢喜，招呼痴珠同看一遍。痴珠道："此君的诗，也算得都中一个好手，只弱得狠。"荷生道："我们何不就次韵和他一和？"秋痕道："一人次韵八首七律，岂不是件烦难的事。"荷生笑道："怕烦难就不算荷生、痴珠了。"采秋道："你两人各和八首，我和秋痕妹妹替你分写罢。"

于是荷生同痴珠随喝随作，采秋同秋痕随喝随写。荷生的诗是：

“本来仙骨抱烟霞，为咏罗浮兴倍赊。
破腊忽惊风信早，冲寒恰趁月轮斜。
迢遥香海留春气，寂寞空山阅岁华。
驿骑不来乡讯少，含情莫问故园花。

一枝才放暗香生，对汝双瞳剪水清。
偶有月来堪入画，绝无人处亦多情。
广平作赋犹嫌艳，和靖能诗尚近名。
试看茫茫银海里，啁啾翠羽学春声。

灞桥风雪步迟迟，别有诗心世未知。
纸帐铜瓶时入梦，参横月落最相思。
缤纷庾岭花千本，惆怅江城笛一枝。
信是几生修得到，冷吟闲醉也应宜。

蹇驴曾访旧江村，野店山桥载酒樽。
绝似神仙来玉宇，从无消息到朱门。
盘根久炼诗为骨，写影终嫌笔有痕。
莫向东风羡桃李，冰霜一样是天恩。

孤山从古绝尘缘，瑶岛琼楼尽似年。
照水只应看瘦影，凌波还欲拟飞仙。
偶描粉黛终疑俗，学染胭脂亦可怜。
林下美人窗外月，几人佳句借君传？

大江南北记游踪，秦树燕山路几重。
茅舍多情容独醉，瑶台有约又相逢。
频年飘泊愁戎马，三径荒凉忆菊松。

回首绮窗春信好，顿令归兴一时浓。

花事匆匆岁又残，一年容易指轻弹。
红莲依幕惭才薄，白雪连篇属和难。
官阁光阴容啸傲，玉堂风味本高寒。
长安二月春如锦，不许东皇一例看。

银云满径玉交枝，大地阳和岂有私？
傲骨只应留鹤守，清名几欲畏人知。
陇头流水风前曲，雪后园林画里诗。
记取调羹消息好，百花头上正开时。”

痴珠的诗是：

“暮景犹留几断霞，巡檐愿岂此生赊？
鹿岩赠后风如昨，驴背归来日未斜。
不分山林终索寞，非关春色自清华。
枕屏夜夜瑶台梦，俯看红尘五万花。

偶从香雪证前生，四十年前住太清。
地满琼瑶皆故步，心如铁石总多情。
空山有约留知己，傲骨无缘得盛名。
一觉罗浮骑蝶去，啁啾翠羽不成声。

独步群芳转似迟，珊珊仙骨几人知？
馨香怀袖经年别，风雪漫天耐尔思。
铁笛西风吹入破，瑶琴明月怨空枝。
并州姑射仙山路，底事栽花总不宜？

访遍山村又水村，枉携醽醁酒盈樽。
一天雪意浓于墨，几树香魂黯到门。

漏尽书灯微有影，梦回纸帐半无痕。
春花也似秋花恨，冷蕊疏枝尽怨恩。

鸿爪天涯话夙缘，江南消息断年年。
冬心耐守寒林况，春色先归绿萼仙。
颠倒有怀难索解，清癯顾影总相怜。
一枝自把灵犀证，栩栩神难笔底传。

彩波红雨渺无踪，叠叠云山隔几重。
每遇故人频问讯，可怜迟暮又相逢。
寒更伴结褵褷鹤，傲雪形同偃蹇松。
绝代孤芳遗世立，开时不见露华浓。

阳春独自谱冬残，三弄何人古调弹?
修到今生真不易，描来设色可知难。
花缘有信分迟早，天总无心作暖寒。
明月似波云似水，诗心清绝此中看。

东风借问故园枝，乌鸟无缘得遂私。
万里星霜人独对，十年冰炭意同知。
篆烟脉脉帘垂昼，绮阁沉沉夜赋诗。
亦有家山归未得，纸窗灯火忆儿时。”

做完，两人互看。痴珠道：“荷生的诗，是此中有人，呼之欲出。”荷生笑道：“你不是这样?”秋痕、痴珠微笑。

随后酒阑，采秋印了一盒香篆，慢慢烧着，就和秋痕弹起月琴来，各人将那《梅花》诗拍入工尺。只按得一首，夜已深了。此时，荷生将今早的事告知痴珠。痴珠笑道：“这却是意外的遭逢，以后须邀我逛一天寄园罢。”就也散了。

这夜天阴得黑黝黝的，秋痕为着采秋给他水仙花和那塞外的五色石，要个盆供，刚走到北窗下，忽一阵风过，吹得竹叶簌簌有声，烛光一闪，瞥见梅花树下有个宫妆女人，脸色青条条的，吓得毛发直竖，把盆一丢，粉碎了，没命的跑入屋里。痴珠听得盆碎，正奔出看，秋痕早到跟前，拉着痴珠，半晌说不出话。痴珠忙问："怎的？"秋痕定了神，才说道："我真见鬼了！"便将所见告诉痴珠。痴珠笑道："好端端的住屋，那里有鬼？"正说着，忽听得窗外长叹一声，顿觉身上毛窍都开。秋痕道："你听！"痴珠强说道："疑心多生鬼，我却不听见什么。"口里这样说，心里也着实骇异，便说道："无鬼之论，创自阮瞻。其实魂升魄降，是个常理。若'有啸于梁'，种种灵怪，吾不敢说是必无，却非常理。只是世间的人，随便到一去处，就有那酒鬼、色鬼、赌钱鬼、鸦片鬼、捉狭鬼肩摩踵接，这岂人之常理？人无常理，鬼更不循常理。阳间之鬼，白昼现形，阴间之鬼，黑夜露影，这鬼就懂得道理。你们不怕白昼现形之鬼，转怕黑夜露影之鬼，呆不呆呢？"秋痕道："好，好！你又借鬼骂人了！"痴珠笑道："好好中华的天下，被那白鬼乌鬼闹翻了。自此士大夫不征于人，却征于鬼。东南各道，贼临城下，也有做起四十九日醮场的，也有建了四十九日清醮的，这会通天下的人，皆是个冒失鬼，岂独你家有这鬼头鬼脸几个小谬鬼？"说得秋痕和跛脚通笑了。北窗下转寂然无声。痴珠复闲谈一会，便收拾去睡。

再说江家契券，即日投缴，眷属于十六离屋。荷生即于是日接到紫沧来书，说杜藕斋要增一千金身价，荷生自然答应了。十七日办完公事，便到愉园，和采秋领着红豆，同到柳巷。这里早有索安、翁慎伺候，引着两人先瞧正屋，就是轩轩草堂，崇墉巍焕，局面堂皇。到了第三进，红豆见那临池一座小楼，曲折有趣，说道："这楼比我们的春镜楼更觉幽雅，娘往后就住这一进吧。"采秋道："这楼怎的没有横额？"荷生道："你住了，我就写'春镜楼'三字，做个匾额挂起来。"两人就在楼上小憩一会。翁慎端上点心，随意用些。

然后打小门上了搴云楼，只见第一层是六面样式，面面开窗，纯用整块玻璃隔作六处。六处之中，又分出明暗来，大小、方圆、扁侧共有十二处，额题"并门仙馆"。更上第二层，是四面式样，面面空出回廊，廊畔俱有紫檀雕花的阑干，里边八间并作一间，纯用锦屏隔断，面面有门。瞧着园中亭台层叠，花木扶疏，池水萦回，山峦缭绕，已自可观。再转扶梯，到了第三层，觉得比前两层略小了些，却是堂堂正正一座三间的厅屋，上面横额篆书"搴云楼"三字。地位愈高，眼界愈阔。荷生和采秋携着手，凭栏一望，并州的山水关塞，就如天然画图，都在目前。纵览一回，就下来在并门仙馆坐下。索安回道："爷如今从那边逛去？好叫园丁预备。"采秋道："顺着路，我们骑马走罢。"荷生道："我们坐船，到了小蓬瀛再骑马，不好么？"索安答应，翁慎便吩咐出来。

不一会，船撑来了。众人下了船，步入门来，见两傍摆列四盆花木，中间三层台阶，是个堂，方有一丈，足开两席。堂后一边为室，一边为径，径转为廊，廊升为台，台上张幔。采秋笑道："这船式样真是奇创。"荷生道："浙江西湖船式多得狠呢，有名小团瓢的，有名摇碧斋的，有名四壁花的，有名随喜庵的，这式制唤做烟水浮家。"于是谈谈讲讲，一路看园中景致。有几处是飞阁凌霄，雕甍瞰地；有几处是危岩突兀，老树槎枒。

那船慢慢的荡，约有半里多路，绕过了一个石矶，出了小港，即是个大宽阔处。望见西北上一带长廊，荷生指道："那就是小蓬瀛。"一会到了，系好了船。只见苍松夹道，古柏成盘。一个榭靠山临水，略似芙蓉洲水阁，上去坐下。索安递上茶，两人喝了，走上岸来。荷生骑匹小川马，采秋就骑那匹乌骓，迤东而行。过了好些石磴云屏，小亭曲榭，到了平路。茅舍竹篱，颇有鸡犬桑麻之趣。那园丁家眷和着儿女，都一簇一簇的，撑着眼瞧。采秋唤他过来，却不敢近前。荷生吩咐索安："一个孩子赏一百钱。"索安答应，自去分给了。

这里荷生、采秋跑了一回马，红豆才到。采秋便先下乌骓，说道："坐车不如骑马，无奈这城里女人通是坐车。"此时荷生也下了马，说道："他们娇嫩嫩的，看见马就怕起来，那里会骑？"采秋道："这也是习惯成自然了。譬如我和你在街上骑着马跑，不就是钱牧斋、柳如是的笑话么？"荷生道："可不是呢！"两人一边说话，一边度上石桥，回望着瓜畴芋区，不胜感慨。荷生就说道："痴珠的诗有'倘得南山田二顷，此生原不问升沉'之句，真先得我心。我往后要延他将这几处联额和你商量，调换一调换。"采秋笑道："你和他商量就是了，何必要拉扯到我呢。"于是下了石桥，顺着两行竹径，转出柳堤，又过了几处神仙洞。董慎打着小路叫开听雨山馆后门，伺候两人进去。转过一座半石半土的小山，接着就是几百株芭蕉，围着三四间书屋。奈穷冬苦寒，却不见绿天的好景，两人就不复坐，望小天台而来。只见怪石嵯峨，若飞若走，古藤如臂，败叶成堆。上了山径，盘旋到了山顶，有三丈多高，远望搴云楼，近瞰竹坞梅窝，令人豁目爽心。

看了好一会，早是夕阳西下，朱霞满天，才一步步的拾级而下。到一山凹，桂树林立，有亭翼然，便是金粟亭，靠山踞石。采秋想要到亭子一憩，荷生道："天不早了，下面东手就是梅窝，我们到那里坐，也领略些花香。"遂步下山来，沿着东边山径，到了一带梧桐树边，远远闻着梅花的香。只见一道青溪，围着一个院落，也有几堆小山，尽是梅树，尚在盛开。两人随便步入一屋坐下。荷生道："园中佳处，已尽于此。如今仍打轩轩草堂出去上车罢。"董慎端上松花糕杏酪，两人用些，拭了脸，教索安折下几枝梅，天已黑了，便出来上车。

回到愉园，恰好痴珠正在门口下车，三人便一齐进内，先在船房坐下。说起逛园，痴珠道："我最爱是梅窝那几间屋子。"因叹口气道："春镜无双，我说的偈准不准呢?"荷生、采秋一笑。痴珠又叹道："天下不少名园，单寒卓荦的人既不得容膝之安，膏粱贵介又以此为呼卢博进之场。这园落在你两人手里，才是园不负人，人也不负园哩!"荷生道："往后我就请你住在梅窝。"痴珠笑道："那才叫做寄园寄所寄。"采秋道："人生如寄，就是甲第连云，亭台数里，也不过是寄此一身。"痴珠道："这还是常局，尽有富贵逼人，功名误我，蟭螟之寄，亦且为难!"荷生笑道："卿所咄咄，我亦云云，安在彼我易观，不更相笑?"采秋道："进去用饭，不要讲书语了。"痴珠道："秋痕等我一块吃晚饭，我不奉陪。"说着便走。

荷生也不强留，送到月亮门，自与采秋春镜楼小饮，醉后题一诗云：

珠楼新与筑崔嵬，面面文窗向日开。
拂槛露华随径曲，绕栏花气待春回。
眉山艳入青鸾镜，心字香储宝鸭灰。
惭愧粉郎丝两鬓，恐难消受转低徊。

正是：

明月前身，梅花小影。
听雨搴云，幻境真境。

欲知后事，且听下回分解。

第三十回　看迎春俏侍儿遇旧　祝华诞女弟子称觞

话说明年戊午立春节气，却在今年十二月二十一日。先立春两日，雪霁，天气甚觉暖和。痴珠正与秋痕同立在月亮门外南庑调弄鹦哥，见愉园的人送来荷生一个小柬。痴珠展开，和秋痕看着，上面写的是：

昨有秦中鸿便，题一梅花画册，寄与红卿，得《念奴娇》一阕，录奉词坛正谱。

痴珠笑道："既得陇，又望蜀。"秋痕道："荷生这会还念着红卿，也算难得。"便念着：

"迢递罗浮，有何人重问美人萧索？竹外一枝斜更好，也似倾城衣薄。疏影亭亭，暗香脉脉，愁绪都无着。铜瓶纸帐，几家绣户朱箔？

却忆月落参横，天寒守尔，只有孤山鹤。毕竟罡风严太甚，恐学空花飘泊。"

秋痕眼皮一红，不念了。痴珠接着念道：

"绿叶成阴，骈枝结子，莫负东风约。绮窗消息平安，岁岁如昨。"

秋痕道："荷生的词，缠绵恺恻，一往情深，我每回读着，就要堕泪。你何不和他一阕？"痴珠道："我出语生硬，万分不及他，因此多时不敢作了。"秋痕道："你题花神庙的《台城路》，和那七夕的《百字令》，就与他一样好。"一面说，一面就拿着柬帖词笺，先自进去。

痴珠正待转身，只见小岑、剑秋同来了。痴珠忙行迎入，秋痕也出来相陪。痴珠道："好久不见，怎的今天却这般齐？"小岑道："我两人一早访了荷生，便来找你，打算约着明天去看迎春。"痴珠叹道："文酒风流，事过境迁。下月这时候，你们不都要走么？到彼时，我却有两篇文赠你。"小岑道："这就难得。"剑秋道："痴珠肯为我两人做起文章，这真叫做荣行了。"痴珠道："我是说我的话。”小岑道：“不要骂起来。”剑秋笑道：“他说他的话就够了，那里做那人的序文就骂那人道理？”说得痴珠、小岑都笑了。

秋痕道：“我二十二这一天，也要学着荷生做个团圞会，大家都要到。”小岑道：“自然都到。”剑秋道：“这一天你替你老师做生，还要一天替你师母饯行呢。”秋痕道：“只要师母住得到三十，我三十晚上便替他饯。”大家说说笑笑，就在秋心院用过早饭。

痴珠偶然问起掌珠，剑秋道：“你还不晓得么？夏旒与他来往了半个多月，给不上二十吊钱，还偷了一对金环，两个钢表，现在讨个两湖坐探差事，竟自走了。你想，掌珠这会苦不苦呢？”痴珠听了气愤，说道：“有这下作的东西！”小岑道：“你那里晓得外面的事？这几天又有件笑话，你叫剑秋说给你听。”痴珠便叫剑秋说，剑秋笑道：“你猜是那个？”痴珠道：“我晓得是那个？你说罢。”剑秋道：“你认得原士规么？”痴珠道：“我久闻其名。”剑秋道：“士规参了官，没处消遣，那花选上贾宝书，做人爽直，竟给他骗上了。前个月竟想出主意，借宝书家开起赌场来，四方八面拉着人去赌。不想拉上一个冤家，是大衙门长随，赌输几十吊钱，便偷着上头一付金镯，又来赌输，第二日破了案，府县都碰钉子，这一晚围门一拿，一个都没走脱。士规也挂上链，不敢认是官，坐班房去。只可怜宝书跟着他受这场横祸！倘认真办起来，士规是要问罪，宝书还不晓得怎样下落呢？”痴珠心上难安，说道：“宝书呢，我不曾见面，掌珠和我却有一日盘桓，原想乘个空访他一访，为着夏旒在他家来往，就懒得去了。如今他有这场烦恼，你带我去瞧他一瞧罢。”小岑笑道：“你要充个黄衫客么？”痴珠道：“黄衫客，我自想也还配，只那夏旒，却比不上李益。”剑秋道：“我同你去。”小岑道：“我也去。”

三人一车，向掌珠家赶来。痴珠见掌珠光景委实狼狈，便悄悄给了十两银子，并约他明日来秋心院。掌珠自然十分感激。随后去看丹翚，又去看曼云，也都约着明日的局。痴珠为着秋心院近在咫尺，便将车送小岑、剑秋回去，步行而来。

次日，荷生也来，四人就在秋心院吃了一顿饭，同往东门外看迎春去了。说不尽太守青旗，儿童彩胜，这一日的热闹喧腾。傍晚进城，小岑、剑秋的车湾西回家，荷生、痴珠是向菜市街来。刚打大街转入小胡同，见前头停一辆车，两个垂髫女子，一略少些，伶俏得狠，正在下车。车夫只得停住，荷生坐在车沿，这少的且不下车。将荷生打量一打量，便唤道：“韩老爷！”荷生也觉得这少的面熟得狠，只记不起，便一面跳下车，一面问道：“你怎的认得我？”

此时少的下了车，那一个也要下来，荷生却认得是傅秋香。这少的早向荷生打千，秋香赶着下车，就也向荷生打千，说道：“半年多没见面，老爷通好么？”那班长认得是韩师爷，十分周旋。荷生却一眼只瞅着小的，忽记起来，说道：“你不是天香院秋英么？”那班长接着道：“他是从秦中才来呢。”荷生喜道：“我正要问问秦中大家消息。”便招呼痴珠下车，秋香引入客厅坐下。

秋香、秋英都与痴珠请安，荷生为通姓名，秋香延入卧室。看官听着：秦中自去年回部滋事之后，光景大不如前，天香院姬人都已星散。这秋英是天香院一个侍儿，靠着一老妈，流转到了并州，搭在秋香班里。当下痴珠急着问娟娘，荷生急着问红卿。娟娘是他们班里老前辈，秋英连名姓通不知道。红卿是闭门卧病，幸他妈素有蓄积，尚可过日。

荷生因向秋英叹口气道：“我和红卿到你天香院喝酒时候，你才几岁？”秋英道：“十一岁。”荷生道：“如今呢？”秋香道：“他如今十五岁了。”荷生向痴珠道：“忽忽之间，已是五年。回首旧游。真如一梦！”痴珠道：“我去后，你才到秦中。我和娟娘一别，竟是八年。你和红卿，算来相别也有四年了。”说话间，秋香已端上点心，两人用些。痴珠见秋香、秋英俱婉娈可爱，因也约了明日的局，便上车同到愉园。

是夜，两人集李义山诗，联得古风一首，采秋誊出，念道：

“风光冉冉东西陌（痴），蒲青柳碧春一色（荷）。
邮亭暂欲洒尘襟（痴），谢郎衣袖初翻雪（荷）。
海燕参差沟水流（痴），绣檀回枕玉雕锼（荷）。
旧山万仞青霞外（痴），同向春风各自愁（荷）。
衣带无情有宽窄（痴），唱尽阳关无限叠（荷）。
浮云一片是吾身（痴），冶叶倡条偏相识（荷）。
鸾钗映月寒铮铮（痴），相思迢递隔重城（荷）。
花须柳眼各无赖（痴），湘瑟秦箫自有情（荷）。
回望秦川树如荠，轻衫薄袖当君意（痴）。

当时欢向掌中销，不须看尽鱼龙戏（荷）。

真珠密字芙蓉篇（痴），莫向洪崖又拍肩（荷）。

此情可待成追忆（痴），锦瑟无端五十弦（荷）。”

念毕，笑道：“竟是一篇好七古。”痴珠见天已不早，就向秋心院去了。

次日靠晚，秋痕邀了痴珠，同到愉园。春镜楼早是绛烛高烧，红氍匝地。采秋一身艳妆，红豆、香雪也打扮得袅袅婷婷。秋痕点对蜡，向上磕三个头，采秋赶着还礼。荷生早拉着痴珠向水榭瞧梅花去。这夜四人喝酒行令，无庸赘述。

次日，荷生、采秋怕秋痕又来拜寿，转一早领着红豆，先到秋心院。此时痴珠才起身下床，尚未洗漱。秋痕为着要先往愉园拜寿，起得早些，也还妆掠才完，迎出笑道：“这挡驾的法儿却也新鲜。”便让荷生西屋坐下，自和采秋、红豆进南屋去了。不一会，跛脚领着掌珠进来，接着秋香、秋英也来了。停了一停，小岑、剑秋同到，说丹翚、曼云受了风寒。痴珠道：“事不凑巧，秋痕今天还备有两席呢。”荷生道：“就是通来，不过十一人，何必如此费事。”

当下秋痕早调遣着跛脚和小丫鬟，在南屋里排下两席面菜早酒，大家都不大喝，就散了。秋痕领掌珠等，替荷生祝起寿来。今日这一会，大家都有点心绪，所以顶闹热局，转觉十分冷淡，也有在月亮门外，倚着梧桐树喁喁私语的，也有借着调鹦哥，看梅花消遣的。

到了三下钟摆席，先前是两席，荷生不依，痴珠教秋痕将两席合拢。左边荷生独坐，右边小岑、剑秋；上首采秋居中，左掌珠，右秋香；下首痴珠居中，左秋英，右秋痕。红豆小丫鬟轮流斟酒。上了四五样菜，窗外微风一阵阵送来梅花的香。痴珠见大家都没话说，便要行令。小岑道：“采秋的令繁难得狠，令人索尽枯肠。”因向掌珠道：“今日你说个飞觞，要雅俗共赏的才好。”掌珠沉吟半晌，说道：“今日本地风光，是个寿字。”秋痕道：“昨晚行的百寿图，俗气得狠，今日还讲这个？”痴珠道：“今日不说真的寿字，就不俗了。”剑秋道：“说个美人名。”荷生道：“美人名能有几个？”采秋道：“寿阳公主。”痴珠道：“孙寿。”荷生道：“还有没有？”小岑道：“有，有。花选上有个楚玉寿，不是美人么？”说得众人通笑了。剑秋因向掌珠道：“玉寿我听说死了，真不真？”掌珠道：“他前月就死了。”秋痕道：“今天有人家不准说这个字，你和宝怜妹妹说了，各罚一杯酒。”剑秋道：“着，着！我该罚。”便喝了一杯。秋痕道：“宝妹妹也喝罢。”掌珠道：“我是跟他说下。”剑秋道：“是我累你，我替你喝。”

痴珠道：“我的意思，说个寿字州县的名何如？”大家想一想，通依了。痴珠道：“我起令。”便喝了一杯酒，说道：“福建福宁府寿宁县。玉桂喝酒。”秋香喝了酒，想了半晌，飞出一个“寿”字，说道：“荷生喝酒。陕西同州府永寿。”荷生喝了酒，说道：“山西太原府寿阳。”数是剑秋。剑秋喝了酒，说道：“四川资州仁寿。”数是掌珠。掌珠喝了酒，也想一会，说道：“秋痕姊姊喝酒。山东兖州府寿张。”秋痕且不喝酒，将指头算一算，把酒喝干，说道：“浙江严州府寿昌。该是采秋。”采秋喝了酒，说道：“直隶正定府灵寿。该是秋英。”秋英喝酒，想一想，说道：“江南凤阳府寿州。”小岑道：“轮了一遍，也没有个重说的，我喝罢。”喝了酒，说道：“山东青州府寿光。还给荷生喝了寿酒，收令罢。”荷生也自喜欢，红豆换上热酒，喝了。

时已黄昏，室中点上两对纱灯。秋痕上了大菜，出位敬荷生三杯酒，就要来敬采秋，采秋再三央告，秋痕只得来敬小岑、剑秋，二人各饮一杯，逐位招呼下来。秋香、秋英便送上歌扇，剑秋道：“今天立春第二日，教他们只拣春字多的，每人唱一支，我们喝酒。他们有几多春字，我们喝几多酒，不好么？”荷生道：“好极！”回头瞧着红豆道：“你数罢。”此时傅家、冷家班长，都拿着鼓板三弦笛子，在院里伺候。秋香移步窗下，说声“《一剪梅》”，外面答应。笛声徐起，弦语微扬，鼓板一敲，只听秋香唱道：“雾霭茏葱贴绛纱，花影窗纱，日影窗纱。迎门喜气是谁家？春老侬家，春瘦儿家。”大家喝声“好！”红豆道：“两杯。”丁是斟了酒。

痴珠向秋痕道：“这一支是那一部的词？”秋香道：“《紫钗记·议婚》。”只听秋英唱道：“香梦回，才褪红鸳被。重点檀唇胭脂腻，匆匆挽个抛家髻。这春愁怎替？那新词且记。”大家也喝声“好”！红豆道：“一杯。”荷生道：“曲唱得好，只是春字太少，我们没得酒吃。”红豆笑道：“大家要多喝酒，我唱吧。”

痴珠欢喜，便唤跛脚端把椅来，教红豆坐下。红豆背着脸，唱道：“他平白地为春伤，平白地为春伤。因春去的忙，后花园要把春愁漾。”痴珠喝声“好！”剑秋道：“要喝四杯呢。”红豆起身斟酒，掌珠道：“我唱下一支罢。”唱道："论娘行出，人人观望，步起须屏障。但如常，著甚春伤，要甚春游，你放春归，怎把心儿放？"荷生道："好，好！喝七杯。"采秋道："如今够你喝了。"于是大家通喝七杯。

秋痕让点菜，痴珠道："我在留子善家过冬，行的令是击鼓传花，也还闹热。如今要采秋想个雅的，随人爱说者说，不说者讲个词曲梅字罢。"小岑道："我尽怕采秋的令，你们偏要他来闹。"痴珠向采秋道："你尽管说。"采秋笑道："你不怕繁难，我说两个令，你们商量那个罢。一是一字分两字，三字合一韵；一是二物并称，一奇一偶。"荷生道："前一令还多些，后一令只有数件，留着想想，也觉有趣。痴珠，你吩咐他起鼓罢。"

秋痕早叫跛脚采枝梅花，递给痴珠，吩咐院子里起鼓。痴珠便将梅花给了荷生，教从他轮起。剑秋道："我们讲了采秋的令，也还说句词曲才有趣。只不要限定梅花。"大家也依。这回是教坊们打的鼓，轻重迟速，有音有节，席上轮有三遍，花到秋英，鼓却住了。秋英喝了酒，说道："雪意冲寒，开了白玉梅。"第二次从秋英起，轮到荷生，恰恰七遍，鼓声住了。荷生喝了酒，说道："我讲个一字分两字，三字合一韵罢。一东的'虹'字。"大家想一想道："好！"合席各贺一杯。荷生说句词曲，是"伯劳东去燕西飞"。

第三次的花，轮到剑秋，鼓声停住。剑秋喝了酒，道："我说个'寿考维祺'的'祺'字。"痴珠道："善颂善祷，大家贺一杯，荷生、采秋皆喝双杯。"荷生道："喝一钟就是了，何必双杯。"剑秋说的词曲是"进美酒全家天禄"。第四次轮到秋香，鼓声停住。秋香喝了酒，说道："则分的粉骷髅，向梅花古洞。"痴珠因吟道："天下甲马未尽销，岂免沟壑长漂漂。"秋痕瞧着秋香一眼。采秋只唤起鼓。

这是第五次，轮到秋痕。秋痕喝了酒，道："我说个'尺蠖之屈，以求伸也''伸'字。"大家也赞好，各贺一杯。秋痕道："我词曲是句'拿住情根死不松'。"剑秋道："你不准人说这个字，怎的自说？该罚三杯。"秋痕没得说。痴珠替他讲情，罚了一钟。秋痕道："我还说个本分的令，是：单只待望着梅花把渴消。"剑秋笑向秋痕道："你还渴么？"秋痕道："你又胡说！"

第六次又轮到荷生。荷生喝了酒，说道："我如今讲个一物并称，一奇一偶罢：冠履。"小岑道："妙！"大家也贺了一杯。荷生说句词曲，是："去马惊香，征轮绕月。”第七次轮到采秋。采秋道：“前一令我是‘袆衣’‘袆’字，后一令我说个‘钗环’。”大家俱拍案叫妙，各贺一杯。痴珠道；“还有词曲怎不说?”采秋瞧着荷生道：“顺时自保千金体。”言下惨然。荷生更觉难受。大家急将别话岔开了。第八次轮到小岑。小岑喝了酒道：“我说个‘琴德倍情’的‘情’字，何如?”荷生道：“好得狠!”大家也贺一杯。说个词曲，是“北里重消一枕魂”。第九次又轮到秋痕。秋痕喝了酒，说道：“我再说个‘焉得谖草’的‘谖’字，说句词曲是‘情一点灯头结’。本分的令是：“‘陷不是梅卿柳卿。”大家都说好，各贺一杯。第十次轮到掌珠，喝酒说道：“等得俺梅子酸心柳皱眉。”剑秋瞧着掌珠，笑道：“你还等夏旒么?”掌珠两颊飞红，急得要哭。痴珠向剑秋道：“你何苦提起这种人!”掌珠早借着吃水烟，拭了眼泪，才行归坐。

不想十一次又轮到掌珠，只得又喝了酒，说道：“我说个‘螭’字。”剑秋赶着喝：“好!”大家也齐声赞好，满满的各喝一杯。掌珠瞧着秋痕道：“我说句词曲，是‘漏尽钟鸣无人救’。”秋痕接着道：“愿在火坑中身早抽。”就叹了一口气。荷生道：“讲酒令怎的都讲起心事来？起鼓，给痴珠说了，收令罢。”

这是十二次，又轮到秋香。秋香喝了酒，说道：“只怕俏东君，春心偏向小梅梢。”十三次又轮到秋英。秋英喝了酒，说道：“梦孤清梅花影，熟梅时节。”十四次又轮到秋痕。秋痕喝酒，说个“杯箸”。荷生道：“灵便得狠!”大家各贺一杯。秋痕又说个词曲，是：“说到此悔不来，惟天表证。”说个梅是：“便揉碎梅花。”剑秋笑道：“往下念罢。”秋痕道：“剑秋，你今天怎的尽糟蹋人!我改一句念给你听：‘则道墓门梅，立着个没字碑。’”荷生哈哈大笑。小岑道：“他得罪你，你骂他没字碑，怎的把我唤做墓门梅?”剑秋笑道：“他近来肚里沾了痴珠点儿墨汁，凭什么人都说是没字哩!”痴珠道：“算了，不说顽话，我还没轮到呢。”秋痕吩咐起鼓。

这是十五次，轮有三匝，花到痴珠，鼓声停住了。荷生道：“你快说，天已不早，好收令罢。”痴珠喝了酒，说个“蝀”字，又说个“领袖”，说句词曲是“温柔乡容易沧桑”。荷生道：“好!‘虹’字起，‘蝀’字结。‘领袖’二字，近在目前，却没人想得到。我们贺他一杯酒，散了罢。”秋痕催上稀饭，大家用些。

小岑、剑秋急去看病，便先走了。掌珠、秋香、秋英，荷生、痴珠每人各赏了十两银，也去了。荷生见秋痕笔砚放在北屋方案，就检张纸写一首诗，向痴珠道："赋此志谢。"痴珠念道：

"香温酒熟峭寒天，画烛双烧照绮筵。
檀板有情劳翠袖，萍根无定感华年。
边城笳鼓催残腊，文字知交信夙缘。
却念故山归未得，一回屈指一凄然！"

念毕，也检一笺，和道：

"第一番风料峭天，辛盘介寿合开筵。
酒筹缓缓消残夜，春日迟迟比大年。
知己文章关性命，当前花月证因缘。
新巢满志栖双燕，我为低徊亦畅然。"

荷生、采秋齐声赞好，喝了茶，然后同回愉园。正是：

胜会既不常，佳人更难得。
搔首忆旧游，残灯黯无色。

欲知后事如何，且听下回分解。

第三十一回　离恨羁愁诗成本事　闲情逸趣帖作宜春

话说痴珠二十三靠晚，偕秋痕到愉园送行。见骊驹在门，荷生、采秋依依惜别，两人怆然，不能久坐，便自告归。

是夕人家祀灶，远近爆竹之声，断续不已。痴珠倚枕思家，凭秋痕怎样呼觞劝釂，终是闷闷不乐。秋痕因说道："你前说要作《鸦片叹》乐府，我昨日替你作篇《序》，你瞧用得用不得？"说着，便向案上检出一纸，递给痴珠。痴珠接着，念道：

"闻诸父老：二十年前，人说鸦片，即哗然诧异。迩来食者渐多，自南而北，凡有井水之处，求之即得。败俗倾家，丧身罹法，其弊至于不忍言。而昏昏者习以为常，可为悼叹！尤异者，香闺少妇，绣阁雏姬，或亦间染此习。至青楼中人，则什有八九。遂令粉黛半作骷髅，香花别成臭味。觉岸回头，悬崖勒马，非具夙根，持以定力，不能跳出此魔障也。孽海茫茫，安得十万恒河沙，为若辈湔肠涤胃耶？作《鸦片叹》。"

念毕，说道："狠讲得痛切，笔墨亦简净，你何不就作一篇乐府，等我替你改？我是不止说这个，还有几多时事，通要编成乐府哩。头一题是《黄雾漫》，第二题是《官兵来》，第三题是《胥吏尊》，第四题是《钞币弊》，第五题是《铜钱荒》，第六题是《羊头烂》，第七题是《鸦片叹》，第八题是《卖女哀》。"

秋痕斟一杯酒，喝一半，留一半，递给痴珠道："乐府我没有做过。"痴珠喝了酒，说道："你没有做过乐府，那白香山《新乐府》三十章，你不读过么？香山的诗，老妪能解，所以别的诗不好，乐府最妙。学他那样做去，便是正体。"秋痕又斟一杯酒，给痴珠喝一半，将剩的自己喝了，说道："这个你也和我讲过，只我总不敢轻易下笔。你随便起两句，我接下去学学，好么？"痴珠道："我念你写。"便随口念道："外洋瘠中土，制作鸦片烟。"秋痕端过笔砚，写着。痴珠道："你五字的做两句罢。"秋痕故意想了又想，说个不大条畅的句，惹着痴珠笑了。又分喝了几杯酒，让痴珠几箸菜，才说道："我做一联对偶，你看好不好？"就写起来。痴珠瞧是"媚骨胜鸾胶，流毒如蛇涎"，说道："这就好，音节也谐。"秋痕擎着酒杯，笑道："我又不晓得怎样接了，你提一句罢。"痴珠便道："如今要转仄韵才好呢。"念道："愚夫不解身中毒，"秋痕写着，笑道："我接句'夜夜吹箫品玉竹'。"痴珠笑道："你说个品箫还好。"秋痕道："我想那神情就像。"痴珠道："这不是给人笑话？"秋痕道："我和你讲，怕你笑话么？其实我是这一句，你瞧罢。"痴珠瞧着，是"短榻烧灯枪裂竹"，便笑说道："好好的句，却故意要那般说。以下你自己做去，我替你改。"

秋痕剪着烛花，笑说道："我不，我要和你联下去。"痴珠道："我酒也不喝，诗也不能做，躺一会罢。"秋痕不依，痴珠只得又念道："生涯万事付一枪，"秋痕写着，接道："万事如烟过瘾忙。朝过瘾，暮过瘾，……"痴珠早向床上躺下。秋痕便站起来，跟到床前，伏在痴珠身上，说道："怎的？"痴珠道："你要替我解闷，却叫我做诗，不更添闷么？你好好的替我唱那《紫钗记·闺谑》给我听，我便不闷了。"秋痕笑道："你又来歪缠人家。我和你说，今天是霞飞鸟道，月满鸿沟，行不得也哥哥！"

痴珠将手揽住秋痕道："我不信。"秋痕笑把指头向痴珠脸上一抹，道："羞不羞？你通不记今天是祭灶日子么？"痴珠黯然道："我在客边，我没灶祭。"秋痕笑道："我没爹没妈，那里还有个灶？"痴珠道："我有妈也似没妈，有灶也似没灶！"因吟道：

"永痛长病母，五年转沟壑；

生我不得力，终身两酸嘶。"

一面吟，一面伤心起来。秋痕惨然，将痴珠的手掌着自己的嘴，道："这是我不好，惹你伤心。我还唱那两枝《玉交枝》罢。"痴珠泪眼盈盈道："我这会曲也不能听了。"接着高吟道：

"当歌欲一放，泪下恐莫收；

浊醪有妙理，庶用慰沉浮！"

便说道："我还喝酒罢。"

于是秋痕斟了热酒，送给痴珠。痴珠又高吟道：

“少年努力纵谈笑，看我形容已枯槁。

喜君颇尽新礼乐，万事终伤不自保！”

就将酒喝干。秋痕珠泪双垂道：“这样伤心，何苦呢？龙蛰三冬，鹤心万里，愿君善保千金躯哩！”痴珠微笑一笑，说道：“唤他们收拾睡罢。”晚夕无话。

次日，下了一天雪，痴珠并没出门。第三日清早，外面传进一柬，说是韩师爷差人送来的。痴珠拆开，见是一张小笺，上写的是：

“采秋归矣！孤灯独剪，药裹自拈，居者之景难堪；冲寒冒雪，单车独往，行者之情尤可念也。叠《梅花》诗原韵，得春镜楼本事诗八首，录请吟坛评阅。知大才如海，必更有以和我。痴珠吾师。荷生白。”

秋痕笑道：“诗债又来了。”痴珠念道：

“断红双脸晕朝霞，乍入天台客兴赊。

青鸟偶传书郑重，朱楼遥指路欹斜。

可能偎倚销愁思，便为飘零惜岁华。

自笑无缘赏桃李，独寻幽径访秋花。

似曾相见在前生，玉样温柔水样清；

月下并肩疑是梦，镜中窥面两含情。

随风柳絮迷香国，初日莲花配艳名；

最是四弦听不得，尊前偏作断肠声！”

叹道：“卅六鸳鸯同命鸟，一双蝴蝶可怜虫！”又念道：

“同巢香梦悔迟迟，惆怅情怀只自知。

卿许东风为管领，侬家南国惯相思。

针能寄恨丝千缕，格仿簪花笔一枝。

莫把妆梳比浓淡，芦帘纸阁也应宜。

如墨同云幂远村，朔风吹泪对离樽。

雪飞驿路留鸿爪，柳带春愁到雁门。

姑射露光凝鬓色，阏氏山月想眉痕。

多情不为蚕丝茧，但解怜才合感恩。”

瞧着秋痕道：“春蚕作茧将丝缚，我四个人，竟是一块印板文字！说来觉得可喜，也觉得可怜。”又念道：

“箜篌朱字有前缘，小别匆匆竟隔年。
束指玉环应有约，凌波罗袜总疑仙。
凄其风雪真无赖，况瘁轮蹄剧可怜！
毕竟天涯同咫尺，一枝春信为君传。

小院红阑记旧踪，便如蓬岛隔千重。
云移宝扇风前立，珠缀华灯月下逢。
碧玉年光悲逝水，洛妃颜色比春松。”

秋痕道：“这‘松’字押得恰好！”痴珠点头，又念道：

“久拚结习销除尽，袖底脂痕染又浓。

孤衾且自耐更残，锦瑟弦新待对弹。
尘海知音今日少，情场艳福古来难。
谁怜绝塞青衫薄？却念深闺翠袖寒。
愿祝人间欢喜事，团圞镜影好同看。

桃花万树柳千枝，春到何曾造物私。
恰恰新声莺对语，翩翩芳讯蝶先知。
团香制字都成锦，列炬催妆好赋诗。
絮果兰因齐悟澈，绿阴结子在斯时。”

念毕，又叹道：“天涯多少如花女，头白溪头尚浣纱！采秋就算福慧双修了！”因提笔批道：

“茧丝自理，泪烛双垂；惜别怀人，情真语挚。然荼熟头纲，花开指顾，来岁月圆之夜，即高楼镜合之时。从此绿鬟视草，红袖添香；眷属疑仙，文章华国。是乡极乐，今生合老温柔；相得甚欢，我辈皆输艳福。何必紫螺之肠九回，红蛛之丝百结也？痴珠谨识。”

批毕，随手作一覆函，交来人去了。跛脚端上饭，两人用过。

正苦岑寂，恰好秃头送来县前街十数幅春联，痴珠因唤秃头照样买了好几张朱红笺纸，就在东屋大大小小裁起来。秋痕一边磨墨，痴珠一边写。一会，将县前街的春联写完了，就写着秋华堂大门的联句，是：

别梦梅花萦故国，迎年爆竹动边城。

秋华堂一付长联是：

七十二候，陆剑南酿酒盈瓶。

三百六旬，贾浪仙祭诗成轴。

西院门联是：

自作宜春之帖，请回赶热之车。

西院客厅楹联是：

结念茫茫，未免青春负我。

为此寂寂，徒令白日笑人。

西院书室的联是：

思亲旦暮如年永，作客光阴似指弹。

卧室的联是：

岁聿云暮，夜如何其。

厨房的联是：

为此春酒，祭及先炊。

秋华堂月亮门的联是：

坡翁守岁，唐祀迎宵。

秋痕道："你如今替我也写了罢，却都要这样不俗的才好。"痴珠笑道："我写的就怎样俗，也比你那门首的什么'燕语'、'莺声'强。"秋痕道："那是他们闹的。"痴珠笑道："你就凭他们闹去罢，何苦教我写？"秋痕道："你不住在这里，我也不管。如今倘是不好，人家却笑着你。"痴珠笑道："你替我装袋水烟，做个笔资罢。"就取一幅长笺，作个八字的联云：

领袖群仙，名题蕊榜。

山河生色，颂献椒花。

秋痕道："不好。出句是个实事，对句我不配。要让采秋，他有篇《大阅赋》，才替山河生色哩！"痴珠道："我要这般持论，就这样写出来。所谓扬之可使上天，抑之可使入地，何必是实，也何必不是实？难道将此十六字榜着你的大门，就有人家出来说话么？”秋痕道：“人家那里来管许多闲事？只是我自己问心有愧，便觉得不好。”

秋痕取过一对纸。痴珠道：“这一付给你正屋粘上罢。”秋痕见写的是：“富可求乎？无我相；人尽夫也，奈若何！”秋痕道：“你怎的写出这些话来？就是骂那老东西，也怕他们懂得。”痴珠笑道：“你要不俗，又句句要我说实事，我如今扫尽春联习气，实实在在说出十四字来，你又怕了。我将对句四字改个‘母也天只’何如？”秋痕道：“也不好，你这一付，只胡弄局，备个成数罢。”痴珠只得换一付，写道：“消来风月呼如愿，卖尽痴呆换一年。”秋痕道：“似此便好。我房门的联，你先写罢。”痴珠道：“你房门我只八个字：‘有如皎日，共抱冬心。”秋痕道：“好极！写罢。”

痴珠写毕，说道：“西屋是这两句：‘绣成古佛春长在，嫁得诗人福不悭。’”秋痕道：“也好。月亮门呢？”痴珠道：“要冠冕些，是八个字：‘浴寒枸杞，迎岁梅花。’这里是你梳妆地方，我有了这两句：‘春风双影圆窥镜，良夜三生澈听钟。’”秋痕喜欢，一一看痴珠写了，说遭：“厨房还要一付哩。”痴珠道：“也有。”便检纸写道：

司命有灵，犬声不作。

长春无恙，鸡骨频敲。

秋痕笑道：“关合得妙！必须如此，他们才不晓得。”

当下雪霁，痴珠吩咐套车，到了县前街，然后回寓，复由寓到了大营，拉荷生同到秋心院。秋痕早把春帖子换得里外耳目一新。荷生一一瞧过，微微而笑。秋痕将那付“富可求乎”一联，告诉荷生。荷生说道：“尖薄，何苦呢？”痴珠便留荷生小饮，至二更多天，始叫车送回大营。短景催年，转瞬就是除夕了。正是：

热梦茫茫，年华草草。

独客无聊，文章自好。

欲知后事，且听下回分解。

第三十二回　秋心院噩梦警新年　搴云楼华灯猜雅谜

话说西北搬马解女人，尽有佳的，腊底太原城里来了姑嫂两人，都有姿色。嫂名胭脂，男人给贼杀了。姑名柳青，年才十七岁。到了太原，有个将门少年，系武进士出身的官看上了，聘以千金。

柳青对着大家，向少年说道："我自有夫，只你老爷是此地一个英雄，我也愿依你终身。成婚这夕，我要老干十斤，燉猪蹄二只，饽饽五十个，我醉饱了，凭老爷成亲罢。譬如老爷自己不能如愿，便当给我再找男人，这聘金却不归赵哩。"大家都说道："你怎的讲出这些话来？"柳青道："话须预先说明，免得后来淘气。我们走江湖的人，再不受人委曲，也不委曲人呢。"那少年虽觉得柳青说话跷蹊，却自信拿得稳的，便答应了。柳青便请署券交金，给他嫂嫂收了。

日未晡，就欣然艳妆而往。少年迎入，婢仆环观，柳青饮啖自若。约莫定更，自起卸妆，挥老嬷丫鬟出去，嫣然向少年说道："吾醉矣！"登床尽褫亵衣，付少年道："凭你闹罢！"不想柳青坦然裸卧，这少年用尽气力，竟然终夕不能探他妙处。无何天亮，柳青跃起，少年遁去。以此柳青名色，哄动一时。

却为年残，紫沧已归。小岑娶了丹翚，剑秋娶了曼云，赶着正月内都要进京。荷生筹拨各道军饷，检点年终汇奏事件，更忙得发昏。痴珠虽是闲人，缘无伴侣，就也懒懒的。这日除夕，便在秋心院和秋痕围炉守岁。秋痕只怕痴珠忆家，百般的耍笑。到五更天，两人和衣躺下。痴珠不曾合眼，秋痕竟沉沉睡去。痴珠怕他着凉，将两边锦帐卸下，悄悄假寐。不一会，天发亮了，万家爆竹，声声打入心坎里。正在难受，秋痕突然坐起，瞧一瞧，抱着痴珠呜呜咽咽痛哭起来。

此时外面正在敬神，十分热闹，房中只他两人。急得痴珠抱在怀里，再三诘问，秋痕一言不发，只哀哀的哭。约有半个时辰，才说一句，是："我和你怕要拆散了！”说着又哭。痴珠顿觉惨然，说道：“这话从何处说起，却这样的伤心？”秋痕呜咽说道：“我做一个大不好的梦，即刻想要生离！”就抱住痴珠的头，哭得灯光无焰，炉火不温。痴珠委实诧异，说道：“大初一，你这般哭，实在不好。”秋痕方才住了哭。

一会，跛脚进来，秋痕哭声已住，就也不觉。剔着灯亮，拨着炉火，见两人静悄悄的，只道是睡，再不想是哭。转怕惊醒，蹑手蹑脚的走了。这里痴珠问起梦境，秋痕又淌下泪，说道：“我梦和你一块儿走，也不晓是要到那里。忽然见个大山，四面都是峭壁，并无磴路。回头一望，有无数的狼，远远的赶来。我和你前后左右都无去路，抱着大哭。你说道：‘哭也无益，我们舍命爬上山罢。’你爬上一层，拖着我，还没上去，两人都滚下来。那一起的狼就近在咫尺，我只怕咬着你，将身遮住你，你还拉我上山。一个狼扑上身来，我也不怕。正和狼死命的挣，忽见那峭壁洞开，两个女人拥个老人，将你抓了进去。峭壁复合，犹隐隐的听见你在峭壁里喊着我的名字。我心里一痛，就和狼一起倒地。醒了见了你，怎的不伤心？以后越想越不好，怎的不哭？咳！以前你说个无缘，我还不信，如今看来……”说到这一句，又哭起来。痴珠听了，也自可伤。

这会丽日上窗，见秋痕面黄于蜡，目肿如桃，没命的抽烟，只得说道：“幻梦有何足凭？但这屋你说有鬼，我明日带你西院住去罢。”停了一停，秃头、穆升带着车，拿着衣帽，都来伺候，痴珠就出门去了。

初二日，李夫人便招痴珠、秋痕，就秋华堂院子看搬马解。只见那姑嫂两人，短服劲装，首缠青帕，带两匹马，跟一个老头子来了。柳青穿件窄袖红缎绣袄，约以锦绦，足缠绿縢，倒插青绉印花裙幅。胭脂穿件白绫绣袄，约以青绦，足缠绿縢，倒插红绉印花裙幅。两人双翘皆不及寸许，伶俏之至。各走了一回绳，舞了一回刀枪，耍了一回流光锤，就搬起马来。

先前柳青是站个白马，胭脂是站个黑马，各跷一脚，分东西缓走两回，便一面跑，一面舞，一面唱，已令人耳驰目骇。末后东西飞跑间，两人就在马上互换了马，如风如电，如抛彩，如散花，如舞蝶翩跹，如游鱼出没，更令人神骋心惊。正在痴看，不道两人早已下马，站在台阶讨赏。李夫人喜欢，各赏了一锭银。痴珠就也陪赏。奈这两人见痴珠发下赏来，却走向前，笑道：“你不是韦痴珠老爷么？我两人却不要你赏银，只要你赠我们一首诗。”痴珠哈哈大笑道："这怪不怪，你怎晓得我会做诗哩？"李夫人也笑道："总是先生诗名传播得远，他们也自闻风倾慕。

痴珠于是招入西院，取出秋痕画过的摺扇，信笔挥来。李夫人倚在案头，见歪歪斜斜写道：

凤阳女子有柳青，柳青选婿轻沙陀。

盘雕结队蠕蠕主，驰马快过月氏驼。

我为荦荦跃而起，春风陡触雄心多。

可能从我建旗鼓，雕鞍飞鞚双蛮靴。

旄头指顾忽坠地，嫣然一笑舒流波。

人生得此聊快意，呜呼吾意其蹉跎！

再将那一把扇，写道：

胭脂索我歌，我歌唤奈何！君不见药师马，红拂驮，蕲王鼓，红玉挝？龙虎风云有成例，郁郁居此负名花。吁嗟乎！儿女恨填海，英雄呼渡河。会当努力中原事，勿使青春白日空销磨！

痴珠写完，掷笔而起。李夫人笑道："先生这两首诗，好激昂慷慨哩！"痴珠微笑。柳青、胭脂谢了又谢。秋痕将扇两边都盖了图章，两人喜跃而去。痴珠留李夫人吃饭，定更后带阿宝大家走了。

秋痕便住在西院，自此就不回去。牛氏只教小丫鬟玉环跟定身边。在痴珠免了往来，在牛氏省了供给，这都是两边情愿之事。只秋痕为着初一早的梦，触起痴珠华严庵的签，总是闷闷不乐，因向痴珠问起草凉驿梦里碑记来。痴珠从书簏中检来检去，总寻不出，就也撂开。

十四这一天，李夫人接秋痕逛灯去了。痴珠一人正在无聊，恰好小岑、剑秋趁着灯月，步行而来，拉着痴珠走了。不多时，到了南司街，便人山人海拥挤起来，还夹着些车马在里头。三人走路，就不能齐集，痴珠招呼两人道："这些灯也没有什么好瞧，路又难走，我们到柳巷找荷生罢，还听得有好灯谜。"剑秋道："甚好，花神庙也有灯看。"便转入小巷，慢慢的走。

一路闲谈，小岑道："荷生这几天高兴得狠。"痴珠道："采秋是腊月廿六抵家，他从初五起，天天在新屋里催督工程，要赶二十内收整停妥哩。"剑秋道："他怎的还有工夫制起灯谜？"小岑道："荷生住了搴云楼，适值花神庙今年是个大会，借园里轩轩草堂结个灯棚，热闹得狠。他一人夜里无可消遣，就想出这个顽意来。”一边说话，一边听得花炮的声，锣鼓的声，喧哗的声，远远早望见园门口灯光辉煌，车马阗咽。

三人挤进花神庙，瞧了一遍，说不尽银花火树，华丽纷纭，又间着丝竹之声。小岑引路，由殿后小门穿过竹径，望轩轩草堂来。遥望里边亭榭，有挂玻璃灯的，有挂画纱灯的，草堂门外搭着灯楼，门内却有木栅拦住。遥望内里排着灯屏古玩，密密层层，火光闪灼。木栅前鼓乐喧天，人声震地。幸喜地方宽阔，不然也一步不可行了。

三人转到堂后，还有好些人在山上池边放泥筒，放花炮，流星赶月，九龙戏珠。只见草堂角门空地里，放着二三顶蓝呢的四轿，两顶蓝呢小轿，架着七八对灯笼，都是武营官衔。槐树下系有几匹马，三四个的轿夫，在月下烧着枯叶和花炮的纸烘手。剑秋笑向痴珠道：“这是你东家在里头作乐哩。”正说着，听得门声一响，一叠连声的传呼伺候。三人只道是官员出来，各自站开。痴珠更站得远些，暗暗的瞧。

停了一停，火炬百道，手照两行，引出人来，却是华妆艳服一群少妇，后面跟着几多丫鬟仆妇，都站在门口等轿。灯火之中，只觉得粉光脂艳，令人眼花撩乱，也不辨得谁好看谁不好看。痴珠远远的瞧，好像秋痕在内，便走近一步，留神凝视。只见李夫人侧着脸和一位太太说话，秋痕手牵着李家一个大丫鬟站在背后。小岑、剑秋也已瞧见，向痴珠道：“那不是秋痕么？”痴珠点头。剑秋低声道：“那一位是谡如太太？”痴珠也低声说道：“站在秋痕前头。”早是李夫人上了轿走了。接着，又是一乘四轿上来，听得那位太太吩咐道：“先把刘姑娘小轿打过来。”便有几个丫鬟仆妇家人，接叠传话。一会轿到，便有丫鬟老妈扶掖秋痕上轿。痴珠认得是李家的人。那位太太又看着几个少妇上轿，就也上轿去了。小岑道：“梦想不到这地方会碰着秋痕。”

三人说说笑笑，沿着路走向搴云楼。只见三三两两的人从里面出来。一队像是外省的人，就中有一个说道：“这个谜好难猜。”一个接着道：“谜语自好，只挂在太原城里，怕一年到头也没人猜得着。”剑秋道：“什么谜，就把我太原一城的人都考倒了？”进得大门，屋内八扇油绿洒金屏门，门上一盏扁的白纱灯，上贴着许多字条，下围着一簇约有十来人。

只见索安跑过来，招呼大家进去。痴珠道："我们看了灯谜，再进去不迟。"剑秋道："你老爷做什么呢?"索安道："老爷因大人有话说，上灯以后回营去了。"小岑道："他不在家更好，我们慢慢的猜谜。"三人短的不瞧，只瞧着上面长条的，是书一封，小岑念道：

"忆自卿赴雁门（唐人诗题一），时正河冰山冻（药名一）。两行别泪，尽在尊前（花名一）；半夜痴魂，愿随君去（《诗经》一句）。比代飞之燕雁（书名一），感分逝之轮蹄（《西厢》二句）。竟使目断长途（《四书》一句），深恨行止不能自主（花名一）。昨于新正一日，始得一传消息（花名一）。喜迓韶光，与年俱至（花名一）。芬含豆蔻，偕锦字以同来（药名一）；瘦比梅花，与暗香而并咏（曲牌一）。仆貌憔傅粉，剩有青丝（药名一）；曲谱求凰，好调绿绮（地名一）。定于仲春上浣，谨择良辰（《诗经》一句），油壁先迎（药名一），坚如前约（药名一）。想此半幅残笺（药名一），卿见之必破涕为笑也（美人名一）。"

剑秋笑道："他竟把给采秋的信做了灯谜，我们猜看。"痴珠道："第一句，想是《北征》。"剑秋道："比代飞之燕雁，打一书名，不是《春秋》么?"痴珠道："我想《西厢》二句，是'车儿投东，马儿向西'；《四书》一句，是'望道而未之见'。"小岑道："不错。第二句药名，似是香附。"痴珠道："香附真打得好。那'貌憔傅粉'二句，打一药名，自然是何首乌。"小岑道："是。打得好！但可惜荷生姓韩，要是姓何，那更切当了。"痴珠道："'定于仲春'二句，打《诗经》一句，不用说是'二月初吉'了。'油壁先迎'，打一药名，不是车前么?'坚如前约'，是什么药呢?"小岑道："信石。"剑秋道："这里人多，我们进去猜罢。"痴珠道："慢一步，我再看这首《浪淘沙》的词。"因念道：

"客路去漫漫（曲牌一），念女无端（唐诗一句）。长宵独耐五更寒（《诗经》一句）。对镜自惊非昔日（唐诗二句），减却朱颜（美人名一）。春信到重关（花名一），绿上眉山（药名一）。情天有约定团圞（《红楼梦》中一物）。碧落黄泉还觅去（《易经》二句），何况人间（《庄子》一句）。"

念毕，三人步入院子。见寨云楼第一层檐下，四面点着一色的二十多盏瓜瓣琉璃灯，照得面面玻璃光如白昼。便有家人延入一方室中坐下，递上茶点。

三人随意喝茶用点，先将那一首词也逐句猜来。剑秋道：“‘客路去漫漫’，打一曲牌，自然是《望远行》。”痴珠道：“《诗经》一句，是‘冬之夜’不用说了，《易经》二句，是那两句哩？”小岑道：“上不在天，下不在田。”痴珠道：“这却似是而非。”剑秋道：“‘情天有约定团圞’，打《红楼梦》中一物，有趣得狠，是个什么？”痴珠道：“风月宝鉴。”小岑道：“妙！他会做，也难为你会想。”于是三人将二句唐诗、一句《庄子》、一个花名、一个药名、一个美人名，都想有了；又将那封书上想不出的，也慢慢想有了。

剑秋唤索安问道：“你爷留有谜底没有？”索安道：“一句两句的，老爷都留有底，给小的答应人家。那两纸长条，爷说总没人都打得准，万一有人通猜着了，请他明日来。”痴珠怕秋痕回寓无人作伴，急着要走，便说道：“既是没有谜底，我们走罢，迟日面说。”于是大家步出园来。见灯火零落，游人稀少，晓得天不早了，便分路而去。正是：

玉箫声未歇，明月已西斜；

最是良宵短，城头噪晓鸦。

欲知后事，且听下回分解。

第三十三回 丽句清词三分宿慧 花香灯影一片艳情

话说痴珠自人正后，深居西院，或听秋痕弹琴，或瞧秋痕作画，就县前街也少得去了。这日上元，子秀、子善久不见面，便两人一车，到了秋心院。值门开着，下车走入。见静悄悄的，没个人影，再看月亮门，落把大锁。两人愕然。后来李裁缝出来说起，才知道初二后，秋痕通没回来。两人出来上车，便吩咐赶向秋华堂来。

看门见是熟客，就不通报。两人沿西廊步入月亮门，见厨房里一个打杂，在那里打盹，便悄悄的向西屋窗下走来。正待转入楼下甬道，听得痴珠朗吟道："浮萍大海终飘泊，羞向红颜说报恩。"两人站着脚，又听得秋痕道："你也有些年纪了，积些余囊，作个买山归隐之计，也是着实打算。再者，你的性情不能随俗，万分做不过荷生，让他得意罢。"痴珠叹一口气道："我为着家有老母，不得已奔走四方，谋些衣食。不然，我就做和尚。"秋痕道："你好好做诗，都是我说着闲话，又引起你的心绪来了。"痴珠道："我这上半四首，已是不及他的原作，再做下去，也没有好句出来，不如算了，不作罢。"秋痕道："你昨晚说的'绣榻眠云扶不起，绮窗初日会难逢。三生风絮年来绾，一室天花夜不寒'，都是佳句，怎的不好？"

两人听了半天，正待移步，不想玉环从甬道出来看见，便报道："留大老爷和晏太爷来了！"痴珠迎出，延入客厅。秋痕掀开香色布棉帘招呼。两人觉屋里一阵兰花香扑鼻，就行步入。见窗下四盆素心兰，开有二十余箭，便向书案走来。案上一幅长笺，狂草一半。子善看了兰花，因取来瞧，上写"奉和本事诗三叠前韵。"子秀念道：

"第一洞天访碧霞，云翘有约总非赊。

鸾笙吹出香窠暖，凤简题成锦字斜。

楚岫朝云开远黛，天台暮雨洗浓华。
寻常小谪人间去，也作秋风得意花。

福慧修来费几生？珊珊仙骨照人清。
衫裁燕尾成双影，扇写蝇头忆定情。
锦瑟相思频入咏，枕屏两地暗呼名。
琼霄指日翔鸾凤，别鹤何须带怨声！

番风轮指数迟迟，贮月楼成燕不知。
才子巾箱金粉艳，美人妆盒芷兰思。
娇呼小字猜莲子，爱唱新词谱《竹枝》。
陌上花开归缓缓，荆钗珈服两相宜。

溷我卑栖水外村，天涯回首旧琴樽。
西风铁笛黄泥坂，夜月银筝白下门。
烟柳灞桥留别梦，胭脂北地染新痕。
浮萍大海终飘泊，羞向红颜说报恩！

蓬山风引叹无缘，辜负笺天四十年。
团扇画梅成小影，绣裙簇蝶记游仙。”

子善道：“清艳得狠。”子秀笑道：“我们今天做个催租客，打断人家诗兴了。”秋痕道：“他正不高兴，恰好你来，和他谈谈罢。”林喜端上茶来，玉环装着水烟，四人各说了近事。

子秀见上首挂着荷生集《座位》写的一付联对，是：

座列名香，文如满月。

家承清德，室有藏书。

中间是心印的一幅画梅横披，横披下粘两纸色笺。便走近一瞧，见是七绝四首，款书“女弟子游畹兰呈草”。便向痴珠道：“你那里又收个会做诗的女弟子？”秋痕笑道：“不就是李太太？”子秀道：“不错，他娘家姓游。”子善也走过来看。因念道：

“华灯九陌照玲珑，掩映朝暾一色红。

最是太平真气象，万人如海日当中。

雕轮宝马度纷纷，百和衣香昨夜薰。

绣幰珠帘都不下，轻尘一任上乌云。

饧箫吹暖遍长街，可有游人拾堕钗？

满地香尘轻试步，几回珍重踏青鞋。

小幅泥金写吉祥，十枝绛蜡照华堂。

并门多少娇儿女，但愿家家福命长。”

念毕，说道：“李太太也会做诗么？”子善道：“几见诗人的弟子不会做诗？”就掀着卧室帘子，见窗下两盆水仙花，也自盛开。壁上新挂一付联，一幅山水的横披，横披下也粘一色笺。便踱进去，瞧着联一边款书“痴珠孝廉正腕”，一边书“雁门杜梦仙学书”，句是：

诵十万言，有诗书气。

翔九千仞，作逍遥游。

当下子秀和痴珠都跟进来。子善道：“采秋竟会写起大字，且有笔力，真是夙慧。”子秀道：“不要说采秋，就秋痕不是大有慧根，怎么几个月工夫，就会做诗呢？”痴珠道：“大约琴棋书画，诗酒文词，都要有点夙根，才能学得来。你看采秋这幅画，不更好么？”子善、子秀瞧着那幅画，是幅工画山水，笔意却极洒落，小楷款书“奉夫子命，为痴珠孝廉作，韩宅侍儿梦仙写”。子善道：“这落款就也新鲜。”旁有小楷一诗，是荷生题的，子秀念道：

“拔地奇峰无限好，在山泉水本来清。

飘然曳杖绝尘事，独向翠微深处行。”

两人再看色笺的诗，上书《水仙花》三字，下书“侍儿刘梧仙呈草”。子善念道：

“云停月落座留香，一缕冰魂返大荒。

银烛高烧呼欲出，仙乎宛在水中央。

好伴吟边与酒边，蓬莱春在画堂前。

烟波倘许侬偕隐，自抱云和理七弦。”

子秀道：“大有奇托。”又看了痴珠的帐缘，是秋痕画的菊，就说道：“秋痕的画菊，竟一天苍老一天了。”

当下秃头回道：“池师爷请爷说话。”痴珠出外间去了。子善随手将案上一个书夹一检，见断笺上有诗两首，瞧是：

对卿乡更觉温柔，雨滞云痴不自由。

胸却比酥肤比雪，可堪新剥此鸡头。

秋波脉脉两无言，檀口香含一缕温。

锦帐四垂银烛背，枕边钗坠个中魂。

又一素纸，上书《题画》，云：

绣帏怎不卸银钩，微识双双艳语柔。

仿佛钗声抛纸上，销魂岂独是天游？

无言只是转星眸，个里情怀不自由。

水溢银河云尚赚，子夫散发最风流。

春雨梨花醉玉楼，双双弹罢卧箜篌。

谁将镜殿铜屏影。付与春风笔底收？

两人一笑。又检得字条，楷书写的是“灯下红儿，真堪销恨；花前碧玉，颇可忘忧”十六字。又色笺两纸，写的是：

埋骨成灰恨未休，天河迢递笑牵牛。

斑骓只系垂杨岸，万里谁能访十洲？

欲入卢家白玉堂，何曾自敢占流光？

可怜夜半虚前席，万里西风夜正长。

龙护瑶窗凤掩扉，含烟惹雾每依依。

何当共剪西窗烛，日暮归来雨满衣。

云鬓无端怨别离，流莺漂荡复参差。

东来西去人情薄，莫枉长条赠所思。

末书："日来读玉溪生诗，因集得诗如右，呈政吟坛。此中情事，有君有我，有是有非，知足下必能参之也。并希示覆，或赐和为望。荷生漫作。"

两人不大解得就中谜语，就检别的来瞧，内还有秋痕的词并手札。词云：

花笺唱酬，曳断情丝千万缕。独对柳梢新月影，算今宵人约黄昏后。眉双绉，奈东君一刹，去矣难留。帘幕锁人愁。风风雨雨，肠断晚妆楼。

又一词云：

花怜小劫，人怜薄命，一样销魂处。香销被冷，灯深漏静，想着闲言语。

两人只看到这一纸，瞥见秋痕掀帘进来，将书夹一抢，说道："半天没有声息，却原来偷瞧人家机密的书札!"子秀笑道："事无不可对人言。"子善笑道："'人约黄昏后'，怎的可对人言?"就出去了。

到了客厅，雨农要走，痴珠因留三人小饮，并请了萧赞甫。到得黄昏，大家都要出去逛灯，痴珠就不十分强留。此时里外都点上灯，客厅中点的是两对西番莲洋琉璃灯，里屋两间通点一对湘竹素纱、一边字一边画的灯，正檐下一字儿四对明角灯。一会，月也上来，客厅中两盆碧桃花开得艳艳，映着灯光，就像嫣然欲笑一般。

秋痕将屋里两重棉帘尽行掀起，引着兰花水仙的香。痴珠就领秋痕到秋华堂玩赏一回月，忽然对秋痕道："你看如此月色，天又不冷，我们何不同到芙蓉洲水阁走一走?"秋痕道："怕碰着人，不好意思。"痴珠道："这时候还有什么人，跑来这冷静地方?"便唤秃头、穆升先去通知看守的人，教他预备茶水伺候去了。正是：

灯下红儿，花前碧玉。

销恨忘忧，同心一曲。

欲知后事如何，且听下回分解。

第三十四回　汾神庙春风生麈尾　碧霞宫明月听鹍弦

话说痴珠和秋痕由秋华堂大门，沿着汾堤，一路踏月，步到水阁。此时云淡波平，一轮正午，两人倚栏远眺，慢慢谈心。秋痕道：“‘掬水月在手’，这五个字就是此间实景，觉得前夜烘腾腾的热闹，转不如这会有趣。”痴珠道：“我所以和你对劲儿，就在这点子上。譬如他们处着这冷淡光景，便有无限惆怅。我和你转是热闹场中百端枨触，到枯寂时候自适其适，心境豁然。好像这月一般，在灯市上全是烟尘之气，在这里才见得他晶莹宝相。”秋痕道：“你真说得出。就如冬间，我是在家里挨打挨骂，对着北窗外的梅花，凄凉的景况尽也难受，然我心上却干干净净，没有一点儿烦恼。尽天弄那一张琴、几枝笔，却也安乐得狠。我平素爱哭，这一个月，就眼泪也稀少了。如今倒不好，在你跟前，自然说也有，笑也有，此外见了人到的地方，都觉得心上七上八下的跳动起来，不知不觉生出多少伤感。这不是枯寂倒好，热闹倒不好么？”

痴珠道：“热闹原也有热闹的好处，只我和你现在不是个热闹中人，所以到得热闹场中，便不觉好。去年仲秋那一晚，彤云阁里实在繁华，实在高兴。后来大家散了，你不和我就同倚在这栏干上么？”秋痕道：“那晚我吹了笛，你还题两首诗在我的手帕上。忽忽之间，便是隔年，光阴实在飞快。”痴珠叹道：“如今他们都有结局，只我和你，还是个水中月哩！”秋痕惨然道：“这是我命不好，逢着这难说话的人！其实我两人的心不变，天地也奈我何！”痴珠道：“咳！你我的心不变，这是个理。时势变迁，就是天地也做不得主，何况你我！”秋痕勉强笑道：“好好赏月，莫触起烦恼。”口里虽这般说，眼波却溶溶的落下泪来，痴珠就也对着水月，说起别话。

无奈两人心中总觉得凄恻，就自转来。秃头道：“夜深了，打汾神庙走近些。”秋痕也觉得苍苔露冷，翠鬓风寒，便说道：“庙门怕落了锁。”秃头道：

“我已经叫穆升告诉他们等着。”痴珠道：“甚好。”一会，到了庙前。见大门已闭，留下侧门。看门的伺候四人进去，便落下锁，自去睡了。

痴珠、秋痕刚从大殿西廊转身，只见心印站在西院门口，让秋痕进去了，携着痴珠的手，笑道：“半夜三更，带领妇女潜入寺院，是何道理？”痴珠道：“我不把汾神庙做个敕赐双飞寺，就算是循规蹈矩的檀越。”心印道：“好个檀越！差不多半个月，一步也没到我方丈。”痴珠道：“你怎的不来访我？”心印道：“你有了小眷，我怎便出入？”痴珠道：“这会还算不得家眷，就使有了家眷，难道方外老友，便和我绝交么？”一面说，一面拉着心印，进来客厅坐下。

心印道：“君子之交淡如水。淡则迹疏而可久，浓则情纵而难长。你不看这碧桃花，开到如此繁艳，还得几天排在这里呢？人生该聚多少时，该见多少面，都有夙缘，都有定数。到得缘尽数尽，不特难聚，而且见面也不得一见面。何如少聚几回，少见几回，留些未了之缘，剩些不完之数，到得散了，还可复聚，不好么？且如夫妇，原是常聚常见的，然就中也有一定的缘，一定的数。往往见少年失偶的，多是琴瑟之爱笃于常人。大抵浓者必逾节而生灾，淡者能寡欲而养福。夫妇朋友，原是一例。你不来寻我，我就也懒于访你了。”

痴珠明知心印此层议论，是大声棒喝的意思，正与水阁上心事针对，心上十分感激，却难一时就自折服，转说道：“我不信。不见了你十来天，竟有这番腐论！你说少年失偶，多是琴瑟之爱笃于常人，难道那谐老百年的，都不恩爱么？”心印道：“水深则所载者重，土厚则所植者蕃。这也看各人的缘有深有浅，各人的数有长有短，我就不能预料了。”痴珠道：“这论却通，我不能不割恩忍爱了。”心印哈哈大笑道：“你又懵懂了！我说的正要你保全所爱，难道教你割断情缘，跟我去做和尚么？”说得痴珠也笑了。

心印接着道：“大抵我辈不患无情，只患用情有过当处。你聪明人，原不待我一番饶舌。然当局者暗，旁观者明。”正待说下，只见里间帘子一掀，秋痕突然走出，向心印就拜。慌得心印退避不迭，口里说道：“怎的，怎的？痴珠，你替我扶起姑娘来！”痴珠也不知所谓。

秋痕却恭恭敬敬磕了三个头起来，玉容惨淡，满面泪痕，让心印归坐，就傍着痴珠炕边也自坐下，含泪说道：“大和尚这样说法，就是顽石也会点头，何况我还是个人。我原把这个身许给痴珠，你这样棒喝，我不知感激，我就对不住他。”说着，便吊下泪来。心印叹一口气道：“难得，难得！姑娘你不要怕，我说的是讲个理。你这样心田，佛天必然保佑你两人早谐夙愿。”痴珠接着说道：“良友厚意，我自当铭诸座右。只是做个人，上不能报效君亲，下不能荫庇妻子，有靦面目，不死何为！”

心印笑道：“据你这般说，那自古晚遇的人，都是靦然人面，怎么复唐室竟有个白头宰相，平蔡州却是个龙钟秀才呢！”痴珠道：“大器晚成，这也罢了。我想扬雄倘是早死，何至做个莽大夫！王勃若不夭年，安知非个控鹤使？”就向秋痕说道：“便是他们，也只好死在三十左右。你想，西子不逐鸱夷，后来也做了姑苏老物。太真不缢死马嵬，转眼也做了谈天宝的白发宫人。就如娼家老鸨，渠当初也曾名重一时，街上老婆，在少年岂不艳如桃李？”

心印不待说完，哈哈大笑，起身说道：“夜深了，我却不能陪你高谈了。”秋痕站向前道：“我迟日要向观音菩萨前，许下一个长斋愿心，不知大和尚肯接引否？”心印笑道：“姑娘拜佛，贫僧定当伺候拈香，这会告退罢。”痴珠只得叫林喜、李福拿着手照，送入方丈。这夜痴珠、秋痕添了无限心绪，明晓往后必有变局，只不知是怎样变法。

如今且说采秋回家，他爹妈好不喜欢。采秋虽挂念荷生，然一家团聚，做女儿的过年日子，只这一次，因此打起精神，博着父母的欢笑。出了正月，就有杜家亲戚排年酒，替采秋接风的、送行的，都说是灯节后就要出嫁韩师爷了。不想他妈却变了卦。原来十二月时候，贾氏怕荷生不放采秋回家，权将紫沧的话答应，如今和藕斋商量翻悔。藕斋是个男人，如何肯依？两口便拌起嘴来。先前还瞒着采秋说说，以后荷生兑项都齐，这一夜，贾氏竟和藕斋厮吵厮打。惊得采秋不知是为何故，出来劝分了手。听着两人嚷的话，才知道他妈变了心。

当下只得劝藕斋到紫沧家过夜，这边劝贾氏去睡。贾氏道：“梦仙，我明白对你说，你爹给你走，我是万分不依的！你要嫁人，许你嫁在本地。要是嫁给了韩荷生，我是这一条老命和他们去拚！”采秋无可致词，只得噙着眼泪待他妈说完，和他嫂嫂姊妹伺候他睡下。出来，无情无绪的，别了大家，自归屋里，想前想后，整整哭了一夜。

次日，藕斋领着紫沧回来，取出荷生初二日回书并诗一首。采秋将信瞧过，递给紫沧道：“你也看得。”便将诗念道：

“吴笺两幅远缄愁，别有心情纸外留。

分手匝旬疑隔世，倾心一语抵封侯。

双行密写真珠字，好梦常依翡翠楼。

为报春风开镜槛，四围花影是帘钩。”

采秋念完诗，紫沧也瞧完信，两人互换。采秋将信再看一过，放下说道：“如今这事闹翻了，须劳你走一遭，教荷生自己来罢。”紫沧道：“且看你爹转湾得下来不能，再作商量。”

看官，你道藕斋怎讲的？他说：“这事现在人人知道，况且钦差大人喜欢荷生得狠，买了柳巷屋子给他成亲，翻悔起来，我们理短。”藕斋这话，自是善于看风势。无奈娘儿们见事不明，又为藕斋和他装腔做势，说“儿女亲事，是我男人做主的”，因此拿定主意，不准采秋嫁姓韩的，那一张嘴就像画眉，哨噪得人发烦。

紫沧也向贾氏说道：“你的议论固是，但有数节不大妥当。起先你不答应我，我这会可以不管。藕斋口口声声答应，只要二千两身价，问了你，你也这般说。如今人家通依了，银子也兑齐了，你却不情愿，教我怎样对着韩师爷？教藕斋更怎样对得我？此一节，你想妥当不妥当呢？再则，采秋年来心事，你也看得出，是要择人而事。好好一个韩师爷，明年就是殿撰，人家巴结不上。你许了，却赖起来，无论事不可测，就使平安撒开手，也还可惜。而且千金买妾，是个常事，到得二千金的身价，就也肯加倍破钞了，你以后何处再寻这机会？”贾氏道：“去年答应，是那老东西逼着我。他会答应你，你和他去讲。我心爱的儿女，只有这个女儿，犯不着嫁那姓韩的去做妾。他会做官，他家里还有人，封诰也轮不到我女儿身上，与我更没相干。别人稀罕他二千两身价，我姓杜的却看似泥沙。这会要了他的银子，以后他做了官，今日去东，明日去西，千山万水，我从何处找我女儿见一面？”说着便哭起来。紫沧见话不投机，只得委婉说说，走了。采秋从这日起，翠眉懒画，鸦鬓慵梳，真个一日之中，回肠百转。

光阴荏苒，已是灯节了。雁门灯市，比太原尤为热闹。紫沧和一个杨孝廉逛了一回灯，趁着月色，步上碧霞宫的吕仙阁来，倚栏凝眺。忽听得隔墙叮哨弹起琵琶，先是一声两声，继而嘈嘈杂杂，终而如泣如诉，十分幽咽。正将手按着工尺，画出字来，声却停了。杨孝廉道："我听出三字来，是'空中絮'。"紫沧道："你晓得这隔墙是谁呢？"杨孝廉正要答应，那琵琶又响起来。只听得娇声骞举，唱道："门外天涯，"只第四字声却咽住。停一停，琵琶再响，又唱道："知今夜汝眠何处？满眼是荒山古道，乱烟残树。离群征马嘶风立，冲寒孤雁排云度。"杨孝廉道："好听得狠，真个是大珠小珠落玉盘。"紫沧不语。接下唱是："叹红妆底事也飘零，空中絮！"唱停了，琵琶声划然一声也停了。杨孝廉道："这不是'空中絮'三字么？真个四弦一声如裂帛，凄切动人。"紫沧道："这支词，我是见过，不想他竟谱上琵琶了。"

杨孝廉道："调是《满江红》，我却不晓得此词。"紫沧道："你听！"只听得琵琶重理，又唱道："沙侵鬓，深深护；冰生面，微微露。况苍茫飞雪，单车难驻。昨宵偎倚嫌更短。"到这一句，唱的声便咽起来，琵琶的手法也乱起来，以下便听不出，就都停了。紫沧十分难受，杨孝廉道："怎的不唱了？"紫沧惨然道："以下的词还有四句，是：'今朝相忆愁天暮。愿春来及早，报花开，欢如故。'"杨孝廉道："你怎的见过这支词？"紫沧道："你道唱的是谁？"杨孝廉道："我都不晓得。"

紫沧道："这隔墙就是杜家，唱的就是采秋。这词是他来时，韩荷生做的送他。他裱起来挂在屋里，我因此见过。如今却谱上琵琶了。"杨孝廉道："怪道弹得如此好！他好久不替人弹唱了，我今日出来就值！只他不是要嫁给韩家么？"紫沧道："韩家的银，早就兑在我铺里。不想他妈可恶得狠，临时又翻悔起来。"杨孝廉道："他爹呢？"紫沧道："他爹倒好说，就是这两个老东西不和，闹起风波。如今是一个依，一个不依。"杨孝廉道："我听说身价是二千两，这就算顶好的机遇了，他妈还刁难什么？"于是两人说说，下得阁来，各自步月分路而去。正是：

三五月团圞，六街春如许。

独有伤心人，自作琵琶语。

欲知后事，且听下回分解。

第三十五回 须眉巾帼文进寿屏 肝胆裙钗酒阑舞剑

话说痴珠系正月廿四日生。廿三日，荷生就并门仙馆排一天席，一为痴珠预祝，一为小岑、剑秋饯行。

是日，在座却有大营三位幕友，一姓黎名瀛，别号爱山，北边人，能诗工画，尤善传神，旧年替荷生、采秋、剑秋、曼云俱画有小照；一姓陈名鹏，字羽侯；一姓徐名元，字燕卿，俱南边诗人。这些人或见面，或未见面，彼此都也闻名。这日，清谈畅饮，直至二更多天才散。

痴珠回寓。只见西院中灯彩辉煌，秋痕一身艳妆出来道："怎的饮到这个时候？"痴珠携着秋痕的手，笑道："你们闹什么哩？"秋痕道："你早上走后，李太太领着少爷就来，等到定更，我只得陪太太吃过面。太太还自己点着蜡，行过礼才走。说是明天一早就要过来。"痴珠向炕上坐下道："我五更天和你出城跑了，凭他们去闹罢。"秋痕笑道："我和你跑到那里去？"痴珠卸下外衣，说道："到晋祠逛一天，好不好呢？"秋痕说道："明天的席，我已经替你全办了。你懒管这些事，我同秃头三日前都办得停妥，不消你一点儿费心。"

林喜端上脸水，秋痕将马褂搁在炕上，替痴珠拧手巾。秃头在傍边拿着许多单片伺候，回道："县前街、东米市街及各营大老爷，都送有礼。"就将红单片递上。痴珠略瞧一瞧，向秃头道："你们没收么？"秃头道："武营的礼，我们通没敢收。只县前街送了两份礼，一是李大人的，一是替游大人备的。刘姑娘主意，李大人、游大人的通收了。"秋痕道："李太太另外还送四盆唐花、十二幅挂屏，是泥金笺手写的，说寿文也是自己做的。我替你挂在秋华堂，你去瞧着，挂得配不配？"痴珠笑道："他竟下笔替我做起寿文来，我却要看他怎说。"就站起身，拉着秋痕走。秃头、林喜忙端手照引路。

到得月亮门，见堂中点着巨蜡，两廊通挂起明角灯，还有数对烛跋未灭，便说道："你们这般闹，给人笑话。"秋痕道："这却怪不得我，都是李太太打发人搬来排设的。"秃头道："李太太为着爷生，好不张罗，给小的壹百两银，吩咐预备明天上下的面菜酒席。刘姑娘一定不肯，叫小的送还他的管事爷们。"痴珠将手向秋痕肩上拍一拍，道："着，着！只是李太太现有身喜，何苦这样烦扰呢？"

说话之间，已到堂中。见上面排有十余对巨蜡，只点有两三对，已是明如白昼。炕上挂着十二幅寿屏，墨香纷郁，书法娟秀。上首写的是"恭祝召试博学鸿词科孝廉痴珠夫子暨师母郭夫人四秩寿序"，下款是"诰封二品夫人门下女弟子游畹兰端肃百拜敬序"。因将序文念道：

"寿序非古也。"

说道："起句便好。"又念道：

"后人袭天保箕畴之绪，或骈俪而为文，或组织而为诗。虽喬皇典重，无非谰语谀词。畹兰何敢以寿序进？且夫孝子之事亲也，恒言不称老；弟子之事师也，莫赞以一词。然则吾师固不欲人之以寿言进，畹兰尤不当侈然以寿言为吾师进。虽然，礼由义起，文以情生。畹兰于吾师，义有不容不为师寿者，即情有不能自已于出一言为师寿者。师听畹兰言，尚亦笑而颔之乎！

师为屏山先生冢嗣。先生以名儒硕德，见重当途，海内名公至其地者，访襄阳之耆旧，拜鲁殿之灵光，门外屦常满。师少聪颖，为先生所钟爱。兄弟八人，禀庭训，均有声庠序间。而师尤能博究典坟，遍穷六艺，旁及诸子百家。弱冠登乡荐，遨游南北，探金匮石室之藏，尤留心于河渠道里、边塞险要及蕃夷出没、江海关防之迹。往岁逆倭搆难，尝上书天子，有揽辔澄清意。格于权贵，游关、陇间，益肆志于纂述旧闻，以寄其忠君爱国之思。故所学益闳，所著述益繁富。

今夫水，掘之平地，虽费千人之劳，其流不敌溪曲，其用不过灌溉。若夫出自大河江汉，抉百川，奔四海，动而为波澜，潴而为湖泽，激荡潆洄，初无待乎人力。是何也？其所积者厚，所纳者众，而所发者有其本也。

师之学术，汪洋恣肆，其渊源有自，盖如此矣。既而奉讳归，倦于游，筑室南白下，将灌园为养母计。不一年，寇起西南，蹂躏濒海诸郡县。师慨然复游京师，冀得当以报国家养士恩。卒不遇，乃赋西征。往岁返自成都，以江、淮道梗，留滞并门。”

向秋痕说道：“叙次详悉。”又念道：

“嗟乎！震雷不能细其音，以协金石之和；日月不能私其曜，以就曲照之惠；大川不能促其崖，以通远济之情；五岳不能削其峻，以副陟者之欲；广车不能胁其辙，以苟通于狭路；高士不能撙其节，以同尘于流俗。师之艰于遇，嗒然若丧其偶，盖又如此。”

说道：“好笔仗。”又念道：

“比年身遭困厄，百端万绪郁于中，人情物态触于外，无以发其愤，遂一托之于诗。水过石则激，鹤戒露有声，鸿鹄伍于燕雀则哀鸣，虎豹欺于犬羊则怒吼，动于自然，不自知其情之过也。

犹忆早岁侍侧时，酒阑烛灺，师尝语人曰：‘富贵功名，吾所自有，所不可知者，寿耳。’又有句云：‘情都如水逝，心怯以诗名。俊物空千古，惊人待一鸣。’此其顾盼为何若？遭时不偶，将富贵功名，一举而空之，至假诗以自鸣，吾师之心伤矣！畹兰少从问字，得吾师之余绪，犹斤斤自爱，何吾师年方强仕，慈母在堂，乃愤时嫉俗，竟欲屏弃一切，泛太白捉月之舟，荷刘伶随地之锸哉！此则畹兰所谓义不容不为师寿，情不能自已于出一言为师寿者也。师听畹兰言，尚亦笑而颔之乎？”

笑道：“也说得委婉。”又念道：

“师母郭夫人，《葛覃》有俭勤之德，《樛木》有逮下之仁。吾师前后宦游，师母上事舅姑，以妇代子；下训儿女，以母兼师；族党咸称贤云。畹兰违侍二十年矣，去年夏五，重见于并门。吾师丰采，大非昔比；忧能伤人，竟有若是！乃者夫婿从军，畹兰率两男一女，寄居此地，天涯弱息，依倚之情，直同怙恃。窃愿歌子建诗，为吾师晋一觞也。曰：愿王保玉体，长享黄发期！”

念毕，又向秋痕道：“情深文明，我不料李太太有此苍秀笔墨。”

秋痕因指着四盆唐花道："这也是太太送的。那边四盆西府海棠，是剑秋送的。那十二盆牡丹花，是池、萧两师爷送的。小岑送你一尊木头的寿星。荷生送你一把竹如意、十盒薛涛笺、一方'长生未央'的水晶图章、一块'万年宫'的古砖。心印送你一尊藏佛、一卷赵松雪的墨迹。掌珠、瑶华每人送你两件针黹。我都替你收起。"

痴珠正要说话，秃头、穆升领着多人，送进十数对点着的蜡，外面响起花炮，一堆儿向痴珠磕起头来。还有颜卓然派来四员营弁、八名兵丁，都在帘外行礼。痴珠只得笑道："你们起来罢。"又向李夫人派来的家人道："怎好劳了你们。"这一班家人起来，和痴珠打一千请安，就也向秋痕打一千道喜。秋痕委实不好意思，只得说道："难为你们替老爷费心。"痴珠早走出帘外，招呼营里的人。接着，秋华堂当差人等和厨房里的人，一起在院子磕头。痴珠含笑进来，秋痕站在帘边，就拉着痴珠向炕上坐下，笑道："那边是你家太太坐位。"说着，就居中拜下去。痴珠忙站起身拉起，说道："你怎的也这般闹？"秋痕道："不过各人尽一点心罢了。"

两人看一回花，玉环也来磕了头，便携手回来西院。院里早排下席，是三个位。痴珠向炕上躺下道："天不早了，差不多一下多钟，还要喝酒么？"秋痕道："喝杯酒，也应个景儿。"于是恭恭敬敬斟上两钟酒安下，向着痴珠遭："你不起来，我又要拜。"痴珠带笑拉上炕坐下，吩咐秃头撤去席面，随便拣几个碟，几件菜，送上炕儿。两人浅斟低酌起来。

次日，李夫人带着阿宝一早便来。荷生值办密摺，不便出门。心印过来拜了寿，就回方丈。倒是陈羽侯、徐燕卿、黎爱山来坐了面席。小岑、剑秋、子秀、子善、赞甫、雨农是不用说了，武营中只有颜卓然、林果斋二人在座。余外，痴珠俱叫人远远的就挡了驾。

晚夕，卓然、剑秋、子秀、子善坐了一席，小岑、赞甫、雨农和痴珠坐了一席。里边是李夫人、晏太太、留太太、阿宝、瑶华、掌珠、秋痕七人，坐了一席。外面猜拳行令。里边是大营吴参将送来两个女尼，会耍戏法。

只见两尼生得丰艳非常，带个徒弟，妖精一般。三位太太都不言语，掌珠、秋痕也不大理会，只瑶华尽抿着嘴笑。先前变出一盘桃，恰恰十五个，内外分尝，却是真的，已足诧异。停了一会，又变出三尾鳊鱼，俱是活的。以后要了十个品碗，排在地下红氍毹上，左五个，右五个，两尼分立，教他徒弟变十碗水来。那徒弟苦辞不能。右边女尼一掌过去，徒弟倒在左边，那左边五个碗却满满的水；又向左边来，左边女尼也给他一掌，倒在右边，右边五个碗也满满的水。于是两尼将水一碗一碗的捧上席来，给大家看，映着烛光，都碧澄澄呢。再排原处，教他徒弟收去。只见徒弟东打一觔斗，西打一觔斗，十个碗便干干的，并无一滴，大家骇愕。

两尼自说是仙，瑶华大笑道："只莫做唐赛儿便好。"李夫人招呼秋痕，请痴珠进来，给些赏银，两尼快快而去。便向晏、留两太太道："汉末左慈、于吉，原是有的。就是吞刀吐火，喇嘛本有此教；植瓜种树，眩人亦属寻常。只这两尼妖气满脸，我们远离他为妙。"两太太都道："太太有见识。"瑶华道："我只怕是《聊斋》上说的那个东西。"大家都说道："可不是呢。"再饮一会，就散了席。两太太先去，李夫人随后也走了。

痴珠便唤掌珠、瑶华出来秋华堂。秋痕就也跟出，敬大家一轮酒。剑秋见秋香、秋英今天不来，问起瑶华，才知道秋香是正月十二陡然发起绞肠痧，医药不及，就死了。秋英也移了屋子。痴珠在东边席上，惨然道："我怎的不知道呢？"瑶华道："你不知道的事多哩。目今花选中贾宝书也走了，说是跟了一个南边的女道士做徒弟去。"小岑在东边席上道："我也风闻有这事。"卓然道："这事我知备细。宝书给望伯拖累，押在官媒家里。望伯没良心，上堂不敢认官，将开赌的事一口推在宝书身上。幸喜那承审官与宝书是旧相识，央着我再三求着上头胡弄局，把望伯做个平常人聚赌，打三十板，枷号一个月。替宝书开释，说是他假母开赌，与宝书无干，才放出来。"痴珠不待说完，便说道："这承审官是个通人，你晓得他名姓么？"卓然擎着酒杯道："他姓傅。"剑秋道："不要讲闲话。往下说，宝书怎样出家？"小岑夹一片苹果，向卓然道："这以上的事，我们通晓得。望伯因此破了家，如今还病着，怕是不起。"

剑秋在西边席上，回过脸瞧着小岑道："你给卓然说罢。"卓然喝了酒道："宝书释放出来，没得去处，暂依旧日一个老妈。可怜大冷天，一个钱买炭也没有。还是素日认识的人帮他几吊钱，叫人和望伯商量，望伯分毫不肯答应。宝书灰心，趁他妈尚在枷号，私下跑到东门外玉华宫女道士处，求他收做弟子。”子善道：“不错，这女道士姓姚，系南边宦家姬妾，丈夫死后，为嫡出儿子不容，遂将自己积下的金银，买一小屋，改为道院，闭门焚修。后来遇个女仙，告以南边有十年大劫，教他向西北云游，可免大难。前年到了并门，适值玉华宫女道士闹事，被东门外缙绅撵了。大家见姚氏有些年纪，寓在优婆夷寺焚修，比本寺的姑子尤勤，所以延他主持玉华宫香火。是不是呢？”

卓然道：“就是这姚主持。”剑秋道：“你讲宝书罢。”卓然道：“宝书的家，旧在优婆夷寺边，每月朔望，都去烧香。姚氏时常见面，见宝书回回默祷，是求跳出火坑。姚氏听了，就也存在心上。如今跑来投他，自然收了。不想他妈枷号满了，出来和姚氏要人，姚氏只得教他领去。宝书不愿，被他妈拉到宫门外，便要跳井。恰好我这一天奉委前往章郎镇查办事件，路过玉华宫，见他们哭哭啼啼，一大堆的人在那里看。我叫人查问。才晓得就是宝书。我和宝书也有一面之缘，见他说得可怜，就到宫里面诘姚主持，洞悉底里。我便替他出了一百两身价，教宝书在我跟前，受了姚主持顶戒。”

此时两席的人都是静听，听到这里，痴珠便拍掌道：“快事，快事！我要喝三大杯的酒！”忙得秋痕斟酒不迭。掌珠坐在痴珠身下，只怔怔的发呆，尽痴珠唤人取大杯、取酒，也不说句话。倒是瑶华唤道：“宝怜妹妹，你怎不斟酒？”掌珠道：“没人替我出一百两身价，给我当道士去！”瑶华大笑，把别话岔开，和赞甫、雨农又豁起拳。西边席上，子秀、子善也和卓然、剑秋抢标。以后两席合拢，又闹了一回楚汉争，就有三更多天了。

秋痕、掌珠连座。尽着喁喁私语。瑶华是个爽快的人，听了一会，便站起说道：“做个人，自己要有些把握。就如你两个，一个要做道士，一个要做侍姬，斩钉截铁，这般说，便这般做！叨叨缕缕讲个不了，做什么呢？我要走，不耐烦看你们凄惶的样儿。”秋痕忙拉住。瑶华就和秋痕坐下，向大家道：“我是要从乐处想，再不向苦中讨生活。你想，天教我做个人，有什么事做不来？都和你们这般垂头丧气，在男子是个不中用，在女子是个没志气！我瞧着觉得可怜，又觉得可恼，所以要走。”大家都说道：“说得痛快！”

此时炕上有把雌雄剑，放在炕上，瑶华便向痴珠说道：“你这把剑还好，我舞一回，给大家高兴一高兴。”说着，就仗着剑走下来。早见瑶华在灯光下，纵横高下，剑光一闪一闪的舞。以后灯火无光，人也不见，只有一道白气，空中旋绕。此时更深了，觉得寒光阵阵，令人发噤。突然听得瑶华道：“后会有期！”但见双影一瞥，两剑“当”的一声，委在地下。屏门外的人报道：“薛姑娘上车走了！”两席的人恍恍惚惚，就如梦景迷离一般。痴珠定一定神，说道：“相隔只有五个月，他的剑竟比采秋舞得还好。这飘忽的神情，就和剑仙差不多了。”当下大家都散。

秋痕引着掌珠，重来西院，谈了一回。外面冷家的人，催了两三遍，掌珠才走。秋痕送出屏门，洒泪而别。看官记着：秋痕与掌珠，自此就没再见了！掌珠是此夜听说宝书做了道士，又受了瑶华一激，便决意出家，和他假母吵闹几次，竟将青丝全行剪下。幸他假母是个善良的人，不忍怎样。二十七日痴珠出门谢寿，就听见人说送入优婆夷寺，做了姑子去了。正是：

豪情胜概，文采剑光。

妒花风雨，乃尔披猖。

欲知后事，且听下回分解。

第三十六回　一声清磬色界归真　百转柔肠情天入幻

话说秋痕廿五后回家，因劝痴珠量入为出，俭省下来为后日南归之计。因说道："你为着我，不能不供给他们开销，这样不是爱你，直是害你。所以千思万想，不能不割断痴情，苦守寂寞。"又说道："初一心印许我礼佛，我便吃了长斋，总要跟你到得南边家里，我才开荤。你念我这般苦守，也该惜些钱钞，作个长久打算。谶兆梦兆虽然不好，或者天从人愿，我两人吃得这苦，造化小儿可怜起来，也不可知。若一味委心任远，眼见得祸离更甚于惨别。"说着，就呜咽起来。痴珠也自伤心。

看官：须知"气数"两字，埋杀多少英雄豪杰！除非神仙，跳出世外，不受这气数束缚。自古忠臣孝子，到得国家气数要尽之时，怎样出力去挽回，你道有几个挽回得来？不过人事是要尽。秋痕这一回打算，也只是尽人事罢了。再隔十日，两人局势又不是这般。你道人事怎尽呢？到了二月初一，秋痕换了一身新衣服，天色大亮，坐个车来到庙中。秃头早在那边伺候。到观音阁来，听得清磬一声，早望见心印披着袈裟，率领两个侍者，在阁上顶礼慈云。秋痕上得阁来，侍者送上一炷香。秋痕跪下，心印敲着磬，将秋痕做的黄疏读道：

"盖闻有情是佛，无二为斋。接引十方，法喜维摩之爱；皈依五净，醍醐沆瀣之缘。

伏念梧仙，劫重风轮，魔生绮业；天寒袖薄，身贱恩多。居恒顾影自怜，窃欲择人而事。则有韦皋小影，东越寓公，既连衽而犄裳，亦双心而一袜。于是巾裁奉圣，髻解抛家。自谓浮郁香烧，是乡终老；灵檀树种，如愿同归矣。无如鸟本流离，窝非安乐。奔精昭夜，徒劳警旦于鸣鸡；惊女采薇，更伫苦心于梦鹿。风花舛午，才命升沉；楚水入淮，栀香交蓼。所冀金轮神咒，能销铁锁烦冤。因此九叩蹦趺，一诚顶礼。誓如皦日，折此疏麻。

愿开一念之慈悲，俯鉴八关之忏悔。莫谓垂枯绛树，甘露难培；还期续命黄花，秋风再艳。从此旃檀爇印，寒菜咬根，不慕膏粱，自甘腐乳。他日者，追随中馈，获补畴昔之坠欢；旨蓄御冬。长娱边撩之晚景。将绣佛以酬恩，辉依满月；亦心斋于清夜，悟澈拈花矣。

年月　日　平康信女刘梧仙谨疏。”

宣读已毕，烧了。秋痕默誓一番，磕了头起来。心印将一尊观音小像，用紫檀镶玻璃的龛，送给秋痕供奉。秋痕给心印叩了谢，心印也膜拜还礼。便和秃头回来西院，将佛像供在炕几。

这日，痴珠就陪秋痕吃一天斋。秋痕晚夕便捧着神龛，坐车而去。后来牛氏知道，百计责令开荤。无奈秋痕受一番打骂，便一粒也不沾牙，牛氏只索罢了。

痴珠自此还读我书。次日，寻一幅宣纸，写个“焦桐室”三字，傍书“病维摩书”四字，盖了图章，交给穆升裱作横额。一日午后，套车到县前街闲话，便来大营。荷生迎出平台，笑道：“我正要作字给你，你来了，便宜他们跑一遭。你瞧这个图名，取得好不好？”说着，便延入屋里。痴珠道：“什么图？”荷生没有答应。痴珠早见案上铺着一个小轴，是采秋小照，画一面镜，采秋画在镜里，便说道：“像得狠，真个镜中爱宠。”荷生道：“你瞧题的图名。”痴珠早见上首横题五个隶字，是《春风及第图》，便点头道：“甚好。”再看题的诗，是首七截，因念道：

“镜里眉山别样青，春风一第许娉婷。

天孙好织登科记，先借机丝绣小星。”

念毕，笑道：“你好踌躇满志。”荷生道：“只这二十余日，信息渺然，连紫沧也没有信来。难道是满招损，占《归妹》，迎门翻卦？”痴珠道：“你这事一定百定，千稳万稳，还疑心什么呢？你不想采秋的书籍，也就够十来天收拾哩。”荷生道：“我也这般想。”痴珠道：“这事不要再说。我此来，是要找爱山替我和秋痕画一图哩。”荷生道：“你今天何不就同我去访他？”痴珠道：“甚好。”

于是荷生引着痴珠，打大花厅后身穿过一个院落，便是爱山书房。爱山迎入，痴珠叙些寒温，坐了一回。荷生遂为痴珠代白来意，爱山许着初七下午。二人正说得款洽，忽见青萍掀开帘子，回道：“洪老爷来了。”荷生又喜又惊，便同痴珠踉跄出来。爱山见是有事，也不敢强留，只得送出院门。痴珠执手重订初七之约，爱山允诺。

荷生早走得远了，痴珠就也跟来。转到平台，只见紫沧和荷生站在客厅帘边。听得紫沧道："有点变局。"两人就进去了。痴珠随后走进，和紫沧相见。见荷生神情惨淡，正在拆信，就不说话。紫沧也默然无语。荷生拆开信，抽出一张色笺，看了一会，眉头百结，将笺递给痴珠道："你瞧！你道天下事算得准么？"便拉紫沧炕上分坐，详问底细。痴珠瞧着笺上，楷书写的是：

> 荷生夫子安：初七日奉到覆函，并诗一首，拳拳垂注，情见乎词，感激之私，无庸琐渎。妾生不逢辰，母也不谅，紫沧目击之，自能为君详言之。妾不忍形诸笔墨，亦不敢形诸笔墨也。伏念积诚尚可动物，岂守义不足悦亲？第区区寸心，总不欲生我者负不韪之名。君与紫沧善为妾图之。妾回天无力，惟有毁妆敛迹，绣佛长斋，冀慈母感悟于万一。挑灯作此，不尽欲言。附呈七绝一首，率书楮尾。侍妾杜梦仙手启。

痴珠道："绣佛长斋，不谋而合。"

紫沧、荷生正对语喁喁，也不听见。痴珠因将诗吟道：

> "云容冉冉淡于罗，欲遣春秋可奈何！
> 夜半东风侵晓雨，碧纱窗外早寒多。"

吟毕，笑道："欲知弦外意，尽在不言中。采秋诗品，高于荷生十倍哩！"荷生皱着眉，向痴珠道："人家有这般懊恼的事，你偏会说笑起来。"痴珠道："你不用烦恼，不出十天，机将自转。只天见你两个圆成太容易些，也不显得他一番造就的艰难，故此有这一折。其实你没见过采秋时候，大局早已排就。"荷生道："你何苦又说梦话？我明天将手尾的事交托燕卿，后天早就可上路。做三站走，初六可到雁门。紫沧，你还要和我同走一遭呢。"正待说下，只见索安回道："大人请，说是有紧急军务。"紫沧、痴珠就走了。这且按下。

且说采秋系于正月十五早往碧霞宫，也在观音大士前许下长斋。自此脂粉不施，房门不出。这一个月，柔肠百转，情泪双垂，把个如花似玉的容颜，就变得十分憔悴了。还好红豆、香雪两个丫鬟，都是灵心慧舌，无可讲的，也引着采秋讲讲，无可笑的，也引着采秋笑笑，所以比秋痕景况总觉好过些。

一日，冷雨敲窗，天阴如墨。采秋倚枕默坐，忽藕斋进来，取出荷生十三寄来的信，展开阅过，叹了一口气，藕斋就出去了。信内附有人日的诗，并痴珠的和章。采秋唤香雪印一盒香篆，自己慢慢的点着，领略一会，将寄来的诗，吟了一遍，就向床上躺下，想道：“天下事愈急则愈远，愈迎则愈拒，去年秋痕不是这样么？”又想道：“痴珠说那华严庵的签兆，竟是字字有着落，似乎我和荷生这段因缘，恁是怎样也拆不开的。只是这签兆也怪，秋痕的秋心院，是小岑替他取的名。我的春镜楼，是我自己杜撰的。怎么那庵的签上有‘秋心院’三字？那老尼偈语又说出‘春镜’？敢莫这支签和那偈语，通是痴珠编出来，也不可知。”想到此，陡然心上冰冷，不知不觉吊下泪来。又想道：“说是痴珠编的，他何苦自己讲那不吉利的话？”

左思右想，便合着眼，听着雨声淅沥，竟模模糊糊的好像到了秋心院。突见秋痕一身缟素，掀着帘迎出来，采秋惊道：“秋痕妹妹，你怎的穿着孝？”秋痕泪盈盈道：“采姊姊，你不晓得么？痴珠死了！我替他上孝哩！”正在说话，忽见荷生闪入，采秋便说道：“痴珠死了，你晓得么？”荷生吟吟的笑道：“痴珠那里有死？不就在此？”采秋定神一看，原来不是荷生，眼前的人却是痴珠，手里拿个大镜，说道：“你瞧！”采秋将唤秋痕同瞧，秋痕却不见了。只见镜里有个秋痕，一身艳妆，笑嬉嬉的不说话，却没有自己影子。正在惊讶，忽一阵风过，尘沙眯目，耳中只闻得呼呼的响，又像是波涛滚滚的声，心上觉得突突的乱跳。一会，悄然开眼一看，只见白茫茫一片大海，自己立在一个山上，四顾无人，十分害怕。沿着径路走来，见一峰插天，苍翠欲滴，上面有古篆三字，一字方围有一丈多大，却不认是何字，想道：“我今日也有认不得的字了。”转过山坳，海也不见了。瞥见痴珠同两个丽人，俱是一身缟素，立在前头。一个丽人，好像秋痕。采秋欢喜，迎上前来，说道：“怎么你两个却跑到这里来？”再一审视，那里有三个人？却有三片白石挡住去路，想道：“原来就是这石作怪！”再要转身，恍恍惚惚是个屋里，见个丫鬟抢过来扶着，叫道：“娘快醒来，天冷得狠，和衣睡不得。”撑眼一看，却是红豆。因起来说道：“我略躺一躺，竟睡着了，迷迷惑惑，做了几多的梦。”

红豆细问，采秋不说，只叫他取表来看，已是四下多钟。香雪向熏炉中倒碗茶递来，采秋喝了。回忆梦境，犹觉历历。红豆端上素菜，随便用些。遂向佛前烧了晚香，闷坐听雨，便和红豆说起梦来。正是：

秋心春镜，一刹罡风。

情天佛国，色色空空。

欲知后事，且听下回分解。

第三十七回　廷推岳荐诏予清衔　风暖草熏春来行馆

话说关陇回部，自去年大受惩创以后，善良者自然回籍，重谋生业，就中单身的，也受地方官安插，洗心涤虑，去作良民。只有一班狡黠的酋豪，或逃亡在外，复出为非；或虽受招安，家业已荡，便纠合亡命，就近作个强盗，掳掠乡民牛畜，抢劫过往行旅。地方官只怕多事，隐忍不报。这回民啸聚得多，去年逆倭据了广州，回民得信，因又跳梁起来。想并州富足，又是春和时候，这番真个要由草地窜入云州等处。

雁门关总兵于正月三十得了确信，是夜子正三刻，五百里加紧禀报前来。因此经略请荷生计议，荷生道："这番不比前次，只要以防为剿。前次彼已破了潼关，故不能不痛加剿洗。今日彼尚在三关之外，只有迅速将关外各口隘严防，彼来则剿，彼去亦不必追。野无可掠，自然解散。然口外各隘，炮台沟垒及瞭台探卒，是紧要的。"荷生一面说，经略一面点头道是，随说道："这事只好请先生督兵一行。"荷生辞道："只怕才力不及。"经略那里肯依？又问起荷生纳宠之期，荷生即以采秋的事相告，经略大喜，说道："先生此行，公私两得，须带多少兵呢？"荷生道："兵不在多，就左右翼中挑出千名，着颜副将、林总兵两人管带前往，便够调遣。只此行却要仗大人洪福，两件事都能如愿才好。不然，五台山近在咫尺，誓将披缁入山，不复问人间事矣。"说着，眼皮一红。

经略笑道："先生何必如此？回人余孽，先生一出，马到成功。至先生私事，怎样办怎样得手，更属无可疑虑。而且先生气色大好，指日还有喜事，不过这两天，便可得信哩。"荷生道："晚生还有什么喜呢？"经略道："这会且不必说破。我是从气色上，看得十分准。"荷生只得撂开，说用兵的事了。是晚经略就留荷生小饮。一面檄召颜、林二将，于明日卯正三刻，带领左右翼兵，赴教场挑选。一面差员提令箭，谕知粮台办饷，军需局预备军装，俱限明日巳刻齐备。

次日卯正，荷生下了教场，到得辰正，已将一千名兵挑出。面谕颜、林二将，午刻给饷给装，申刻管带出城，十里驻扎，初四日辰初二刻长行。颜、林二将得令，自去行办。

荷生回营，顺路访了痴珠，告知一切。痴珠笑道："夫子有三军之惧，"荷生不待说下，截住道："你还说这些，人家百忙中找你坐一会，你却有工夫讲顽话。我和你说，我到雁门，公事或者办得了，只我私事有些为难，倘是不谐，我便上五台山出家了。我的诗文稿和柳巷园子，一起交给你，你替我收掌罢。"便噙着一眼眶的泪，向靴页中取出一个折子，递给痴珠。

痴珠接着，放在案上，说道："你这话从何说起？我和你说，你再不要这般胡想，你从此是一派坦途。你想要跑一遭雁门，就出有这一件事，替你做个锦上添花，凑巧不凑巧呢？我这会正替你喜欢，你何苦说出这些话？倒是我和秋痕，不晓后来是怎样变局！"荷生道："你只听心印的话，和李太太商量，给了身价，是正经的事。至秋痕替你打算，都行不去，我劝你不要听他。这数句就是我临别赠言，你须记着。"便站起身，匆匆的走了。

回到营来，正待卸下冠服，帘外的人报道："大人穿着公服过来。"荷生迎出，只见跟班捧着摺匣，经略笑吟吟的步上平台，拉着荷生的手进入屋里，即向荷生一揖，说道："先生大喜！"荷生只道是给他送行，便回一揖道："全藉大人平日的威德，此去或不辱命。"经略笑道："喜事重重。"便向摺匣中取出一本奏摺来，递给荷生。荷生见上面朱批道：

> 览奏均悉。这所保五品衔举人韩彝，着授兵科给事中，即留营参赞军务。钦此。

阅毕，将摺子安在上面几上，九叩谢恩，便向经略行下礼去，道："大人栽培。"经略赶忙还礼。荷生起来，说道："仰荷天恩，不次拔用，只怕材不胜任，辜负大人一番盛意。"经略掀髯笑道："我保举总不错，而且这摺子上得也妙。我的摺子，是十九到京。十八，谢小林侍御早有一摺，密保了你。内阁于二十日奉着上谕，也行文来了。”说着，便走向儿子，将摺子展开，检出一张红单条，递给荷生，见上面写的是：

兵科抄出，正月二十日，奉上谕：河南道御史谢嘉树奏称，五品衔举人韩彝，学富韬钤，材堪将帅，现为并州大营延理军务。前年元夜，蒲关奏凯，悉伊运筹之力，与明禄年终密保摺内，语悉相符。着即授兵部给事中，仍留本营参赞，该部知道。钦此。

瞧毕，说道：“幸是小林摺子是先一日递的。譬如小林摺子后一日，大人摺子先一日，倒像小林附声气了。”经略道：“这都是先生的福大！”又附耳道：“听说秦王召见时，也曾保过先生。”荷生接着道：“如今求大人别这样称呼。论统属，大人是个堂官；论保举，大人是个恩师。”经略道：“好，好，我们兄弟称呼罢。”坐一会，就也进去。

自此，荷生算是并州小钦差。遂赶紧备了谢恩的摺，由经略代奏。经略即将此次荷生督兵出关防剿情形，也一并奏明。次日卯刻拜发。当下通省官员、本地乡绅及营中幕友将校，贺喜者麇至沓来。荷生有见有不见。直闹到定更多天，刚欲歇息，又是痴珠来了，说道：“何如？班生此行，无异登仙。”说得荷生也笑了，执手数语而别。

次日，紫沧是卯正匹马先走，四站赶作两站。荷生为着经略暨文武官亲送出城，到得未正，才抵青龙镇。是日大风，一队轿马行土岭间，蜿蜒逼仄，兼之土无泉脉，偃峙枯立，经风簸扬，尘垢纷集，将至忻州界，风刮愈烈，飞土如雨。荷生轿中口占七古，是：

祖龙鞭石石未尽，破碎弃置西山涯。

生公说法不到晋，遂令千载成顽沙。

行人策马频来往，轮蹄误听风波响。

谁信元戎十丈旗，借作桃根两枝桨。

刚才吟完，前行帅字旗转出山坳。三声炮响，忻州文武官接出界上。荷生不免下轿酬应一番。

此时天色将黑，等得灯笼火炬一起点着，再走十余里，已经八下多钟。灯火中遥见远远一簇人马，知是颜、林二将排队迎接。望着帅旗到了，吹起角来，炮声一响，挝鼓三通。行馆门前，奏着细乐。荷生的轿，软步如飞，进行馆去了。青萍传出令箭安营。森严甲帐，灯火齐明；刁斗传更，旌旗闪影。二更后，荷生自出营外查了一回，颇觉整齐严肃，心中高兴，便作了一诗，题在壁上，云：

陌上何人赋草熏？无端祖帐感离群！

天连野戍生边气，风卷平沙作浪纹。

断涧经年惟积雪，空山有用是生云。

独怜天下方多事，鸿雁中宵不忍闻！

第二日风定，卯正起马，按队上石岭关。遥望忻州城郭，在高冈陂陀之际。绕铁笄山下，行河滩沙石中，三十里外，路始平坦。春融冰释，土脉上浮，途间往往水溢。度田间阡陌，到了忻州城。人烟稠密，百货毕会。帅旗一到，父老扶杖，妇孺联裙，道旁顿如堵墙。州官迎入行馆，打尖，尖后行平野中。时方东作，只见扶犁叱犊者，于于而来，喁喁而视，正如一幅图画。那崞县官员，又接来界上了。

第三日由金山铺起马，五里忻口，两山尽处，凿石为关，一夫当之，万夫莫敌。遂沿滹沱河至红崖湾，尖北贾镇。不一时，过了崞县，城在土岭之巅，土多崩裂，城亦倾侧不整，道途观听，自不及忻州热闹。四下多钟，到得行馆。轿子刚进屏门，钲鼓声中，忽见紫沧行装站在台阶上。荷生喜极，打着护手板，护轿营弁忙将轿扶下。紫沧抢迎过来，荷生赶着下轿道："你怎的又转回来？"紫沧正待答应，荷生瞥见上屋有个艳妆侍儿出来，凝眸一视，却是红豆站在帘边。荷生这一喜，如陡见家里的人一般，说不出话，连紫沧怎样说也不听见，只拉紫沧向月台上走来。才上月台，又听得帘内环佩之声，珊珊已到门侧，更是心花怒开，向红豆道："你来接我么？"红豆打开帘子，笑道："娘也来了。"荷生早见采秋倩影亭亭，临风含笑。两人执手，喜极而悲，各自盈盈泪下。半晌，荷生向紫沧道："我不是做梦么？"紫沧道："坐下再说罢。"方才坐下，青萍回道："代州官员禀见。"采秋、红豆退入里间，紫沧也退出东厢。荷生一起一起的接见。直至上灯，才有空和采秋畅谈。

看官听着：人生富、贵、功、名，一字是少不得的。正月时，贾氏何等刁难！这回紫沧自省赶来，进城已是初三黄昏时候，竟不到家，先来见过采秋，将荷生的信递给他瞧。先是雁门郡人心惶惶，讹言四起，闹到初三下午，得着韩荷生带兵出来信息，才稍安靖。这贾氏见时事如此，深悔前非。后闻荷生带兵来了，又怕惹下祸事，早哑口无言，受藕斋抱怨。如今听得荷生做了官，是个钦差，喜到十分，就也怕到十分，那退悔更不用说了。转自己出来招认不是，只求紫沧领采秋迎上一站来。

采秋道："这却不必。"紫沧道："也好。此去崞县，只四十里地，知县又是我旧东家，可以据实说给他预备，也免得荷生进城一遭，招摇耳目。且此事是经略知道的。"原来到雁门关，是由代州阳明堡西行，不走郡治。打郡治北门二十里至雁门关，是个小路。荷生与紫沧打算，是到了崞县，教颜、林二将带兵先行，自己换车私往采秋家一探，即连夜出北门，赶到关上。不想贾氏转叫采秋接出来。

当下说明，贾氏、藕斋都在厢房伺候。紫沧领他夫妇出来叩见。荷生也还了一揖，前事不提，只面谕两人：将采秋行装收拾妥帖，等候班师。两人答应退下。恰好上屋的席，是两席满汉，荷生便撤一席，赏给两人去吃，自与采秋同坐一席。采秋因问起痴珠、秋痕景况，荷生略说一遍，因叹道："你吃长斋，他也吃长斋。你如今开了荤，不知他何时才开哩！"采秋也为怅然。这一夕，崞县十分讨好，行馆中彻夜灯烛辉煌。二更后，紫沧自在东厢安歇。两人并枕，谈着三十来天别绪。

转瞬天明，营门外角声呜呜的吹个不止。荷生只得起来，传令颜、林二将先走，又见了几起的客。因行馆后进有座望楼，便与采秋领着红豆，登楼凭眺。遥见空际有白云数片，谛视之，不动亦不灭，采秋指着道："这就是雁门关山头积雪。"荷生道："我少刻便在这山外了！"说着，两人泪眼相看一会，不语。忽晓风吹来，凉如冰雪。采秋道："口北地方冷，不比内地，你带着大毛衣服没有？"荷生道："都有。"采秋又嘱咐："诸事留心保养。倘若要打仗，千万不可轻敌，口外回人是不怕死的。”荷生道：“我知道。这回不用打仗，你放心。”瞥见尘沙起处，一簇军马如蚁行蜂拥，红豆指着道：“兵出城了。”忽见青萍上来，回说：“轿马伺候已齐。”荷生遂与采秋订着班师之期。

两人执手含泪，采秋呜咽道：“我不便下去送你，就在这楼上望望罢。”又嘱咐了青萍，路上好生伺候。又亲自与荷生穿上大红披风、厢金风帽。荷生只得硬着心肠下楼。到了院子，回头一望，见采秋泪眼凝睇，荷生也含着泪眼道：“你也回去罢!”采秋点头。荷生出来前屋，嘱紫沧三日后到关上来，就上轿走了。

采秋和红豆在楼上，听得城边炮响，知荷生出城，便眼撑撑的向着先前瞧见军马的地方望去，等了好一会，才见帅旗过去，一顶四人抬的蓝呢轿，前呼后拥，迢迢前去。到得转过树林，望不见了，叹一口气，方扶着红豆下楼，与他爹妈回家。正是：

杨柳依依，长亭话别。

骍骍征夫，邦家之杰。

欲知后事如何，且听下回分解。

第三十八回　苿莒无灵星沉婺女　棣华遽折月冷祗园

话说痴珠初三夜自大营回寓，一夜无聊。天亮一会，听得炮声连续，知是荷生走了，就也起来。见碧桃花都已零落，憔悴得可怜，便叫林喜挪在槐荫下，教他们天天灌溉。盥漱用点已毕，伏枕假寐。恍恍惚惚瞧见李夫人颜色惨淡，穿着凤冠霞帔，掀着帘子说道："先生自爱，我先走了。"觉得一身毛发竖起，擦开两眼，寂无人声。心上十分作恶，便步行到了县前街。

李夫人方才罢妆，迎了出来。痴珠留心瞧夫人的神气，也还好好，自然讲不出梦中的话。转是夫人说道："谡如许久没有家信，这两天实在记念他。"言下怆然。痴珠只得将话宽解。夫人又说起娘家隔远，没个亲眷，因劝痴珠赶办秋痕的事。痴珠只是不语。

吃了早饭，便来秋心院，只见院中静悄悄的，步入里间，秋痕头也没梳，手拿一本书，歪在一个靠枕上看，抬头瞥见痴珠，坐起笑道："你来么?"就走下地来。痴珠也笑道："荷生去了，我无聊得狠。"秋痕携着痴珠的手道："天下事都要翻转来看，譬如你当初不认得荷生，他走他的路，你自然不想着他。就是我……"说到这一句，便和痴珠坐下，噎着咽喉，说不下去了。痴珠惨然。停一会，秋痕又说道："我没爹没妈，孤苦伶仃一个人，又堕在火坑，死了自然是干净。你怎好……"说到这三字，竟哭起来。痴珠道："怎的?"秋痕哽咽道："痴珠，痴珠！你也该晓得，梧仙是心已粉碎，肠已寸断了!"痴珠忍不住也掉下泪。停一会，秋痕转抹了眼泪，问道："你出城送荷生没有?"痴珠摇头道："没有。"秋痕道："你这会从家里来么?"痴珠道："我昨晚一夜没睡。"就将清早梦见李夫人及到县前街李夫人说的话，一一述给秋痕听。秋痕道："李太太做人，狠有福气，何至有什么意外的事？你我的事，承太太一番美意，只是我家的人，实在难说，总要我挨得一年半载的苦，教他们没甚想头，那时候就好商量了。”

两人促膝谈心。靠晚，吃过饭，秋痕略有意兴，焚了一炉香，将琴调和，弹起《水仙操》。只觉得指头勾剔，怪刺刺的，与寻常不同，便说道：“怎的生疏了？”再和一会，又弹起来，没得半阕，忽划然一声，宫羽两弦一齐断了。两人失色，默默无言。秋痕满襟是泪。那猧儿踆踆，傍着锦勒，好似劝慰他一般，痴珠叹口气道：“怎的就这般件件见得不好！”秋痕伏在琴案，呜呜的哭。痴珠挨不住，就自走了。

一夜难过，到得四更，忽听外面挝门甚急，秃头认是县前街老奴李升声音。痴珠赶着问：“是何事？”李升入来，站在房门外，回道：“太太夜来生产，觉得十分不好！”痴珠不待说完，便披上衣，跳下床来，一面披衣，一面赶着套车，李升提灯迎上去了。到得县前街，只见门上的人都迎出来道：“韦老爷来了，我们太太不好得狠！”痴珠赶着下车，问道：“到底怎样？”门上的人道：“胎是已下，只人已晕过数次。”痴珠道：“没个亲眷，怎好哩？”大家跟进大厅。炕上一个是高大令，一个是麻大夫，和管事家人商量下药。听说痴珠进来，大家抢下台阶。麻大夫道：“痴珠先生来了，便有人做主。”痴珠道：“给大夫看，怎样呢？”高大令不语。麻大夫摇头道：“脉息已散，怕看命根……”只听得上屋连声说：“太太请韦老爷！”

痴珠只得向麻、高道：“全仗高明营救，定个神方。”踉跄走入，掀开帘子，站在房内问道：“这会怎样？”只见老嬷丫鬟围床两旁，李夫人色如金纸，靠在两个老嬷身上，手牵阿宝，望着痴珠厉声道：“先生！我挨着死等你，你把阿宝手上钥匙收起！”哎呀一声，即便晕绝。大家赶着握住头发，灌下参汤，渐渐回过来。一个大丫鬟带着阿宝，将一包钥匙递给痴珠。痴珠见这光景，又见阿宝泪痕满面，真个心如刀绞，禁不住涕下滂滂。听得李夫人又厉声问道：“交给先生没有？”痴珠只得大声道：“我已收过。太太你拿定心，不要乱。”李夫人噙着泪道：“我的心一丝不乱，只我的爹娘都来叫我去了。谡如数月没有信息，军营中生死不可知。我的兄弟又隔十余天的路，苦呀！”一阵血腥，人又晕绝。

痴珠十分难受，又不便上前，没个主意，只得退出帘外。此时高、麻商定一方，赶着煎好，灌下。大家随哭随叫。好一会，又回过来，叫道：“阿宝呢?”大家将阿宝送上，李夫人瞧一瞧。恰好阿珍、靓儿都醒了，奶嬷抱到床前，李夫人也瞧一瞧，说道：“我不管了！”又叫道：“先生呢?”痴珠急入。此时天将发亮，灯光烛影，闪得阴沉沉的。猛听得李夫人叫道：“谡如！谡如！”便两目低垂，双牙紧闭了！痴珠大恸，阿宝伏着床沿，呜呜的哭，内外人等都嚎啕大哭起来。

一会，停灵挂孝，管事家人请痴珠议定殡殓。痴珠便领着李家几个老仆，和李夫人身边的老嬷大丫鬟，将一切箱笼尽行粘封。差人向谡如、鹤仙相好的同寅故旧告丧。秋痕就也来了。到得巳末，便有各家的眷属前来哭临。秋痕一身素服，陪着痛哭。好是谡如不在家，阿宝又小，却无男客。痴珠乘空，便洒泪作书两封，一专差到蒲关去，一专差到江南去，酉刻同发。

次日初五，阴阳生拣的时辰是卯正三刻大殓，午初一刻进棺。到得三下多钟，安了灵，秋痕便向李夫人灵前哭辞，嘱咐老妈丫鬟看视阿宝。这阿宝虽只八岁，却乖觉得狠，见他母亲已死，秋痕也要去，便拉着秋痕的衣袖大哭。大家都已收泪，见阿宝这个情状，满屋的人惨然，又跟着哭。秋痕更是伤心，抱着阿宝道：“我不去，你不要哭。”于是痴珠走了。

此时新月如钩，痴珠对月独坐，想着李夫人如许做人，竟罹此难，可见天道无知！便懒懒的进房，一夜翻来覆去，想起谡如远别半载，荷生出师关外，客边痛痒相关的人，目前竟无一个。回首南边，又遍地黄巾，差不多一年不得家信，老亲、弱弟、瘦妻、稚子，竟不知是何景象。想到此处，真个四大茫茫，侧身无所，才名画饼，忧患如山，不知不觉痛哭起来。时已三更多天，累得秃头等从睡梦中各自惊醒，急起探视。痴珠只得说是梦魔。

次日一早，教李福磨一盂的墨，教秃头买得白绫，写一幅挽联，自行带至县前街挂起。秋痕瞧是：

廿余年往事如烟，记旧日师生，恍见双鬟来问字。

二千里望夫化石，痛当前儿女，何堪两地共招魂！

看罢，又滴了无数的泪。是日，痴珠便陪了一天吊客，又定下念经开吊日期，刻起讣音，直到上灯回寓。

秋痕打发痴珠走后，正在灯下替阿宝缝孝鞋，忽见门上的人领着穆升踉跄奔入，说道："刘姑娘，快看老爷去！龙山失守，我们八老爷殉难了！老爷接着家信，大哭一声，晕倒在地。"秋痕这一惊，好像半天打一个霹雳！大家都也惊骇，赶着替秋痕收拾，骗开阿宝，悄悄的上车。一路淌了多少眼泪。

到得西院，早听得痴珠号啕大哭。心印、池、萧及秃头等，围着一屋。秋痕这会顾不得什么，拉着痴珠也哀哀的哭。后来秋痕先住了哭，同大家把痴珠拥入里间躺下，把痴珠劝住哭。痴珠谢了众人，就托心印延请十六位戒僧，就汾神庙开起七昼夜经坛。

到了次日，排设停妥，西院外间。也安了灵。痴珠素服哭奠一番，便赴坛烧香。此夜月色阴沉，纸旛招展，觉得梵语凄凉，灯光黯淡，绝不似寻常鱼鼓经声，便又大恸起来。这日就有同乡过来慰问。以后各营员弁通知道了，也有排祭筵的，也有送联轴的，更忙了数日。兼之县前街也在开吊，痴珠万虑千愁，这十数天也疲极了。虽有秋痕、秃头小心伺候，无奈饮食日减下来，直觉骨瘦如柴，身轻似叶。到了谢吊这一日，只喝粥两碗，是夜又呕了数口血，直把两人急得要死。

痴珠因告知秋痕，决意于三月初十带秃头、穆升，轻装南去看家。秋痕忍着泪道："这是正理，我怎敢多说？只道路梗塞，是一节为难。再你这样身体，怎禁得起长途跋涉？"痴珠叹口气道："死生有命，我做我的事罢了！"秋痕默然。痴珠接着道："我与你总是没缘，故此枝枝节节，生出许多变故。我如今百念俱灰，只求归见老母。"秋痕扑簌簌吊下泪来，说道："我原说过，祸离更甚于惨别，你有老母，怎的敢叫你不要回南？只我的魂魄，一路附着你走罢！"痴珠道："这也何必！自古无不散的筵席，百年岂有不折的鸾凤？万里一心，遥遥相照；万古一心，久久不磨。你我就不能同生同死，也算得是个同心。"痴珠说到这一句，便咽住了。秋痕更是难忍，竟大恸起来。

这夜痴珠于枕上得一首五古，留别秋痕。诗云：

瑶台熟蟠桃，王母初开燕。鸦头簇绣袍，雉尾移宫扇。祥云朵朵来，大会神仙眷。就中拈花人，忽展春风面；小儿从隙窥，偷索手中钏；目成两无言，双心盟缱绻。好词致蹇修，竟已遭神谴；妃子谪风尘，岁星亦不见。一十九年间，沧桑知几变？氤氲使有神，会合旧钗钿。堕落复何言，绿惨秋心院！讵惜圭璧躬，一作红颜援？所恨磨蝎宫，事变惊闪电。此别岂不伤？此会难相恋。痛如俎上刀，快若弦端箭，涕泪双滂沱，襟上千行溅。莽莽并州城，可是阎摩殿？早知烦恼多，何如不相见！正是：

鸳鸯不独宿，难至亦分飞。

春草江南客，扁舟一叶归。

欲知后事，且听下回分解。

第三十九回 燕子覆巢章台分手 雁门合镜给事班师

话说鹤仙也没同胞兄弟，只有个族兄，名乔龄，字芝友，原是陇西宁远卫守备，因公革职，此番进京捐复，路出蒲关。鹤仙逆计芝友出京之日，李夫人当已分娩，好教他护送前来。不想芝友到了太原，已不及见李夫人了。鹤仙得了此信，便差四个干弁、两个老家人，星夜赶至，谆恳痴珠替李夫人权厝后，挈阿宝兄妹西来。

痴珠因此决意三月初十回南，把所有书籍古玩并一切衣装，开了清单，悉给秋痕。此时秋痕是领阿宝住在西院，当下将单收过，瞧也不瞧。痴珠又将自己那幅小照付给秋痕道："这做你画里情郎罢！"秋痕噙着泪，一言不发。阿宝平日跟着李夫人呼痴珠为先生，看了秋痕情景，接着说道："刘姑娘，你难道不和我先生一起走么？我是要你和先生同送我到舅舅衙门去。你不走，我便跟你住在这里。只是先生一人去找舅舅，没你伺候，你也该不过意。"说着，便倚在秋痕怀里淌泪。两人半晌无言，正是肠断魂销之际，给阿宝这一说，便各伏在几上，大恸起来。阿宝含着泪，东边扯手袖，西边牵衣襟，往来跑个不了。

此时院中鸦雀无声，只听得客厅"哗喇"一声响，把两人吓得一跳，倒停住哭了。出来一看，原来是顶格年久，塌了一半，将个燕窠跌下，燕子纷飞叫噪。正在诧异，忽见秃头进来回道："李狗头带车来接姑娘，说是他妈突患重病，叫姑娘即刻回家。"痴珠尚未答应，秋痕说道："我那里有妈！就是我的妈病要我回去，也待得明日。"痴珠忙接着道："不是这般说法。你对狗头说，现在李少爷跟着姑娘，明日骗开李少爷，就给姑娘回家看病。"秃头出去说了，狗头没法，只得回去。

次日一早，李裁缝、狗头领着跛脚，坐一辆车，便来门房和秃头吵嚷，要接秋痕。秃头道："早哩！爷还没有起来。这个地方，是你们说话的所在么？"

李裁缝嚷道："奇呀！你们把我女儿占了几个月，如今他妈病了，也不给他回去看，到底是什么意思?"穆升不待说完，便抢上前道："放你娘的屁！谁占你的女儿?"狗头冷笑道："你问那姓韦的!"秃头怒气冲天，忍耐不住，从狗头背后一把揪住，骂道："你这小忘八蛋，敢怎样撒野!"狗头刚把手来抓秃头，却被林喜带劝带笑，将狗头两只手鳖住，给秃头连刷了五个嘴巴。李裁缝气极，将头向穆升撞来，却被穆升抓住，骂道："匌不死的老东西，要和我拚命么?赏你一个死!"便将手一掀，摔出门来。

这里看门听差和厨下打杂人等，都一齐跑来，拉的拉，劝的劝，吓得跛脚手足打战，那李裁缝便倒地号啕哭起冤来。狗头只是寻人厮打，却被大家按住手。池、萧两人也起来。痴珠、秋痕在睡梦中听得外面吵闹，不知何事，叫人又不见一个，只得披衣出来。刚走到月亮门，遇着厨子天福，是个急舌，说话不大分明，说是"爷们和吕家的人打架"。数日前汾神庙住了一个吕通判，穆升因他的马常跑入西院，与他家人才有口舌。因此错听了，就不出去招呼，只叫天福传谕穆升不要多事，并唤他进来。

当下秃头听天福说爷唤，秃头便先走了，穆升、林喜、李福也走了。李家父子晓得痴珠起来，便舍命跟着秃头闯入月亮门，大家都挡不住。痴珠这会才晓是李家父子闹事，听得说的话没有一句不是撒赖，直气得胸吭冤填，手足冰冷，在屋里和秋痕默默相对。一会，竟嚷到西院客厅。秋痕愤极，抹了泪，挽好头发，包上绉帕，检出痴珠一轴小照藏在袖里，向痴珠道："你听我的信!"痴珠泪眼盈盈，不能言语。秋痕早跑出客厅道："你们闹什么?你们不过是要我回去，走罢!"此时心印、池、萧都在一边做好做呆的劝，瞥见秋痕出来发话，倒觉一跳。跛脚迎上前来，秋痕向阿宝老妈道："少爷没有醒，醒了你好好骗他回去。"又向心印、池、萧道："往后大家替我宽慰痴珠，我做鬼就忘不了!"又向李裁缝道："要我回家，犯不着闹出这种样儿，叫人笑话。"一面说，一面扶着跛脚走了。

李家父子见秋痕出来，理早短了，而且此来只怕秋痕不肯回去，如今秋痕已走，趁着池、萧一人拉一个，就也出来，跟着车去了。只痴珠、秋痕七个月交情，从此分手，便永无见面之期，说来也自可伤！当下软瘫在窗下弥勒榻上，心印、池、萧劝解一会，痴珠叹口气道："只这十二日缘分，也不许完满!"于是大家议论：李家今日如许决裂，是何缘故？都想不出道理。后来萧、池两人探得是钱同秀、卜长俊、夏旒、胡耇四人布的谣言，说是痴珠要带秋痕回南。其实痴珠是拚个生离，秋痕是拚个死别。再不想四人做出这种谣言，恰中牛氏心病，所以今天闹出这一段散局。

看官记着：痴珠、秋痕散局这一天，却为荷生、采秋进城之前一日。荷生是二月初六日午刻到了雁门关，初七日，檄颜副将带兵二百名，由马邑偏关西出红门口。檄林总兵带兵二百名，由平鲁朔平北出杀虎口。密令二将于口外炮台瞭台多张旗帜，一路传单谕帖，俱声言是带五千名兵。

先是，关外各口汛官奉到大营严檄，已经将炮台沟垒一例修整，嘹台探望一例添人。如今即饬两将一路查勘。十一日，紫沧至关，荷生便同紫沧带兵出关，驻扎广武故城，等候消息。十二日，大营接到三边总制五百里咨文，说是回部业自解散，首犯数名，亦已擒获枭斩。是日飞札韩给事班师。十四日，荷生得信，一面入关，一面檄颜、林二将撤兵。紫沧先回州城，同地方官商议，赶于花朝替荷生迎采秋归于行馆。十五一早，差员往接荷生。

十六黄昏吉时，州里备一座蓝呢四轿，轿杠加两道红彩，轿顶结个彩凤，下垂四角彩结，四员营弁步行护轿。轿前是二十对红纱宫灯，四对提炉，一部细乐；轿后是八名银鞍骏马的家丁，前往东巷。红豆、香雪一身艳服，扶着采秋宫衣宫裙上轿。荷生就行馆中设祖先香案，引采秋行礼。紫沧教青萍于寝室排两张公座，红豆、香雪护侍采秋谒见荷生。是夕，行馆灯彩辉煌，管弦杂沓，春风溢座，喜气盈阑，不用说了。但采秋远别父母，荷生回忆山妻，遥怜秦女，触目动心，欣喜之中终不免有些伤感。倒是旁观觉得才子佳人，如此圆全美满，真个福慧双修，一时无两。

军中大宴三日，传令颜、林二将带兵先行。紫沧也于是日起身。二十六日，荷生、采秋双双言归。先是驻扎代州，得了痴珠来信，述及近事，荷生叹道："痴珠真是晦气！"采秋道："痴珠还怕有什么大不好。"遂将前梦告诉荷生。荷生也为诧异，因笑说道："瑜、亮本来是一时无两呢。"

紫沧及颜、林二将先于二十七到了并州，索安等管押采秋妆奁箱笼，于二十八也到并州。地方官为着荷生是九重特达之知，后来地位难于限量，此番办的差事虽照着小钦差章程，却件件加倍讨好。柳巷行馆，铺陈供给，都照大营。

荷生私事全托紫沧、爱山领着贾忠等照管，公事便交给羽侯、燕卿兼办。

二十九巳刻，青萍领着四员营弁，护卫采秋、红豆、香雪一乘四轿、两乘小轿，先进了城。荷生带着几个新来的跟班，一路酬应迎接官员，直迟至未正，才进行馆。接着，又是经略来拜请会，两人叙话，直至黄昏。通省官员这一天便都不及见了。次日一早，接见曹节度后，就出门回拜了经略、节度及大营办事诸幕友，便来秋华堂看视痴珠。

痴珠虽晓得荷生班师，即日可到，但昨天一早被那狗头父子吵闹，与秋痕撒了手。接着，又是阿宝醒来不见秋痕，哭得痴珠肝肠寸断，大家好容易哄住阿宝的哭，回县前街去了。痴珠顾影雪涕，骨立形销。第三日早起，荷生打大营前来，慰问痴珠，便询秋痕。痴珠黯然不能答应，倒是秃头回明。荷生叹口气道："我早料有此散局！"痴珠也叹口气道："再休说起。"就把鹤仙的信给荷生瞧，便说道："我送阿宝兄妹到蒲关，即由河南回南。"荷生瞧了信，说道："蒲关只隔十一二天的路，不算什么。南边的路，现在文报两三个月不通，你怎么走得？而且你这样单薄身子。"痴珠不待说完，截住道："我是走得到那里，就死在那里，也算是走了！不然，还留在并州城养病，有此理么？"荷生道："你不要急，再作商量。"随站起身道："我今日初到，百凡没有头绪。"帘外跟班传呼伺候，痴珠接着道："我初十是准走呢。"荷生眼皮一红，便匆匆去了。正是：

东歌西哭，一喜一忧；

莫非命也，谁怨谁尤。

欲知后事，且听下回分解。

第四十回 意长缘短血洒鹃魂 人去影留望穷龟卜

话说晚夕，痴珠嗒然独坐，忽见帘子一掀，荷生、紫沧便衣进来，笑道："我充个红娘，好不好呢？"痴珠忙站起迎坐。原来荷生今早拜了客，回到行馆，已是午鼓，就将痴珠近事，一一告知采秋。采秋为李夫人凄恻，更为痴珠、秋痕烦恼，说道："我不叫两个即日见面，我这'杜'字也不姓了。李家这样可恶，总不过是个教坊。明日不是班师喜宴？用得着他们。难道你差人传他，敢不来么？只秋痕脸上过不去，须唤紫沧走一遭，给秋痕说明，再嘱琴妹妹伴他进来。你作字订了痴珠，教他们在这里见一面，往后再作打算。"荷生道："我也这般想，明日招了爱山，并替痴珠完个画小照的心愿罢。"

再说秋痕回家三天，虽受过牛氏几次毒詈，也没甚不了之事。这日靠晚，外面传报："冯师爷来了。"李家父子晓得这人是荷生相好，肃静伺候。秋痕噙着泪望着紫沧进来，便呜呜的哭个不了。紫沧从灯影里瞧着秋痕憔悴的面庞儿，几乎认不得，便坐下说道："我不见你才有三四个月，怎的销瘦到这田地？咳！你总是这个性情，尽着哭，干不了什么事。"秋痕咽着喉咙道："你见过痴珠么？他比我更不堪哩！"紫沧道："我不得空，荷生今早去看他。"秋痕道："他运气不好，家中层叠出了许多变故。这都是我苦命，害了他。他初十走，梧仙的魂就在城门边等他，教他叫我的名字，我便跟他去了！"说着，又哭了。

紫沧道："你不用这般说，他初十不能走。他就初十要走，荷生也不给他走。"秋痕哭着道："我不敢阻他不走，其实道路是走不得。"紫沧遂将荷生早上对痴珠说的话，及后来采秋的打算，悄悄告知。秋痕十分感激，便问起采秋前后的事，紫沧略说一遍，喝了茶，归报荷生。两人就找痴珠来了。看官！你道痴珠、秋痕还有一见之缘么？要知心印说的，人生该聚多少时，该见多少面，都有定数，到得数尽，任你千谋百计，总是为难！

次日，教坊奉到中军府传单是：连升部、三吉部、翠云部、秋心部，准于巳刻齐集柳巷行辕，伺候班师喜宴。李家循例送了差人几钱银，浼他告病。差人翻了脸，将银摔在地下道："这回比不得寻常，上头吩咐，不准告病。就有真病，也要赴给巡捕老爷验看。你不看翠云部的薛姑娘，都不敢告假么？"牛氏没法，只得老着脸来求秋痕。秋痕道："武营认真呼唤，我怎好不替你们一走？只我却不能妆掠，打个辫子，去见巡捕罢。"牛氏自是喜欢。

巳刻，四部齐集柳巷行馆，只见辕门外站满兵丁。大家到了巡捕厅班房，瑶华便引秋痕到个净室，安慰一番。秋痕见了瑶华，就如见个亲人一般哭诉。瑶华道："姊姊，你何必哭呢。你既然肯拚个死，有什么事还做不出？只是忍耐些儿罢。"秋痕当下抹了泪，正待答应，忽闻辕门升炮吹打，只见狗头跑进来向瑶华、秋痕道："大人回来了。你道大人是谁？我不想就是韩师爷，你来瞧罢。"于是大家都出来辕门空地里站着，远远的瞧。瑶华扶着秋痕，也站在一块。

原来今日算是凯旋之宴，荷生从经略处拜了奏章回来，用的是全副钦差仪仗。见大门台阶下两边一字儿金字高脚牌，高脚牌后全部仪仗，从人缝里见锣声过去，是一对金黄棍，接着一把三层红伞，两把洒金青扇，一对对皮槊刑杖。大门外早奏起细乐。一会，二员水晶顶骑马官员，引着一把大红马伞，两对雁翎刀，两对提炉，四对车渠顶的挂刀营弁，簇拥着玻璃四轿，坐个高颧广额长耳轩眉的韩荷生。此时人声悄悄，只听得脚步声，马蹄声，武威声，前面数下大锣声，后面四把高帜，却从辕门边湾过来，空地里下马。倒把秋痕吓了一跳，回来班房坐下。秋痕叹一口气，想道："人生有遇有不遇，难道痴珠不是个举人？怎的运气就那般不好！"正在发呆，只听得人说道："巡捕老爷下来。"一会，狗头跑进来道："怪得狠，我向巡捕老爷替你告病，巡捕老爷只笑吟吟，不言语。"狗头还没说完话，里头一叠连声传出来，说是："单唤翠云部薛瑶华、秋心部刘梧仙，上去问话。"

于是秋痕、瑶华跟个老妈，湾湾曲曲走了半里多路，见是一群华妆炫服的丫鬟，簇拥采秋迎了出来。秋痕抢上前数步，也不能说话，只扑簌簌吊下泪来。采秋先前是笑，一见秋痕，就也惨然，拉着手道："秋痕妹妹，你通是这样，怎好呢？"就招呼瑶华先走。秋痕忍着哭，跟进一个金璧辉煌的屋里，一齐坐下。

秋痕禁不住呜呜的哭。采秋一手拍着秋痕的肩，一手将手绢替他抹眼泪，自己就也淌下数点泪，向瑶华道："层层折折，都是不如意事，实在难为秋痕！"瑶华也惨然道："却不是呢！"当下红豆、香雪忙着拧热手巾，给两人擦脸，别的丫鬟递上茶点，好多仆妇都在帘外，静悄悄的站着。秋痕方才哽咽着声，哀哀的替痴珠苦诉。采秋道："硗硗易缺，皦皦易汙，这真令人恼极！只锯齿不斜不能断木，你总要放活点才好呢。"瑶华道："痴珠是过于洒落，秋痕姊姊又过于执滞，所以不好。"采秋道："痴珠那里能真洒落？能真洒落，就不误事。"

此时差不多两下多钟了，仆妇丫鬟排上菜，也有素的，也有荤的。采秋亲陪二人。秋痕酒是一点不喝，饭也只吃半碗。方才洗漱，帘外的人报说："老爷进来。"采秋、秋痕、瑶华都迎出。只见两个小跟班跟着，荷生便衣缓步而来，脸上十分烦恼，瞧着秋痕、瑶华，勉强笑道："你来得久了。"采秋问道："外头宴完么？"荷生道："完了。"便令秋痕、瑶华、采秋坐下，向采秋叹口气道："人定不能胜天，这真无可奈何了！"

三人都觉愕然，采秋问道："什么事呢？"荷生向秋痕道："你吃饭么？"采秋道："他刚才吃了半碗饭。"荷生道："也罢，痴珠今天是不能来了。"采秋道："为着何事？"秋痕早伏在几上哭了。荷生道："穆升来说，昨晚我走后，痴珠呕了数口淤血。早上起来，已经套车，突然吐了几碗血，晕绝数次。我叫贾忠、青萍……"荷生刚说到这里，只听秋痕大叫一声："痴珠，你苦呀！"将饭一起吐出，便栽在地下，手足厥冷，牙关紧闭。忙得采秋、瑶华叠声叫唤，丫鬟仆妇挤在一堆。

闹得好一会，才把秋痕救醒，复行大哭。瑶华道："人还没有死，何必这样？"采秋道："痴珠抑郁得狠，能够把郁血吐净，倒好得快。"于是大家扶着秋痕，到屋里将息。秋痕只是哭，也没半句言语。荷生没法，教采秋避入别室，引着爱山到了上房，教瑶华陪着秋痕出来，画个面庞。就吩咐门上，格外赏给狗头十吊钱，差个老嬷送秋痕出来。采秋谆劝秋痕从长打算，又送了许多衣服及些古玩，秋痕只说个谢字，其实是瞧也没瞧。自此，荷生、采秋、瑶华与秋痕也没见面了。虽瑶华后来飓风打舟，吹到香海洋，得与痴珠、秋痕一叙，然已隔世。

是晚，荷生带着青萍，便衣坐车，来看痴珠。痴珠要坐起来，荷生按住，说道："不要起来。"就床沿坐下，烛光中瞧痴珠脸色，心上十分难受，便说道："你这会怎样呢？"秃头道："服了几许藕汁，血是止了。麻大夫开的方，等小的取给爷瞧。"痴珠一丝没气的说道："秋痕回去么？"荷生道："五下钟时，你既不能来，我就打发他走了。他听说你病得厉害，就晕倒在地。譬如救不转来，怎好哩？"痴珠默然。

秃头递上方，荷生见方上开有人参，便问道："我先前送来两枝参，还用得么？"秃头道："麻大夫看过，说好得狠。这回服的药，就是配那大枝的。"荷生道："那大枝的我还有，你往后用完了，即管去取。"穆升端上茶，荷生点头道："你们好好服事，我往后总给得着你们好处。"痴珠道："你便衣出门，也只好一两次，怎好天天晚上这样来呢？"荷生道："今日我原可不来，为着你病，不亲来瞧，心上总觉得不好。我往后也只能十天八天出来一遭。还好这个差事是没甚关防，就给人知道，也没甚要紧。"一面说，一面向靴页中取出秋痕面庞，给痴珠瞧，说道："我今天只为你办了这一件事。"秃头拿着蜡台在旁，说道："不大像。"痴珠叹道："得些神气就是了。"就交给荷生，说道："我病到这样，只怕连这纸影儿就也不能常见！"荷生只得宽慰一番，听得挂钟已是八下了，便谆嘱痴珠静养，出来上车而去。这是三月初一的事。

次日，痴珠少愈，拈一笺纸，写诗两绝以谢爱山。诗是：

卷施不死亦无生，惨绿空留一段情。
憔悴双双窥镜影，药炉烟里过清明。

生花一管值千金，微步珊珊若可寻。
从此卷中人属我，少翁秘术押衙心。

初三日辰刻，阿宝行丧，奉李夫人的灵辆，停寄东门外玉华宫。痴珠不能出城，也坐着小轿到县前街，排个祖奠，看过灵輀出门，才回西院，已是一下钟了。一人躺在里间，忽听得外面报说："留大老爷来了。"林喜引入，痴珠抬身延坐。子善说道："你这两天有人去看秋痕么？"痴珠道："撒手了！叫谁去呢？"子善道："我听说昨日三更天，他全家都走了。"痴珠怔怔的望着子善，"哇"的一声，呕出一口血来，也不说话，就自躺下。

子善忙邀心印过来，只见痴珠坐起道：“风尘澒洞，天地邱墟，何况秋痕！”心印就也说道：“你通人，再没有参不透的道理、勘不破的世事。”子善接着说道：“本来你也要走，他不过先走几天哩。”痴珠不语，只叫秃头，不见答应。穆升四处找遍，全没踪迹。痴珠翻笑道：“这个呆奴，怕是找秋痕去哩。”等到二更后，子善走了，秃头影子也无，大家惊愕。心印道：“你们不要着忙，秃头不是逃走的人。倒是痴珠今日呕了一口血，他外边强自排遣，内里不知怎样难过，大家留心点儿。”心印便也回去方丈安歇。

这里穆升、林喜就在痴珠卧室前一间下榻。到了五更天，听得痴珠说道：“秋痕，你怎不等我断了气就走呢？”一会，又听得说道：“如今你的心换给我，我的心换给你，好不好呢？”接着又吟道：

“人间独辟钟情局，地下难埋不死心！”

走进里屋照料，却是睡着鼾呼。

次早，池、萧也走进来，见痴珠神色照常，便问道：“今日心上觉得好些么？”痴珠皱着眉，说道：“我的心虚飘飘的，也没甚好，也没甚不好。秃头还不回来么？”大家答应。雨农道：“这事也怪！秋痕走了，我听说李家隔壁屠户酒店都关了门，连那戆太岁、酒鬼也不见。”痴珠道：“怎的？”大家也难分解。

晚夕，荷生差青萍探视，穆升就把这事通告诉了青萍，自然一一回了荷生。荷生顿足道：“我却料不出有此变局！”马上传呼伺候，来看痴珠。因为痴珠卜了一卦，是《损》之《小畜》，说道：“今天是辰月甲申日。”又沉思一会，说道：“卦象甚佳，这月十二，有见面之象，你不要急。”痴珠说道：“我如今通没要紧了！见面也是撒手，不见面也是撒手！”

荷生道：“不是这般说。秃头，戆太岁，酒鬼，他三人是一气的，自然可以赶得回来。而且我的占卜，十分灵验。如今只要他回来，我情愿替你出二千两银子。我先前是为着采秋的事没有办妥，舍己耘人，情理上也说不去。而且我的局面，也是依人糊口，如何独力办得来？这回原想替你圆成此事，不想你们已散了局。其实散后，此事也还易办，那里料得出又有此不测的事！不是我说句戆直的话，这一场是非，通是秋痕自闹出来。你不想：秋痕和你讲个‘情’，他一家人和你有什么‘情’！不图些银钱，图个什么呢？秋痕孩子气，太不通达世务，自然步步行不去。”痴珠道：“这是我错了！那造作谣言……”荷生不待说完，笑道："水腐而后蠛蠓生，酒酸而后醯鸡集。本来你两人形迹实在可疑，所以他们编出谣言，人人都信。我想李家这一走，不特怕你拐他，并且疑心到我和你办事哩。"痴珠道："夜行者自信不为盗，而不能使狗无吠。"又叹口气道："青蝇纷营营，风雨秋一叶。心印说的，凡事有数，这一件事，原是数该如此。其实我于娟娘能割得断，再没有秋痕又割不断的道理。我的爱弟爱妾尚死于贼，岂能保得秋痕！只是我何苦做个人呢？"荷生道："算了，不用说，只愿他好好回来罢。"说着，便走了。

到了十二这一天，痴珠刚打心印方丈回来，穆升递上一轴的画，一封的书，说是大营黎师爷送来的。痴珠晓得是秋痕小照，忙展开一看，见一脸含愁，双眉锁恨，神气狠像。画的衣服，上是浅月色对襟衫儿，下是粉红宫裙，手拈一枝杏花。恍恍惚惚忆起草凉驿旧梦来，却不十分记得清楚。就拆开书，看了一遍，是两首和诗。便检一小笺，随手作数字致谢，交给来人去了。重把小照细看一番，忽然想着荷生卜的卦，便拍案道："我今生再见不着秋痕！孰是这一轴画儿，应了荷生的占验罢！"正是：

水覆留痕，花残剩影；

翡翠楼成，鸳鸯梦醒。

欲知后事，且听下回分解。

第四十一回　焦桐室枯吟萦别恨　正定府沥血远贻书

话说酒鬼姓聂名云，戆太岁姓管名士宽，这二人自三月初二日起，竟没消息，就秃头也自渺然。

一日，留、晏二人同来，子秀向靴页中取出两张旧诗笺，递给痴珠道："你瞧！"痴珠接过，展开，见是《秋心院本事诗》，向日粘在秋痕屋里，便惨然说道："这两纸怎的落你手里？"子善道："今天听说园里有新戏开台，我拉子秀去看。不想走到菜市街，恰遇着秋痕住宅开着大门，说是王福奴要移入居住。我两人同进去，前后走了一遭。见月亮门左侧，你镌的菊花诗赋石刻还在。秋心院中，床榻几案，也照旧排着，我同子秀相顾惘然。见案下掉落诗笺二纸，子秀检起，是你旧作，竟把我看戏的心肠都没了。"痴珠听了，十分难受。

诗是七律二首，七绝二首。七律云：

无端鸿爪到花前，正是西风黯黯天。
放浪形骸容我辈，平章风月亦神仙。
空余红粉称知己，长向青娥证夙缘。
早岁绮怀销欲尽，为君又惹恨绵绵。

黯绝并门一叶秋，桐阴小语便勾留。
聘钱有恨衔牛女，蓝缕何人识马周？
青鸟回翔难得路，绿珠憔悴怕登楼。
昨宵珍重登车去，知汝晨妆懒上头。

七绝云：

罡风吹不断情丝，死死生生总一痴！
忍冻中宵扶病起，剔灯苦诵定情诗。

强将红烛夜高烧，鬓影厮磨此福销。

欢喜场成烦恼恨，青衫红袖两无聊。

常说“日之所思，夜之所梦”，这夜，痴珠梦中大哭而醒，见残灯一穗，斜月上窗，回忆梦境，历历在目，十分凄楚。

次早，心印来看，痴珠因说道：“我昨宵却记得两个梦。前一梦，是到了秋心院，见一个女人，年纪约有二十余岁，身子既高，脸儿又瘦，就如枯竹一般，自说姓王，小字惺娘。后一梦，大是不好！梦见秋痕扶着病，和我携手在阴湿地上走。两人脚上都沾是泥，走有几里路，觉得黑魆魆的，上不见天日，下面又尽是滑滑没胫的泥。秋痕两手按在我肩上，说道：‘我走不得，鞋底全裂，怎好哩?’我便扶他坐在石板上。随后重走一箭多路，便是一道河拦住去路。沿河走有一里，两人的足都软了，才见有个孤木板桥。秋痕先走上去，扑落一声，秋痕竟跌下去！我眼撑撑的，看他沉到没影去，一面哭，一面叫救，却没个答应，我便号啕大哭，醒了。你想这梦凶不凶?”

心印道：“梦要反解，梦吉是凶，梦凶或反是吉。大凡有眼界遂有意识，有意识即有碍窒，恐怖变幻，颠倒梦想，相因而至。你要先把情魔洗除干净，那梦魔便不相扰。咳！你万里一身，关系甚重，南边家里……”痴珠不待说完，便说道：“亲在不许友以死，何况秋痕原是儿女之情，不过如风水相值，过时也就完了。那里有天长地久，尽在一块儿的？就算今生完全美满，聚首百年，到得来世，我还认得秋痕，秋痕还认得我么？而且他又是走了，明知无益事，翻作有情痴，我更不这般呆！我此刻打算，病愈立即回南，以后再不孟浪出门了。”心印道：“这一节再作商量。凡事有个定数，该是什么时候回去，该是什么时候又出来，你也不能自主。”痴珠不语。心印坐了一会，就走了。

是日，天阴得黑沉沉的。夜来冷雨敲窗，痴珠辗转床头，因起来挑灯搦管，作了《怀人》诗八首。次日，作一柬，将诗封上，差李福送给荷生。恰好荷生正在搴云楼和采秋看花，青萍呈上痴珠的缄。荷生与采秋同看了信，采秋将诗念道：

“断雨零风黯黯天，客心憔悴落花前。

算来缘要今番尽，过此情真两地牵。

银汉似墙高几许，沧波成陆浅何年？
除非化作频伽去，破镜无端得再圆。”

采秋眼眶一红，道：“这一首就如此沉痛！我念不下，你念罢。”荷生接着念道：

“一春愁病苦中过，肯信风波起爱河？
鹍鸩几声花事谢，杜鹃永夜泪痕多！
能营三窟工毚兔，谁拨明灯救火蛾？
从此相思不相见，拔山力尽奈虞何！

畴昔频频问起居，每逢晨盥晚妆初。
药炉熏骨眉偏妩，镜槛留春梦不虚。
坐共挥毫忘示疾，笑看泼茗赌搜书。
红窗韵事流连惯，分袂将行又揽裾。

而今红袖忽天涯，消息沉沉凤女家。
十日纪纲迟报竹，几回鹦鹉罢呼茶。”

就叹道：“秋心院的鹦鹉，这回生死存亡也不知道了。”又念道：

“燕寻梁垒穿空幕，犬拥金铃卧落花。
翻似闭关长谢客，不堪室迩是人遐。”

采秋道：“我去年回家时候，愉园不也是这样么？只你没有他这般苦恼。”荷生道：“冤人不冤？我去代州那几天，苦恼差不多就同痴珠。”采秋道：“你苦恼处便是热闹处，难为痴珠这一个月颠沛流离！”荷生笑一笑，又念道：

“一树垂垂翠掩门，判年春梦了无痕。
娥眉自古偏多嫉，鸩鸟为媒竟有言！
山厝愚公空立志，海填少妇总埋冤。
昨宵月下亭亭影，可是归来倩女魂？

今生此事已难谐，噩梦分明是玉鞋。
苓术纵教延旦夕，藁砧无计为安排。

魂销夜月芙蓉帐，恨结春风翡翠钗。

半幅罗巾红泪渍，一回检点一伤怀！”

荷生惨然说道：“泪痕满纸。”瞧着采秋，已经是滴下泪来，见荷生瞧他，便强颜笑道：“替人垂泪也涟涟。”荷生往下念道：

“并门春色本凄凉，况复愁人日断肠！

月满清光容易缺，花开香艳总难长。

剧怜夜气沉河鼓，莫乞春阴护海棠。

拚把青衫轻一殉，孤坟谁与筑鸳鸯？

五夜迢迢睡不成，灯昏被冷若为情。

名花证果知何日，蔓草埋香有旧盟。

地老天荒如此恨，海枯石烂可怜生！

胭脂狼藉无人管，凄绝天边火凤声。”

两个默然半晌，荷生才说道：“痴珠就是这样埋没，真个可惜！”采秋道：“南边道路实不好走。不然，差个干弁，送他回去也是好呢。”荷生道：“无论南边满地黄巾，万万走不得，就令上路，迢迢两个多月路程，谁护持他哩？”采秋道：“孤客本来可怜，何况是病？病里又有许多烦恼，就是铁汉也要磨坏！”两人言下都觉得十分难受。过一会，采秋向荷生道：“我想痴珠平日狠是喜欢红豆，我想送给他，病中既有服侍，就是异日旋南，也不寂寞，你意下如何？”荷生笑道：“这是你一番美意，只怕痴珠不答应哩。”采秋笑道：“你且与子善言之。”

以后子善将采秋的意思告知痴珠，痴珠微笑，吟道：“惭愧白茅人，月没教星替。”便手裁一柬，寄与荷生。荷生与采秋同看，柬云：

承采秋雅意，欲以红豆慰我寂寥，令人衔结。然仆赋性虽喜冶游歌风，未流狄滥。此次花丛回顾，原为有托而逃；可怜芳草伤心，尚觉迷途未远。病非销渴，远山底事重描？人已中年，逝水难寻故步。大福自知不再，良缘或订来生。为我善辞采秋，为我善抚红豆。

荷生笑道：“何如？我说过痴珠不答应哩。咳！痴珠做人，我是晓得。”采秋叹口气道：“这教我也没得用情了。”荷生正欲答应，外面传报经略来了，只得出去。

光阴迅速，早是三月二十二日。痴珠正将一碗莲心茶细啜，忽见李福、林喜狂奔进来，喊道："秃头回头了！"痴珠就出来问道："在那哩？"只见秃头身上只穿件蓝布棉短袄，由屏门飞跑上前，眼泪纷纷，磕下头去。痴珠两眶中也泪出如流，扶起道："你见过刘姑娘么？"秃头抹着泪道："见过。可怜得狠，现在病在正定府保兴馆饭店里。"痴珠听了，随说道："他二月间本来有点痢疾，这会自然更是不好。"秃头道："姑娘从上车后，点米不曾沾牙，下的全是血，两脚不能踏地，人极销瘦，面目却肿得一个有两个大。病到这样，一天还要受他们的絮聒。"

痴珠黯然道："你怎样见得姑娘哩？"秃头道："小的那一天心上恨着姑娘，就气糊涂了，一口气去找管士宽。走至大街，逢着聂云，才晓得姑娘被他嬷骗了出城。管士宽天亮知道，带了盘缠，便赶出城，跟寻下落。聂云都晓得他们去向，小的一时气愤，拉着聂云就走。原想一两站就赶得着，岂料一天赶不上一天，直到十二这天，到了正定府，方才见着管士宽。知道牛氏和姑娘是初二日下午出城，坐的是短雇的车。李裁缝父子和跛脚、玉环，是初三日五更走，天亮出城。才是长雇的一辆大车，一辆轿车。将屋子交给他的同乡顾归班。因姑娘下了红痢，一天有数十次，路上不便，才延搁在这店中。管士宽一路跟着姑娘坐的轿车跑，姑娘住也住，姑娘走也走，天天都得与姑娘见面，却不能说得话，只跛脚通得信儿。到了正定府，姑娘取出一条金耳扒，送给管士宽，教士宽换作盘缠，一路跟去，好传个信给老爷。当下士宽与小的见面，才得跛脚传与姑娘知道。姑娘约小的十四日天亮，店后空地里相见。姑娘问知老爷病中光景，一恸几绝，教小的快回。"

痴珠迟疑半晌，说道："这样看来，你也是空跑一遭。"秃头道："姑娘有信给爷哩。"便从怀里探出一个小小油纸包，展开油纸，将个蓝布包递上。痴珠瞧那蓝布包，缝得有几千针。林喜送过剪子，痴珠一面绞，秃头一面回道："姑娘说没有笔砚，也没有地方写个字儿，里头几个字，是咬破指头写的。"痴珠不听犹可，听了秃头这般说，那一股酸楚直从脚跟涌上心坎，从心坎透到鼻尖，一言不发，把布包绞开。内里是痴珠原给的一支风藤镯，一块秋痕常用的蓝绸手绢，一块汗衫前襟，上面血迹模糊。痴珠略认一认，便觉万箭攒心，不知不觉眼泪索索落落的滴满蓝布包。

一会，穆升递上热手巾，拭过脸，重把那血书反复审视，噙着泪，一字字辨清，是：

钗断今生，琴焚此夕。

身虽北去，魂实南归。

裂襟作纸，啮指成书。

万里长途，伏维自爱。

凡三十二字，痴珠默念一遍。停了一停，向秃头道："你路上辛苦，且歇息去。"秃头答应。痴珠携了血书、手绢、风藤镯并那块蓝布，到卧室躺下。费长房缩不尽相思地，女娲氏补不完离恨天！这一夜，别泪铜壶共滴，愁肠兰焰同煎，不待说了。

秃头和聂云跑了这一遭，空自辛苦。去的时候，两人都是空手出城，秃头将皮袍脱下，当了作路费，用尽了。聂云的皮马褂，也脱下当了。幸是正定府遇着管士宽，将秋痕金耳扒换了十余串钱，付给两人作个回费。秃头是自己多事，也还罢了。可怜聂云，路上受了风霜，到家又被浑家杨氏唾骂，受一场气，次日便病，病了几天就死。

后来痴珠闻知，大不过意，晓得聂云女儿润儿，是嫁给子秀的跟班李升，就赏了润儿四十吊钱。那杨氏系随着女儿过活，就也十分感激。管士宽无家无室，只有屠铺一间，系他侄儿照管，他竟随秋痕住在正定府了。正是：

娼家而死节，名教毋乃亵！

人生死知己，此意早已决。

欲知后事，且听下回分解。

第四十二回　联情话宝山营遇侠　痛惨戮江浦贼输诚

话说谡如是去年十一月到任，申明海防旧禁，修整本部战舰，出洋巡哨。逆倭三板船从此不敢直达建康，就是员逆，也有畏忌。江南江北一带官军，因此得以深沟固垒，卧守一冬。谡如蒿目时艰，空自拊髀，兼之宝山僻在海壖，文报不通，迢递并云，鱼沉雁渺，十分懊恼。忽忽又过了一春。

一日傍晚，步出营门，西望月明，衔山一线，有无限心事，都枨触起来。踱了一回，退入后堂，叫跟班燃了一枝高烛，倒两壶酒，取件野味，一人独喝。喝完了酒，无聊之极，瞧见壁上挂的剑，因取下来，就灯下舞了一回，便向炕上坐下，按剑凝思。此时五月天气，日长夜短，辕门更鼓，冬冬的早转了三更，跟人都睡，只个小跟班喜儿，站在背后。忽听飕飕的风起，檐下一树丁香花纷纷乱落。瞥见金光一闪，烛影无焰，有个垂髫女子，上身穿件箭袖对襟鱼鳞文金黄色的短袄，下系绿色两片马裙，空手站在炕前，说道："儿乎误事！"谡如愕然，提剑厉声问道："你是妖是人？怎敢到我跟前！"这会跟班暨巡兵听得谡如厉声，都起来探望。

女子笑道："站住！"便如木偶了。接着道："将军不要动手，我念你和韦痴珠有旧。"谡如听说痴珠，便按剑问道："你这小妮子，怎认得痴珠？"女子指着炕上的联道："你且说何处见过痴珠？"谡如道："他现在并州。"女子道："'解衣衣我，推食食我。'你和他狠有交情。"谡如放下剑道："你这来是替何人行刺？"女子道："将军请坐，我说个来历罢。我名春纤，我的师父是徐娟娘。"谡如恍然道："娟娘不与痴珠有旧么？我早闻名。这人如今在那里？"女子叹一口气道："我的师父尸解了，现在香海洋青心岛做个地仙。我原是他的侍儿，四年前三月间他带了我朝了普陀岩。到次年冬间，附海舶到得东越，探侦痴珠，说是进京去了。次年春天，师父游了武彝、雁宕，重来江南，寄居无锡映山庵，遇个女道士慧如，传授我的剑术。去年云游两湖、两川，冬间想要由川归陕，路过广汉，寄寓华严庵。主持蕴空禅师，与师父极其相得，因知道痴珠入川，也到广汉，却与师父相左。师父从此百事灰心，除夕这一夜坐化了，留一锦囊给我，嘱我急时开看。我因正月间蕴空也坐化了，他的徒弟又与我不对，拆开锦囊，教我回来无锡。不想前月到了映山庵，慧如却为金陵逼挟迎去，封他无上清妙真妃伪号。我因此投入贼营，访寻慧如，说是命里该有此两月魔劫。今日慧如是奉将令，取你首级。慧如差我前来，谆嘱留心。我为瞧见痴珠的联，不忍加害，你瞧你的跟人罢！”只见红烛光摇，春纤早不见了。谡如和院子里大家，就像做梦一般。再瞧喜儿，头早断了。谡如回想，心上犹觉突突乱跳。

过了几日，是出哨之期。谡如上船后，开行十里，还没出口，遇着顶头风，传令停泊。一连三日。谡如气闷，也不带人，便服上岸，见遍地斥卤，都无人迹。远远的见前面有数株大柳树，便望着柳树，向前走去。不想愈走愈远，差不多走有十余里路，方才到得树下。向前遥望，一遍绿芜，茫无边际。西边是个山，青青郁郁，好些林木。因湾向西走来。将到山下，都是几抱围的大树，老干参天，黛痕匝地。到得山下，连峰叠嶂，壁立千仞，独立四望，令人神爽。沿山又走有一里多路，向西树林里，却有一径。踱过径路，是个平坡，坡下一口井。井边有个庙，头门大殿都已倾塌，蓬蒿青草，一路齐腰。步入后面，是个三间小殿，却整洁无尘。西边一字儿丛竹，竹里有个小门。

谡如踱进院子，见上面是三间小屋，屋中间布一领席，有个女道士合眼趺坐，年纪约有六十多岁，狠有道气。谡如躬身向前，女道士微微开眼，笑道：“总兵贵人，何苦单身轻出，来此荒僻地方？”谡如道：“素昧生平，何以识得我是总兵？”女道士仍闭上双目，唤道：“春纤，你的故人来了。”谡如无可措词，只听嚶咛一声，春纤葛衫布裤，从屋后转出。谡如瞧见，转觉愕然。春纤说道：“将军何来？”谡如仓卒不能答应。

女道士开眼说道：“我有二偈，总兵听着：

茉苢无灵，春风梦醒。

西望太行，星河耿耿。

故人织缣，新人织素。

缣素同功，怆然薤露。”

谡如道：“炼师法号上字有个慧字么?”春纤答应道：“是。”谡如打一躬道：“钦仰之至！只下士尘顽，不能窥测炼师意旨。就第一偈想来，敢莫并州眷属，有甚意外之变么?”女道士开眼微笑道：“总兵解得便好。”谡如眦泪欲堕，说道：“承炼师第二偈指示，想是我也要死。”慧如道：“此解却错。总兵燕颔虎头，后来功名鼎盛，如何会死?”说完，仍自垂眼危坐。谡如因向春纤道：“那一夜相见，说是炼师现在金陵，不想今天却在这个地方相遇。”慧如复开眼道：“我就是那一夜脱了魔劫，潜踪此地。今日与总兵一会，也是数中所有。不久便有人领兵来此平贼，都是你的熟人，请回步罢。”说着，仍低下双眉，闭目不语。

谡如不敢纠缠，只得别了春纤而去。见日色衔山，赶紧寻着原路，奔上坡来。刚到坡心，回头一望，只见庙里赤腾腾的发起火来，毒焰冲空，浓烟布野，吃了一惊，想道：“他两个都是剑侠飞仙，还怕什么火？我走我的路罢。”走了数步，转念道：“他两个就是神仙，如今这庙烧了，今夜先没有栖身，我眼见了，岂可不回去看他一看?”便转步跑下坡来，耳中尚闻得霹霹剥剥的响。及到井边，依然是个破庙，并无星火，十分惊讶。奔入庙中，重由竹林小门探身进去，前前后后寻了一遍，却不见慧如、春纤。再向后殿寻来，也没些影儿。此时天已黄昏，渐渐辨不得路径，只得反身便走，自语道：“我难道是做梦?”踉跄走出，只见门边有一匹黑溜溜的青驴，鞍辔俱全，拦住门口。鞍上粘一字纸，谡如取下，瞧着上面写的是：

将军多情可感。惟是道僻，黑夜难行，奉赠青驴一匹，聊以报往返跋涉之劳。贫道与春纤，当往并州勾当一场公案，即日走矣。

谡如瞧毕，十分诧异，想道：“真是神仙！但此驴方才不见，这会从何处得来？可惜两人前往并州，我不曾寄他一信。”见天已黑，只得跨上驴子，踏着星月，找寻原路。可喜驴子驯熟得狠，虚闪一鞭，便如飞的跑了。走到大柳树外，远远的望见灯笼火把，四面环绕而来。谡如料是营中兵丁前来接应，一面加鞭向前，一面招呼大家。到得船中，已是八下多钟了。兵丁将驴子牵入后舱喂养，都说：“好匹驴子，是仙人赠的天马。”这谡如自喜，不待言了。

且说慧如远循之时，正是群丑自屠之日。你道群丑何以自屠呢？当初员逆倡乱，结了五个亡命，号为五狗。一为伪东王羊绍深，一为伪西王刁潮贵，一为伪南王冯云珊，一为伪北王危锵辉，一为伪翼王席沓开。后来踞了金陵，云珊死于全州，潮贵死于道州。潮贵系员逆妹夫，员逆这妹，名唤宣娇，极有姿色，却狡猾异常，与绍深恰是敌手。员逆始以天主教蛊惑乡愚，奉一木主，说是天父，配以天母，天父附身绍深，天母便附身宣娇，所有号令，出自两人。气焰生于积威，权势倾于偏重，以此阿柄持自两人，员逆转成疣赘。

这番潮贵死了，宣娇尊为天妹，广置男妾，朝欢暮乐，于是群丑皆有垂涎之意。奈员逆受制于绍深，事事仰承鼻息，适值绍深妻死，遂把宣娇再嫁绍深。成亲这日，是个伏天，绍深做架大凉床，穷工极巧，四面玻璃，就中注水，养大金鱼百数，游泳其中，枕长四尺五寸，所有男妾，悉使从嫁。锵辉、沓开十分眼热。沓开便带兵打宁国去了。锵辉逼处一城，自然刻刻拈酸。贼中男归男馆，女归女馆，自六逆外，夫妇同宿，名“犯天条”，双双斩首。绍深却把宣娇男妾，悉配女簿书，锵辉道是应斩，伺绍深开科取士，带了数名亲兵，直入东府，按名指索。不想这男妾，俱系童子军中选出骁健，一哄而至，约有三十余人，锵辉只好饱了一顿老拳，十分羞恼。

再说绍深也有一妹，名唤碧玉，年已廿九岁，不曾匹配。有陈宗扬者，一表人才，又生得白皙，充个东府承宣，妻名云娘，是个女承宣。宗扬轮班，住宿内厢，因得与云娘偷寒送暖，素无人知。自宣娇男妾配了女簿书，散处前后左右厢房，这碧玉入夜便如画眉踏架一般，瞧了这里一段风流，又觑了那边百般秘戏。因此云娘的丑态，竟被碧玉勘破，以此挟制宗扬，竟占了云娘夜局，云娘岂敢声张。那绍深许多姬妾，都是怨女荡妇，就也挟制宗扬，宗扬没有分身法儿，久之久之自然闹出事来。绍深下令，斩了宗扬夫妇。不想宗扬就是锵辉妻弟。事有凑巧，宗扬夫妇才缳首示众，其弟宗胜偏自河北败仗，贸贸逃回。绍深传令腰斩，锵辉大恨。

那员逆见绍深件件威福自专，也是不能相忍。一日，绍深忽说天父附身，责了员逆五十大棍，责了锵辉一百小板，大众忿忿不平。锵辉于是内受员逆意旨，外以沓开赂以宣娇，突于这夜五更天登坛礼拜、洛诵赞美时候，执杀绍深。然后围了东府，男女骈诛，只赦员宣娇，却自己配合了。到得沓开自宁国奔回，生米已做成饭，沓开忿恨不堪。锵辉想道："斩草必要除根。"就夤夜定计，又围了翼府。不料沓开早走了，骑虎势不得下，就把沓开眷属全行杀害。那翼府部下将领官属，如何肯依？弄得内外鼎沸起来。慧如便是这一夜远遁。

看官听说：绍深残忍，一日除去人人快心，锵辉虽报私仇，亦缘公愤。如今平白害了沓开全家，沓开平日在贼中算有威望，众心不服，转把北府围得铁桶相似。员逆做不得主，传令杀了锵辉，将首级送到宁国军前，迎回沓开。沓开这番入城，不特父子妻妾做了刀头之鬼，就是宣娇玉骨，也为大众剁作肉泥。沓开怅然，又与员逆兄弟荣合、荣法不合，就辞出京口，自作一股，向粤东去了。后来扰乱闽、浙、江西、湖南以及滇、黔，窜蜀就擒，磔于成都，这是后话。

当下谡如巡海归营，探得金陵两番自屠自戮，高兴之至，说道："有此机会，扫穴犁庭，指顾间事。我那天马用得着了。"连夜叠成烧角文书，限时限刻向南北大营禀明出师。随即部署将领，水陆并进，杀上金陵。忽报金陵来了无数船只，谡如惊讶，大兵如何从这里来？不想却是贼中危家人马。原来锵辉胞弟至俊，系领兵把守江浦，得了内变信息，内畏沓开，外怕大营乘机攻剿，晓得谡如是个好官，又是名将，便率所部战船数百号，向宝山进发。恰好接着谡如出师，当下遣人递了降书，脱帽背缚，跪在辕门。谡如传令："降将衣冠谒见！"至俊谢了又谢，哭诉前事，便请效力。谡如答应。至俊入伍，缘路夺了江上无数贼卡，破了江路无数铁锁。

谡如把酒临风，正在扬扬得意，忽然大营来了令箭，大加申饬，不准轻动。谡如叹了一口气，传令回军。至俊所部二万余人，谡如简阅一番，精壮留营效用，老弱的愿散者听，愿留者开垦海壖荒地，为屯田计。假至俊五品顶戴，委领屯田事务。从此宝山营兵强粮足，为东南一个巨镇。正是：

情动飞天，诚输阵将。

维鹈在梁，令人怏怏。

欲知后事如何，且听下回分解。

第四十三回　十花故事肠断恨人　一叶惊秋神归香海

话说痴珠缠绵愁病，过了一春，把阿宝行期也误了，急得鹤仙要请假来省。转瞬之间，又是炎夏，芝友引见也回头。痴珠甫能出门，这日来访芝友，芝友道："南边时事，目下实在不好，这真令人寝食不安，就是都中，也是近日才撤防堵。"痴珠叹口气道："生涯寥落，国事迍邅。早上得荷生杨柳青军营的信，也是这般说。"

看官，你道荷生何事驻军杨柳青呢？四月间，逆倭从广州海道窜入津门，京师戒严，朝议令山、陕各省领兵入卫，荷生所以领兵五千，到了河北。后来奉到谕旨，都令驻杨柳青助剿。五月初二，芦台官军打了胜仗，逆倭窜至靖海，又为荷生伏兵杀败，遂退出小直沽，回南去了。荷生后来仍回并州军营参赞，这是后话。

当下痴珠从县前街就来柳巷，采秋为是荷生密友，素来晤面，就延入内室。见痴珠病虽大好，却老了许多，就也欢喜。痴珠见采秋华贵雍容，珠围翠绕，锦簇花团，心中却为天下有才色的红颜一慰。又见个丫鬟面熟得狠，询知是秋英。原来秋香死后，荷生赏秋香的老嬷五十两银，把秋英收为婢女。痴珠又为秋英喜脱火坑。

此时爱山住在听雨山房。紫沧失偶，就把瑶华赎身出来，作个继室，住在梅窝。痴珠都走访了，又到东米市街，才行回寓。既不见乏，晚饭也用得多，大家都道痴珠一天好过一天，可以和芝友同走了。不想无意中又钩出旧病来。看官，你道为何呢？

紫沧为着鹤仙是旧交，便延芝友逛一天并门仙馆，嘱痴珠及羽侯、燕卿、爱山作陪，传来本年花选第一巫云、第三玉岫同候。又因大家说得荷生花选只剩福奴一人，也有沧桑之感，便又传了福奴。这一会，觥筹交错，钗舄纷遗，席上人人心畅，只有痴珠触目伤心。酒未数巡，便推病出席，倚炕而卧。大家只得叫福奴、巫云、玉岫轮番上前陪伴，与他瀹茗添香。痴珠微吟道："细草流连侵座软，残花惆怅近人开。"大家一笑。紫沧席间因说起采秋"凤来仪"的令来，羽侯道："雅得狠，我们何不也试行看？"爱山道："《西厢》中那里再寻得许多'凤'字？"燕卿道："把《西厢》换作《桃花扇》何如？"羽侯、紫沧道："好极！"

当下芝友首坐，次是痴珠、羽侯、燕卿、爱山、紫沧、福奴、巫云、玉岫。羽侯要推芝友起令，芝友道："叫我起令，万分不能。大家说了，我学学罢。"于是羽侯喝了一杯令酒，说道："翱翔双凤凰，《缑山月》，零露瀼瀼。"大家赞好，各贺一杯。次是燕卿，瞧着福奴说道："凤纸佥名唤乐工，《碧玉令》，夙夜在公。"大家也说："好。"各贺一杯。次该是巫云，说道："传凤诏选蛾眉，《好姊姊》，被之祁祁。"羽侯道："跌宕风流，我要贺三钟哩。"大家遂饮了三钟。该是福奴，福奴含笑说道："鸾笙凤管云中响，《烛影摇红》，"就不说了。大家道："怎的不说？"福奴道："我肚里没有一句《诗经》，教我怎的？"燕卿道："一两句总有。"福奴笑道："有是有了一句，只不好意思说出。"大家道："说罢，《诗经》里头有什么不好意思说的？"福奴笑说："中心"，又停了。芝友接着道："养养。"便拍手哈哈笑道："妙！"紫沧道："徐娘虽老，丰韵犹存，竟会想出这个令来。"大家也贺了一杯。

次该玉岫，玉岫说道："凤尘失伴凤傍徨，《清江引》，将翱将翔。"大家道："也还一串，这就难为他。"次该是芝友，芝友想了一会，向痴珠说道："飞下凤凰台，《梧桐落》，我姑酌彼金罍。"大家说："好。"各贺一杯。次该是爱山，爱山说道："望平康凤城东，《逍遥乐》，穆如清风。"次该紫沧，紫沧说道："听风子龙孙号，《光乍乍》，不属于毛。"大家都道："好！"各喝贺酒。

次该是痴珠说了收令。紫沧便来炕边催促痴珠起来，痴珠不起，道："我说就是，何必起来？"因说道："有杳万山隔鸾凤，《月上五更》，乃占我梦。"说毕，痴珠仍是不语。大家见痴珠今日又是毫无意兴，便一面喝酒，一面向痴珠说笑，给他排解。不想痴珠检着案上一部小说，瞧了一会，见上面有一首词，噙着泪吟道："春光早去，秋光又遍。"停一停，又吟道："恨随流水，人想当时，何处重相见？韶华在眼轻消遣，过后思量总可怜！"就觉得无限凄凉，便自去了。

次日，芝友大家来看痴珠，又拉他同访福奴，重过秋心院。觉得草角花须，悉将溅泪。这夜回来，便咯咯吐了数口血，吟道："西园碧树今如此，莫近高窗卧听秋！"次日就不能起床了。那芝友却与福奴十分情投意合，就订了终身。到得六月杪，挈福奴领着阿宝一群人，向蒲关去了。

痴珠病中，见阿宝兄弟前来辞行，又是一番伤苦。从此服药便不见效，日加沉重。此时荷生撤防未到，子秀、子善都出了差，羽侯、燕卿、紫沧、爱山天天各有公事，就是池、萧照管笔札银钱，一天也忙不了。只心印镇日都在西院前屋，帮秃头照料，二更天才回方丈去睡。穆升等见痴珠病势已是不起，大家想着不久便是散局，秃头渐渐的呼唤不灵，只得自己撑起精神，彻夜伺候。痴珠自知不免，二十八日倚枕作了数字，与家人诀别，就教萧赞甫替他写一付自挽的联，是：

一棺附身，万事都已；

人生到此，天道难论。

因叹道："大哉死乎！君子息焉，小人伏焉。"又吟道："海内风尘诸弟隔，天涯涕泪一身遥！"赞甫着实安慰一番，就也走了。

这夜二更时候，痴珠清醒白醒，瞥见灯光一闪，有个侍儿眉目十分媚丽，却另有一段飒爽的神气，含笑招手。痴珠起身，那侍儿早掀着帘子出去。痴珠不知不觉跟着走，只隔一步，却赶不上。再看走的地方，是个甬道，却不是汾神庙的路，脚下全是青花石磨光的石板，两边是白玉栏干，围护着无数瑶花琪草。那侍儿早不见了。远远望去，只见上面数十级台阶，阶上朱红三道的门，黄金兽环。沿阶排列那些仪从，一对对旌旗旛盖，刀鞘弓衣。还有那金盔金甲的神将，手执兵器，分班站在中门两边。痴珠想道："这是什么地方呢？"正在踌躇，不敢前进。

忽见西边的门拥出许多侍女，宫妆艳服，手中有捧冠带的，有捧袍笏的，迎将出来。一个空手的，生得荷粉露垂，杏花烟润，向前跪下道："请主人更衣。"便引痴珠进了中门。东西两班人等，瞧见痴珠，都叩起头来。痴珠从屏门走上殿来，见殿上立一更衣镜，有七尺多高，镜中一个人影，衣服虽不华美，而丰采奕奕，英爽之气见于眉宇。镜后走出一个神人来，向痴珠道："先生来了。”把手一拱，足下便冉冉生云，上天而去。侍女伺候更衣已毕，扶在正面儿上坐下。

痴珠正要说话，忽见屏门洞开，门外停两座七香宝辇，又有许多宫妆侍女，有执拂的，有执扇的，有捧如意的，有捧巾栉的，有捧书册的，簇拥着两位珠缨蔽面的女神下车。痴珠从殿上望将下来，一个面庞好像亡妾蒨雯，一个面庞儿好像娟娘。只见黄巾力士引向廷前方面，下铺两个宝蓝方垫，那女神绰绰约约，走至垫前，便俯伏跪下。旁有一个金甲神将唱道：“泪泉司、愁山司谒见。”痴珠身旁侍女唱道：“平身。”便有四个侍女扶掖二女神，从东庑环佩珊珊步上殿来。

刚到殿门，痴珠立起身，上前略一凝视，一个正是蒨雯，一个正是娟娘，喜极不能说话，一手携着一人发怔。半晌，转扑簌簌的吊下泪来。蒨雯、娟娘早是泪珠偷弹，至此更呜咽欲绝。痴珠向蒨雯恸道：“人亡家破，教我何以为人！”蒨雯咽着道：“天数难逃。”娟娘抹泪道：“你今到此，尘缘已断，平陂往复，世事自有回环，何必重生魔障？我告诉你：这地方系香海洋青心岛，你原是此间仙主，我和蒨雯妹妹、春纤妹妹、秋痕妹妹，都是你案下曹司。因数十年前误办一宗公案，害许多痴男怨女都淹埋在这恨水愁山、泪泉冤海。因此玉帝震怒，召着金公兆剑替你作了仙主，将我们监禁在离恨天，先后谪降人世，亲历了恨泪愁冤的苦。去年蕴空坐化，玉帝怜他五十余年节苦行高，诏金公领着蕴空重游尘世，享历荣华，方才去了。我和蒨雯妹妹罚限先满，如今你已复位了。秋痕妹妹罚限即刻也满，只春纤尘劫未尽，尚有五六年耽延，修成正果，方许重证仙班。”说到此，便将牙笏向痴珠心前轻轻一拍，道：“怎的尘梦还不醒哩？”

痴珠咳嗽一声，呕了一口鲜血，却是南柯一梦。秃头闻声，急跑进来，见桌上的灯黯黯一穗，帐外模模糊糊有个人影，像是红衣女子，一闪即不见了。秃头唬得打战，急掀开帐，见痴珠眼撑撑的说道：“什么时候？”秃头道：“差不多两下钟。”痴珠一丝半气的说道：“我又呕了一口血，觉得腥臊得狠，你取些汤给我净净口。”秃头将帐挂起，剔了灯，点起枝蜡，从水火炖上倒半瓯的燕窝莲子汤，递到痴珠唇边。痴珠歪转半身，将口漱净，又喝两口下去，合眼把梦境记忆一回，恍然悟却前生，就问秃头道：“立秋是什么时辰？”秃头道：

“说是卯时。”痴珠吟道：“兰摧白露下，桂折秋风前。”就说道：“你叫林喜去方丈请师父起来，你把小衫裤替我换上。”秃头道：“老爷身子不好，何苦要换？”痴珠道：“骙奴！我要走了，你留得我么？我箱里东西，萧师爷替我开有清单，通给你去。箱以外的东西，穆升、林喜、李福三人均分了，也算跟我辛苦一场，留个记念罢。我这几个月剩下的束脩，也寄不回去，殡殓了我，余下的你拿去，作个下半世的养活。倘道路平静，替我回南看家，走罢！”秃头哭道：“老爷好好的，又没有变症，怎讲起这些话？”穆升流着泪，说道：“老爷保重。”正往下说，林喜已请心印来了。

穆升掀开帘子，让心印进去，自己向厨下招呼大家起来。刚由墙衙转过后院，忽听楼下一响，便问：“是谁？”没有答应，已唬得满身寒毛直竖。再听得一声狠响，像似左边屋里空棺挪动的声，便觉得通身发抖，两只脚就如钉住，走不动了。林喜、李福闻得声响，拿枝蜡赶来看视，穆升还自站着，心上突突的乱跳。停一停，三人同到楼下，唤醒大家出来前院。烛影里，又似槐树底下隐隐有几多人站在那里。其实，天是阴沉沉的，只听得风吹槐叶簌簌有声而已。

屋里，秃头带哭检点痴珠衫裤。心印瞧着痴珠两颊飞红，也觉得不好。痴珠早把吩咐秃头的话，与心印复述一遍，就唤秃头将一小箱交给心印道：“这是我的诗文集和那各种杂著，通共一百二十卷，你替我转交荷生。《玄》文覆瓿，《论语》烧薪，这算什么？只我一生的心血，都在这里，托他替我收拾罢！”心印见此光景，就要忍住哭，也忍不住了。

林喜等满面泪痕，帮着秃头替痴珠擦了身上，换了衣裳，跏趺而坐，向心印道：“你是大解脱的人，何为也哭？我这会心上空荡荡的，只有老母尚然在念。为子如我，有不如无。”便滴下两点眼泪。一会，目神渐散，两颊的红也渐淡了。满屋中忽觉灵风习习，窗外一阵阵细雨。痴珠叫林喜端过一张炕几，向李福要了笔砚，心印检一张笺纸递上，林喜磨着墨，痴珠提起笔来，在纸上写了四句道：

海山我旧小游仙，谪落红尘四十年；

一叶随风归去也，碧云无际水无边。

题罢，掷笔倚几而逝。时正卯三刻。

心印大恸，秃头等泥首号啕，却远远的闻得笙箫之声，经时才歇。心印一面哭，一面招呼秃头将痴珠扶下。只见容颜带笑，脸色比生时还觉好看，只瘦骨不盈一把。这会，赞甫、雨农也到，大家帮着点香烛、焚纸钱，哭个泪干声尽。心印领着徒子徒孙，就在秋华堂念起度人经。赞甫、雨农领着穆升，照料衣衾棺椁。用的棺，就是停放楼下那一口。

秃头诸事不管，只在床前守尸痛哭，就如孝子一般。到了入殓，秃头体贴痴珠生前意思，将秋痕剪的一绺青丝、一双指甲，缝个袋儿，挂在痴珠襟上，其余痴珠心爱的古玩和秋痕的东西，俱装入棺中。将灵停放在秋华堂，秃头等轮流在灵帏伴宿。次日，心印题上一付挽联，是：

梓乡极目黯飞云，可怜倚枕弥留，犹自伤心南望；

莲社暮年稀旧雨，方喜高斋密迩，何期撒手西归！

这且按下。

看官须知：痴珠方才化去，秋痕却已归来。正是：

铁戟沉沙，焦桐入爨；

安道碎琴，王郎斫案。

欲知后事如何，且听下回分解。

第四十四回　一刹火光秽除蝉蜕　廿年孽债魂断雉经

话说秋痕自卧病后，敝衣蓬首，垢面癯颜，竟不是个画中人了。那小伙狗头，闲暇无事，结识几个土棍，烧香结盟，便宿娼赌钱起来。先前只乘空偷些现钱，后将现银三百余两都偷完了。一夜，竟把金银首饰、上好玉器、皮衣，席卷而去。次日李裁缝起来，见箱笼都已打开，急得口定目呆，说是被盗，要和店主打官司。闹了一天，四处找寻狗头，不见个影。店主转说李裁缝父子合谋图赖，又见他带了家眷，来历不明，要见官呈告，经旁人劝止。牛氏十年辛苦，剩得这点家私，如今给人搬运一空，气得发昏。数日跟寻狗头，没有踪迹，后来就同李裁缝拚了几回命，到得归结，只是抱怨秋痕。

当下无可奈何，就正定府城里，租了一间小屋暂住。四月后，秋痕的病略好，牛氏想逼他见客，无奈地方生疏，无论秋痕不肯答应，就令妆掠起来，也是枉然。挨到六月初，李裁缝、牛氏都沾瘟病。此时用不起火伴，可怜秋痕要和跛脚自己下锅煮饭，服事两个病人。士宽是就近租个店面，做个小买卖。正拟寄信太原，不想二十二夜，牛氏屋里竟发起火。

你道为何？牛氏挂了一床夏布帐，这一夜就帐中吃烟，把件小衫丢在烟灯傍边，昏昏沉沉竟自睡着。此时天燥，一引就着，夏布帐、顶桶、纸门，烘腾腾的烧起来。牛氏、李裁缝梦魂颠倒，身上着火，不晓得夺门走出，倒向后壁去寻门路。到得街坊来救，只救出秋痕、跛脚。秋痕、跛脚亦只抢得一尊观音小龛、一轴痴珠小照，其余都归毒焰，就玉环也随着两人化做冷灰。管士宽当下接秋痕主婢到了自己店中。

次日，秋痕替三人寻出骨殖，买地掩埋，想着自己命苦，又痛他三个人枉自辛苦一场，就也大哭数次。二十四早，士宽雇了一辆轿车，给秋痕、跛脚坐了，自己雇个骡子随走，一路小心看视。秋痕心上感激他，也敬重他，想道："他领我找痴珠去，只痴珠的病，不晓得好了没有？"又想道："痴珠倘好了回南，我如今是孤身一人，投在何处？没得法，要向荷生、采秋讨些盘缠，我径到南边找他去。"又想道："我命就这样苦，受得大半年罪，这回又跑个空？譬如痴珠与我真个无缘，那两个老东西就不该烧死。咳！早晓得有此机会，也不该将身子糟蹋到这田地。"秋痕这般一想，饭也饱餐，睡也安稳，以此路上辛苦，身边空乏，全不复觉。

到了二十八这日，秋痕车中心惊肉跳，坐卧不安。二十九日，又好了。是晚，宿黄门驿。屈指初二，便抵并州。又想道："痴珠平素要做衣服给我，如今是一下车，便要他替我打扮一身，本来腌腌臜臜得来东西，除个干净也好。"又想道："说起也怪，二十一夜，我穿的是件茶色的绉夹衫，怎的冒火起来，却是痴珠给我的小坎肩？"合着眼迷迷离离的想，忽见痴珠笑吟吟的穿着一身的新棉绸的短衫裤，站在床前。秋痕赶着坐起，拉手说道："你晓得我回来么？"痴珠不应。秋痕审视一回，见痴珠脚上也没穿袜，一言不发，只向襟前解个小口袋。秋痕道："你坐下，我替你解罢。"痴珠坐下，秋痕一面替他解口袋，一面说道："你怎的又不说话？你从那里来？竟不穿袜，不冷了脚！"痴珠只是笑。

秋痕早把口袋解下，检里头纸包，原是自己一绺青丝、两个指甲。秋痕凄然泪荧道："你就长带在身边？"痴珠仍是不语。秋痕泪珠纷坠，说道："你不好也是不说话，好也是不说话，实在教人难受。"痴珠盘上脚，哈哈的笑。秋痕一手抹泪，一手摸着痴珠的脚，是冰冷的，说道："何苦呢，你看双脚，冷得冰人！"转身想将夹被替痴珠盖上，猛回头，却不见了。睁眼看时，只有一灯如豆，跛脚鼻息如雷。起来坐着，将梦凝思一回，也摸不着是吉是凶。见跛脚枕头推在一边，仰着面，开着口，鼻孔朝天，也不理他。剔亮了灯，听得院子里秋虫乱叫，一阵风吹得怪刺刺的响。

吃两袋水烟，重复睡下，合着眼，便见痴珠，撑开时，又不见了。心上十分忧疑，翻来覆去，想道："敢莫痴珠有甚意外之事？我去时，他原吐血，如今四个月了。"想到此，便把日来高兴的念头，一时冰冷，眦泪珠珠下滴。一会，又自解道："我梦见他，都不像病人气色，大约是好了。"又想道："我和他受了一年苦楚，自然是苦尽甘来。”想来想去，晨鸡早唱，灯也没油，昏昏欲灭。听得跛脚喁喁呓语，好像两口子说话，一会大声道：“这样讲，韦老爷是成仙了。”停一会又说道：“姑娘原也可怜。”以后又鼾声大振。秋痕便叫了几声，推了几下，跛脚才醒过来，问道：“做什么？”秋痕道：“你做什么梦？说起韦老爷，又说起我。”跛脚方揉揉眼，坐起道：“我没有梦见韦老爷，也没有梦见姑娘，我却梦见玉环向我要钱呢。”秋痕就不言语。

此时天也发亮，大家起身，收拾上车。这日，秋痕在车里，昏昏沉沉的睡了一天，好像是和痴珠住在秋华堂光景，醒来却一些儿也记不清楚。是夜，宿石坪驿。初二日，走三十里地就进城了，径到士宽家下车。士宽教侄儿找那姓顾的，要秋心院钥匙，自己便来秋华堂报信。不想刚到柳溪，逢着李福，穿件白袍，踉跄前走，士宽抢上数步，赶着叫。李福猛回头，见是士宽，惨然道：“你回来么？姑娘呢？”士宽道：“姑娘也来了。”李福道：“咳！爷不在了！”士宽惊道：“怎的？”李福道：“爷是前日去世，你和姑娘什么时候到？却不给爷知道。”士宽此时气得发昏，半晌才能说道：“姑娘方才下车，还在我家，就叫我给老爷信。如今老爷没了，怎好呢？”李福道：“事到这样，真个没法！”于是士宽垂头丧气，跟李福向秋华堂来。没到秋华堂，早望见大门上长幡。士宽大哭道：“我只怕迟了，老爷已经回南，再不料有此惨变！”

门上大家都迎下来，探问信息。这日，子善才出差回来，也在秋华堂帮忙。子善的跟班赶着去回。一时，子善、心印、翊甫、雨农，都走出月亮门，见士宽只穿件小衫，脚上还是草鞋，跪在台阶上，向痴珠的灵前嚎啕大哭。秃头也哭得凄惶。大家见此光景，都为酸鼻。一会，劝住了，士宽哀哀的诉。子善叹道：“缘法一尽，就是九牛之力，也难挽回！”心印洒泪道：“凡事是有安排的定数。”赞甫道：“秋痕得了这信，可不知要怎样呢？”子善道：“我就同士宽去看。”

且说秋痕在士宽家，歇息一会，料痴珠闻信必定赶来。恰好士宽侄儿找着归班，开了秋心院大门。秋痕便过这边，略同归班说些家难。归班呶呶不休，秋痕就不大理他。归班没趣，自去探访狗头信息。当下，秋痕赶着和跛脚拂拭了几榻尘土，浼士宽侄儿帮着打扫。见空宅荒凉，又经人住过，家伙位置，都不像从前，也有给人搬去的。秋痕此时虽不暇问，只痛定思痛，愈觉伤心。又想："自己空无所有，或者今夜就到秋华堂去。"正在盼望，忽见士宽和穆升来了，说道："老爷病着。"秋痕正要问话，子善进来。

秋痕赶忙迎坐，眦泪盈盈，问着痴珠的病。子善叹道："病是不好，只你初到，歇一歇，再和你说。"秋痕哭道："到底怎样？我吃尽千辛万苦，都是为他，你说罢。"子善道："这两天却也不妨。你如今只剩下一身，怎好的？"就吩咐跟班和穆升道："你看姑娘屋里应用什么，都向公馆取来。"秋痕道："这却不必。我即刻要到秋华堂看痴珠去。"一面说，一面向穆升道："劳你替我叫一辆车。"穆升答应，子善止住道："此刻已是五下多钟，你要去，也等明天。"秋痕道："子善，你怎说？你想，痴珠听我到了，不晓怎样着急想见我呢！"子善再三劝止，秋痕那里肯依。士宽是个莽撞的人，禁不住说道："韦老爷早是……"子善忙行叫他出去。秋痕见此光景，知道不好，呆呆的瞧着子善，半晌，跳起说道："我千辛万苦……"止说这一句，就急气攻心，昏晕倒了。跛脚大哭，子善帮着叫。停了一停，秋痕转过气来，大哭一阵，握着两拳，将心胸乱打，大家拦住，就向板床歪下。子善连连劝慰，总不答应。

不一会，子善的跟班和穆升搬取铺盖器皿也来了。差不多天就黑了，秋痕才坐起，向子善道："你请回罢。承你照拂，我来世做犬马报你。"说毕，重复躺下。子善只得吩咐跛脚好好照料，就带跟班回家。穆升怕家里有事，早就走了。士宽被子善叫他出去，心中狠不自在，领着侄儿回家歇息。

一间空屋，只剩下秋痕、跛脚两人。只听得梧桐树上那几个昏鸦，"呀呀"的叫个不住。又有一个枭鸟，在秋心院屋上鼓吻弄舌，叫得跛脚毛发森竖。时已新秋，天气昼热夜凉，跛脚身上只一件汗衫，十分发冷，肚又饿，瞧着秋痕，就如死人一般，合着眼一言不发。猛听得有人打门，跛脚答应，步下阶来，见新月模糊，西风萧槭，满院里梧叶卷得簌簌有声。走到月亮门外，不防廊上栏干有个乌溜溜的大猫跳将下来，把跛脚一吓，"哎呀"一声，栽倒在地，那黑猫一溜烟走了。跛脚战兢兢的爬起来开门，原来是士宽和他侄儿，送来四碟小菜、四碗面、四个饽饽和那油烛盘香。跛脚这回不怕了，便来告秋痕。秋痕坐起，请士宽坐下，说道："枉费了你大半年的气力！晓得这样，倒不如那一晚也烧死了，岂不是好？”士宽粗人，又吃了酒，含含糊糊说了几句。他的侄儿点上灯，就都走了。开门出来，恰好秃头带个打杂，送来帘幕饭菜及点心等件。秋痕见了秃头，也是不哭，只问痴珠临死光景。秃头挥泪告诉一遍，秋痕长叹。秃头劝秋痕用些饭菜，秋痕一点不用，跛脚却饱吃一顿。时已有二更天，秃头也走了。

跛脚拿着烛台，送了秃头，关门进来。刚到二门梧桐树下，瞥见上屋有个妇人，和秋痕差不多高，走入月亮门。跛脚只道是秋痕出来，也不惊疑，还说道：“娘，你也不点个亮？”到得月亮门，见那妇人已上台阶，不入屋里，却由东边湾去后院。又说道：“娘，缓一步，我照你走。”却不见答应。直跟到梅花树畔，冉冉而没。不觉吓得通身发抖，跑入屋里，秋痕还歪在床上，不动分毫。跛脚回想起来，十分害怕，又不敢告诉，随说道：“娘，你自清早起身，至今不曾吃点东西，喝些汤好么？”秋痕不应。跛脚停一停，又说道：“你要躺，起来一坐，给我铺下褥子，你也好躺。”秋痕道：“你铺在西屋自睡，我就这样躺。”

跛脚没法，只得伴着秋痕呆坐。坐到三更多天，十分疲倦，歪在一边，恍恍惚惚的，觉自己走到一个地方，静悄悄的，只见对面一对宫妆女子，手持幡盖，引着他娘和个带剑的女子，缓步而来，来到跟前，转西去了。心上想道：“娘同这女子去那里哩？”赶着跟来，却又不见。遥望过去，前面有个庙，出出进进，都是戏台上打扮的人，只没有涂脸的。想道：“这庙里敢莫有戏？”就跟着人进去，见宝殿巍峨，是个极大的所在。月台上香烟成字，宝盖幡云，有许多穿戏衣的人，也有男的，也有女的，女的都是少年美貌，男的便有老有少。

看了一会，不像是戏，又不像是佛殿，正想要走，只听得两边鼓乐起来，说是“冤海司来了”。有一个穿戏衣的男人，瞧见跛脚，立地撵出。跛脚吓得打战。只见许多艳服女子，引一座金碧辉煌的车，坐着一个缨络垂肩的人，远远的看，却不晓得是谁。忽然又有个穿戏衣的人喝道：“你什么人？敢跑来这个地方闲逛！”恶狠狠的一鞭，跛脚“哎呀”一声，原来是梦。睁眼一看，日已上窗，却不见秋痕，跛脚只道起来，前屋后屋找了一遍，只见秋痕高挂在梅花树上。跛脚吓得喊救，两手抱着大哭。士宽隔墙听得跛脚哭喊，知道秋痕不好，赶着过来。跛脚一面开门，一面哭道：“娘吊死了！”士宽和他侄儿进来，忙行解下，见手足冰冷，知不中用，便赴子善公馆告知。

到得七下钟，秋华堂和柳巷的人，通知道了。瑶华奔来看视，大哭一场。街坊的人，个个赞叹，都说“难得”！子善主意从厚殡殓，不用说了。

看官须知：秋痕原拚一死，然必使之焦土无立锥之地，而后华鬘归忉利之天，这也在可解不可解之间。秋痕系戊午年七月初三日寅时缢死，年二十岁。例斯人于死节，心固难安；报知己而投环，目所共睹。遭逢不偶，衔大恨于三生；视死如归，了相思于一刹。留芳眉史，歌蒿借《孔雀》之词；证果情天，文梓起鸳鸯之冢。正是：

比翼双飞，频伽并命；

生既堪怜，死尤可敬。

欲知后事如何，且听下回分解。

第四十五回 竹竿岭旧侣哭秋坟 枞阳县佳人降巨寇

话说荷生自杨柳青撤防，到了青萍驿，接见太原各官，惊知痴珠、秋痕先后去世，大为惘然。是夜，就枕上撰一付挽联，是：

万里隔乡关，望一片白云，问魂兮几时归也？

双栖成泡影，剩两行红泪，伤心者何以哭之！

次日进城，唱起凯歌，打起得胜鼓，闹得一城人观看，热烘烘的拥挤。

到了行馆，采秋迎出并门仙馆。小别三阅月，两人相见，欣喜之情，自不用说。只接续见客，直到二更天，甫能退入内寝细谈。说起痴珠、秋痕，两人十分伤感。采秋便将挽秋痕的联句，述给荷生听，念道：“有限光阴丁噩梦，不情风雨虐梨花。”荷生道：“好！我的联是这十六字：痴梦醒时，秋深小院；劫花堕处，春隔天涯。”采秋也道：“超脱之至！”荷生随把挽痴珠的句，也念给采秋听。

次早，一起写好，分头张挂去了。下午亲往秋华堂，排上一台祭品，换了素服，哭奠一番，就同子善大家到西院流览一回。琴在人亡，十分惆怅。见焦桐室粘的诗笺，有《五月下浣重过秋心院感赋》七律二首，因念道：

“沉沉绮阁幌双垂，频卜归期未有期。

杯影蛇弓魔入幻，帷灯匣剑鬼生疑。

搏沙踪迹含沙射，销骨谗言刺骨悲。

昨夜落梅风信急，纸窗策策益凄其。

眉峰离恨锁层层，欲断情丝总未能。

不恤人言谁则敢？可怜薄幸我何曾！

半生豪气销双鬓，九死痴魂傍一灯。

碧落黄泉皆诳语，残更有梦转堪凭。”

念毕，正向子善说话，只见索安回道："汾神庙主持心印求见，说有韦老爷遗嘱面回。"荷生道："甚好。我正要往访。"就同子善迎了出来。

心印行礼，荷生拉住，叙些契阔，又谢他经理痴珠丧事。心印洒泪道："贫僧二十年心交，聚首天涯，竟为他办了这等事，说来就可伤心！"荷生听了，眦泪欲滴。心印便将痴珠遗嘱述了一遍。荷生向子善道："这事自是后死者之责。但我简牍纷纭，心也粗了，学问我又不如他，怎能替他纂辑起来？只好暂藏在我那里。至诗文集，尽管付梓罢！"子善躬身道："是。"荷生又坐了一会，走了。

次日，荷生因秃头求差健弁，赍着痴珠遗札回南，遂作一缄，寄给谡如，也交差弁带去。此时子秀回省销差，接着余黻如缉捕盐枭差务也完竣到省。大家商议道："南边道路不通，秋华堂又不便久停灵辆，不如就葬并州，附以秋痕，完了他生时心愿。"回明荷生，荷生道："归葬为仁，随葬为达。况时事多虞，葬了也完我们一件心事。"大家道："是。"

嗣后心印、池、萧看准南门外竹竿岭一区坟地，就在夫妻庙后。于是择了九月初二未时，将痴珠、秋痕两柩安葬。就岭下善人村，买一百亩田地、五十亩菜园、一所房屋，将跛脚配给秃头，便令搬往守墓。穆升、林喜、李福三人，荷生都收作跟班，就赞甫、雨农，也延入文案处。秋华堂仍做游宴公所。汾神庙西院，自从痴珠死后，都说有鬼，没人敢住，后来是韦小珠搬入作寓，才把谣言歇了。秋心院也纷传有鬼，后来是一邵姓买为别业。这便是痴珠、秋痕两人结局。

一日，采秋和瑶华商量上坟。这日林喜、李福到夫妻庙伺候。采秋、瑶华素服，只带了穆升、红豆、秋英，由甬道坐小轿出城。穆升骑马先走，红豆、秋英坐一辆车，跟轿而行。到了城外，采秋、瑶华、红豆、秋英一起换了马。路上歇一歇，便望见竹竿岭夫妻庙。林喜、李福迎出，两人下马。进得门来，破庙荒凉，草深一尺，见一群的羊在那里吃草，颓垣败井，廊庑倾欹。进了前殿，尚自洁净，也排有两三张破的木几，靠墙一张三脚的桌。这是林喜先到，教看庙预备的。廊下自有行厨供给，穆升捧上两碗茶来。红豆、秋英跟着采秋、瑶华，看了塑像和那壁间画像残碑，说道："去年八月十五，痴珠、秋痕不到这里祭奠么？不想今年，我和你来祭他！"瑶华也觉黯然欲绝。

两人喝了茶，逛到后殿，见西边坍了一角，风摇树动，落叶成堆，凄凉已极。又闻得远远有人哭声。红豆、秋英站在倒墙土堆上，见墙外槐树下拴一匹黑骡，一人看守。李福认是汾神庙的人，问道：“你来做什么？”那人道：“我跟师父来上坟。”采秋向李福道：“韦老爷的坟，在庙后那里？”穆升道：“只在墙外西边，这里去不上一箭地。”瑶华道：“这般近，我们打这里步行去罢。”采秋道：“甚好。”便携着瑶华的手，步上土坡，穆升前引。两人凭高远眺，见平原地远，旷野天低，觉得眼界一空。

到得下来，便是庙外。疏林黄叶，荒径寒芜，萧条满目，早令人悲从中来。转向西，远远的望见三尺孤坟，坟前点着香蜡，一个穿袈裟和尚正在膜拜。秃头烧纸，哀哀的哭。林喜跟着祭品的担，也才到墓下。采秋道：“等和尚走了，我们祭罢。”穆升道：“他们现已哭过，想是知道我们上来，匆匆要去，槐树下的骡不牵向前么？”只见秃头和林喜说了几句话，和尚点点头，绕向东边而去。

红豆、秋英便搀着采秋、瑶华到了坟上，见墓碑题的是：“东越孝廉痴珠韦公之墓。”林喜早排好祭筵，采秋洒泪上香，拜了一拜。瑶华也洒泪行了礼。红豆浇酒，秋英执壶，林喜、穆升焚纸。事毕，四人以次磕了头。只李福在夫妻庙中照料，不曾跟来。秃头尽着哭。采秋、瑶华十分伤感，俱站不住，那乌骓和瑶华的马都扯在墓前伺候，就不再到夫妻庙，只劝谕秃头数语，上马走了。这且按下。

待小子表出潘碧桃一番好结果来。碧桃自与钱同秀撒赖以后，并州是站不住。他妈便将碧桃走了绛州，又走了泽州，走了清化，走了汴梁。汴梁自古佳丽之地，近来黄河迁徙不常，又新遭兵燹，中州光景，就也不可再问。但是樊楼之灯火成墟，饭甑之琵琶还夥。碧桃阅人既多，又戒了烟，容华遂愈焕发，迷香洞里居然座客常满。

一日，来个道人，授以操纵吐纳摩咒顿挫之诀，临行说道：“你过此便当发迹。”只这道人去后，无论旧宠新欢，相对总是味如嚼蜡。后来篾片领个豪华公子到门，这碧桃放出手段，百般讨好。那公子见得碧桃千娇百媚，就也十分怜爱。不想晚夕两口嬲了一阵，一个是渺乎其小，一个是廓其有容，还是碧桃泥他唱个“后庭花”。到了天明，竟自走了。数月门庭寂然。母女十分站不住，听说樊城热闹，现在贼退，遂带了猴儿，径行上路。

这日，离樊城不上十里，日早落了。对面忽来一队游骑，车夫望风而遁。当头一个少年，望着碧桃，便跳下马抢了，飞鞭而去。没有三里多路，天快黑了，投一小小乡村。碧桃高叫救命，村中的人，没个来理。这少年向一家门首停住，里边有个妇人，黄瘦的脸儿，手拈盏灯，将碧桃扶下。碧桃跳掷喊哭，那妇人笑道："哭也无益，喊也枉然。"这少年也说道："娘子安静，我们不是食人老虎。"碧桃道："你还我的妈，我便跟你。"那少年道："这是容易的事，马上就到。"碧桃见他没甚歹意，就停住哭，与妇人见礼。那少年已将他妈带来见面，碧桃大喜。

看官，你道这队游骑，又是那一股贼哩？原来淮北一带城池，近为员逆头目吕肇受窃踞。这肇受原是枞阳县著名剧盗，却极孝顺，县官破案，一拘他娘，便自投到。后来积案多了，几毙杖下。幸站木笼，有个官善于风鉴，见他脸有红光，便放了，令去投军。不想肇受投贼，受了伪职，踞了枞阳，拥有淮北千余里盐利。与河南捻首姚荟琳结为兄弟，以此饷足兵多，势强援众。只是生平有个缺撼，是个驴形，自做贼以来，不知糟蹋了整千整万妇女，却不曾了一回账，以此四布游骑，到处掳抢。

这少年掳得碧桃，献了肇受，肇受见面，也不甚为奇。这日酒后，叫来服侍，不料碧桃竟禁得起春风一度，而且曲尽媚猪之态。这是肇受不曾尝的滋味，当下乐得心花怒开，告了他娘，择日成亲。赏了少年一百两金，差人迎了碧桃的妈，连猴儿也得了好趣。

看官，你道人生无论什么人，肯从根本上着点精神，再没有不好呢！碧桃那般淫贱，终始与他妈相依为命。肇受那般荣华，也是终始与他娘相依为命。他娘这会见个粉妆玉琢的媳妇来了，喜欢之至。这碧桃就珠围翠绕，做起夫人。看官，你道是好结果不是？尤可喜者，一夕枕上，两人各诉衷曲，碧桃说道："你如今富贵极了，只是依人自来是没结果呢！你怎不反正？将淮北盐利献与朝廷，必有一番奖励。然后请率所部讨贼，就这千余里地，征税课做我粮饷。金陵守得住，我且霸住一方；金陵守不住，我便做个陶朱翁。你道好不好呢？"说得肇受一蹭跺跳起，拍掌道："上策，上策！娘子军，我先要投降了。"

次日，肇受果然托记室做个降书，又遣人私送北帅许多财物。后来奉到谕旨，着授淮北提督，改名荩忠。碧桃竟自得了一品夫人的诰命。正是：

羽铩凤凰，语通吉了；

腐草为萤，道在屎尿。

欲知后事如何，且听下回分解。

第四十六回　求直言梅翰林应诏　复浔郡欧节度策勋

话说这年秋间，长星见在西北方，光有数十丈，直射东南。逆贼四眼狗势大猖獗。看官，你道这四眼狗是谁？原来便是秋心院的班长李狗头。当时，痴珠说他会做强盗，人都不信，不想他却真做悍贼。他自正定括了牛氏箱笼，便与他结盟的几个兄弟，跑到淮北。适值金陵屠杀之后，员逆委任荣合、荣法主持号令，出榜招贤。狗头夤缘献策，破了乌衣官军，又破了防守七年之六合、三河大捷之义师。员逆大喜，以为奇才，将淮北悉归管辖。其实，怀远一带，吕肇受早反正了。狗头领着数万人马，只飘泊太湖，来往潜山。

当下朝廷为着东南糜烂，天象告警，诏中外文武及军民人等，直言时务。这梅、欧两个晋京，得不了试差，小岑却转个御史。想起痴珠临行送的序文，是教他勘破了七品官，将天下所有积弊和盘托出，做个轰轰烈烈的男子，就也鼓动小岑胸中几多块垒，几多热血，只是乘不出机会。这会言路大开，他又得了御史，便悄悄做起一折，不但不与剑秋商量，便是丹翚也不知道，径自递了。略云：

臣梅山奏，为应诏直陈、仰祈圣鉴事：臣闻古三公有因水旱策免，有不待策免而自行引退者，何况天象示警于上，人事舛迕于下，而内阁大臣犹循常袭故，旅进旅退于唯唯诺诺之间，清夜扪心，其能自慰乎？

夫用人行政，其将用未用、将行未行之际，差之毫厘，失之千里。天颜咫尺，呼吸可通，惟有内阁而已。身居密勿之地，苟怀缄默之风，则宰相亦何常之有？一切凡人，皆可为之，又何藉梦卜以求也。

东南军务，稽今二十有余年矣。民生颠沛，国帑空虚，尽人能言，其实尽人不敢言其所以然之故。臣私自愤懑，急欲明目张胆，为我皇上陈之：封疆坏于各道节度。各道节度非有唐末之横也，而平居泄沓，临事张皇，有丧师者，有辱国者，有闻风先遁者，有激变内溃者，有奉熊文灿为祖师而以抚误事者，有蹈杨嗣昌之覆辙而以邻为壑者，有拥兵自重而游弋以避贼锋、糜饷自娱而高居以养贼势者。凡此种种纰缪，内阁岂不知之？有遇事严参以重封疆者乎？

自倭逆内犯，勾结水陆剧盗以及回疆西藏，朝廷命将出师，不惜捐万万帑金，为民除害，德洋恩普，该将帅宜何如努力戎行？乃老成凋谢，既无继起之才，结习相沿，动有偾军之将。往者金陵沦陷，设南北二帅：北帅逍遥河上，南帅嵎负钟山。转瞬数年，终于覆没，为宵旰忧。方其未败，锦衣玉食，倡优歌舞，其厮养贱纨绮，吸洋烟，莫不有桑中之喜，志溺气惰。贼氛一动，如以菌受斧。害于而家，凶于而国，覆辙相寻，曾不知戒。内阁耳目犹人，有先机议处，以肃戎行者乎？封疆如此，戎行如此！此何时哉？此何势哉？

该大臣等相顾不发一策，事事仰劳神算，已属全无心肝，乃犹徇情掩饰，淆乱是非，致令外议沸腾。或曰受贿容奸，或曰潜踪通贼。圣明之世，臣不敢谓然。第念该大臣世受国恩，身膺隆遇，何以坐视时艰，悍然于天人之交迫，曾无所动于中也？

今日之事，必先激浊扬清，如医治疾，扶正气始可御外邪。伏唯圣鉴，俯纳刍荛，特伸乾断，则民生自复，国计自纾，臣不胜感激之至。谨奏。

次日，内阁传旨：御史梅山忠谠可嘉，着赏人参二斤，原摺该大臣阅之，各明白回奏。小岑谢恩下来，满朝公卿，无不改容。

当下回寓，剑秋已早来了，接着，笑道："士别三日，当刮目相待。"小岑也笑道："这是痴珠抬举我，得了两斤人参。"随即坐下，谈了朝中情事。剑秋便说道："痴珠议论，多是行不去呢。就如这摺议论，也是乘此机会，才用得着。"小岑叹道："虽有智慧，不如乘势；虽有兹基，不如待时。自古是这般呢。"剑秋道："前两天，荷生寄来痴珠诗文集副本，诗倒罢了，那文集中议论，都骇人听闻得狠。我略瞧两篇拟疏，一是请裁汰：一曰汰大员而增设州县；一曰汰士子而慎重师儒；一曰裁营伍而力行屯政；一曰裁胥吏而参用士人。一是请废罢：一曰罢边防而仍设土司；一曰罢厘金而大开海禁；一曰废金银而更造官钱；一曰废科举而责成荐主。一篇都有数万字，读之令我小儒舌挢。"

小岑道："行原是行不去呢，只这议论，都是认真担当天下事的文字，人存政举，便自易易。你道他迂阔么？就如他说用兵大略是先和倭夷，听其自生自灭；再清内寇，上保蜀，下复武汉，做个南北枢纽，然后从上游分路剿办，水陆并进，力厄贼吭。你道是不是呢？现在什么人能了此一局呢？"剑秋道："这一付议论，我也听他说过，荷生、谡如都将此做个帐中秘本，其实一个人是做不来呢。"小岑笑道："天下事那里有一个人办得出呢？起樯椎牛，挂席集众。"

正待说下，门上报："有客来。"你道是什么客呢？原来就是谢小林、郑仲池。前个月小林以御史放了淮海道，仲池以理少放了淮北节度。两个俱因地方残破，无处张罗，不能出京。这日从内城出来，得个明经略入阁的信，以此同访小岑。到得靠晚，见过上谕，是"首辅予告，朝廷以西北肃清，诏经略入阁，所有未了事件，着交韩彝守护帅印办理。"到得第三日，内阁传旨：湖北汉阳府着梅山补授。小岑叫苦连天。丹翚便埋怨他："上得好摺。如今得了这个去处，上不着村，下不着店，又是不能不走的。"倒是剑秋替他张罗出京，说是："朝廷因你肯说话，才叫你一麾出守，不久就有好处。"劝他走了。

却说仲池节度淮北，与肇受恰是同官。肇受此刻拥了淮海千余里钱粮盐课，奉诏讨贼，自庐江以至和、含，连营百余座，旌旗耀日，人马堆云。仲池主仆㑳㑳，依个破庙。一日，提督府兵丁抢人妇女，土团不依，闹起事来。幕中朋友说须地方官弹压，肇受便往拜仲池。仲池饬该管官两边和解，就也前往回拜。这肇受高兴，开起夜宴。于是万炬齐明，百花沓出，雨护世城中之美膳，舞广寒宫里之羽衣。酒行数巡，夫人出见，珠光侧聚，佩响流葩。肇受却小袖秃襟，笑向仲池道："我不惯穿着大衣。"仲池一面招呼夫人，一面说道："我们兄弟，尽可脱略形迹。"肇受就指左边一座，教夫人坐下，向仲池说道："他文雅，不比我卤莽武夫，着他奉陪，我就在这炕上烧烟罢。"于是弁者鬟者，流目于灯光烟气之中；歌人舞人，摩肩于丰酒繁肴之地。

仲池起辞再三，无奈肇受夫妇礼意殷勤，迟至一下钟才得散席。临行，肇受取个沉沉的包裹，纳入仲池袖里，笑吟吟的道："聊以志别。"仲池不解，无可答应，只得收了。抵寓，检开包裹，灿灿金条。

次日天明，忽报："提督挂印走了。所有百余座壁垒，俱是空营。"原来肇受军令俱是暗号，那日黄昏，这多兵俱已陆续登舟。席散后，肇受、碧桃各奉老母，就也出城，万帆竞挂，说是向海门而去。如许重累，竟一夕拔宅，奇不奇呢？这里仲池诧异一番，将提督的印，暂行护理。方招募乡勇，联络土团，想为自强之计，不想诸事办未得手，狗头却来了。空空一城，如何可守？听说宝山营兵强马壮，便向宝山投奔。坐此淮北千余里，竟为狗头窃踞。

再说小岑那一摺利害不过，参倒了几个大老，正法了几个节度，这是小岑想不出呢。为着小岑奏准，大家依嘴学舌，都说起话来，便轇葛不清。还是明经略到京，慢慢的回转圣意，才得归结，救活了多少人。只日日接见朝士，延揽人才，总不得个担当全局的人，实在十分烦恼。一日，想起李谡如，恰好出了肇受提督的缺，便极力保荐，得了谕旨。过了数日，门上递了一封书，拆阅是侍讲欧冶言事的书，约有一千余字，大意是说那“楚北淮南形势及扼贼要害之处”，又说：“封疆大吏推诿素不知兵，这是无志者藉口之辞。试问各道节度，共带枢部之衔，且有标兵之掌，如何说得不知兵？请以各道军务，俱归各道节度督办，勿庸另派大臣。”又说是“今天下虽多事，然诚得志节磊落、通知古今之人，分布中外要路，一以灭盗贼、安元元为念，攻效未必不可渐致”。大喜道：“这等议论，与荷生一般通达，可以大用。”次日，便呈御览，奉旨召见。剑秋口才本是好的，是日奏对，洋洋洒洒，大称圣旨，就放个岳鄂节度。陛辞这日，保了小岑与游鹤仙。不数日，鹤仙放了楚北提督，小岑擢了荆宜观察。

此时楚南完固，虽宝庆、武冈均有贼踪，安化、益阳均当堵剿，而大局是个安静。楚北武昌失守三次，汉阳失守四次，自荆宜以下千余里瓦砾之场，贼尚盘踞，以为出入孔道。可怜小岑挈了丹翚，羁旅樊城，无可着手。后来擢了荆宜道，才造起战船，招些水勇。值着剑秋也到，带着宣府精兵二千，驻扎荆州，会合小岑募的水勇一千，及游鹤仙带来太原精锐三千，共成六千人，择日出师。高屋建瓴，挂帆东下，克了石首，又克嘉鱼，直薄武昌城下。城贼负嵎自固。剑秋拨一枝兵力扼安陆、德安援贼，小岑水师复了汉口镇，汉阳贼便也不敢离城半步。于是城贼岌岌。

再说小岑近日收个少年，姓包名起，这包起是个卖甘蔗为生的。剑秋也收个少年，姓黄名如心，这如心是个割马草出身的。两人俱生得面如满月，目如流星，骁健多力。包起缘恋个妇人，因此投了小岑，充个亲兵。如心也恋个女人，替他养马。一日，雪里割草，剑秋瞧见他单衣来去，挥汗如雨，大相诧异。后又见他驾驭生马，矫捷异常，就提拔他充个亲兵。那包起、如心恋的女人，你道是谁？原来就是那年秋华堂搬马解的柳青、胭脂。他姑嫂二人，由太原走了大同、宣化，便自直隶转到河南，小住樊城。柳青却结识了包起，胭脂就也结识了如心。这两对少年夫妇，感着痴珠诗意，便向军营中人投靠。

包起是应小岑招募，如心算是剑秋提拔出来。每逢出队，这两人都有个娘子帮手，冲锋陷锐．极为得力。以此积功，都得了前程。营中人将包起、如心唤做“飞虎”，柳青、胭脂唤做“雌熊”。这夜攻打武昌，如心夫妇带了百余人，伺至三更，觑个空飞跃而上，放火大呼。城贼心胆俱寒，黑夜里自行屠杀，胭脂已拔扃，招大军入城了。

次日，小岑克复汉阳，也是包起、柳青之力。剑秋大喜，都拔补了营官。乘胜攻走安陆、德安等贼，楚北一起肃清。只武汉两城公廨已空，人物如鬼，鹤仙因劝剑秋移驻岳州。剑秋笑道：“‘蚡冒蓝缕，以启山林’，不就是这地方么？苟此而不能守，去之他处何益？昔周室征淮，师出江汉。晋代平吴，谋在荆襄。王濬造船，循江而下。陶侃之勋，镇守武昌。宋岳武穆、李忠定谋画岳、鄂，均以此地为要图。我们要想控制长江、平定东南，岂容弃去此地？而且要守此地，还要攻破九江呢。”

看官听说：九江系大江左右一个枢纽，贼以金陵为腹心，倚九江为门户，设官科粮。九江之贼，又恃小池口、湖口为犄角。九江有贼，鄂州守不住，金陵亦克复不来。以此剑秋、小岑急于募水勇，造船舰。有志事成，不上两月，便增水勇三千人，年纪都是三十以下的，战舰八九百号，大小炮位二千尊。小岑督率克复了小池口伪城，进围湖口。

此时鹤仙带二千陆师，下援南昌，留下一千陆师，剑秋就令包起、如心两夫妇管带，营小池口城里。到了次年，湖口仍难得手。一日，小岑唤过包起，附耳数语。包起归营，便传令陆师，拔营进剿宿松、太湖。次日，湖口出队，内湖外江，炮火四合。水陆悍贼无数，悉力抗拒。方血战间，忽然一队步军，从山后连臂大呼，突入县城。船贼岸贼相顾骇愕，不知此枝兵从何而至，攘攘扰扰之中，械不能举，枪不能发。我军乘势追逐，因风纵火，把两岸夹守的伪城，一起克复。贼船数百号焚夺一空，片帆不返。此时火声、水声、人马喧腾声，震天动地。船贼也有死于水的，也有死于火的，岸贼也有落荒跑的，也有受刀伤的，也有砍倒头的，也有践踏死的，直杀得满江皆尸，满湖是血。

看官，你道那一队步军，是那里来呢？原来包起扬言进蕲宿、太，却于夜间将一千人潜自小池口，便入战船，绕出湖口十里。天甫黎明，这一千人尽数登岸，高踞湖口县城后山巅埋伏。到得城贼会合水贼，这一队便杀下来了，以此大捷。

当下水勇扼在江上，陆师围了浔城。城贼粮草有余，逃窜无路。我军四面环轰，塌倒城垣百余丈，便擒了伪贞天侯凌紫茸等，磔于市。自是鄱阳数百里，遂无贼踪。剑秋论功，以小岑为最，奉旨擢了湖南节度，鹤仙加了头品顶戴，包起、如心都升了参将。正是：

激浊扬清，人才辈起。

独有虬髯，抟翼万里。

欲知后事如何，且听下回分解。

第四十七回　李谡如匹马捉狗头　颜卓然单刀盟倭目

话说李谡如定计屯田，与至俊务农讲武，把海壖都垦就腴田，蛋户都变成劲旅。又开了几处学堂，教二十岁下兵丁，都要读些史书，熟些核算，工些楷法，因慨然道："痴珠尝叹'今之武官，都有轻裘缓带、雅歌投壶之意，恐非所宜'，此自正论。然太卤莽，直是磨牛，吾亦为汗颜哩。大抵做人，总要懂点道理，有个器量，难道武夫不吃饭么？"至俊深服其论。

辗转之间，便是夏五。忽然得了李夫人凶信，自是哀痛。嗣后，又知痴珠赴召玉楼，秋痕身殉，更添一番伤感。接着荷生差弁也到，谡如因作一缄，另委干员交给千金，偕并州差弁同去东越，替痴珠赡家，并接痴珠长男蓉哥北来，搬取灵輀。这蓉哥现年十七岁，早已入学，学名宝树，字小珠，一表人才，英气勃勃，却不像痴珠有那孤癖，下文另表。

当下死友之哀才减，新亭之泪重挥，却是仲池到了。说起四眼狗穷凶极恶，谡如道："这绰号狠熟，我好像先前见过这人。"仲池道："见说他是并州什么院里掌班。"谡如恍然道："是，是，我见过这人。咳！这奴才也要作贼么？"当下就答应仲池，替他出兵。不一日，恰好得报，是擢了淮北提督。谡如上摺谢恩，就请将所部肃清淮甸，所有军饷即由宝山屯田转运，无事另筹。将该镇印务，恳恩交给奏加三品衔危至俊署理，以资熟手。朝议就也依了。于是谡如挑选精兵三千，由海溯淮，请仲池督率先行，自挈一千人，由陆路随后进发。

再说狗头踞了枞阳，就住肇受的提督府，立定章程，每日要排门钱，每月要捐大户。排门钱怎样呢？每五百家立个旅帅，每日排门输钱二十二文，以二文为旅帅食俸，以二十文为兵饷。捐大户呢？有田宅及铺面者是为大户，每月按户捐钱十千文，以二千为监军司马等食俸，以八千为兵饷。又有那五里关、三里船之税，又有那派工匠、轮妇女之图，又有那斩墓木、放火堆、捉船户、打先锋之令，真是一网打尽，不放分毫。不上一月，将淮北千里扫荡个渺无人烟。谡如此来是要救民水火，不想无民可救，只有贼可杀哩。当下谡如自宝山轻赍入东坝，克复了巢县、合肥。探报狗头带马队三千、步贼三十万，距于寿州。谡如想道："寿春为古重镇，争淮者守此则得淮，并可得江。不想狗头竟有此才略！"又想道："我兵才有一千，贼如聚蚁，我兵就一个打得百个，也敌不过。而且马队又有许多，怎好呢？现在鹤仙又援南昌去了……"

这日到了芍陂，离寿州不上三十里，才有两下钟，传令将饷银尽数排列，传齐营官哨长，叹口气道："咳！咱们深入贼地，退没有路，只有散罢。这饷银无所用之，你们分取做个盘川，能够有命回到宝山，清明除夕烧张纸钱，也不枉咱们两年相处！"一面说，一面号啕大哭起来。这营官哨长以及兵丁就也大哭。一会，谡如停住哭，含泪说道："哭也无益，你们散罢。"大家停住哭，也含泪齐声道："大家不愿走，死便死一块。"谡如又哭起来，说道："何苦呢？你们试想：咱们只有一千，贼却三十万，又有马队，怎抵得过呢？"说完，又哭。大家齐声道："大家要死，也杀个快意死，难道束手给贼杀么？"谡如说道："我做朝廷命官，是该死的，你们有点生路，怎不跑哩？"大家说道："散了，死更快，我们将这 千的人，合作一气，并作一心，或者还拚得数个不死！"谡如不哭，叹口气道："你们果能如此，我却有个计，就是：今夜你们下锅造饭，饱餐一顿，以二十人作一队，只望贼营灯火旺处，一队扑贼一营。二十人中，放火的放火，杀人的杀人，人自为战，不要相顾。我亦只要二十人作一队走，天明相见寿州城下。"大家齐声答应。

这一夜是九月向尽，天气还暖，却阴得沉沉的黑，数十里并无一个乡庄。大家守着将令， 队 队的疾走，鬼火星星，阴风冷冷。将到寿州，望着贼营灯火，如一天繁星，刁斗之声，络绎不绝，万帐接连，严整得狠。一会静了，于是大家悄悄逾堑，俟各队到齐，一齐拔栅而入。恰恰是三更三点，各营贼正在睡梦中，忽觉得火焰飙起，呼声震天，就如千军万马，排山倒海而来。摸刀的不得刀，摸枪的不得枪，也有钻出头而头已落，也有伸起脚而脚已断，也有掣出刀却杀了自己头目，点起铳却打了自己的亲兵。一会，火光遍野，火药发作起来，更打得尸飞江外，骨落河中。那各队的人转抽身四处，瞧那火焰冲霄，好像风雨翳霾中电光驰骤。

谡如骑着那匹天马，带二十个人自成一队，扑入中营，却是空的。那马东驰西撞，不可押勒，要寻人相杀。不想中营的人，都跟着狗头落在城中，抱妇人睡去了。直到城外二十多万人杀死烧死，要死得干净，逃去散去，要去得无踪，才都上城，瞧着烛天的余焰，煞尾的余声，你道可笑不可笑呢？时天要发亮，晓风习习，狗头正在顿足诧异，不料谡如暗处觑得真切，从马上飕的一声响，狗头从垛上落下地来，二十人抢上捉住背缚。城上的贼瞪着眼，揎着拳，竟没一人敢开门出来搭救。这各队人扑灭中营四边残火，见上面贼帐修整得十分华丽，是未曾烧的，便请谡如下骑驻扎。

天大亮了，众人推上狗头，谡如哈哈大笑，道："好，好，你这狗头，也配得上我来捉你！"传令磔死，将头高挂城下。查各队的人，只失一个，伤一个，却收了无数旌旗甲仗，千余匹好马。漂尸蔽淮而下，那城里七八万残贼，毛骨皆耸，都站垛上，掷落器械火药，说是愿降。谡如传令开城，唤为首的人出来。这数人出城，见得官军寥寥，便有些翻悔。谡如却将好语安慰，令他约束部众，安静住在城中。这数人诺诺连声，进城去了。谡如这日就在城外歇息，吩咐营官轮流而睡。

是夕，天也阴沉沉的，定更后，密传营官，八百人分作四面埋伏，自骑上马，带上二百人，转向城根树林中而去。到得三更多天，城里四门洞开，每门准有万余人蜂拥而出。谡如伺贼众走远了，便骑上马，从城缺处一跃而上，二百人也跟上来，却冷静之至，只有守门数人、守垛数人，半在睡梦中，吃了二百人的快刀。这四五万出城的贼，鼓噪踏入营中，知是走了，大惊失色。正欲转身，忽听得四面黑暗中高呼杀贼，城贼自恃人多，也不惧怕，便狠狠的四面兜围。不想这面面的人，都是近不得身的。围得这一面，这一面人杀条血路；围得那一面，那一面人又杀条血路。围得几围，城贼见自己的人死伤大半，便发一声喊，向城走了。这里的人就也不追，那贼远远望见城上灯火辉煌，心里大慌，到得城下，遥望灯火中坐的是个谡如。这一惊，脚也软了，便都跪下，万口同声道："小人该死，小人该死！"谡如传令，教他自杀那起先为首的数人及贼中头目，仍准入城。大家一齐动手，各杀头目及那为首数人。

天也明了，谡如就驻扎寿州，挑选降贼精壮者二千人，每百人各以亲兵一人管带，挑着狗头的首级，四下招抚。一路风声传播，群贼破胆，走者走，降者降，到得仲池水师驶到皖江，早一律肃清。谡如却归功仲池，复任淮北节度，谢小林便擢了淮南节度。此时剑秋、小岑已复楚北，闻信喜道：“水道大纲，江淮河汉为最要，以正阳为淮水中流砥柱，寿州又正阳之屏藩，皖不肃清，我能高枕么？卧榻之旁，不容鼾睡。今鼾睡是个谡如，实在得力。想荷生见我们有此展布，定恨痴珠不能眼见呢！”

却说荷生守护帅印，办理善后事宜，小住太原。探侦红卿父母俱亡，就差人接来，将那竹坞收拾与红卿居住。红卿不特与采秋意泯尹邢，就与瑶华也情如鹣鲽。此时红豆配了青萍，仍随侍采秋左右。到了次年己未正月，疏请凯撤，南边军饷统归曹节度调度，奉旨俞允，就于二月初进京。采秋、红卿送至城外。春雪扑衣，长亭赋别，荷生与约，面圣后辞官归隐，连会试也不愿应。不想至京，召见七次，擢用京卿，荷生表辞。明相见面，皇上根究韩彝辞官缘故，明相只得对以“伊系举人底子，会试在即，见猎心喜，因此不愿就官”。皇上面谕，着令入场，十名内进呈卷子，自然有了韩彝。到了殿试，大家意中都以第一人相待，荷生只是微笑。

此时明相充了读卷官，首阅韩彝的卷，书法是好，不用说了。奈汩汩万言，指陈时事，全不合应制体裁，如何进呈？只得搁起。无如圣眷隆重，传旨索取，竟破格列在一甲第三，探花及第，这也是荷生意想不到之事。接着，津门逆倭凶悖，重臣赐帛，诏各道勤王。荷生引见后，特旨召问剿抚机宜，荷生对以“剿然后抚”，允合圣意。次日奉旨：

> 韩彝着以兵科给事中，赏加建威将军职衔，带领帅印、上方剑，驰往津门，相机进剿倭寇。兵马钱粮，悉凭调用。各道援师，悉听节制。钦此。

旨下，荷生陛见，奏调并州太原镇总兵颜超、雁门镇总兵林勇，各率所部从征。又奏保大同秀才洪海，恳给五品衔，挂先锋印。皇上俞允。启节驻扎保定，传令各道援师，固垒大小直沽，不准轻动。

不一月，紫沧以子弟兵二千人报到，旧幕爱山、翊甫、雨农也来了，随后卓然、果斋各率所部四千人，遵檄抵津。遂择日祭旗，连营海口，诱贼上岸，三战三捷，沉了火轮船二十七座，擒了倭鬼万有余人。荷生传令各营，倭鬼悉数纵回，只留倭目数人，押送保定看守，以俟勘问。这是本年秋间事。

荷生赏了黄绫马褂，颜、林二将加了提督衔，紫沧擢了游击，文案爱山等各得了五品衔，就是青萍也得了守备。到了次年庚申秋，逆倭又自粤东驶船百余艘，游弋海口，欲谋报复，却不敢上岸，荷生复行申讨。贼正轰炮，忽倒了炮手三人，执旗大头目一人。你道为何呢？原来卓然百步射，果斋连珠箭，都展出神技来，以此贼不敢战而去。

逾年辛酉，钦天监奏：日月合璧，五星连珠。凤翔节度奏：凤鸣岐山。豫河监督奏：河清三日。东越节度奏：田粟两歧。于是逆倭遣人赍书津门，说是"讲和"。荷生笑向卓然等道："这两字却要一争，不该说是'讲和'。"便将原书掷还，不阅。

转瞬之间，又是秋风八月了。倭目自粤东以一舶赍了无数珍奇宝玩，分致津门将领。荷生又笑向卓然等道："我们雾雨三年，就是为此贿嘱么？"传令倭目谒见。此时各道援师早撤防了，颜、林二将部下各留千人，半年更换一班。就是紫沧子弟兵，也只是践更而已。当下颜、林二将戎服，整队辕门，紫沧挂刀，领子弟兵排列帐下。升炮三声，青萍捧上方剑，服侍荷生升帐，传呼倭目进见。

荷生笑吟吟的道："我们不是那先前蓟门节度、粤东节度，你国若说'讲和'这两字，我们是不依呢。若说悔罪投诚，吁求招抚，我们便为转奏，再看圣意如何。你不想中国三十年兵燹，是那个开端？前前后后，糟蹋几许生灵？你还装聋做哑么？"倭目俯伏当面，汗流浃体，说道："以前曲直，我也不敢深办，事到如今，就是遵元帅教训，悔罪投诚，吁求招抚罢！"荷生正色道："这八字不是我教你说呢，要你国王有个求抚降表说了才算。我是论道理，不准你们说个'讲和'两字哩！"倭目将手抹了额汗，说道："那要我回国才办得来，只要耽搁元帅班师日子呢。"荷生笑道："皇上不惜亿万万钱粮，为百姓除害，我们怎敢惜些辛苦？你总要取得国王降表，这事才得了结，我们也才敢替你奏闻。"倭目只得答应下来。荷生便于帐前排一席宴，宴了倭目。

不两月，倭目跟个国师费事来赍表而来。荷生奏闻，奉旨准了。一面班师，一面檄卓然赍诏宣谕香山，定盟通市。这卓然奉檄，便单刀登舟，飘然航海而东。到了港口，天待黑了，卓然横刀危坐，唤费事来进见，取出宣谕仪注、通市条约，掀髯说道："我这来是个诏使，你们要跪接呢！怎的进港不见一人？"费事来不敢答应，卓然就将仪注、条约两个册子付给费事来道："你们瞧去。"

又目注大刀，说道：“差我一节，我饶得你，我这刀是不饶人呢。”费事来唯唯而出。

看官听说：这倭夷远隔重洋，国王是个女主，先前嗣位，年纪尚轻，听信喜事的人，闹了二十余年，所费不赀。渐渐退悔。近见西藏回疆俱不足恃，那员逆更是个没中用的人，就深怪从前倭目不是，都贬黜了，这番来中国的头目是新换的。费事来是女主胞叔，老成练达，上表之先，已将广州城池退出。只是向来倭目轻视中国官吏，费事来不敢侮慢荷生，却想挫辱卓然一番，以折粤东官吏后来之气。当下给卓然抢白数语，知他也是难惹的，便将仪注、条约恪遵，不敢驳回一字。次日，筑起高坛，率香山办事大小倭目，都到港口挂刀跪接，迎入馆舍，一日三宴。

次日黎明，坛上排列香案，赞唱诏使升坛，倭目等俯伏坛下，只听宣读云：

“奉天承运皇帝诏曰：天地生成，温肃并行之谓道；皇王敷化，神武不杀之谓功。咨尔倭人，远来海岛，以贸迁为绝伎，以货殖为资生。市舶虽入其征，理藩未登其赆。乃躏东南，遂窥西北，庇我剧盗，辱我疆臣，尔诈尔虞，如鬼如蜮。梗两朝之文化，劳九伐之天威。夷汉相安，则撤孔明之旅；华离不正，则屯充国之田。张弛异宜，德刑并用，亦以事机有待，夷性难驯故也。

今天诱其衷，地藏其热，两甄皆败，一舶来归。朕早识此虏于目中，姑置远方于度外。风云何定，有天命者任自为；雷雨之屯，建非常者民所惧。在诸臣以为兽将入槛，虽摇尾而法无可怜；在朕以为鸟已衔环，既投怀而情皆可谅。止戈为武，穷寇勿追，罢符竹之专征，准甘松之互市。廷臣集议，钦定颁行。愿吐谷之率循，听舌人之胪列。

一、准以江南上海、浙江舟山、福建闽安镇、厦门、广东濠镜为倭船停泊埔头。

一、倭船进口，由封疆大吏派员验明有无夹带禁物。如有携带，一经察出，货半没官，半奖查验之员，人即照例惩办。

一、倭船出口，由封疆大吏派员验明有无夹带纹银。如有携带，一经察出，银半没官，半奖查验之员，人即照例惩办。

一、天主教虽劝人为善，而汉人自有圣教，不准引诱传习。如其有之，经地方查出，授受均行正法。

一、教堂准立倭馆以内，不准另建别处。有犯者照例惩办。

一、税务统归于各道监督，倭目不准干预。有犯者以不应论。

一、茶叶大黄，准以洋货洋钱交易，惟不准偷漏。如有偷漏，货半没官，半奖查验之员，原船着回本国，不准贸易。

一、各埔头办事头目谒见官吏，悉照部颁仪注，不准分庭抗礼。有犯者以不应论。

一、倭船不准携带妇女入口，亦不准携带中国男妇出口。有犯者照例惩办。

一、倭馆不准雇请汉人办事，及一切佣工。有犯者以不应论。

凡兹新例，究属旧章。於乎！我中原百产丰盈，并不藉资夷货。尔各国重洋服贾，亦当自惜身家。王者之兵，原不得已而后用；下民之孽，皆由自作而非天。所期盟府书存，长质诸皇天后土；从此南人不反，庶化为孝子顺孙。人各有心，朕言不再。钦此。”

读毕，赞唱“谢恩”，费事来等九叩。赞唱“牵牲”，执事牵牲而入。赞唱“宰牲”，执事趋就牲前。赞唱“捧盆”，执事捧金盆入就牲前，取血注盆。赞唱“歃血定盟”，于是倭目一人，接受金盆，随费事来登坛北面。赞唱“诏使南面莅盟”，倭目将金盆向诏使跪下，诏使蘸以拇指，转向费事来蘸过，兴退。赞唱“跪，三叩首”，于是费事来拜于坛上，大小倭目拜于坛下，诏使南面答拜。

赞唱礼毕，又高宴一次，费事来率各倭目陪宴。从此倭人守法，且从各道节度收复海口城池，有没于王事者。正是：

气为义激，暴以理驯。

枢机在我，祸福惟人。

欲知后事如何，且听下回分解。

第四十八回　桃叶渡萧三娘排阵　雨花台朱九妹显灵

话说皖、鄂肃清，鹤仙又解了建昌之围，区区金陵，四面兜围，便当扫穴犁庭才是，何以转盼三年，依然嵎负呢？看官须知，天下事理有一定数不可知，就是鼠辈，也有个数不该尽时候。当下谡如淮北功成，便乘胜擒了姚荟琳，扫除北捻。零星残股窜入河南，又合为南捻，北扰燕齐，西蹂秦晋。接着滇南回部钩连关陇，江东败寇窥伺黔巫。朝廷因此颁给谡如威远将军关防，经略西北，以鹤仙为太原提督副之。金陵这边，是令剑秋、小岑、仲池、小林四节度，会合江左右提督，相机围剿。

剑秋、小岑原是锐意洗甲长江，无奈金陵气数未尽，却钻出五个妖妇来。五妖以萧三娘为首，是个道装，自称公主，据说系萧梁湘东王第三女。江陵破后，入山修道，迄今千有余年，却收了两个二形的妖尼，带了两个同面的妖婢，出来辅佐员逆。三娘两鬓垂肩，好像画的麻姑一般。两个妖尼，约有二十来岁的人，他自说是百余岁，其实就是那年痴珠生日弄把戏的两个女尼。一个名唤月印，一个名唤云栖。一个上半月成男、下半月成女；一个上半月成女、下半月成男，以此两个自为夫妇。两个妖婢如花似玉，同一面庞，一个唤做灵箫，一个唤做灵素，都是古服劲装。

剑秋、小岑起先道是妖妇有些邪术，包起、如心出队，令他带了喷筒，将污秽先行喷泼，然后交兵。不想悍贼在后，妖妇当先，只喝声“住!”我军便如土塑木雕，连眼睛都不动了。悍贼拥出，一个个捆去了。再用水师攻剿，这妖妇率妖尼等挺立水面，将拂子一挥，那战舰都倒转了，炮火一一自打起来。水陆两阵，折了无数兵马，又失了包起、如心两个猛将。剑秋、小岑气得发昏，自此胆寒，不敢出队，只遍访异才，想要破他的法。

倏忽逾年。此时荷生正在津门申讨倭逆，来往书札，辄笑剑秋、小岑正不胜邪，唾手大功竟被一个妇人弄杀。这妖妇得志，便遣灵箫领兵佐助荣合，陷了两浙，伪封越王。灵素领兵佐助荣法，陷了三吴，伪封吴王。四节度两提督连营三年，实是束手无策。

却说采秋自荷生太原凯撤以后，迎了藕斋夫妇，住了愉园，以便来往。到了紫沧从征海口，便将红卿、瑶华都搬入搴云楼第一层居住，采秋自住第二层。草虫雄雉，时与二美酬唱，邮寄津门。奈一别三年，真有杨柳楼头，悔觅封侯之恨。忽一日，老苍头贾忠回说："外有老道姑带一美貌女子，说是要见二位夫人。"适值红卿疟疾，采秋与瑶华只得接入。见那道姑年纪约有六十多岁，眉宇间道气盎然。跟个女子，年纪不上二十，生得妩媚之中棱棱露爽，手捧如意一枝。当下道姑合掌，向着采秋道："这是韩家三夫人么？"采秋想道："他怎的叫我三夫人呢？"还他一福。这道姑瞧着瑶华，也合掌道："这是洪家继夫人么？"瑶华也还一福。

采秋便问道："炼师何来？"道姑笑道："贫道云游的人，脚跟无定，是从来处来。"一面说，一面招那女子，将如意接过，教向二人稽首，说道："这妮子名唤春纤，却有些来历，是韦痴珠的人。听他说罢。"于是二人还了春纤的拜，延道姑上座，就与春纤分坐，细问颠末。春纤便将答应谡如的话，述了一遍。又将宝山海边遇见谡如，也述与二人听，就说道："我们从那一天起，便来此地，就住在东门外玉华宫三年哩。"二人起敬一番，吩咐红豆传话厨房，备下斋筵。

春纤笑道："我师父是不吃烟火久了。我也不吃酒菜，逢着什么吃些什么，便可数日。"瑶华道："这真省事，所以秦皇、汉武都要求仙。"慧如笑道："那是他呆想。他们富贵中人，要像我们服气做什么？我与两位说个真话：生死者，人之常事，就像那草木春荣秋落一般，成仙的尸解，成佛的坐化，总是一死。仙佛不死，何不日日骑鹤，日日跨狮，以与你们相见呢？大抵人中有仙有佛，也似草中有个万年青，木中有个万年松。草木是得气之厚，仙佛是得气之精，这气原万古不坏的。但那气要培养得十分，愿力充足，非必长生才算仙佛。你们富贵中人，能做了孝子忠臣，义夫节妇，便也成了正果，便也做了仙佛。你不看痴珠一生拂郁，他却有他的精气团结，不是做了青心岛一个地仙么？毋论痴珠，就是长安的娟娘，你们这里秋心院的秋痕，不也在那青心岛么？我这来，却也是宏个愿力。你们是晓得，金陵妖妇法术利害，抗拒大兵。我把春纤送来，一则与他一个正果，一则助你们平妖灭贼，好享荣华。”说毕，将那一枝如意递给采秋道：“这算是春纤贽敬罢。”

采秋接过手来看。是个木的，却光润如红玉一般。这道姑又向袖中检出锦册，递给瑶华道：“这算是贫道传授你的。”瑶华接过手看，锦册中间篆书《缥缈宫秘箓》五字，展开与采秋同看，见是云螭五色绫写蝌斗篆文，幸是旁有真书释文。才待细阅，忽听春纤笑道：“师父走了。”二人转身，只见轻云冉冉，拥着老道姑已在半天，向二人合掌道：“后会有期。”二人不知不觉的，自会稽首下去。春纤搀起二人，说道：“师父为着我留滞此地，今遨游海上去了。”

自此春纤就也住在搴云楼，指教采秋、瑶华篆书中符箓，练习起来。红卿是个多病的人，不善烦劳，略略解得，就丢开了。采秋高兴，募了大同健妇三千人，春纤接了掌珠、宝书，一同传授符箓兵法。把轩轩草堂做个演武堂，把小蓬瀛做个昆明池，演习水战。把采秋署个“缥缈宫真妃”，瑶华等皆署个“侍史”。

此时捐例大开，钱同秀做了太原守，胡耇做了阳曲县，竟把柳巷这些事禀到节度衙门，说是潜谋不轨。曹节度查明大笑，密摺陈请，赏给杜梦仙女提督职衔，柳春纤、薛瑶华女总兵职衔，率所募健妇，前往金陵平贼。奉旨准了。恰好荷生正自津门班师，奉旨：洪海记名提督，颜超补授江北提督，林勇补授江南提督，韩彝着予太子少傅衔，实授建威将军，赏假半年，仍带帅印上方剑，督率颜超、林勇、洪海、女提督杜梦仙等，经略东南。此旨一下，那太原守、阳曲县俱是参革，不待言了。这里荷生、采秋、红卿，英雄气概，儿女情肠，靡相见以蓬飞，亦有敦之瓜苦，我员聊乐，既觏则降。就是紫沧、瑶华、青萍、红豆，也是久旱逢甘，融融泄泄。做书的人，也只得叙个大概而已。

此时卓然见宝书精熟符箓兵法，就认他做个干女，掌珠就也拜果斋做个干父。到了出师这一日，大家意气飞扬。只采秋远别父母，依依难释；红卿重离夫婿，踽踽旋归；转觉兴会之中，也成寂寞。

再说妖妇萧三娘魅了包起、如心，两人迷却真性，夜夜在他帐中轮班直宿，不上三个月，便似枯柴，就也放回。累得柳青、胭脂百计延医，还是逢个国手，医了一年，才把两人还个旧样。只可怜那两浙佳子弟、三吴美少年，给这妖妇害了无数。还可笑者，所有掳去大小官吏，他竟不杀，只教他经管马桶虎子及一切厕筹等事。那淮南北江左右官军，被那妖妇驾云踏水，叫住就住，放行就行，恰似线抽傀儡一般，你道可笑不可笑呢！

这年癸亥，妖妇又将战船千余艘，就桃叶渡结个小寨，名为虚牝阵。有人入阵，将两翼皮筏一包，又名含元阵。有人破到阵心，将阵腹战舰分开一穴，又为洞天阵。凭你英雄好汉，总要全军覆没。喜是荷生大兵从上游万艘并下，两个女总兵挂了先锋印，颜、林二将做了左右翼。荷生主掌陆路旗鼓。采秋自将水师。紫沧坐镇楚南，会同剑秋、小岑、仲池、小林筹办军饷，包起、黄如心轮流转运。爱山等仍掌文案。

三月间，女先锋破芜湖、无为、东西梁山、太平关，收复了江宁各属邑，大纛直达江宁，连营青溪、劳劳山一带。采秋就领女先锋来破水寨虚牝阵。原来这阵，要先破左右两翼，左翼是个铜墙，右翼是个铁壁。当下春纤领一千健妇，鼓棹杀入铜墙。瑶华领一千健妇，鼓棹杀入铁壁。采秋领一千健妇，分乘大战舰三支，直攻阵心。那铜墙铁壁的皮筏，早被两个健妇捣个稀烂，包不过来。春纤、瑶华已会在阵心，偕采秋摩荡阵腹小穴。穴内一股一股热气香气，逢逢冲出，却没有一艇出来挡拒。只那热气香气透人脑，沁人脾，注入丹田，令人手足软将起来。幸喜他们都有符箓藏在髻中，还撑得住这些妖气。一会，小穴觉得渐大起来，里边唱起《蝶恋花》小调，呖呖百啭，实实可听。采秋传令，大家高唱《破阵乐》。那小穴便洞开了，却是个小瓜皮艇子，并无一人，只供三轴女菩萨：一为罗刹，一为摩登，一为天女，并是裸体。采秋、春纤、瑶华登上小瓜皮，一人扯碎一轴，阵后贼舰四散，我军内外欢声震天地。女兵乘胜收复了九洑洲，歌凯回营。

这妖妇见破了阵，就向雨花台筑起一坛，要与女提督斗法，递封战书。荷生、采秋一笑，也就长干寺故址筑起一坛，与雨花台的坛相对。这日，颜、林二将将水师左右翼，远远的结成阵势。采秋令春纤、瑶华顶胄亮甲，将健妇三千排列坛下，建起“缥缈宫真妃”大纛。采秋内衣软甲，外戴顶观音兜，穿件竹叶对襟道袍，手执如意。掌珠、宝书首缠青帕，身穿箭袄，腰系鱼鳞文金黄色两片马裙。掌珠捧剑，宝书提刀。擂鼓三通，红豆、香雪领着健婢二十人，一色箭袄，手挟强弓硬弩，簇拥采秋登坛。

只见那边妖妇妖尼，笑吟吟的将拂子东摇西摆。采秋坐下，掌珠、宝书侍立左右，万籁无声。采秋向妖妇举起如意，说道："请了!"妖妇也举拂子相答。采秋道："闻你法力高强，试展手段给本帅看罢!"妖妇笑道："元帅！汝坛下两妮子，昨日破了我阵，我只教他归结了罢。"采秋道："如何归结？唯命是听!"只见妖妇口里念念有辞，将拂子向坛下一指，喝声："疾!"悍贼数百涌出，要捉春纤、瑶华二人。二人屹然不动，将枪一举，也喝声："疾!"那悍贼便望风倒地了。妖妇失色，口里念念有辞，只见一阵风起，空中无数虎豹犀象，展牙舞爪而来，水中无数鼋鼍蛟龙，摆尾摇头而至。采秋将木如意一挥，那鼋鼍蛟龙，一起向贼船扑去；那虎豹犀象，便一起向妖妇坛上扑来。妖妇妖尼腾身一耸，急上云端。采秋将如意付给红豆，把弓接过，不慌不忙，扣上狼牙箭，一连三箭，云里早落下两个妖尼来。春纤、瑶华一人活捉一个。瑶华笑道："这两个怪东西，我五年前就晓得他有今日。"

此时水陆官军、贼众不知有几多人，都出来看两下斗法。这恶兽从坛前扑到坛后，数十万悍贼壁垒帐房，一起踏倒，蹂躏了无数人马。就是贼船，也为孽虫冲作数队，两下奔突起来，好似天倾地塌、海倒河倾。水陆官军喜跃，尽力鼓噪。陆兵纵马，水师鼓枻，也如急浪怒涛，乘着风猛雨骤，不费分毫之力，将雨花台克复，扎起营来。那恶兽孽虫，却无影无踪了。采秋下坛，荷生迎入舟中，笑道："我道是如何斗法，只消静坐片时，我也会斗了。"采秋也笑道："我不是妖，又不是仙，实在无法，只好如此胡弄局，掩饰耳目，你莫先笑。"一会，推上两个妖尼。荷生略问数语，知道做了无数淫孽，传令磔死，枭首示众。当下官军拔了雨花台，乘胜复了钟山石垒，金陵唾手可得。

荷生得意之至，就在采秋雨花台帐中，高开夜宴。香雪、秋英挡起琵琶三弦，唱些小曲。采秋道："妇人在军中，兵气恐不扬。你想这样取乐，是个大将军举动么?"荷生笑道："偶一为之。"正举大杯要采秋喝干，只见四面灯光忽然碧澄澄、绿阴阴的，腥风起处，一女子赤身浴血，将一领衣衫向两人头上蒙来。空中琤的一声，女鬼就不见了。鼻中觉得腥臊得狠，耳边隐隐听得说道："你们须认得我是朱九妹!"吓得四个人只是发噤，红豆、香雪缩做一团。采秋、荷生将衣衫挣开，是件污湿湿的血衣。

此时灯光复亮，瞧地下有两片雪白的刀。荷生道："怎的有这怪事?"采秋道："这是有人暗害我们，那女鬼不是出来救护么？"正待说下，忽四边人声汹汹，万马齐奔，又像白天斗法时欢呶。两人出帐，青萍回道："台下江水忽涌起十余丈，漂没数营，柳总兵奔出，将剑一挥，水便退了。现在薛总兵查点人马，安插去了。"说得荷生、采秋愕然，都说道："祸是今日捉不了妖妇。"

正待入帐，四边人声又汹汹起来，说是："一片山峰盘旋天际，要向中军打落，是柳总兵驾云，挥往钟山去了。"荷生烦恼，携着采秋说道："这般怎好？我同你性命只在顷刻。咳！不值哩！"采秋笑道："不要怕，凭他天翻地覆，我同你还是金身不坏。譬如该死，此刻已是个刀头之鬼哩。"荷生正要回答，瞥见春纤站在跟前，说道："妖妇压死了，原来是萧湘东爱的一个大锦鸡。他中了箭，闪入钟山，又做起法来，想要报仇，我将山石打回，就把他压死了。明日叫人抬来看罢。"于是大家安心。

看官，你道这朱九妹是何人呢？九妹，楚北人，年二十岁，有国色之目，能诗能文。前十年为贼掳来，依个女百长。百长怜爱他聪明伶俐，凡贼挑选识字民女，充个女簿书，把他隐匿不报。后来萧三娘挟了两个妖尼，挑选有姿色的妇女，百长隐匿不住。九妹见是选去为尼，也自甘心，便与同伴姓傅的，名唤善祥，一起出来。云栖得了善祥，月印得了九妹。适逢月印这半月是个男身，欢喜极了，携到桃叶渡船中，就要开荤。不想九妹心如铁石，凭他刀割火爇，总不依从。幸是月印意中人多了，将九妹赤身锁在后舱，恰好舱中有把尖刀，到了半夜，九妹便自勒死。月印将尸弃在雨花台下，不准人埋。这夜显灵，救了荷生、采秋性命。虽是二人数该有人救护，终算是九妹功劳。

荷生后来查出履历，就替他请旌，又建个祠在雨花台下，题曰"朱贞女祠"。后人有传其《贼中哀难妇》诗云：

晨光隐约上檐端，绛帻鸡人促晓餐。
顾影自怜风恻恻，回头应惜步珊珊。
虾蟆堆上听新法，蟋蟀堂前忆旧欢。
明日鸿沟还有约，大家努力莫偷安。

看官听说：贼以杀戮为事，其荼毒之惨，衣冠涂炭，固不待言，那妇女尤受其荼毒。起先男入男馆，女入女馆。相传江宁城中，有一妇背负婴儿，被驱入馆。这妇人迟回不行，贼骂，妇也回骂，将刀砍倒，儿压肩下，呼娘不绝，呱呱乱啼，惨不惨呢？又有一妇，怀绷数月孩儿，走到街上，忽袖出一剪，将欲自刺，后以泪眼熟视抱中儿，遂大哭，掷剪地上，仍向前走，惨不惨呢？六逆妻妾，唤做王娘，黄娟盖头，骑马跣足，这全是粤西西溪峒村媪。故此伪令，妇女不准裹足，违者斩首。已缠之足，忽去束练，怎样走得动呢？而且叫这女人挑砖、背盐、浚濠、削竹签、开煤炭。相传有美妇背盐行烈日中，汗卤交流，肩背无皮，如着红衫一般，惨不惨呢？后来六逆相屠，男馆女馆之禁既开，五妖为虐，男色女色之风尤炽。妖尼部下，有受污的女子，忿恨不堪，尼令绣帽，这女子就把污秽的东西来作帽衬，冀得压制妖法。同伴挟嫌出首，尼怒，令点天灯。你道天灯怎样呢？将帛裹四体，渍油，绑于杆上点着，叫唤数日而死，惨不惨呢？正是：

人心有欲，制之为难。

涓涓横决，万丈狂澜。

欲知后事如何，且听下回分解。

第四十九回 舍金报母担粥赈饥 聚宝夺门借兵证果

话说这年甲子元旦癸卯，逆计岁一百八十三元，周而复始，为上元甲子。荷生大兵原是颜、林部的八千，紫沧子弟兵二千，后来又调了淮南北陆师四千、水师四千。这年正月，紫沧、包起、黄如心又带来湖南北精锐三千，连战皆捷。紫沧夺了江东桥，包起、如心夺了七瓮桥，连营江宁东门外。二月，卓然以所部克复镇江、常州诸郡县，直薄浒墅关。果斋以所部从广德、祁门一带，复金、衢、严，直薄钱塘江口。金陵孤立，淮南北胜兵星罗棋布。大同健妇就如狼顾鹰疾，四下巡绰，颗粒茎草，无从入城。

伪王府供给葱、韭、莱菔、白菜，价与黄金同秤。始而米尽，继之以豆；嗣而豆尽，继之以曲；既而曲尽，继以熟地、薏米、黄精；复尽，继以牛、羊、猪、鸭；复尽，继以海参、鱼翅、枣、栗；复尽，继以苎根、草根，调糖蒸食；复尽，继以皮箱，水泡细切，调蜜煮糜。伪官贼众，奄然一息，肩摩于路，内外城饿殍日以万计。有人捞得浮萍，煮成一盂，伪官抢夺，至相格杀。于是有人食人的事。后人诗云：

上天降丧乱。兵饥仍洊臻。遗民何所食？树皮与草根。二者亦既尽，相率人食人。弱者强之肉，股膊味之珍。有子不肯易，骨肉原一身。或云食人者，其睛圜且殷。杀人还遭杀，利害仍相因。亦有良懦辈，忍饥丸泥吞。尪羸死尤易，未死罹烹燔。上苍胡不仁，驯致人食人！

后来扫荡伪王府，每府厨房扫出男人阳物、妇人阴户，约有十余担。

大凡做人，无论是邪是正，总要有个纪纲，有点精神才办得事。便是做贼，也要有贼的纪纲，有贼的精神。员逆自五逆相屠之后，便宠用了三个宝贝：一个蒙得天，凡搜掠良家子女，这人便先意筹画，始为伪指挥，继得大用。一个罗际隆，他把个妹进员逆为妃，又将自己妻妾也献与员逆奸宿，始为伪侍卫，继加伸后二字，做个侍卫头目，得役使众侍卫。一个黄开元，系女旦出身，员逆嬖之，性极刻毒，贼用火铬火锥、剥皮抽肠、点天灯诸刑，就是这人开端，始为伪监督，继为伪天官丞相。这三个宝贝，贼党背后都唤他做三尸。未几又尊信了五妖。你道这个材料，做个鼠贼，还算不得一个好汉，那里能守城池呢？

更可笑者，员逆以算命拆字的穷民，起而为贼，藉口扫除贪官污吏，救民水火，却奉个天主教，得一处城池，男的呼作兄弟，女的呼作姊妹，便将兄弟姊妹，男归男馆，女归女馆，养活起来。你想剧贼掳抢得几多米粒，能够供得这多人口眷？就使东南各道都占踞完了，这不顺人情、不顾全局，也怎样守得一日呢？至如贼的政令，是无天地宗庙社稷之祭，无父子君臣之教，无天时人事婚丧吉凶之道。其所改之年，则曰太平兴国。其所定之时，则改丑为好，改卯为荣，改亥为开，以三百六十六日为一年。其所改之字，则國为国，华为花，火为亮，老为考。蜂衙蚁队，还算什么？

当下饥民嗷嗷，员逆方将伪王府所蒸的苎根草根，将蔗浆蜂蜜调匀，炼成药丸一般，名为甘露疗饥丸，颁给伪官，令民间如法泡制。不想民间苎根啮完，草根掘尽，更从何处找出蔗浆蜂蜜呢？天下饥，何不食肉糜，自古是有此笑话。起先饥民尚是夜里偷自爬城出来，以后贼令不行，竟白日数十队吊城而出。到得五月，员逆挨不得苦，服毒死了。伪王娘与伪丞相等，拥立伪太子蒴田为王，便每日黎明，大开北门一次，放出饥民。于是城外饥民，如恒河沙般。荷生自三月起，增设粥厂百余座，抚恤难民，尚自瘐死大半。

却说藕斋夫妇自与采秋别后，便染些寒疾，乍起乍倒，延及一年，竟成老病。这年春间，贾氏过世了。采秋闻讣，自然大恸。这会荷生扎营钟山，采秋扎营聚宝门，相去约有十里路。因采秋有母之哀，荷生便时时匹马驰来。就是春纤、瑶华等，也时时往来慰问。只见一路粥厂，倒毙极多。又见那粥厂门前，饥民四集，每厂约有整万，人多路狭，推排积压，老弱困惫的，不得半碗入口，尽多跌倒爬不起来。而且道路矢秽，人气熏蒸，远远的就不堪入鼻。

采秋听说，向荷生道："我闻古人赈饥，合要使分。你说那担粥的法最好，我三年提督的俸银，留着何用？这会兵荒马乱，也不是斋僧佞佛时候，我便将这担粥的法，行一个月，借此做我娘的冥福。"语毕，珠泪双垂。荷生忙道："好极。明天我就替你效劳罢。"采秋道："不忙。从来办赈，最怕中饱，壮哉雀鼠，哀此惸独，我们不犯着吃这亏。你的权重事多，这琐屑也不合大将军斤斤计较，我专派红豆办此事罢。”春纤、瑶华也道：“极是。”于是聚宝门边，特设个熬粥所在。红豆管带二百健妇熬粥，四百个健妇担粥，四百个健妇押送。每厂担粥三担，专给那老弱困惫的人，每日就也照粥厂卯申两次开锅。以此采秋也时时单骑出来，或就在钟山营中宿歇。

一夕，钟山营中，天色靠晚，采秋来了。荷生正携入帐中，春纤提剑突入，采秋就要闪出，春纤举剑便砍。荷生惊慌无措，急行拦住。采秋竟变个白的雌兔，窜出帐外。春纤一剑掷去，兔遂两断。弄得荷生迷迷惑惑，说道：“怎的？怎的？”春纤笑道：“你道是采姊姊么？这便是那妖婢灵素。我再叫你去看一枝箫。”便挈着荷生驾起云来。不转瞬，已到聚宝门。遥见瑶华、掌珠、宝书，都拥着采秋在帐前，瞧个似兽非兽、鲜血淋漓的东西。采秋一见荷生，便说道：“不是春妹妹，我们又落了妖人的套。”春纤笑道：“采姊姊，你要子细，这也是个假的。”采秋笑道：“是你带来，我只问你。”春纤笑道：“便我也是个山魈。”指着地下东西道：“再几日，你看我，不就是这样去么？”采秋笑道：“你去那里？”春纤道：“我从去处去。”荷生见他们说话，愈不明白，便向采秋道：“到底怎说？”春纤笑道：“这何难猜？你杀了采秋，采秋就也杀了你。”采秋向着荷生道：“你不要听他捣鬼，我两人的命，都是他杀哩！”瑶华也笑道：“这样看来，你两个竟是个魂魄。”说得采秋、春纤和大家都笑了。

荷生愈急起来，红豆只得指着地下东西，从实告道：“这是山魈，就是金陵的妖婢灵箫。他幻了老爷的形，来魅夫人，柳姑娘望见，把他杀了。柳姑娘晓得他还有一个叫什么灵素，是去老爷营中，便驾云寻老爷来，想是也杀了。”便向春纤问道：“柳姑娘，到底也是这个模样不是？”春纤笑道：“那个却俊。”瑶华因笑道：“他假你夫人，怎的不俊？”荷生将靴尖向地下的山魈踢两踢道：“就这般糟蹋我，教我铁室铁城，都防备不来。”吩咐抬去剥皮，号令起来。大家答应。随叫人到钟山营中，将那只白兔也剥皮，号令起来。因向采秋大家说道：“这才了妖妇一宗公案，如今干净，真个多谢女镇军。”一面说，一面携着采秋就拜。慌得春纤还礼不迭，说道：“折杀了！”

这夜又在采秋帐中开起高宴，延春纤高坐，瑶华、掌珠、宝书分陪。荷生领着采秋，斟了三钟酒，都要春纤喝干。又传一班女戏伺候，自己却归钟山去了。这里点唱《鲁智深出家》，唱那《寄生草》一支。春纤喝了一钟酒，便微唱道："俺赤条条，来去无牵挂。"一会，点唱《嫦娥奔月》，春纤笑向掌珠、宝书道："碧海青天夜夜心，自古女仙未能免此。兰香来无定处，绿华去未移时。想你二人禅絮沾泥，当不复悔偷灵药。"掌珠、宝书微微一笑。瑶华笑道："这也未必。谢自然既要还家，昙阳子更多疑窦哩。"采秋也笑道："八骏往来穆满，七夕共坐刘彻，西王母不是个女仙领袖么？以我看来，姮娥还是天上共姜。"瑶华道："姮娥也算不得共姜，他霓裳羽衣，怎样也接了唐明皇？"采秋笑道："这般看来，天上神仙也和我们一样呢。"大家一笑。

春纤向瑶华说道："你说昙阳子，昙阳子原有一真一假。去年并州不有个假秋痕么？"瑶华道："这是他同乡姓顾的，弄出来笑话。你想，秋痕那样一个脾气，什么人假得？偏这姓顾的要借重他大名射利，没有三天，就给人道破了。哄传出来，倒害痴珠的跟人唤做什么秃头，寄园的佃客叫做什么戆太岁，淘气几天。这假秋痕并州的饭就吃不上，这会不晓得跑到那里？"采秋笑道："不就在这里？我要认是秋痕，便是秋痕；荷生要认是痴珠，便是痴珠。你们不见今天，山魈也要假荷生，白兔也要假采秋么？"说得大家大笑起来，就也散席了。

却说谖如、鹤仙经略南北。鹤仙是首办南捻，继办蜀寇，马步齐进。他在蒲东，又练个车战。恰好来剿南捻，数月之间，便已得手。倒是蜀寇费力，芜蔓东西川，出没无定，又踞的石寨，都系丰草长林，巉岩叠嶂，好容易扫除十股，又分出一股。谖如专办回部苗部，黔苗渠魁，不数月就也划除干净。其余酋长，都受了约束，不敢为非作歹。

回部自滇南蔓及秦陇以及关外，势大猖獗。谖如由黔入滇，驻扎曲靖，先将滇南回汉分出是非曲直，做个榜文布示各郡。然后用兵复了昆明，以次剿抚，大兵直趋大理。鏖战一年，才把回首士文绣擒了。仿着武侯七擒七纵意思，请旨赦了文绣，赏给世袭总兵衔，镇守永北、开化二郡，提督回部。文绣于是率所部三千，先驱开道，自滇及秦，自秦及陇，以至关外，所有回众，无不洗心涤虑，剺面刻肌，誓与汉人和辑。

谖如入关，鹤仙也将蜀事告竣了，就约于长安会议善后机宜。这二人自从不见于今三年，把前前后后公事私事，说个十日，还不得尽。此时鹤仙系居太原提督衙署。阿宝娶亲了，阿珍、靓儿也已长大。谖如只想娶个妾，以为娱老之计。不想无意之中，却说起一个亲事。是江南叶姓的女儿，避乱随母，依个胞叔，远宦长安，并无兄弟，年纪十八。经鹤仙说合，聘为继室。入门挈开盖帕，竟与李夫人面庞一毫无二，已自诧异。细细体认，连言谈举止、体态性情，都觉得一模一样，就把谡如狂喜极了。鹤仙自然也乐，说道："这番回到太原，阿宝还认是他娘重生哩!"

转盼之间，善后诸事也得手了。奉旨："李乔松给予宫傅衔，并轻车都尉世袭。游长龄给予宫保衔，并骑都尉世袭。均赏假三个月，仍帅所部驰往金陵，会同韩彝商办东南军务。署宝山镇总兵危至俊，督办海壖屯田，接济西北军饷，著有成绩，着予提督衔，补授宝山镇总兵。"谡如得旨，就将原部四千人委一裨将管领，先赴金陵。鹤仙也将原部三千人，陆续遣往。谡如又檄宝山营，发兵三千助剿。

这会金陵大兵云集，水陆约有三万多人。荷生、采秋督率诸军，把金陵十二门日夜轮流环攻。这夜六月十五，包起、柳青领湖兵攻打西三门，如心、胭脂领淮兵攻打东三门，紫沧、瑶华领太原兵攻打北三门，春纤、掌珠、宝书领健妇三千及宝山精锐二千攻打南三门。十六黎明，聚宝门陷了一角，春纤跃入，健妇踵接。披发悍贼数千抢来撑拒，悉放鸟枪。掌珠、宝书也乘空而上，烟雾迷漫之中，前后不能相见，只听两边喊杀。三千健妇及宝山精锐二千，逢人乱截乱杀。一会，贼的药火尽了，天地开朗，披发贼死了无数。其余也有散的，也有自戕的。于是各门洞开。

紫沧传令不准乱杀。四队官军招集一处，直趋内城。一路尽是难民，长跪道边，也有男的，也有女的，也有老的，也有少的。紫沧等驰入伪王府及各伪官衙署搜捕，也有吊死的，也有跳井跳池死的，也有吊不死跳不死给兵擒来的，也有就擒跑走的，也有跑走就擒的。纷纷扰扰，他他藉藉，闹到黄昏。大家只是不见春纤、掌珠、宝书三人，十分惊讶，瑶华尽在内城派人找寻。先是午刻大营委青萍入城，四下里分贴安民榜，忽见春纤倒在秦淮河边，面色如生，只额角有血水涌出。随后又见掌珠、宝书死在一处，也是额角一伤。赶回报明，已是天黑了。

荷生太息，采秋垂泪道："这是他们借兵尸解，不然，春妹妹是会驾云的，有什么枪火炮火跑不脱呢?"就令青萍厚备棺敛。是夕，紫沧等也晓得三人阵亡，瑶华连夜便奔出城看视，大哭一场，将尸移入就近伪署内停放。紫沧大家派各路兵丁打扫街道，收拾伪王府正屋。

次日黎明，荷生、采秋双双的按辔入城，先来秦淮河，看了春纤三人殡殓。采秋忆起前前后后的事，觉得春纤这回是专为保护他而来，就与瑶华哭得日色无光。荷生大家力劝一番，然后竖起大纛，排队升炮，双双换了八人抬的凉轿，万骑先后，蝶团蜂拥，入内城去了。

后来卓然、果斋见说宝书、掌珠都已阵亡，掀髯叹息。瑶华也对人说道："我一生没有吊过眼泪。五年前为痴珠、秋痕却伤心了数次，这会又为春纤三人哭了一日一夜，其实他们都是脱屣红尘去了。"正是：

沐日浴月，妖氛尽豁。

脱屣人间，天高地阔。

欲知后事如何，且听下回分解。

第五十回　一枝画戟破越沼吴　八面威风靖江镇海

话说谖如、鹤仙得假三个月，谖如将眷口携到并州，与阿宝们相聚，一时悲喜交集，不用说了。次日便同鹤仙、阿宝，到了玉华宫李夫人灵前一哭，就也到痴珠坟前洒泪一拜。转盼假满，已是六月。

荷生是十七进了金陵城，十八谖如、鹤仙也到，荷生大喜，把伪东府扫除，与二人驻扎。这二人与荷生八载分襟，一朝捧袂，伤秋华之宿草，喜春镜之罗花，真个说不了别后心事。谖如又以迟到一句，不及见春纤为憾，便往秦淮河停灵之所，祭奠一番。

一日，大家谈起吴越用兵，谖如道："东南地势，太原的马队、筤筅兵，都用不着，还是我宝山镇兵及湖淮兵得力。"因向荷生道："你的才大如海，怎么平了十年巨寇，复了千里名都，竟不草个露布，耸人听闻哩？"荷生道："这算什么巨寇？此数十年中，士人终日咿唔章句，就是功名显达之人，也是研精欧、赵书法，以博声誉，济之以脂韦之习、苞苴之谋，韬略经济偶有谈及，群相哗笑，以为不经。吏治营规，一切废弛，徒剥民脂膏，侈以自奉。坐此国势如飘风，人心如骇浪，事且岌岌。可笑当事的人，尚复唯唯诺诺，粉饰升平，袖手作壁上观。间有名公巨卿，气魄、资望卓越寻常，奈处升卿之错节，才识不及；学渤海之乱绳，德量无闻。是以大局愈烂，这釜底游魂，因得多延岁月。对村婆而自絮生平，获小窃而大书露布，我不怕别人，我只怕痴珠在那青心岛会拊掌大笑哩。"说得谖如也笑起来。

荷生因说道："自此以往，司牧之官，必能扫除一切苛政，猾吏奸胥，悉设个法箝制之，使无舞弊。慢慢的采风问俗，去害马以安驯良，泯雀角鼠牙之衅，绝狼吞虎噬之端，不惊不扰，民得宽然。各尽地力，学你宝山开垦的工夫，与这些人课勤警惰，讲信修睦，有教有养，使天下元气完复，不枉我们劳碌这七八年才好呢。”谖如道：“这真忠言至计，中兴硕辅之言。”荷生笑道：“我算什么！明相国不动声色，却出斯民于火热水深，措天下于泰山磐石。韦痴珠不绾半绶，却相时度势，建策于颠沛流离。硕画老谋，寄意于文章诗酒，这才算个人哩！”

谖如叹一口气道：“不是你这阔大的胸襟，也不肯和盘托出。我们不是相国，那里能如此发挥？不是痴珠，那里便有此成算？只相国以人事君，自然誉流竹帛，绩纪太常。痴珠一生屈抑，我们侥幸会合风云，也该特摺阐扬，或请予谥，或请专祠，使天下后世有这个人才好。”荷生笑道：“这却不必。以柳下惠之贤，而节以一惠，出自其妻；以曾南丰之地望，而一瓣之香，竟传师道。可见人世荣华，举不足为我痴珠增重。异日有心人，总能发潜德之幽光，底事我们阐扬，转成门户之见？你不看杜少陵，历数百年而忽谥文贞，苏东坡不得冷猪蹄，而朝官至今尚为做生日么？是非之心，人皆有之，不烦我们为痴珠早计哩。”谖如拊掌道：“古人相见，开口便有到心语，你今日议论，语语沁入我心。”

正待说下，紫沧带个女子进来，说道：“这女子姓傅，名唤善祥，是个女簿书。据说洪逆就埋在这府里空地，那时人坎，掘得极深，甚是秘密。”荷生听说，传令开了后宰门，派五百名人夫，前往发掘。接着包起回说：“搜捕遗孽，萧田渺无下落，却擒了著名几个贼目。”于是荷生邀着谖如，一同升帐，问供去了。

再说荣合、荣法部下，却有两个伪将，一名翁闿阳，一名吕寿臣，武艺也不在颜、林之下。荣法、荣合百事糊涂，却晓得收买两将的心，以为护卫。起先灵箫、灵素主持号令，人人都受这妖婢磨折，只有两将，他却不敢　毫凌侮。后来妖婢听见妖妇兵败，赶赴金陵，这里号令便归在两人。这会一个紧守浒墅，一个紧守钱塘，环营三濠，撑拒颜、林，倒也是将逢敌手。此数日，果斋正与闿阳约定，两边不用炮火，不用队伍，只单骑对战，输的退兵。战了两日，不分胜负。

这日，又是两个酣战，都脱了鳌甲，去了兵器，下马较起拳来，两边士卒看到入神。不想包起、黄如心二人，奉了荷生将令，带了四千湖兵，前来助战，恰恰到了。两人私议，将金陵贼衣，悉令湖兵二千穿了。如心赚个贼的令箭，往赚钱塘城池。包起却赶来助战。到了贼垒，擂鼓摇旗，自后面逾濠扑入。当下贼众忽见营后人马破空而来，闾阳只得放松果斋，大骂道：“捉狭鬼，不是英雄，算我上你当罢。”上马走了。其实，这枝兵来路，果斋也自茫然。闾阳正驰回冲杀，将包起的兵团团围住，城贼无数奔出，说是官军挂起金陵旗号，赚开城池，擒了三大王，闾阳及贼众心都慌了。一会，果斋也到，与包起两边夹攻，一枝画戟，东驰西突，所向披靡，力将江口以及城隍山贼营百余座，尽数踏平了。闾阳落荒而走。

果斋与包起入城，将擒来伪越荣合打入囚笼，解往金陵，其余贼众，一起准予投降。住了一日，乘胜领兵杀上塘西，收复嘉兴去了。包起、如心俟着浙东西两个节度到了，就也驰来。果斋早已只戟单盾，冒矢复了姑苏，擒了伪吴荣法。于是合兵一处，会同卓然来攻浒墅关。三日破了。两人用计，射倒了闾阳、寿臣。忽报大将军、女提督带健妇五百人过江，现在驻扎常州。包起、如心就将荣合解往常州营前。卓然仍扎浒墅关，伺候大将军。果斋便带兵扫荡吴越诸郡县残匪。

看官，你道荷生怎的过江呢？他是富川人，想借此游历江南一番风景。不想到了扬州，遥见那灌莽栖于甍栋，平沙抗乎睥睨，烟火无墟，四望靡际，与采秋低徊凭吊，因说道：“昔日繁华鼎盛之处，今皆成瓦砾场矣！”

次日过江，风静波平，也自欣然。望见金焦一片邱垤，赤云峥嵘，兔葵燕麦，觵受骄阳。因想起遭时不祥，见此芜乱，回首故乡数遭兵燹，牂柯山畔家竟何如，梦草池边同声浩叹，于是浩然有归与的意思。又想道：“虎豹居在深山，人人闻声便自惴惴，以游五都之市，贩夫孺子皆得持着瓦砾，哗然相逐。麟出大野，足折商钼；龙入鱼群，豫且见困。而况炎炎者灭，隆隆者绝，高明鬼瞰，自古为然。我断不可宠利居功哩。”

这日到了常州，晓得果斋业经破越沼吴，恰好荣合解到，问过口供，传令磔死枭首。会同金陵洪逆戮尸的首级及荣法首级，传示各道滋事地方。就想道：“自来贼平，遣散兵勇最是费手。我幸驰逐七年，不曾募得一勇，只大同健妇三千，都是有夫之妇，且有室女，不怕滋事。外此，颜、林所部四千，是并州额兵，淮南北陆师水师，湖南北精锐，亦是平定后新设额兵。至如谡如带的是宝山屯兵，紫沧带的是冯姓子弟兵，更无可虑。最可笑者，以前用兵，不于各道额兵练出，转向市井中募来，既糜国帑，又滋弊端。我如今只作个书，嘱谡如陆续奏撤，便无甚事。”

次日到了浒墅关，接见卓然，即令其撤回部兵一千，留一千协同果斋搜捕余匪。于是放舟于三万六千顷之太湖，挹取其风雨波涛出没之理趣；舆轿于三十六峰之天台、七十七峰之雁荡，开豁其金戈铁马扰攘之烟尘。凡郡县供给，一起拒绝。水向荒墟停泊，陆抄小路来往。

到得八月，驻扎杭州。卓然、果斋都来缴令。便与采秋游了一日西湖。秃树支离，寒波渺漠，荒草低天，丛芦冷岸，满野阴云浊潦中颓墙废垣，残毁驳裂，野店无烟，远峰数点。兵火后光景，真可叹息，怅然而返。觉得一路秋风衰柳，门巷无人，昏雾归鸦，荻花欲语。荷生既苦唤奈何，采秋亦心惊老大。将到行营，遥见无数倭人，刀如霜白，枪似林苍，又觉陡然。青萍接着回道：“倭人解来金陵遗孽冯茀田，前来请令。”荷生神定，轿子软步如飞，倭目数十辈，亮甲挂刀，一字儿跪接。荷生轿中点首示意。辕门下营官扶入，传令升帐。于是卓然、果斋招呼整队，杭城大小官员也来站班。帅旗一展，升炮三声，荷生衣冠升帐，中军传呼，倭目一人进见。倭目报门，巡捕官领跪阶下。

荷生问道：“哈巴里就是你么?”哈巴里答应了。荷生道：“你们从何处擒来冯茀田?”哈巴里道：“元帅克复金陵，茀田随着伪王娘马氏、伪丞相邓际盛、又伪官等数十人，窜上清凉山洞。洞里原有储恃，经历两个月，食也尽了，将金宝航海，投奔香山，恳求我们带他回国，保全这数十条性命。我们窃念元帅号令威严，小国新受皇上天恩，不敢护庇叛孽，计诱登岛，悉数擒获，押解前来。探得元帅行营，特由粤洋驶着轮船，清晨到了，就来辕门伺候。”荷生欣然道：“你等恭顺可嘉，静待本帅奏闻奖赏罢。”哈巴里磕头称谢。就吩咐杭守，延入行馆，优待去了。

此时天已靠晚，自辕门以至帐中，灯张百合，炬列万行，火焰中刀矛林立，各将领明盔亮甲，奕奕有光，将那分门别队五色的战袄、五色的旗帜，愈显得对对分门。荷生高坐帐中，披件团龙黄绫马褂，帐里旁列捧剑捧令两侍儿，如花似玉，帐前雁翅般武巡捕数十人，俱是鱼鳞文战袍，团花马褂，一呼百跪，一诺千声，真显得大将军威重如山。当下哈巴里随着杭守，逡巡而出。上面接叠连声传呼：“抓进冯茀田!”下面答应如雷鸣一般，将冯茀田跪在当面。荷生同道："你是冯弗田么？"这孩子已慌得说不出话，一晌才应道："是。"以后问他，都不能答应。还是推上伪王娘和那伪丞相，才一一画了招词。荷生吩咐："打上囚笼。"只听得高唱掩门，早炮响鼓鸣，荷生进去了。

次日传令卓然、果斋，带了囚笼先行。第二日，荷生与采秋起马。这回却走了官站，各道节度迎送供帐，交错道路，这不用说。荷生登舟，却一天走不了三五十里路，慢慢的召见父老，抚循难民，给发赏犒。采秋也逐处见有妇孺，便召来询问一番，与些银锞子，老羸的人，更加厚遗。以此十里一泊，五里一停，自八月十五杭州起马，直至十月初一才到金陵。恰好钦使韦小珠也到了。你道小珠怎充钦使呢？小珠自十七岁入学后，便奉讳了。为是江南道茀，老夫人就不准他出门，只作书谢了谡如。后来谡如经略西北，小珠却力学五年，壬戌登了乡榜第三名，航海会试，又高高中了第十名进士，朝考一等第二，殿试一甲第三。谡如、荷生时常均有音问往来，早为痴珠欣慰。本年各道乡试，小珠得了陕西试差。此番进京复命，奉旨前往江东，册封诸将，犒劳大军，赒恤难民。

荷生、谡如大喜，差员远接，凡供给护卫，大家晓得是痴珠儿子，个个尽心。舟次石头，荷生、谡如带领文武各官，排队奉迎。请过圣安，与小珠见面，真有虎贲重逢、苏瑰有子之感，不觉睫泪盈盈。小珠更觉衔哀欲涕，奈系公座，不便私谈。迓入行馆，荷生、谡如便与小珠执手一恸。是夜三人开宴，招及鹤仙，款款情话，更深才散。

次日黎明读诏，大家俯伏坛下，只听念道：

"奉天承运皇帝诏曰：维金陵之小丑，敢黑子之负隅，抗颜行者十一年，延腹疾于十三道。怨深臣庶，愤结鬼神，自外生成，久留苞孽。往者游氛不戒，大帅无功，爰撤儿戏之兵，特拔忠衿之彦。

雷符星斗，光颜自有旌旗；文画瓟瓜，贺齐别成干橹。结李摩云之垒，成算在胸；焚卢明月之屯，奇兵拔帜。如太阳之沃雪，所过皆销；譬大旱之望云，崇朝而雨。于是功成扫穴，捷奏甘泉，当南风解愠于薰琴，正秋露垂珠于盾墨。陈牲告庙，慰列祖在天之灵；晋册承欢，加慈母深宫之膳。无可宽者元恶，伫送槛车；有必报者丰功，远稽彝典。敬奉两宫懿训，式颁五等崇封。

於乎！臣为主生，功因将立。伐吴定策，惟羊祜无愧张华；平蔡刊碑，在昌黎何私裴度。金钗阿杜，艳贵妾于盘龙；铁戟崔家，施郎君之行马。赏荣于室，荫远其门。溯不获已而用兵，天其临汝；有非常功而介赉，礼亦宜之。钦此。”

读毕谢恩。大家延小珠行礼，小珠俱以父执相见。

此时明相晋了公爵，荷生封侯，谡如、鹤仙封伯，卓然等俱得爵有差。采秋、瑶华均受一品夫人封典，赏食提督总兵全俸。柳青、胭脂也得二品封。春纤赐号贞慧仙妃，建祠钟山，以掌珠、宝书从祀。小岑携了丹翚，剑秋携了曼云，都到金陵与采秋、瑶华相聚。大营调着安徽男班、姑苏女班备十部演戏，高宴三日。自大将军以至走卒，无不雀忭。小珠传旨，犒劳胜兵，每名十两，赒恤难民，每名三两，大抵在二百万以上。

过了数日，荷生进京献俘，小珠进京复命。谡如大家或回原任，或赴新任，都分手了。当下并州余翊，擢了江左节度，也是故人，延个大著作撰起平定金陵碑文。将上石了，荷生取阅，笑向谡如道：“韦痴珠已死，谁能挥斥丰碑与你纪勋呢。”临行，自作六个大字付给谡如，说道：“只此六字，抵得铺张扬厉一千余言，就那块石镌上，做个亭子盖覆罢。”大家看是“靖江镇海之碑”六字。正是：

一片燕然石，词芜义不尊。

西京遗响寂，风雨忆文园。

欲知后事如何，且听下回分解。

第五十一回 无人无我一衲西归 是色是空双棺南下

话说荷生班师，与小珠一路同行，极其款洽，就是采秋，也自十分敬礼。荷生到京，皇上御门，大赦天下，行郊劳礼，行受俘礼，召见七次，谕令入阁办事。荷生面求赏假一年，归省坟墓，就也准了。此时幕僚如爱山、翊甫、雨农辈，各得了官，或留京或留江左。小珠缘散馆在即，不得同行。荷生只带采秋与青萍，别了小珠。及到太原，恰是乙丑端节，红卿喜出望外。这夜搴云楼排上高宴，寄园里灯彩辉煌，钗鬟杂沓，就如蓬莱仙岛一般，也不用说了。接着鹤仙回任太原，谡如、紫沧假归。这几家银鞍骏马，绣伞锦衣，奕奕往来，真个楞严聚十种之仙，车骑咽宣阳之里。

荷生却深居简出，只访了心印，略询别后起居，便袖出一柬，说道："戎马风涛，此事遂废，但宿愿十年，扪心负负，遂不敢不自献其丑，上人瞧罢。"心印接过，展开朗诵道：

"并门韦公祠碑记

呜呼！天下之人夥矣，委琐龌龊，鲜不足道。有豪杰者出，天辄抑之，使不得正是非、核名实，以行其志于天下，卒抑郁侘傺而置之死，是可哀也。虽然，哀莫大于心死。彼其心光方聚于天为星辰，散于地为珠玉。呜呼！余死友东越韦公莹，字痴珠，弱冠登贤书，值时多故，每读朝廷忧民之诏、选将之书，辄咨嗟累日，愤不欲食。

会酒酣耳热，则罄其足之所素经、口之所欲言，倾囊倒箧而出之。尝慨然曰：'国家版图寥阔，譬诸上农大贾之家，食指累累，安坐而食，而货财之所由生，耕稼之所由事，主人翁并不颐指而使之，田连阡陌，钱叠邱山，宁有济乎？'又谓：'贤才国家之宝，以鹰犬奴隶待之，将遁世名高。况令其卑躬屈节，启口以求一荐达？是不肖鄙夫之所为，而谓贤者为之乎！’迄今诵其言，犹觉须眉间勃勃有生气焉。

丁巳，公游并门，年四十矣。校书刘梧仙者，侍酒座，倾心事之。明年戊午立秋日，公死，梧仙遂殉。佛说因缘，此殆有因有缘乎？

或曰：‘太原竹竿岭，有夫妻庙，相传有夫妇推车至此，力尽而毙，虎守其尸，里人异之，祠为山神。请以此例祠公。’余曰：‘名不正，则言不顺。’或曰：‘浙西湖有双烈祠。故老言京师少年崔升，偕妻陈氏至杭州，投亲不遇，饥不得食，一绳并命。钱塘令为葬万松岭侧，有驱虎逐疫诸灵迹，里人以其功德在民，祠之。请以此例祠公。’余曰：‘此匹夫匹妇之为说，不足以况公。’或曰：‘公之游山右也，宿草凉驿，梦入双鸳祠。然则援夫妻庙、双烈祠以祀公，犹梦也夫！’余曰：‘有是哉，妖梦是践。’或曰：‘苏文忠侍妾朝云，从公谪惠州，死，公葬之栖禅塔下。今丰湖苏公祠，有朝云像，是可仿以祠公。’余曰：‘诺哉。’

余与公订交并门，始终与梧仙同。梧仙能以身殉，余请以柳巷寄园为公祠，侍梧仙于其侧，题曰韦公祠，是则余殉公之义也。呜呼！公不死矣！

时岁次乙丑，秋八月上浣，富川韩彝撰文，雁门杜梦仙书丹。”

诵毕，又复阅一过，说道：“大人高词磊落，痴珠真个不死。贫僧既受大人付托，便俟此文上石，算做功行圆满罢。”荷生就订明日，偕到竹竿岭坟上一别，心印也答应了。

次日，荷生仍来汾神庙，与心印共坐一车，一瓣心香，数行情泪，因吟锦秋墩旧作，向心印道：“痴珠赏识我，就是这首诗。”心印道：“这不就是‘寂寞独怜荒冢在’么？”两人黯然一会。荷生说道：“痴珠虽死，却有个好儿子出来，不日就到，这也算得寂寞中热闹。我却怎好哩？百年以后，不是个‘寂寞荒冢’么！”心印笑道：“儿孙自是儿孙的事，大人晚子罢了。”说毕。随取出一个锦袱，包件东西，递给荷生道：“大人检点，自然明白。”遂骑驴而去。

看官，你道他给荷生什么东西？原来就是九龙佩。痴珠临终时，就赠给心印，后来询知这佩来历，这会交还荷生。荷生回来搴云楼检开，中附一笺，写有一词，便与红卿、采秋同看。词云：

愁从想处归，爱向缘边起。色相空空，何处寻蒙翳？人生过隙驹，苦守着断雨零风不自知。还只道秦关百二是千年业，那里有不散的华筵、不了的棋？

看毕，三人感叹。

荷生就将九龙佩交还红卿，道："十五年前，你与我灞桥分手，解佩赠我，我后来就给了秋痕。不想秋痕却倾身事了痴珠，将这佩赠给他，如今又还在我两人手里。可见天下事一动不如一静。"红卿道："痴珠由川再至长安，我就没见，说是住了一夜，匆匆去了，却原来有这里一段因果。我那年来时，长安狠有人托我购他诗文集哩。"荷生道："你不说，我却忘了。这板后来当交心印留在祠内，我们印出数百部带去罢。"采秋道："小珠说是散馆后便来，怎的又延搁一个月哩？"荷生道："怕是又有什么差使。"当下三人说些闲话，也与红卿说那蕴空一签一偈的灵异，就各自安寝。

荷生与采秋并枕，却梦见痴珠做了大将军，秋痕护印，督兵二十万，申讨回疆。荷生觉得自己是替他掌文案，谡如、卓然、果斋等人都做他偏裨，春纤、掌珠、宝书也做先锋。正看着皇上亲行拜将推毂等礼，何等热闹，却给大炮震醒。搓开睡眼，天已亮了，是曹节度衙门亮炮。历将梦境记忆，说与采秋听。采秋却也是一样的梦，这也算奇。

此时藕斋也死了，采秋亲送父母灵柩，回转雁门。荷生便把愉园收整，做个柳贞慧仙妃祠，附祀掌珠、宝书。忽得小珠都中来书，说是病了。荷生虽为关怀，却急于言归，遂令老苍头贾忠及穆升等，将衣装装骡三千余口，带着二百名精兵，先行押解回家。自己俟着采秋雁门转身，便领红卿带一百名健妇，也自东归。

到家拜摺谢恩，就告了病，吁请开缺。构一座园亭，比寄园小些，却有愉园三四倍大，也有一楼，恍佛柳巷，就也唤做春镜楼，与采秋居住。隔院是个薜荔仙馆，便给红卿居住。红卿、采秋敬事正夫人柳氏，极其相得。荷生低徊往事，追忆旧游，恍惚如烟，迷离似梦，编出十二出传奇，名为《花月痕》。第二出是个《菊宴》，赶着重阳节，令家伶开场演唱。

这并州寄园，荷生托谡如改做韦公祠，不数日就也竣工。心印早将碑文上石，竖在轩轩草堂右庑。这日谡如迎主入祠，是夜心印沐浴更衣，召集徒子徒孙，念个偈道：

人相我相，一切俱无。

是大解脱，是古真如。

安身一榻，代步一驴。

驴归造化，榻赠吾徒。

便坐化了。次日，心印那匹黑驴竟自倒毙。

再说小珠晋京复命，接着春闱，又得房差，闱后散馆，得授编修，便陈情乞假。皇上特恩给与封典，驰驿奉柩回南，赏假一年，择婚完娶。小珠谢恩回寓，却病了两个月，以此挨至九月，才素服匍匐入晋。秃头迎上，小珠一见秃头，便自恸哭。秃头叩头下去，就也哭出声来。小珠含哀扶起，抚慰一番，问起竹竿岭邱垄，两人又自大哭。

是日进城，就在汾神庙西院卸装。心印已是坐化了。次日清晨，秃头引至竹竿岭坟上，小珠抢地呼天，与秃头哭个泪尽声干。继而巡视四周，哀哀而哭。旷野风高，哭声酸楚，善人村男男女女，老老少少，猬集观看，也自泪落不止，都说道："有这样一个好儿子前来搬取灵柩，韦老爷地下也喜欢了。"便有老年男妇前来劝止秃头，转令劝止小珠。时已亭午，小珠趺坐坟下，哭个不住。末后秃头与跟人劝止，大众百口同声，小珠方停了哭，谢了善人村父老，就到秃头家来。此时跛脚已生一男一女，都出来叩见。傍晚，秃头将痴珠、秋痕两幅遗照，检奉小珠。小珠起身，惨然展视，又自痛哭一番，着秃头打扫净室供上，磕了三个头，就在净室住下了。在小珠愿意，便不进城。次日，谡如知道，驰马而来，再三劝阻，迎回自家行馆，十分款接。

第二日，小珠便随谡如来谒柳巷祠堂，见轩轩草堂正面一座沉香雕花的龛，约有九尺多高，内奉先人坐像，龛前主题云"故东越孝廉韦公痴珠神座"。东边立一女像，也有小主题云"故秋心院校书刘秋痕之位"。小珠含泪磕了三个头，便与谡如商量，搬住搴云楼，洒泪说道："先君远游日多，小子稚弱，生既未侍晨昏，没复未亲含殓，奉讳以后，大母以道茀不许奔丧，通籍以还。小子复以王事驰驱，不能得闲，茕茕在疚，以迄于今。昨宿坟山，老伯悖悖垂诲，促令进城。此地有祠有像，小子再图安逸，不想朝夕侍奉，这不孝之罪，真是擢发难数了。"说罢，便嚎啕大哭起来。谡如也自伤心，只得曲从其意，吩咐跟人将汾神庙行装及秃头眷口，一起移入，谆嘱小珠道："你病初愈，孤身万里外，上有重闱，岂容不自珍重，转恫先灵？"小珠收泪答应，遂分手而去。

此时留子善升守，调补太原，晏子秀升县，调署阳曲，都是旧交。就是曹节度以下，知道小珠到了，也来慰问。小珠免不得要出来官场应酬。当经子善、子秀说合，小珠与靓儿结姻，阿珍与小珠庶出一妹，名唤淑婉结姻。随差干弁持信前往东越，请过婆媳两夫人示下，准了择吉两边互行纳聘。

转盼之间，便是冬天，摄缞告灵，择吉启殡。先一日，就在轩轩草堂开了一天吊，并州大小官员及绅衿，无一不到。次日，小珠徒步出城，临穴抚棺，擗踊哀嚎。遂奉两柩，蒙以绣花大红呢，加以锦幄，暂驻东门玉华宫，自行跟入住宿，朝夕二奠。谖如要与小珠同行，就也择日挈眷回南，将玉华宫李夫人灵柩收整，却是要先二日，谖如便缩了两站，等候小珠。这日痴珠丹旐启行，一路俱是官绅及小珠同年祖送祭席，自玉华宫起，排有数里。小珠一一磕头谢了，赶上谖如大队人马。及到樊城登舟，该地官场及故旧，又是一番路祭，十分热闹。

一日，到得金陵，谖如就祖坟安葬了李夫人，将家事交付阿宝夫妇，然后偕叶夫人，带着阿珍、靓儿与小珠向东越来。已是丙寅二月，一舸两棺，安抵红桥下。郭夫人率小郎以及族姻，迎入小西湖家祠开吊。寻将秋痕遗挂展玩，叹道："以此韶龄，甘心从死，我怎忍薄视之？"卜吉安葬，奉老夫人命，将秋痕灵輀随倩雯附入左圹，奉主于家。窀穸都毕，小珠才释素服，办起喜事。小珠是个玉堂归娶，在东越只算得第三人，那风华典丽，可不必言。就淑婉招赘阿珍，也是富艳无比。这年八月，谖如挈了叶夫人、阿珍夫妇，赴任淮北。

小珠直俟老夫人百年以后，才奉了郭夫人，挈靓儿入都供职。不一年，赏加头品顶戴，册封倭国新女主踏里采。朝议令挈妻室同行，靓儿也得女提督衔，持节赍皇太后、皇后恩旨，副以紫沧夫妇，由长江登火轮船，湾入粤东香山岛。放洋遇风，吹入香海洋玉宇琼楼中，父子重逢，翁媳再见。瑶华缘与靓儿同舟，也得与秋痕相见。世外三人，都得岛中人赠的珍宝。一夜海风大起，瞬息之间便到倭国，与紫沧轮船相会。追忆其地，历历在目。奈海山苍苍，海水茫茫，无从重访。这也是一则实事，并非做书的人画蛇添足，为此奇谈。正是：

言必有物，不类齐谐。
丝抽乙乙，杼轴予怀。

诸君听小子讲书，不必就散，尚有一回袅袅余音哩。

第五十二回　秋心院遗迹话故人　花月痕戏场醒幻梦

话说西安王漱玉，做了四十余年孝廉，进京候选，得个教官。归路迂道太原，寓在菜市街至诚堂饭店。时值八月十五，饭店隔壁邵家扶乩，漱玉也来。只见乩上斜斜的两行，写得甚草。邵家的人认得，誊了出来，是首词。漱玉念道：

炉香茗碗，消受闲庭院。镜里蛾眉天样远，画帘外雨丝风片。一声落叶，莫问秋深浅。更何处、寻排遣？前尘后事思量遍。

念毕跪下，欲有所问。只见乩上运动，写道："起来。故人别来无恙？"随又写了两三行。漱玉站在邵家的人背后，见誊出是两首七绝，道：

镜合钗分事有无，浮生踪迹太模糊。
黄尘白骨都成梦，回首全枰劫已枯。

海上鲸鱼气吐吞，蓬瀛深浅阻昆仑。
谁知十斛鲛人泪，不化明珠化血痕。

又见誊出一首七律，道：

战垒经春草又生，风烟惨澹古台城。
故人麟阁千秋重，遗蜕蝉吟一壳轻。
劫后山川秋有色，月高弦索夜无声。
荻花瑟瑟江天冷，缕缕诗魂结不成。

誊完，众人正要观看，忽见乩上又写道："吾韦痴珠也。奉敕赴缥渺宫撰文，不能久留，去矣！"写完，寂然不动。

众人一齐拜送，焚符酾酒，只不解诗意，也不识是何仙降坛。独漱玉凄惶半晌，倚在那院子梧桐树，呆呆的出神。

一会，大家都散了下来，漱玉便问这屋子来历。邵家的人说道："这是有名的秋心院，如今做我家别业。"漱玉道："秋心院，可是前二十年教坊刘梧仙住宅么?"邵家的人道："不错。"漱玉道："难怪痴珠降坛。"内中闪出一人，年纪约有七十余岁，粗胖汉子，一簇胡须，问道："你这位老哥，怎的认得痴珠?"漱玉道："你不见乩上写的'故人别来无恙'?"那人道："我认不得字。"漱玉道："老汉高姓?"那人道："姓管。"

原来漱玉住的至诚堂，就是聂云住宅开拓出来。荷生抬举士宽，管理柳巷宅里田园树木，历有数年，便发起财，也娶了亲，与秃头做个儿女亲家。后来秃头夫妇跟小珠回南去了，他又管了韦公祠钱粮。这至诚堂就是他开的饭店，他只叫他侄儿照管，长远不到店中，故此漱玉不曾认得。秋心院是痴珠寄漱玉的书常常说及，故此知道。当下士宽就将痴珠、秋痕始末略述，漱玉叹息，说道："他的柩就回去了，他的祠还在，明日你领我去拜一拜罢。"士宽欣然答应。

这一夜，士宽得了一梦，梦见一家园亭，皓月当空，人影灯光，清华无比，戏台上正演夜戏。只听手锣一响——（旦淡妆上）

〔一剪梅〕秋来无事不伤情。花也飘零，叶也飘零。夜长无梦数残更。风也凄清，雨也凄清。（坐介）万点灯光上画屏，隔花环佩响东丁，今生自有伤心事，漫道前身是小青。奴家姓刘，小字梧仙，本系河南人氏。只因父母早亡，流落在烟花行院，歌衫舞扇，也学些袅袅婷婷，月夕花晨，总不免凄凄楚楚。今春韩参军遍选名花，把奴家取了榜首。咳！奴家倒也不争此虚名，只要早离苦海。所幸七月，在秋华堂内，得遇东越韦郎，三月绸缪，十分怜惜。将来终身之托，就在此君了。今日重阳佳节，韦郎请了韩参军并采秋姊姊在此赏菊，此时敢待来了。保儿!（杂应介）背生鳖甲，名唤狗头。姑娘有何吩咐?（旦）今日赏菊筵席，可曾完备?（杂）完备多时。（旦）可将上品各色菊花搬过来。（杂）是。（场上设菊花八盆。旦随意指点介。生巾服上）萧疏云树接高城，满院秋声，满地秋阴。闲寻秋色访佳人，花好同心，酒好同斟。小生韦痴珠。今日重阳佳节，请了好友韩荷生，在秋心院赏菊，来此已是，不免竟人。（人介）（见旦介）（旦）韦老爷。（生）梧姬。（各揖福介）（生笑介）好呀，一院秋色，雅人深致，毕竟不同。梧姬呀！

〔不是路〕看你袅袅婷婷，对着这露叶风枝更可人。真侥幸，偎香倚玉，得与相厮并。点缀秋光到十分，谁能称？慵妆淡抹多风韵，好似桃花扇底人。（旦叹介）秋花萧瑟，也似奴家薄命飘零！多谢郎君格外垂青了。无端恨佳人福薄花无命，只恐催花信急，卸花风紧。（泪介）（生）呀！怎么又触起卿的心事来了？且在房中少坐，韩参军就该到了。（同下）（小生携小旦艳妆上）

〔红纳袄合〕一步步下妆楼，拽罗裙，度过了小院门、苍苔径，握住你嫩春纤，缓缓行。我和你并香肩，莲步稳。看疏疏红叶满枫林，染裙腰，才记得寻芳黄蝶双双也，又只听寒蛩儿悲又鸣。到了。（扣门介）（内应介）（开门相见介）（生、旦、小生、小旦各揖福介）（生）小酌不恭，有劳芳步。（小生）岂敢！佳辰雅集，得领清谈，对此冷艳孤芳，正好领教梧卿一声“晓风残月”哩。（旦）采秋姊姊在此，奴家岂敢献丑？只好求姊姊指教罢。（小旦）妹妹过谦了。（坐介）（生）看酒来。（杂排桌儿。对坐介）（菊花横列场前介）（生）你看幽丛绕舍，冷香袭人，何不浮一大白？请。（各饮介）（生）

〔前腔〕这几枝白冷冷玉无痕，那一丛黄澄澄金簇紧。这好似醉朱颜羞晕生，这好似褪红妆残梦醒。（小生叹介）叹光阴一瞬儿去不停，我与你旧日潘郎鬓已星。回念那家山万里遥遥也，到今朝插茱萸少一人。（各叹介）（旦唱）

〔前腔〕不多时，杏花天，艳阳辰。转眼是，菊花秋，霜做冷。说甚么为重阳冒雨开，我只怕送西风成断梗。（小生）呀！梧卿，为甚么这般伤感？（小旦唱）莫怪他对华筵珠泪倾，触动了老去秋娘无限情。我也是飞花落絮飘飘也，又谁知随流水化浮萍。（同泪介）（生）言至于此，益复无聊，也无心再饮酒了。（撤席介。揖介）（小生）小弟就此告辞。（小生、小旦各折菊簪鬓介）（小生）人世难逢开口笑。（小旦）菊花须插满头归。（携手下）（生向旦介）梧姬，你看他二人密意缠绵、柔情宛转，好不令人可羡！我与卿呀！

〔尾声〕今生今世花同命，漫只说鸳鸯交颈，好与你割臂同盟一寸心。（生）偶然相见便勾留，（旦）身世茫茫万斛愁。（生）同是飘零同是客，（旦）青衫红袖两分头。（同下）

醒来想道："痴珠、秋痕，竟有人编出戏来。"又想道："咳！我是做梦，如何认真?"因坐起来，只见枕边有部书，大书《花月痕》三字，傍题一联云：岂为蛾眉修艳史？权将兔颖写牢骚。便当作一件宝贝。他又认不得字，也不肯给人看。后来要死，便将书埋在地下。

不知今年今月，该是此书出世，所以遇见小子，说了出来。看官，你看这时候是什么时候？宇宙清平，人民寿考，蛮夷归化，五谷丰登，万顷情波都成觉岸，千重苦海尽泛慈航。要知此事的真假是非，自然百年后有一个定论出来。正是：

身世茫茫，情怀渺渺。

若要空空，除非了了。